후배님의
로맨스

후배님의 로맨스

1판 1쇄 찍음 2015년 11월 11일
1판 1쇄 펴냄 2015년 11월 18일

지은이 | 이은교
펴낸이 | 고운숙
펴낸곳 | 봄 미디어

기획 · 편집 | 정수경 박혜진

출판등록 | 2014년 08월 25일 (제387-2014-000040호)
주소 | 경기도 부천시 원미구 소향로17, 304(두성프라자) (우)420-864
영업부 | 070-5015-0818 편집부 | 070-5015-0817 팩스 | 032-712-2815
E-mail | bommedia@naver.com
소식창 | http://blog.naver.com/bommedia

값 9,000원

ISBN 979-11-5810-153-4 03810

후배님의 로맨스

이은교 / 장편 / 소설

c o n t e n t s

chapter

01

　'이놈의 연기가 왜 나한테만 오고 지랄이야…….'

　이제 하다하다 고기 연기까지 자신을 무시하는 기분에 재경은 짜증이 치솟아 올랐다.

　분명한 건 오늘 주최된 이 회식 자리의 주인공은 바로 '세련되면서도 편안한 옷을 만들자'라는 주제로 열린 'Travel Fashion' 사내 마케팅 공모전 대상을 받으며 얻게 된 정규직으로, 수당도 받지 않고 야근을 자처하며 뼈 빠지게 일해 3년 만에 대리로 승진한 자신이었다.

　하지만 동료들의 관심은 축하한다는 말 한마디를 끝으로 언제나 그랬듯 시훈의 차지가 되었고 재경은 구석에 앉아 병풍 취급을 당하고 있었다.

　'아휴, 눈 따가워!'

　신경질이 묻어난 손부채질이 자신을 향해 맹렬하게 달려

드는 연기를 피하는 데 전혀 도움이 되지 않고 있다는 사실을 자각하면서도 재경은 멈추지 않았다.

매연 속에서 고통 받는 자신을 누군가가 조금이라도 신경 써 주길 바랐지만 동료들의 과한 애정은 오롯이 시훈에게 쏠려 있었다.

그것은 흡사 빛을 쫓아다니는 모기와 달콤한 사탕에 모여드는 개미 떼 같은, 시작이 있다면 끝이 있다는 당연한 원칙과도 같은 현상이었다.

'강시훈, 강시훈! 저놈의 강시훈!'

후배가 보다 먼저 승진해 이제야 같은 직급이 된 것이 가뜩이나 눈에 거슬리는데, 더없이 특별한 오늘 같은 날마저 관심을 뺏기니 그야말로 원수도 저런 원수가 없다는 생각이 들었다.

그러고 보니 몇 개월 전, 이곳에서 시훈 또한 승진 축하 회식을 했었다. 그날 시훈은 주인공답게 선물까지 받았던 걸로 기억한다.

그런 것까지는 아니더라도 자신을 없는 사람 취급하는 일만큼은 발생하지 않길 바랐던 재경이었기에 지금 이 상황은 매우 서럽고 또 억울했다.

매일 그런 관심을 바라는 것도 아니고 단지 딱, 오늘 하루뿐인데…….

"시훈 씨! 저번 주 금요일에 동창회 있다고 그러지 않았어?"

"아, 네."

"갔다 온 거야?"

"네, 뭐……."

"시훈 씨, 고등학교 공학 나왔다고 그랬지? 그럼 혹시 첫사랑이랑 다시 재회한 거 아니야? 고등학교 때 풋풋한 첫사랑 같은 거 꼭 있잖아."

"아니요. 그런 거 없었는데요. 전혀."

입술 끝을 슬쩍 들어 올리고 풍선에서 바람 빠지는 소리를 내며 웃는 시훈의 모습에 여직원들은 부끄러운 줄도 모르고 탄성까지 내뱉으며 호들갑을 떨었다.

재경의 눈엔 기생오라비 같은 외모에 상대방을 같잖게 여기는 비소로밖에 보이지 않는데, 뭐가 저리도 좋아 환장을 하는지……. 도통 풀려고 해도 풀어지지 않는 고난도의 문제였다.

"아휴, 우리 시훈 씨 여자 만나면 여기 좌절할 여직원들 엄청 많은 거 알지?"

'좌절하게 될 엄청 많은 여자들 중 부디 나, 김재경은 빼주시길!'

재경은 차마 입 밖으로 꺼낼 수 없는 그 말을 속으로 연신 외쳤다. 모두가 'Yes'라 할 때, 혼자 'No'를 외칠 만한 용기가 아직 그녀에겐 없었다.

재경은 외침 대신 술잔을 입에 털어 넣었다.

"글쎄요. 잘 모르겠는데."

"어머, 겸손도 하다."

"그러게. 이런 스펙과 훌륭한 외모를 두고 겸손하기가 쉽지 않은데. 아무튼 시훈 씨는 미워하려고 해도, 미워할 수가 없는 존재라니까."

'웃기고들 있다……. 저 무미건조한 표정이랑 무성의한 말투가 겸손에서 나오는 거라고? 단체로 맛탱이가 갔나?'

재경은 눈앞에서 펼쳐지는 광경에 혀를 내두르며 고개를 절레절레 내저었다. 그리고는 앞에 놓여 있는 고기를 의미 없이 뒤집었다.

"어? 고기 탄다."

그때 시훈이 집게를 들어 제 앞에 놓인 고기들을 뒤집었다.

저거 지금 뒤집으면 맛없을 텐데.

"어머! 정말, 시훈 씨 말대로 고기가 타고 있네!"

"얼른 먹자! 시훈 씨, 지금까지 고기 굽느라 많이 못 먹었지?"

"이제 집게 이리 줘. 내가 또 고기는 기똥차게 잘 구워!"

시훈의 말 한마디, 동작 하나에 사람들은 미리 연습이라도 한 것처럼 똑같은 반응을 보였다.

"괜찮은데……."

"나도 괜찮아!"

"그래, 시훈 씨. 원희 씨 보고 구우라고 하고 시훈 씨는 나랑 한잔해."

옆에 앉아 있는 팀장이 술병을 들자 재경도 바짝 군기 든 자세로 슬그머니 빈 잔을 들어 보였다.

하지만 팀장은 야속하게도 시훈의 잔만 채워 주고는 재경에게서 등을 돌렸다.

머쓱해진 재경은 아무도 모르게 쓴웃음을 내뱉으며 잔을
내려놓았다.

"시훈 씨, 안 피곤해?"

"괜찮습니다."

"젊어서 그런가 체력도 좋아. 아니, 근데 이렇게 바쁜 와중
에 몸은 대체 어떻게 관리하는 거야?"

팀장이 시훈의 팔을 허락도 없이 주무르며 감탄했다.

"어디요? 저도 만져 봐도 돼요?"

품위를 지키지 못하는 여사원들이 아직 질문에 대답도 하
지 않은 시훈의 팔을 주무르기 시작했다.

"어머, 진짜 완전 단단하다."

모두들 입만 열면 시훈을 칭찬하지 못해 안달이었다. 누가
누가 더 칭찬을 잘하나 대결이라도 펼치는 것처럼, 폭설과 장
마가 쏟아지는 것처럼 과했다.

신입 시절, 혼나는 일이 많았던 재경은 칭찬 한마디에 목
말라 있던 그때의 자신을 떠올리며 쓰라린 가슴으로 또 한 잔
의 술을 쭉 들이켰다.

'쓰다, 써!'

그녀는 입안에 감도는 쓴 알코올에 미간을 찌푸리며 젓가
락을 들었다.

"……"

먹을 수도 없을 만큼 말라비틀어진 고기 몇 조각이 볼품없
이 불판 위에 널브러져 있었다.

아무도 거들떠보지 않는 고기가 어째 자신의 처지와 비슷하다는 생각이 들었다.

재경은 입맛을 다시며 시훈의 앞에서 맛있게 구워지고 있는 고기를 빤히 바라보았다.

"남자 보기를 돌같이 한다는 부사장님도 시훈 씨를 참 좋아하는 것 같아. 부사장님하고 많이 친하지?"

"아니요. 안 친합니다."

"그래? 결재 받으러 갈 때마다 부사장님이 시훈 씨에 대해 많이 물어보던데. 어떻게 하면 부사장님한테 예쁨 받을 수 있는지 비결 좀 가르쳐 줘."

"글쎄요."

시훈의 애매모호한 대답에 팀장이 얼굴을 익살스럽게 찌푸렸다.

"욕심쟁이!"

"팀장님은 아직도 그걸 모르세요? 눈 정화죠. 부사장님도 눈 정화가 되니까, 시훈 씨를 예뻐라 하시는 거예요."

"그런가? 하하하! 그럼 내가 부사장님한테 예쁨 받는 건 평생 꿈도 못 꿀 건가?"

팀장의 호탕한 웃음을 안주 삼아 재경은 스스로 채운 술을 또다시 쭉 들이켰다.

남자건 여자건 직책을 불문하고 모두 시훈을 보기만 해도 '눈 정화'가 된다고 떠들어 댔다.

사실 따지고 보면 그 말에 재경이 처음부터 공감하지 않던 것은 아니었다.

그녀 역시 2년 전에 입사한 시훈을 처음 봤을 때 혼이 빠진 채 '와……' 하며 탄성을 내뱉었으니 말이다.

훤칠한 외모와 185cm의 끝내주는 비율, 다부진 잔 근육이 배어 있는 몸매, 그리고 중저음의 바리톤 음색을 가지고 있는 남자.

그는 여자라는 성(性)을 지니고 있다면 누구든지 사랑에 빠져 버리게 할 남자였다.

시훈이 다른 남자들과 비교 대상이 될 수 없는 우월한 이유는 또 있었다.

바로 유난히 특출 난 업무 능력이었는데, 남들은 일주일 꼬박 밤을 새워도 완벽하게 처리하지 못하는 것을 그는 3일 만에 완벽하게 해내곤 했다.

그 덕에 남들은 입사한 지 1년이 넘어서 다는 주임을 그는 입사 3개월 만에 달고, 3년이 걸리는 대리를 1년 만에 다는 기적을 보여 주었다.

그러다 보니 시훈의 바로 윗선배인 재경은 언제나 그와 비교가 되었고 어느 순간부터 막내인 그가 하던 일을 다시 자신이 하고 있다는 것을 깨닫게 되었다.

"재경 씨, 이거 아직도 몰라? 시훈 씨는 벌써 다 알고 있던데……."

"재경 씨 PPT는 매번 왜 이래? 시훈 씨 거랑 너무 비교돼! 모르면 좀 물어보고, 못하겠으면 노력이라도 해 봐!"

"시훈 씨는 지금 이 일 해야 되니까 커피는 재경 씨가 타 오도록 해요."

그래, 후배가 바쁘다면 성과가 없기에 빈둥거리는 것처럼 보이는 선배가 잡일을 할 수도 있다.

하지만 재경이 열이 받은 이유는 선배들이 시키는 심부름이나 정수기 물통을 가는 것, 커피, 청소, 복사 등등의 일을 할 때에 그는 막내로서 도와주기는커녕 자신을 멀뚱히 쳐다만 보고 있었기 때문이다.

아니, 그런 잡다한 일은 당연히 재경의 몫이라고 여기는 것 같았다.

어디 그것뿐이랴?

모지란 자격지심일 수도 있겠지만 회의 때마다 묘하게 자신의 아이디어에만 태클을 걸고넘어지는 시훈이었다.

"그것보다 이렇게 하는 게 더 낫지 않을까요?"

"출시하기엔 어렵지 않나요? 상품 가격을 낮춰서 10대나 대학생들을 고객으로 맞이하자는 이번 프로젝트하고 어울리지 않는 것 같습니다. 일단 소비자가격에 비해서 원가가 너무 높아요. 그 부분까지 감안을 하셨어야죠."

그는 재경의 아이디어가 괜찮다고 호응했던 부장과 팀장의 입에서 기어코 '그렇지, 역시 시훈 씨 의견이 낫다!' 라는 말이 나오게 만들었다.

그래, 거기까지도 백번 양보해서 이해해 줄 수 있었다. 실력이나 능력도 안 되면서 남을 시기, 질투하는 모자란 사람이 되고 싶지는 않았다.

하지만 정말 참을 수 없는 게 딱 하나 있었다. 그건 시훈이 말끝마다 붙이는 '재경 씨'라는 호칭이었다.

엄연히 먼저 입사한 선배이고 '주임'이라는 직책이 있음에도 불구하고 재경 씨라니, 재경 씨라니! 사람을 무시해도 유분수지…….

거기까지 생각이 미치자 재경은 술을 마시지 않을 수가 없었다.

회식이니 자신이 돈을 내야 한다는 부담감도 없고, 내일은 주말이라 출근할 걱정도 없으니 마음껏 마셔서 확 취해 버리리라!

재경은 마지막 잔을 비우고 종업원을 불러 소주를 추가 주문했다.

"재경 씨, 너무 많이 마시는 거 아니야?"

소주병 뒤를 팔꿈치로 톡톡 치고 있는 재경의 모습이 생소했는지 앞에 앉아 있는 최 과장이 물었다.

"괜찮아요. 저 아직 안 취했어요."

"적당히 마셔."

"네."

재경에게 잠깐 닿았던 관심은 이내 다시 시훈에게로 향했다.

어린 시절부터 소심하고 튀는 것을 좋아하지 않는 탓에, 재경은 언제나 조용했다.

고등학교 졸업 후 우연히 만난 동창에게 자신이 같은 학교를 나왔다고 하면 백이면 백, '네가 그 학교 출신이라고?' 하며 의아해할 정도로.

누군가에게 관심을 받지 않는 일은 매우 익숙했지만 그 익숙함이 결코 좋은 것은 아니었다.

재경은 투명한 소주잔에 달콤하지 않은 술을 가득 채웠다. 그리고는 여전히 자신에겐 관심조차 없는 사람들의 시끄러운 수다를 안주 삼아 시원하게 그것을 들이켰다.

"아휴, 재경 씨는 무슨 술을 이렇게나 많이 마신 거야?"

"죄송……합니다. 죄송합니다."

끝이 없는 톱니바퀴처럼 같은 말을 반복하던 재경이 비틀거리는 몸으로 위태롭게 고개를 푹 수그렸다.

알코올이라는 나락에 빠져 자꾸만 주저앉으려는 그녀를 간신히 부축하던 여직원은 멀리서 담배를 피우며 이쪽은 등한시하고 있는 남직원들을 신경질적으로 노려보았다.

"다들 그러고만 있지 말고 빨리 택시 좀 잡아 줘! 김재경 씨많이 취했단 말이야! 진짜, 인간들이! 아휴! 힘들어 죽겠……!"

여직원은 자신의 말이 끝나기도 전에 몸이 순식간에 가벼워졌다는 것을 느꼈다. 술을 이기지 못한 재경이 결국 바닥에나자빠졌나 싶어 아래를 살펴보는데, 언제 저기까지 갔는지멀찍이서 재경을 택시에 조심스럽게 태우고 있는 시훈의 뒷모습이 보였다.

시훈은 이 사람, 저 사람한테서 술을 꽤 많이 받아 마셨음에도 불구하고 얼굴색 하나 변하지 않은 상태였다. 평소와 다름없이 말짱해 보일 정도로.

"시훈 씨……."

"먼저 들어가 보겠습니다."

재경을 택시에 태운 시훈이 뒷좌석 문을 닫으며 인사를 건네자, 여직원들이 빠른 걸음으로 다가왔다.

"어머, 시훈 씨! 지금 들어가게요?"

"네."

"우리 2차로 사거리에 있는 바(Bar)에 가기로 했는데, 시훈 씨가 그때 거기 분위기 좋다고 했잖아요."

"좀 많이 취하신 것 같아서요."

시훈이 널브러져 있는 재경을 눈빛으로 가리키며 대답했다. 그러자 직원들의 시선이 그제야 그녀에게로 향했다.

"어머, 주임님 왜 저렇게 취했대? 그럼 설마 김 주임님……아니, 김 대리님이랑 같이 가시는 거예요?"

"네. 같은 동네거든요. 데려다드려야 할 것 같아서요."

"아…… 김 대리님도 청담동 쪽에 사셨구나. 전혀 몰랐네. 주희 씨는 알았어?"

"아니요. 저도 몰랐어요. 청담동에 사시는지…….."

주희를 비롯한 다른 여직원들이 서로 눈짓을 하며 얼굴을 쌜쭉거렸다.

"그럼 조심히 들어가세요."

노골적으로 아쉬워하는 여직원들을 뒤로하고 시훈은 택시 조수석에 냉큼 올라탔다. 창문 너머로 자신을 바라보고 있는 여직원들의 과한 시선이 부담스럽기도 하고 짜증도 났던 그는 정신을 분산시키기 위해 뒷좌석에 널브러져 있는 재경을 향해 고개를 돌렸다.

'대체 술을 얼마나 마신 거야…….'

순간 시훈의 고운 미간이 확 구겨졌다.

세상엔 여자도 많고 술도 많다. 하지만 그 많은 술을 마시고 자신의 앞에서 떡실신이 되어 저렇게 널브러진 여자는 단언컨대 지금까지 단 한 명도 없었다.

누가 업어 가도 모를 만큼 곯아떨어진 재경은 자리가 불편한지 자꾸만 몸을 뒤척였다.

그 바람에 치마가 말려 올라가 하얀 허벅지 속살이 그대로 노출되었다.

"어디로 갈까요?"

택시 기사의 물음에 시훈은 흐트러진 기억의 파편을 끌어모았다.

신도림? 영등포? 대충 그쪽 어디에 산다는 얘기를 들었는데.

그는 다시 뒤를 돌아보았다.

"……."

여전히 올라간 치마 때문에 하얀 허벅지가 그대로 드러나 있었다. 옆에서 느껴지는 따가운 시선을 따라가니, 택시 기사가 백미러를 통해 재경을 기분 나쁘게 힐끔거리는 것이 보였다.

입고 있던 재킷을 벗어 재경의 다리를 덮어 주자 작은 체구가 쏙 들어갔다.

그제야 그는 자신의 신경을 건드리던 무언가가 사라지는 것을 느끼며 재경에게서 시선을 떼어 냈다.

"신도림 역으로 가 주세요."

대충 그쪽에 도착해서 데려다주면 될 거라고 생각하며 시훈은 노곤함에 젖은 눈을 감았다.

사실, 그는 재경과 같은 동네에 살지 않았다.

집안 대대로 주량이 상당히 셌지만 술을 좋아하지 않는 시훈에게 회식은 근무의 연장이나 마찬가지였다.

재미도 없는 이야기에 까르르 웃으며 은근히 자신의 몸에 손을 대는 여직원들도 싫었고, 자신의 행동 하나하나를 지나치게 띄워 주며 좋아하는 상사들은 부담스러움을 넘어 가증스럽기까지 했다.

1분이라도 빨리 회식 자리를 빠져나오고 싶던 찰나, 술에 취해 몸도 가누지 못하는 재경이 눈에 밟혔다.

누구 하나 그녀에게 관심을 주지 않았고 책임지려 하지도 않았다.

다행이었다.

재경이 인기가 많았다면 이렇게 그녀를 핑계 삼아 회식 자리를 빠져나오지 못했으리라.

회식. 지루하고 진부하며 코가 삐뚤어질 때까지 술을 억지로 마셔야 하는 자리.

말이 좋아 사원들 사기를 충족시킨다는 것이지 대체 누구를 위한 자리인가?

"음냐……."

그때, 재경의 뒤척이는 소리가 옅게 들려왔다.

"감사합니다. 제가 이렇게 대리를…… 냠…… 달 수 있었던 건, 다 선배님들께서…… 도와주신 덕분입뉘다."

어눌한 발음의 잠꼬대가 시훈의 귀에 와 닿았다.

피로에 무거워진 눈꺼풀을 간신히 거두어 낸 그는 뒤를 돌아보았다.

"선물까지 주실 필요는 없는데…… 잘 쓰겠습니다!"

허공에 두 팔을 벌리고 배시시 웃는 재경을 보던 시훈의 입가에 작은 미소가 떠올랐다.

그러고 보니 오늘 회식은 재경의 진급을 축하해 주기 위함이었다.

하지만 정작 주인공인 그녀는 모두가 즐거워하는 회식 분위기에 끼지 못했다.

자꾸만 누가 쳐다보는 것 같은 기분에 주위를 둘러보다 자신을 살벌하게 노려보며 소주를 들이켜고 있던 재경의 모습을 떠올렸다.

살의가 느껴지는 눈빛이었고 도통 속마음을 헤아릴 수 없는 행동이었다.

하지만 유일하게 그 시선에 대한 답을 해 줄 수 있는 재경은 시훈의 재킷을 덮은 채 입까지 헤 벌리고 세상모르게 깊은 잠에 빠져 있었다.

❖   ❖   ❖

눈꺼풀 위로 뜨겁고 환한 햇볕이 내리쬐었다. 더 자고 싶은 간절한 욕망은 재경을 놓아주지 않고 오히려 그녀의 몸을 무겁게 만들었다.

좋은 냄새가 나는 포근한 이불을 꼭 끌어안고 몸을 옆으로 눕히던 그때였다.

"그거 알아? 당신 유혹은 너무 달콤해."

출처를 알 수 없는 환청이 재경의 귓가로 뜨겁게 스며들었다.

"악!!"

외마디 비명과 함께 그녀가 이불을 박차고 일어났다.

"아! 깜짝이야! 진짜 이 수박씨 발라 먹을, 조카 신발 크레파스 18색아!"

재경은 호리호리한 몸매, 청초한 외모와 전혀 어울리지 않는 육두문자를 목에 핏대까지 세우며 질러 대는 은지의 모습에도 오롯이 앞만 멍하니 바라봤다.

꿈이라고 하기에는 너무나 생생한 시훈의 모습에 어떤 것도 신경 쓸 겨를이 없었기 때문이다.

"어이구, 위대하신 강시훈 님께서 저같이 미천한 여자가 유혹한다고 넘어오시겠습니까?"

"……."

"네? 저 같은 게 유혹한다고 넘……."

"넘어가 드리죠."

시훈이 꿈에 나타났다. 그것도 자신의 허리를 잡고 입맞춤까지 하며.

재경은 자신의 입술에 닿은 시훈의 뜨거운 숨결이 떠오르자 몸이 금방이라도 홀연히 타 버릴 것처럼 달아오름을 느꼈다.

"아니, 뭔 놈의 꿈이 이렇게 생생해?"

나이 먹고 번번한 남자 친구 하나 사귀지 못해 주체할 수 없는 욕망을 꿈에서 풀게 되다니. 참, 별 지랄을 다 한다는 생각이 들었다.

기가 막혀 재경은 실없이 헛웃음을 터트렸다.

"김재경?"

"픕."

산발이 된 머리와 볼에 꾀죄죄하게 묻어 있는 구정물의 흔적, 허여멀건한 입술을 헤 벌리고 초점 잃은 눈동자로 피식피식 웃어 대고 있는 재경의 모습은 벌써 7년째 함께 살고 있지만 은지에겐 적응 안 되는 기막힌 것이었다.

"미친년이 따로 없네……."

새끼발톱에 페디큐어를 바르던 은지가 이해 불가한 행동을 취하고 있는 재경에게로 처벅처벅 걸어가 베개를 집어 들곤 거침없이 머리를 퍽! 후려갈겼다.

일직선으로 때려 박힌 베개에 재경의 몸이 아무 저항 없이 침대 위로 패대기쳐졌다.

"정신 차려, 이년아! 어제 술 처먹고 낯선 남자 등짝에 업혀 오면서 고래고래 고함질러 동네 사람들한테 개망신 당하고 욕 처먹은 것만으로도 부족해서, 오늘은 나한테까지 욕 처먹고 싶냐?"

"낯선 남자!?"

눈곱이 묻어 있는 눈을 휘둥그레 뜨며 재경이 다그치듯 물었다.

"그래! 이름이 강시훈이라고 했던가? 아무튼, 너 그 남자가 죽을 때까지 생명의 은인이다, 생각하고 살아라. 그 남자 아니었으면 나, 어제 너 밖에서 뭔 일이 나든지 말든지, 문 안 열어 줄려고 했어. 이년아."

은지한테 '강시훈'이라는 이름을 듣자 거짓말처럼 흐트러졌던 기억의 조각들이 하나둘씩 모아졌다.

허리를 감쌌던 강인한 팔의 촉감, 옅은 숨결, 입술 위를 덮었던 보드라움과 따뜻함, 입안을 거침없이, 그러나 부드럽게 파고들던…….

재경은 자신도 모르게 마른침을 꼴깍 삼켰다.

"근데 그 남자하고 무슨 사이야? 여자 수십 명은 골로 보내기에 충분하던데……. 설마해서 묻는 거지만, 남자 친구는 아니겠지?"

엄청난 힘으로 재경의 머리를 내려쳤던 베개를 꽉 끌어안으며 은지가 물었다.

여전히 혼이 빠진 얼굴을 한 재경은 그 물음에 아무런 대답을 하지 못했다.

"이년이 한 대 더 맞아야 정신을 차리려나?"

은지가 베개를 다시 치켜든 순간, 재경이 두 팔을 쭉 내밀어 그것을 막았다.

폭신폭신한 베개지만 은지의 파워를 만나게 되면 웬만한 벽돌보다 더 아프다는 것을 알기에 필사적으로 침대에서 내려와 그녀에게서 몸을 멀리했다.

"남자 친구 아니야!"

"그럼? 혹시 썸 타는 중?"

"아니. 그냥 회사 동료야. 엄밀히 따지면 후배지만."

말을 대충 얼버무린 재경은 자근자근 떠오르는 해괴망측한 꿈을 지우고자 머리를 격렬하게 흔들었다.

그렇게 대충 정신을 추스르니 갑작스럽게 갈증이 몰려왔다.

"아, 목말라."

부엌으로 향하는 재경의 뒤를 은지가 졸래졸래 따라 나왔다.

"후배? 너한테 그런 후배가 다 있었어?"

냉장고에서 물통을 꺼내 그대로 물을 들이켜는 재경을 은지가 사나운 눈빛으로 째려보았다.

"컵 꼭 쓰랬지?"

"이거 다 마실 거거든?"

입가에 묻은 물기를 닦으며 재경이 궁상맞은 변명을 늘어놓았다.

"다 안 마시기만 해 봐. 아무튼, 너한테 그런 멋진 후배가 있었단 말이지?"

"어? 어…… 뭐. 후배지. 후배."

아무도 인정해 주지 않아 혼자서만 바락바락 우기는 후배.

"무슨 대답이 그렇게 애매하냐? 썸 타는 사이는 절대 아니라는 말이네?"

그때, 걱정이 뒤섞인 은지의 눈빛을 재경이 슬그머니 피했다.

"너, 내 눈 왜 피해?"

"내가?"

마시고 있던 물통을 내려놓으며 재경이 등을 보이자 은지가 그녀의 어깨를 꽉 잡고 돌려세웠다.

"아서라. 너, 전의 회사에서 사귀었던 유 대리 벌써 잊은 거 아니지? 처음엔 좋다고 사귀었다가 헤어지고 나서 얼마나 곤란해졌어? 유 대리랑 사귀느라 다른 여사원들하고 못 친해져서 은근히 따돌림당하고 나중엔 그 새끼가 너랑 연애했던 이야기 퍼트리고 다녀서 소문도 안 좋게 나고……. 그 뒤로 너, 지금 회사 간신히 합격해서 들어간 거야."

벌써 7년이나 지난 일이었다. 그러나 어찌 잊을 수 있을까. 그 개만도 못한 유 대리를!

훨씬 어리고 예쁜 여자를 만나고 싶어 헤어지긴 해야 되는데, 자칫 잘못했다가는 회사에 쌓아 놓은 좋은 이미지에 타격을 입을까 그것이 걱정됐던 모양이었다.

재경은 당시 남자 친구였던 유 대리를 두고 주말마다 나이트를 가지도, 원나잇을 해 본 적도, 명품을 사 달라며 등골을 빼 먹은 적도 없었다.

하지만 유 대리가 뿌리고 다닌 소문에 재경은 놀기 좋아하는 헤프고 개념 없는 여자로 낙인 찍혀 버렸다.

직원들의 수군덕거림과 참을 수 없는 모욕으로 다닌 지 겨우 1년 만에 회사를 그만두어야 하는 지경까지 다다랐었다.

"그 악몽을 또 반복하고 싶은 거야?"

"아니야. 그게 아니라……."

"아니라?"

"난 강시훈 그 남자랑 아무 사이도 아니라고. 정말이야, 이런 걸 고민하는 것 자체가 이해 불가능한 사이야."

단호하게 대답을 한 재경은 서랍에서 속옷을 꺼내 서둘러 욕실로 들어갔다.

욕조에 물을 받는 동안, 재경은 거울로 얼굴을 살폈다.

"으아악!"

아릿한 비명과 함께 그녀는 영화 '나 홀로 집에'의 케빈처럼 뺨을 두 손으로 찰싹 감쌌다.

자고 일어나도 예쁜 얼굴을 유지하고 있는 건 드라마나 영화에서나 있을 법한 일이다.

현실은 스스로 보기조차 민망한 못생기기 그지없는 몰골이었다.

"이러고 강시훈 등에 업혀서 온 거야? 이러고? 못 산다. 진짜. 내가 못 살아! 이 진상아!"

자신과 시훈의 머릿속에서 어젯밤의 기억을 지울 수 있다면 기꺼이 영혼도 팔 수 있으리라.

그렇게 생각하며 울상을 짓던 그녀는 자신의 찌그러진 입술 위로 시선을 옮겼다.

"……."

자신도 모르게 입술을 손가락으로 살포시 어루만진 그 순간, 꿈속에서 부드럽지만 저돌적으로 입술을 탐하던 시훈의 모습이 떠올랐다.

재경은 주춤하며 뒤로 물러섰다. 욕조에 받은 뜨거운 물에 거울이 수증기로 뿌예지기 시작했다. 그 뿌연 거울 속에서도 그녀는 자신의 하얀 얼굴이 빨개졌다는 것을 눈치챌 수 있었다.

반항할 수조차 없이 그에게 녹아들었다. 시훈의 손길이 닿을 때마다 느껴졌던 짜릿함은 잡다한 생각을 삽시간에 집어삼키기 충분할 정도로 황홀했다.

키스를 하고 난 후, 아쉬운 듯 자신의 입술에 입맞춤을 몇 번 더하다가 아프지 않게 앙, 깨물던 그의 마지막 모습까지도…….

샤워를 하기 위해 벗은 몸이 순식간에 발끝부터 머리끝까지 붉은 꽃처럼 물들었다.

연애를 많이 경험해 보지는 않았지만 그럼에도 불구하고 확신할 수 있는 건, 생각하는 것만으로 자신의 몸을 이렇게 달아오르게 만드는 남자는 맹세코 시훈이 처음이라는 것이다. 그 '처음'이라는 익숙지 못한 감정에 재경은 당황하지 않을 수 없었다.

"미쳤어. 그만. 그만!"

또다시 헷갈리기 시작한 꿈과 현실의 경계선에서 그녀는 정신을 추스르기 위해 얼굴에 찬물을 연신 끼얹었다.

chapter

02

주말 내내 재경은 차마 떠올리기조차 남사스러운 꿈이 계속 생각나는 바람에 마음이 뒤숭숭했다. 그러면서도 자신을 등에 업고 집까지 데려다준 시훈에게 어떻게 사의를 표해야 할까 고민했다.

마음 같아서는 아무것도 기억 안 나는 척하며 실수를 무마시키고 싶었지만 이미 은지에게 들은 것이 있기 때문에 그럴 수도 없는 노릇이었다.

"너 지금 출근해서 강시훈 씨 어떻게 보나, 하고 고민하고 있지?"

"어떻게 알았어?"

자신의 속을 훤히 다 꿰뚫어 보고 있는 은지의 소름 끼치는 예측에 재경은 화들짝 놀라 되물었다.

"척 보면 척이지. 젓가락 입에 물고 멍해져서. 아니, 뭘 그렇게 고민해? 그냥 그날 데려다주신 거 너무 감사드립니다, 하고 커피 한 잔 사면 될 걸."

들고 보니 고민한 것이 민망해질 정도로 간단하게 해결될 문제였다.

"그러면 되겠지? 아휴, 난 그날 무슨 술을 그렇게나 많이 마셔가지고!"

"커피 마시면서 너스레 한번 떨어. 특별히 실수한 건 없잖아. 그냥 취해서 몸 좀 못 가눈 것뿐이지. 그것도 이해 못 하고 쩨쩨하게 구는 직장 동료라면 아예 상종을 하지 마."

똑 부러진 은지의 충고에 재경은 수긍하며 옅게 고개를 끄덕였지만, 자꾸 어딘가 모를 찝찝한 기분을 떨칠 수가 없었다.

'다른 실수한 건 없잖아'라는 대목이 귀에서 이명처럼 울렸다.

"없겠지?"

"뭘?"

"다른 실수."

"너 혹시 그날 일, 아예 기억 못 하는 거야?"

회식 자리의 주인공인 자신이 주목받지 못한다는 것에 한탄을 하며 술을 들이마셨었다. 그리곤 여사원의 부축을 받으며 가게를 간신히 빠져나와 택시에 몸을 실었다.

파김치가 되어 뒷좌석에 널브러지고 막 잠이 들려던 찰나……

"신도림 역으로 가 주세요."

남자의 목소리가 희미하게 들려왔다. '웬 남자?'라는 의문을 가졌지만 잠이라는 달콤한 유혹을 쉽게 거두어 낼 수가 없었기에 그대로 잠이 들어 버렸었다.

물론, 그 남자가 시훈이었다는 것은 천만다행이지만.

"이제 술은 정말 자제해야겠어. 시훈 씨 말고 생판 모르는 남자였다면 난, 지금쯤 '그것이 알고 싶다'에 나왔을지도 모르니까."

"야, 농담이라도 그런 말은 하지 마. 아니, 그래서 그날 일이 기억이 나냐고. 안 나냐고."

"가게에서 나와 택시 탄 것까지만 기억나."

"됐어, 그럼. 그 택시 타고 바로 우리 집 앞까지 왔겠지. 뭐."

"그렇겠지?"

여전히 벗겨 내지 못한 찝찝한 얼굴을 한 재경의 물음에 은지가 확신 가득한 표정으로 고개를 끄덕였다.

몸을 가누지 못하고 축축 늘어지는 자신 때문에 얼마나 짜증이 났을까?

특히 그동안 같이 일하면서 깨달은 바, 사적인 일로는 절대 직원들과 엮이지 않으려는 시훈의 성격으로 얼마나 버티기 힘들었을지 짐작됐다.

몇 번이고 던져 버리고 가고 싶은 것을 참아 낸 그의 의지에 박수라도 쳐 주고 싶은 심정이었다.

'아니, 근데 그 많은 사원들 중에 왜 하필이면 강시훈이 데

려다준 거람? 자진해서 떠맡았을 리는 없고……. 다른 직원들
이 나를 떠맡겼을 리는 더더욱 없을 텐데?'

생각하면 할수록 의문은 꼬리에 꼬리를 물고 늘어져 갔다.

집을 빠져나와 지하철로 향하는 발걸음을 재촉하면서도 풀
리지 않는 의문에 대해 골똘히 생각하던 재경이 골목 어귀를
막 꺾는 순간이었다.

낯설지 않은 담벼락이 재경의 시야로 들어왔다. 주말 내내
그녀의 머리 한 귀퉁이에 퍼져 있던 수많은 의문의 퍼즐 조각
들 중 하나였다.

'저 담벼락……. 저 담벼…….'

그 순간이었다. 재경의 머릿속에 흐트러져 있던 몇 개의
조각이 끼워 맞춰진 것은.

"이봐요. 김재경 씨."

"아, 정말! 말끝마다! 그놈의 김재경 씨, 김재경 씨! 강시훈 씨
는 나를 단 한 번이라도 선배라고 불러 본 적 없지?'

불만 가득한 목소리로 고함을 내뱉은 후 비틀거리는 몸으
로 느닷없이 시훈을 벽으로 몰아붙였던 자신의 모습이 떠올
랐다.

"어? 어!"

"왜냐! 너는, 나를 선배로 인정해 준 적이 없으니까!'

"아니야. 아니야!"

속속히 떠오르는 기억의 잔해에 화들짝 놀란 재경은 황급하게 뒷걸음질 치며 그곳을 벗어나 지하철역으로 향했다. 하지만 한번 맞춰진 조각들은 걷잡을 수 없이 빠른 속도로 모양새를 갖추기 시작했다.

"선배님."

"그래! 얼마나 듣기 좋아. 선배님!"

"근데 선배님."

"응?"

"지금, 저 유혹하시는 겁니까?"

"어이구, 위대하신 강시훈 님께서 김재경같이 미천한 여자가 유혹한다고 넘어오시겠습니까? 부사장님의 신뢰와 사랑을 독차지하는 분께서요?"

그의 말에 깐죽거리며 얼굴을 들이밀고 있는 자신의 모습이 떠올랐을 때, 재경은 머리를 쥐어뜯으며 좌절했다.

"아악!"

자신도 모르게 터져 나온 아릿한 비명에 지하철 안 사람들의 이목이 집중된 것도 인지하지 못한 채 재경은 괴로워했다.

"네? 저 같은 게 유혹한다고 넘……."

"넘어가 드리죠."

반쯤 잠긴 시훈의 목소리가 고즈넉한 새벽 공기에 잔잔히 스며들며 더욱 가까이 다가왔다.

자신의 앞에 선 그는 한 치의 망설임도 없이 그녀의 허리를 부드럽게 끌어안고 다른 손으로는 팔목을 움켜잡았었다.

어느새 회사 앞까지 다다른 재경은 회사 유리문이 오늘따라 연기가 자욱하고 똥물이 넘실거리는 지옥문 같아 보인다는 생각을 했다.

걸음을 내딛을 때마다 한숨을 흘려보내며 로비로 들어서는 순간까지도 그날의 기억이 재경의 머리를 콕콕 찌르고 있었다.

"이봐, 강시⋯⋯."

재경이 놀라는 찰나의 틈도 허락하지 않겠다는 듯, 시훈은 그녀의 입술 위로 자신의 보드랍지만 차가운 입술을 포개었었다.

그녀는 심장이 쿵, 하고 내려앉는 괴기함을 느꼈다.

"꿈이 아니야. 그거, 꿈 아니었어!"

실색하며 내뱉는 혼잣말에는 절망적인 확신이 들어차 있었다.

"어떡해⋯⋯. 그거 꿈 아니야. 꿈이 아니라구우. 그럼 난 어떡하지?"

좌절감을 견디지 못해 몸을 비틀거리는 재경의 귓가로 '띵─' 하는 소리가 들리더니 엘리베이터 문이 천천히 열렸다.

넋이 나간 채 혼잣말을 중얼거리던 재경은 문득 안에 타고 있는 사람 중 자신을 빤히 쳐다보고 있는 누군가를 발견했다.

"허어업!"

순간 번개를 맞은 것처럼 찌릿한 기분이 온몸으로 흘러내렸다.

금요일 밤, 자신의 입술을 탐하던 시훈의 모습을 완벽하게 떠올린 재경의 심장은 살결 밖으로 튀어나올 것처럼 거세게 요동쳤다.

"안 타실 거예요?"

앞에 서 있던 여자가 멍하니 서 있는 재경에게 퉁명스러운 목소리로 독촉했다.

재경의 난감함이 담긴 눈빛이 시훈에게로 향했다. 변화 없는 그의 덤덤한 표정과 눈빛이 그녀를 얼어붙게 만들었다.

도저히 지금 상황에서 그와 같은 엘리베이터에 탈 용기가 나지 않았다.

"아, 맞다! 클립 사 오는 걸 깜빡했네! 죄송해요. 그냥 올라가셔도 될 것 같아요!"

재경은 어설프기 짝이 없게 몸을 돌려 회사 밖으로 허겁지겁 나와야 했다.

"아! 어떡해! 어떡해애!"

마음 같아서는 지금 당장 사표를 쓸 수만 있다면 몇십 번, 아니, 몇백 번도 더 냈을 거라 단언했다. 하지만 머릿속에서 빠르게 계산기가 두들겨졌다.

아직까지 갚지 못한 학자금 대출과 그것에 대한 이자, 집 월

세, 보험비와 적금까지.

가만히 앉아만 있어도 한 달에 100만 원 가까운 돈이 빠져나가는 판국이었다.

근데 백수가 웬 말인가? 더군다나 이 회사에서 정직원이 되기 위해 얼마나 피 터지게 일을 했던가?

남들이 하기 싫어하는 일까지 도맡아 불평, 불만 없이 일했던 지난날이 아까워서라도 절대 사표는 낼 수 없었다.

대리로 진급한 게 고작 저번 주고, 오늘은 새로운 명함이 나오는 날인데…….

가던 걸음을 멈춘 재경은 자신의 머리를 콱콱 쥐어박았다. 모든 뇌세포가 죽어 버려서 아무 기억도 나지 않았으면 하는 간절한 바람과 함께.

하지만 그 바람이 이루어질 리는 만무했고 그럴수록 더욱 생동감 있게 그날의 일들이 한 컷, 한 컷 또렷하게 돋아났다.

"미쳐 버리겠다. 진짜! 그놈의 술이 원수지, 원수야! 술을 왜 처마셔가지고 이렇게 감당도 못 할 일을 만들어 놔! 만들어 놓기를!"

강시훈에게 평소처럼 아무렇지 않게 인사를 건넬 수 있을까?

몇 번이고 되물어도 그럴 수 있겠다, 라는 당당한 용기가 나지 않았다.

아니다. 오히려 이렇게 전전긍긍하는 것은 자신뿐일 수도 있다. 그 남자는 '근데 어쩌라고? 한 번쯤 그럴 수도 있지' 라는 심보로 아무 신경 쓰지 않을 수도 있다. 어쩌면 정말 혼자

이 난리를 치고 있는 것일지도…….

하지만 어쩐지 오묘하게 그게 더 기분 나쁜 재경이었다.

그때, 불현듯 사람들이 권하는 족족 술을 받아 마시던 시훈이 떠올랐다.

자신만큼이나 그도 꽤 많이 마셨던 걸로 기억하는데…….

더군다나 아까 엘리베이터에서 마주쳤을 때 그는 평소와 별반 다르지 않은 표정을 짓고 있었다.

"그래, 그 사람도 완전히 취해서 기억 못 할 수도 있어…….
그래, 그럴 수도 있는 거야."

사람의 기억이란 본래 억울한 일이 아니고서야 그 효력의 영향이 적어서 뭐든지 그때만 반짝 생각나다 금방 잊히기 마련이었다.

혹여 치명적인 실수라 하더라도 길어야 한 달 정도 지나면 분명 아무 일도 없었다는 듯이 괜찮아질 것이라 판단했다. 스스로를 그렇게 위안하면서 재경은 미치도록 집으로 돌아가고 싶은 열렬한 충동을 꾹꾹 참고 있었다.

간절히 바라는 건 단 한 가지, 그가 술에 완전히 취해서 그 날을 기억하지 못했으면 하는 것뿐이었다.

그 마지막 희망을 부여잡고 필요도 없는 클립을 잔뜩 사 가지고 사무실로 향한 재경은 평소와 다르게 무의식중 시훈의 자리를 살폈다.

등을 보이고 앉아 타이핑에 집중하고 있는 그의 눈에 띄지 않게 최대한 조심스레 자리에 앉았다.

"시훈 씨, 잠깐만 이리 와서 이 그래프 좀 봐 줄 수 있어?"

조 부장의 부름에 시훈이 자리에서 일어났다. 재경은 그제야 꽉 막혀 있던 숨통이 트이는 것 같았다.

자신이 출근한 것을 알자마자 숨을 쉬고, 의자가 불편해서 잠시 몸을 들썩이고, 흘러 내려오는 머리를 쓸어 넘기고, 타이핑을 하는 것까지 하나도 놓치지 않고 집요하게 바라보는 시훈의 뜨거운 시선에 현기증이 날 지경이었다.

'왜 저렇게 쳐다보는 거야, 정말!'

역시 그도 그날 밤을 기억하고 있는 것이 분명했다. 그렇지 않고서야 평소에는 거들떠보지도 않던 자신을 잠깐도 놓치지 않겠다는 듯이 바라볼 리가 있을까!

조 부장 덕분에 잠깐이라도 시훈의 시선에서 벗어나자 재경은 한시름 놓았다 생각하며 나지막이 한숨을 내쉬었다.

"재경 씨, 안색이 별로 안 좋은데 무슨 일 있어?"

노트북에 시선을 고정시킨 채 묻는 최 과장에게 재경은 고개를 내저어 보였다.

"아니요. 아무 일도 없어요."

말을 이어 가면서 재경은 시훈 쪽을 힐끔 눈치로 살폈다. 부장과 무언가 심각하게 얘기하고 있는 그의 모습에 불현듯 금요일 날 있었던 일이 오버랩되면서 그녀의 몸을 뜨겁게 만들었다.

자신의 입술을 훔치던 붉은 입술, 그윽하게 내려다보던 관능적인 눈빛, 허리를 감싸던 다부진 팔뚝…….

"아후!"

손부채질을 해 봐도 소용없는 짓이라는 것을 알면서 재경은 후끈 달아오른 제 얼굴을 식히고자 연신 손을 놀렸다.

　"재경 씨."

　"네."

　한참 집중해서 열을 식히고 있는데 본부장 밑의 김 비서가 상냥한 목소리를 흘리며 재경에게로 다가왔다. 무언가를 부탁할 때만 나오는 특유의 목소리로.

　"혹시 지금 많이 바빠?"

　"아니요. 무슨 일 있으세요?"

　할 일은 산더미처럼 밀려 있었지만 누군가의 부탁을 쉽게 거절하지 못하는 재경이 나지막이 고개를 내저으며 대답했다.

　"미안한데 이것 좀 부탁해도 될까? 30장씩 복사하고 스템플러 찍어서 회의실에 놔두면 되는데."

　"아, 네. 그렇게 하겠습니다."

　"그리고 정말정말 미안한데."

　"네."

　"내가 오후에 은행 업무를 좀 봐야 돼서. 자기가 회의 준비 좀 해 주라. 간단한 간식 같은 거 준비해 두면 돼."

　"알겠습니다."

　재경은 서류를 받아 들고 복사기 앞으로 다가갔다.

　A4용지를 탁탁 쳐서 각을 맞춘 후 복사 버튼을 누르려는 순간, 어디선가 익숙한 향이 코끝을 간질였다. 설마하는 마음으로 뒤를 돌아보니 서류를 들고 자신을 바라보는 시훈이 눈

에 들어왔다.

"……!"

놀란 토끼 눈이 된 재경은 얼른 고개를 복사기 쪽으로 돌리곤 복사 버튼을 꾹 눌렀다.

"이, 이게 왜 안 되지?"

다급해진 마음에 연속으로 버튼을 눌렀지만 복사기는 아무런 반응도 없었다.

그때, 재경의 허리춤으로 팔이 들어왔다. 화들짝 놀라 몸을 움찔하는 그녀의 시야로 그의 손가락이 전원 버튼을 꾹 누르는 것이 들어왔다.

젠장, 전원도 안 켜고 복사 버튼만 열렬하게 눌러 대다니. 아니, 그리고 몸은 왜 움찔거려? 눈은 왜 찔끔 감고? 보기에 얼마나 우습겠냐고!

재경은 쪽팔린 마음에 입술을 앙다물었다.

"복사 다 된 것 같은데요."

"네? 아, 네."

허겁지겁 종이를 꺼내던 재경은 그만 바닥에 복사본들을 떨어뜨려 버리고 말았다.

'아으, 정말!'

바닥에 쭈그려 앉아 흘린 복사본을 챙기며 슬쩍 올려다보니 시훈이 감정을 읽을 수 없는 미묘한 얼굴로 자신을 응시하고 있었다.

"도와드려요?"

높낮이 없는 목소리에 재경은 어색한 미소와 함께 고개를

40

내저었다.

"아니요. 괜찮아요."

되는 대로 빠르게 종이를 주워 든 그녀는 뒤도 돌아보지 않고 허겁지겁 제자리로 돌아갔다.

점심을 먹고 사무실로 올라가기 위해 엘리베이터 앞에 선 재경의 표정은 금방이라도 '와앙' 하고 눈물을 터트릴 것처럼 울상이었다.

"조퇴해 버리고 싶다."

점심시간이 오기 전까지 자신을 놓지 않던 집요한 시훈의 시선과 또 마주할까 봐 불편하기도 하고 걱정되기도 했다. 이렇게 퇴근 시간이 간절하게 기다려지는 것도 처음이었다.

하지만 재경을 불편하게 만든 것은 그의 시선 때문만은 아니었다.

"도와드려요?"

시훈과 2년가량 같이 일해 왔지만 난생처음 들어 보는 소리에 어리둥절할 수밖에 없었다.

여태 그녀가 겪었던 그는 낑낑거리면서 무거운 화분을 옮기고 있어도, 시야가 보이지 않을 정도로 수두룩하게 쌓아 올린 서류를 끌어안고 비틀거리며 걸어가고 있어도, 찻장에 손이 닿지 않아 발꿈치를 들고 안간힘을 쓰고 있어도 무심하게 지나쳤던 사람이었다.

그런데 고작 바닥에 흐트러진 가벼운 종이를 줍는 자신을 보고 '도와드려요?'라고 말하다니.

"빨리 복사하고 싶은데 앞에서 알짱거리니까 짜증 나서 그런 건가?"

차라리 그 이유 때문이라면 참 좋으련만…… 아니, 그 정도만 생각하면 참 좋으련만, 쓸데없는 상상력은 거침없이 부풀어 끝도 없이 펼쳐졌다.

"아니면 다른 이유가 있어서? 그 이유라면……."

시훈이 정말 도와줄 의향으로 건넨 말이었다면 어쩌면 담벼락에서 키스를 한 후 자신과 조금 가까워졌다고 생각하고 있기 때문일지도 모른다.

"담벼락…… 키……."

또다시 떠오른 장면에 재경의 얼굴이 달아올랐다.

"아휴!"

시도 때도 없이 떠오르는 생각을 떨치기 위해 격하게 고개를 내저으며 사무실에 도착한 재경은 부탁받은 회의 준비를 위해 자리에 앉았다.

각 매장이 월마다 제출한 보고서와 신상품의 출시 일정, 고객들의 불만 사항, 문제점을 제시한 서류와 홍보용 팸플릿을 프린트한 것을 회의실 자리마다 보기 좋게 순서대로 나열했다.

현재 거래처와 새로운 거래처 중 어느 원단이 더 나은 것인지 비교하기 위해 샘플 원단들도 준비하고 탕비실로 올라와 커피를 내렸다.

향긋한 커피가 탕비실에 은은하게 퍼져나갔다.

"음……. 냄새 좋다."

시훈의 눈치를 보느라 오전 내내 시달렸는데 긴장이 한순간에 녹아내리는 기분이었다. 만족스럽게 혼잣말을 중얼거린 그녀는 카페에서 사 온 샌드위치와 물, 주스를 분주하게 준비했다.

"바쁘네요."

"엄마야!"

너무 집중을 하고 있었던 터라 갑작스런 인기척에 화들짝 놀라고 말았다.

놀란 가슴을 쓸며 소리가 나는 쪽을 보자, 언제 왔는지 시훈이 서 있었다.

"많이 놀랐어요? 놀래키려고 그런 건 아닌데."

여유롭게 물을 들이켜며 그가 말했다. 꼭 이런 상황이 아니어도 이제 당신의 뒤통수만 봐도, 아니, 이름 석 자만 들어도 놀랄 것 같다는 말을 삼켜 넘기며 재경은 준비한 쟁반을 집어 들었다.

"도와줄게요."

"아니에요. 괜찮아요."

괜찮다는 말을 살며시 무시한 그가 쟁반을 뺏어 들어 회의실로 들어갔다.

'아까부터 뭘 자꾸만 도와주겠다는 거야? 네가 언제부터 이런 걸 도와줬다고!'

"정말 괜찮은데……."

들릴 듯 말 듯 말을 중얼거리며 시훈의 뒤를 쫓아가는 재경의 걸음은 한없이 무겁기만 했다.

쟁반을 내려놓은 그는 재경을 도와 샌드위치와 음료를 자리에 나눠 주었다.

밀폐된 회의실에서 무거운 정적이 흘렀다.

저 남자도 그날 일을 기억하고 있는 것이 분명해! 이 묘한 분위기! 우려했던 일이 터지기 일보 직전이라고!

"점심 뭐 먹었어요?"

대뜸 물어 오는 시훈의 말에 재경은 긴장으로 바싹 탄 입술에 침을 살짝 발랐다.

"라면……이요."

"그걸로 점심이 돼요?"

"배는 불러요. 워낙 좋아하기도 하고."

"아……."

다시 한 번 무거운 침묵이 흘렀다. 얼른 일을 마무리 짓고 이곳을 나가고 싶다는 생각이 재경의 마음에 만리장성을 쌓고 있었다.

"왜 안 물어봐요?"

"네엣?"

긴장을 하고 있던 탓인지 재경은 자신도 모르게 버럭 화를 내는 것 같은 억양으로 되물었다.

대체 뭘 물어보라는 말인가. 그날, 자신을 데려다주고 집에 잘 들어갔냐는 말? 아니면 그날 키스 솜씨가 어땠냐는 말? 담벼락에 밀어붙일 때 머리를 쿵 하고 부딪혔던 것 같은데 괜찮으냐는 말? 대체, 뭘? 대체 뭘!

"난 점심 뭐 먹었는지, 안 궁금해요?"

"아."

김칫국을 마시다 못해 원샷을 한 자신의 설레발에 민망해진 재경은 괜히 가렵지도 않은 목을 긁었다.

"뭐 먹었어요?"

"고기요."

'점심부터 무슨 고기람?'

"고기 하니까 회식했던 날 생각난다. 그날 고기 많이 드시던데."

익은 고기를 속속 입에 집어넣기 바빴던 재경의 모습을 시훈이 장난기 어린 표정으로 따라 했다.

"아, 제가 그랬나요? 하하……."

불편한 티를 팍팍 내며 짓는 웃음은 꽤나 떨떠름했다.

"근데 그날 말이에……."

무언가를 말할 모양인지 막 입술을 떼어 내는 시훈을 보고 재경은 찔끔 눈을 감고 소리쳤다.

"그날 저 데려다주셨다고 들었어요! 너무 감사드립니다. 제가 실수한 건 없죠?"

'그래, 어색하기 짝이 없더라도 모른 척하자. 끝까지 모르겠다고 잡아떼면 아무리 강시훈이라도 뭐 별수 있겠어? 무조건 잡아떼자! 그렇지 않으면 끝장이야, 김재경!'

아무 반응도 하지 않는 시훈의 모습에 재경은 급하게 떡을 집어삼키기라도 한 것처럼 붉어진 얼굴로 말을 이어 나갔다.

"제가 술을 너무 많이 마셨나 봐요. 어쩜 이렇게 그날 기억이 하나도 안. 나. 는. 지. 모르겠어요. 집에 데려다주신 것도 룸메이트한테 들어서 알았어요! 다음에 시간 되면 점심 사 드 릴게요. 다시 한 번 그날 정말 감사하고 죄송했습니다."

시훈은 여전히 아무런 반응을 취하지 않고 있었다. 그런 그의 행동이 재경을 더욱 긴장하게 만들었다.

"그리고 오늘 도와주신 것도 너무 감사합니다!"

쏜살같이 말을 쏘아붙인 재경은 빈 쟁반을 옆구리에 끼고 회의실을 허겁지겁 빠져나왔다.

"이렇게 말했으면 대충 알아들었겠지? 후…… 잘했어. 여 기서 그날 일에 대해서 계속 붙잡고 늘어지면! 상종 못 할 동 료가 되는 거지!"

행여나 시훈이 쫓아 나왔을까 싶어 회의실 근처를 힐끔거 렸지만 침묵만이 그 자리를 지키고 있을 뿐, 어디에도 그의 흔적은 보이지 않았다.

시훈의 지난 주말은 지루하고 답답하기만 했다. 이전의 주 말과는 확연히 다른 느낌이었다.

그에게 있어서 주말이란, 평일 동안 회사에 최선을 다해 쏟아부은 에너지를 충전하는 날이었다. 핸드폰의 전원을 끄 고 개인적인 약속도 웬만하면 잡지 않은 채 오로지 자신만을 위해 보내는 여유로운 시간.

평소 밀어 두었던 책도 읽고, 요리도 직접 만들어 먹고, 가 끔은 실내 스키를 타거나 수영도 했다.

화실에 내려가 손목이 아릴 정도로 그림을 그리거나 영화를 보다 보면 지루할 틈 하나 없이 지나가는 아쉬운 시간이었다.

그런데 이번 주 주말은 시간이 너무나 더디게 갔고 따분함까지 느껴졌다.

심지어는 오지 않는 잠에 침대에서 수십 번을 뒤척이다 밤을 새기도 했다.

29년 인생에서 처음으로 무의미한 주말을 보내고 출근을 한 시훈은 회사에서 맞닥뜨린 재경을 보자마자 그 이유를 명백하게 알 수 있었다.

레이스가 달려 있는 하늘하늘한 아이보리색의 원피스와 쇄골을 조금 넘는 웨이브진 머리, 꽃망울이 달린 연분홍색 단화를 신은 작은 발과 자신과 마주하자마자 휘둥그레진 귀여운 눈.

그녀, 김재경.

까맣게 물들어 한 발자국도 내딛을 수 없을 것 같던 길에 광명이 슬그머니 고개를 쳐드는 것 같은 반가운 기분이 들었었다.

물론, 재경은 자신을 보곤 혼비백산해 도망쳤지만.

그 잠깐의 순간에도 시훈은 그녀의 붉고 촉촉한 입술을 시선으로 좇았다.

달콤하고도 따뜻한 입술이었다. 다시 한 번 느껴 보고 싶을 만큼.

하지만 확인해 보아야 했다. 자신의 감정을 얼마나 유지할수 있는가를…….

단지, 그녀의 몸을 완벽하게 탐하지 못했다는 것에 대한 일시적인 욕심이나 아쉬움 때문인지, 아니면 주말 내내 자신의 머릿속을 휘잡고 돌아다닌 '김재경'이라는 단일한 이유 때문인지 말이다.

"아휴, 씨!"

스타킹이 흉측한 자국을 드러내며 뿌욱 하고 나가 버렸다. 회식 이후로 되는 일이 하나도 없다. 심지어 어제는 갑자기 훅 다가온 시훈에 흠칫 놀라 컵을 놓쳐서 깨 버리질 않나, 마주하며 다가오는 시훈을 피하겠다고 다급하게 돌아서다 기둥에 어깨가 부딪혀 넘어지질 않나. 오늘은 아침부터 스타킹이 말썽이다.

"칠칠맞지 못하게, 정말! 못 산다. 내가."

스스로를 나무라며 화장실에서 나온 재경은 자리로 돌아와 지갑을 챙겨 들었다.

"어디 가?"

"스타킹이 나가서요. 빨리 사 가지고 올게요."

가까운 편의점으로 향한 재경은 진열대로 가서 평소 신는 스타킹을 집어 들고 카운터로 향했다.

"아휴, 할머니. 안 된다니까요. 돈이 부족한데 이걸 어떻게 사신다는 거예요. 그냥 두고 나가세요."

알바생의 짜증 섞인 목소리가 향한 곳으로 시선을 돌리니, 누추하고 꾀죄죄한 옷차림의 할머니가 잔뜩 기죽은 얼굴로 빵을 만지작거리고 있었다. 누가 보아도 굶주린 듯한 모습이었다.

재경은 방향을 틀어 가장 큰 우유와 소시지, 그리고 샌드위치를 골라 계산대 위에 올렸다.

"이것도 같이 계산해 주세요."

그리고 할머니가 아쉬움에 만지작거리던 빵까지 같이 들이밀었다.

"네?"

"같이 계산해 달라고요. 얼마예요?"

"10,200원이요."

알바생이 봉투에 계산한 것을 담아 주자마자 재경은 그 안에서 스타킹만 빼고 나머지를 할머니에게 두 손으로 쓱 내밀었다.

"별거 아니지만 맛있게 드세요. 아, 그리고."

재경은 5만 원짜리 지폐 하나를 알바생에게 건넸다.

"이 할머니, 여기 오시면 이만큼의 음식은 드리세요. 제가 미리 계산하는 거예요. 할머니, 배고프시면 여기 와서 뭐라도 좀 드세요."

마음 같아서는 할머니에게 직접 드리고 싶었지만, 혹시나 자존심이 상하실까 봐, 또 그 돈을 아무렇게나 써서 또다시 이런 일이 발생할까 싶어 알바생에게 건네었다. 곤란해하는 알바생에게 부탁을 하고 돌아서자 할머니가 다급하게 다가왔다.

"고마워요, 젊은이. 너무 고마워."

"아니에요. 맛있게 드세요."

할머니에게 인사를 하고 돌아선 재경의 뒤로 익숙한 그림자가 멈춰 섰다.

"1,200원입니다."

시훈의 입술이 묘하게 틀어 올려졌다. 어딘가 모르게 뭉클하고 따뜻해지는 기분이었다.

그는 10만 원짜리 수표를 알바생에게 건넸다. 고작 1,200원짜리를 사면서 수표를 건네는 손님을 곱지 않은 시선으로 바라보다 열심히 거스름돈을 챙기는 알바생의 머리 위로 건조한 목소리가 들려왔다.

"거스름돈은 됐습니다."

"네?"

"저도 미리 계산하는 거예요. 저 할머니 여기 오시면 이만큼의 음식은 드리도록 하세요."

이게 다 무슨 일인가 싶어 벙쪄 있는 알바생을 뒤로하고 탄산수를 집어 든 시훈의 걸음은 제법 가벼웠다. 검은 봉지를 들고 부지런히 뛰어가는 재경의 뒷모습을 흐뭇하게 바라보다 이내 그도 걸음을 재촉했다.

회사 로비로 향하니 엘리베이터를 기다리고 있는 재경이

보였다. 시훈은 그녀를 눈에 담으며 입가에 엷은 미소를 띠었다. 남몰래 한 그녀의 선행에 작은 감동을 받은 그가 막 엘리베이터 안으로 들어가려는 재경에게 가까이 따라붙었다.

"좋은 아침입니다."

"엄마야!"

어깨까지 들썩이며 자지러지게 놀라는 재경을 보고 시훈은 여유롭게 미소를 지었다.

"아, 안녕하세요."

"어깨는 좀 괜찮으세요?"

시훈이 제 어깨를 가볍게 두들기며 물었다.

"어깨요?"

"어제 기둥에 박으셨잖아요."

그런 몹쓸 것을 다 기억하고 있다니…….

재경은 창피한 마음에 홍당무처럼 달아오른 얼굴을 하고 마지못해 고개를 끄덕였다.

"네. 아무 문제 없습니다."

"다행이네요. 앞으로는 조심히 다니세요. 그러다 크게 다치기라도 하시면 어쩌려고."

마침 엘리베이터 문이 열렸다. 먼저 걸음을 떼던 시훈은 꼼짝하지 않는 재경을 돌아보았다.

"안 내려요?"

"아, 전 잠깐……. 관리팀에 갔다 와야 될 것 같아서……."

스타킹을 들고 화장실로 뛰어가는 모습을 보이고 싶지 않았던 터라, 재경은 대충 둘러대며 아래층으로 향했다.

"숨 막혀 죽는 줄 알았네. 진짜 왜 저러는 거야?"

평소는 절대 하지 않던 인사를 먼저 건네질 않나, 남의 일에 오지랖을 보이더니, 오늘은 어깨가 괜찮으냐는 말까지 건넸다.

회식 이후로 갑작스럽게 변해 버린 그의 행동에 재경은 혼란스러움을 감출 수 없었다.

"정말. 대체. 갑자기 왜! 왜! 저러는 거야!"

본연의 목적을 알 수 없는 시훈의 수상쩍은 변화가 부담스럽기도 했고, 한편으로는 찝찝하기도 했다.

"재경 씨. 나 이거 한 번만 봐줄래?"

재경은 사무실로 들어오자마자 자신에게로 다가오는 과장의 서류를 받아 들었다. 그 와중에도 자리를 지키고 앉아 있는 시훈의 모습을 신경 쓰며.

"이 부분이 좀 이상해서. 재경 씨가 보기엔 어때?"

과장은 재경의 옆으로 바짝 다가와 서류를 눈짓했다. 며칠 전 보고받았던 자료와 다른 부분이 한두 군데가 아니었다.

"그러게요. 이게 왜 이러지?"

"어디요? 제가 봐 드릴게요."

그때였다. 언제 왔는지 재경과 과장의 사이로 시훈이 비집고 들어오더니 서류를 빼앗아 살폈다. 꼼꼼하게 살피는 그에게서 그녀는 주춤하며 한 발자국 물러섰다.

"서류 몇 장이 인쇄가 안 된 것 같은데. 여기 보면 1번 항목 다음에 바로 4번 항목으로 넘어가잖아요."

시훈이 서류를 무심한 손길로 과장에게 넘겼다.

"어? 그러네?"

"과장님, 앞으로 이런 일 있으면 저한테 제일 먼저 말씀해 주세요. 제가 확인해 드릴게요."

이렇게 적극적으로 나서서 일을 해결해 주는 시훈의 모습은 처음이었기에 과장은 당황하지 않을 수 없었다.

"어? 어. 그래, 시훈 씨. 고마워."

"네."

억지 미소를 한껏 지어 보인 시훈은 여전히 재경 앞에 서 있는 과장을 의아하게 바라보았다.

"볼일 다 끝나신 거 아니에요?"

"어? 어. 그렇지."

과장이 돌아가자 둘 사이에는 다시 어색한 침묵이 흘렀다. 그것을 견디지 못한 재경이 서둘러 자신의 자리에 가 앉았다.

"오늘 혹시 시간 괜찮으면……."

자리에 앉은 재경에게 다가간 시훈이 깊숙이 상체를 숙였다. 팔 하나는 의자 위에, 다른 하나는 책상 위에 올려놓는 재경을 가둔 자세로.

"어머! 내 정신 좀 봐! 공 선배가 업무과 좀 갔다 오라고 그랬는데!"

시훈의 말을 못 들은 체하며 재경은 서둘러 자리에서 일어나 사무실을 빠져나왔다.

"아, 미치겠다. 정말!"

재경은 빠져나온 사무실 안을 힐끔 살피다 머쓱한 듯 자신의 자리로 돌아가는 시훈의 뒷모습을 보고 발을 동동 굴렀다.

갑자기 자신의 주위를 맴돌며 이것저것 참견하는 시훈의 모습이 부담스러운 것은 둘째 치고, 그를 마주할 때마다 문득문득 떠오르는 키스에 반사적으로 반응하는 자신의 몸 때문에 미칠 지경이었다.

"김 대리 점심 안 먹어?"

과장의 물음에 재경은 노트북에서 시선을 떼지 못하고 대답했다.

"네. 마무리 지을 게 있는데, 지금 막 집중이 돼서 흐름이 깨지면 안 될 것 같아요. 식사 맛있게 하고 오세요. 과장님."

못해도 오늘 오전까지는 끝냈어야 하는 업무였는데, 자꾸만 쳐다보는 시훈의 시선이 신경 쓰여 집중을 하지 못한 탓에 밀리고 말았다.

사원들이 하나둘씩 빠져나가고 텅 비어 적적한 사무실엔 재경의 빠른 타이핑 소리만 간헐적으로 울릴 뿐이었다. 그녀는 한참을 그렇게 노트북 화면과 서류를 번갈아 보며 집중했다.

"아휴, 끝났다. 그래도 다행이네. 제시간에 끝나서. 으으윽!"

업무가 끝났다는 홀가분함을 느끼며 늘어지게 기지개를 필 때였다. 멀찍이서 나지막한 숨소리가 들려온 것은.

"어?"

아무도 없을 거라 생각하던 와중 느껴지는 인기척에 의아해하던 재경은 칸막이 너머로 빠끔히 고개를 치켜들다 화들짝 놀라 얼른 몸을 수그렸다.

"다 끝난 거예요?"

나름 순발력 있게 피한다고 피한 건데, 이미 눈을 마주친 시훈이 자리에서 일어나 이쪽으로 천천히 걸어오는 소리가 들려왔다. 재경은 칸막이 안으로 몸을 숨긴 채 난감함에 물이 든 한숨을 토해 냈다.

"배고파서 죽는 줄 알았네. 이러다 오늘 점심 못 먹는 줄 알았잖아요."

어느새 칸막이 앞까지 온 시훈이 거북이처럼 납작 엎드리고 있는 재경을 바라보며 말했다.

의도를 파악할 수 없는 아리송한 말에 재경이 천천히 고개를 들었다. 얼굴에는 그게 무슨 뚱딴지같은 소리냐는 감정이 가득했다.

"점심 산다면서요."

"네?"

그런 말을 한 적이 있……

"다음에 시간 되면 점심 사 드릴게요."

있구나. 했었어……. 근데 그게 바로 오늘이 될 줄이야.

"서두르지 않으면 안 될 것 같은데. 점심시간 이제 겨우 20분 남았거든요."

시훈의 독촉에 재경은 낙담하면서도 자기가 뱉은 말을 물릴 수는 없다고 생각하며 자리에서 일어났다.

"뭐 먹고 싶은 거 있어요?"

엘리베이터를 잡아 세운 재경이 그와 눈도 마주치지 않고 물었다.

"저는 뭐든 잘 먹어서 괜찮아요. 선배는 뭐 먹고 싶은 거 없어요?"

'선배? 지금 얘가 나한테 선배라고 그런 거야?'

낯설지만 낯설지 않은 단어에 재경의 눈이 휘둥그레졌다. 긴가민가하던 불안감이 비로소 완벽한 확신이 되자 그녀의 감정이 낭패로 물들어져 갔다.

그는 그날 일을 뚜렷하게 기억하고 있었다. 선배로 대해 주지 않는다고 윽박을 내지르던 자신의 모습을 말이다. 그러지 않고서야, 한 번도 불러 본 적 없는 '선배' 소리를 이렇게 갑자기 할 리 만무했다.

그가 그날 일을 빠짐없이 기억하고 있다는 좌절감에 꼼짝하지 못하는 재경을 뒤로하고 시훈은 문이 열린 엘리베이터로 몸을 실었다.

"얼른 타요. 점심시간 얼마 안 남았어요."

회사 밖으로 나왔지만 막상 갈 만한 식당이 없었다. 고작 15분밖에 남지 않은 점심시간 때문에 어딜 가든 애매한 상황이었다.

"혹시 괜찮으면 햄버거 먹을래요?"

재경이 패스트푸드점을 가리키며 조심스럽게 물었다.

"햄버거요? 저 햄버거 싫어하는데."

"아⋯⋯."

아까는 뭐든 잘 먹는다면서.

"선배, 뭐 먹고 싶은 거 없어요?"

그렇게 듣고 싶었던 '선배'라는 단어에 부담을 느끼던 재경은 그곳을 떠올렸다. 시간이 없을 때 대충 끼니를 때우던 그곳을.

모든 요리가 전자레인지로 3분 만에 해결되는 그곳!

"밥도 먹고 싶고 칼칼한 국물도 좀 먹고 싶고."

"어? 그거 괜찮겠다."

순순히 동의하는 시훈의 눈치를 살피며 재경이 슬쩍 어딘가를 가리켰다. 그의 시선이 그녀의 손가락 동선을 따라 움직이다 멈추었다.

딸랑, 촌스러운 종소리를 울리며 시훈과 재경이 들어선 곳은 다름 아닌 편의점이었다.

꽤 널찍한 편의점 안으로 들어간 재경은 자신이 먹을 라면을 고르며 힐끔 시훈 쪽을 바라보았다.

떠올리고 싶지 않은 치명적인 실수는 실수고, 한편으로는 그날 일이 고맙기도 했다. 그래서 실수의 부끄러움이 조금 누그러지면 정말 근사한 밥 한 끼를 살 생각이었다. 그러니까 편의점에서 끼니를 때우는 것은 난생처음이라는 듯한 이질적인 분위기를 풍기며 매우 심각한 얼굴인 시훈을 삼각김밥 코너 앞에 세우고 싶진 않았다는 뜻이기도 했다.

그가 자신을 얼마나 파렴치한 여자라고 생각할까? 술에 취

한 걸 챙겨서 집까지 데려다줬는데, 고작 산다는 식사가 편의
점 삼각김밥이라니.

"선배."

미안하기도 하고, 염치가 없기도 해서 나지막이 한숨을 내
쉬던 재경은 느닷없이 자신을 부르는 목소리에 화들짝 놀라
잰걸음으로 그에게 다가갔다.

"네?"

"뭐가 맛있죠? 저 라면은 이걸 먹을 생각인데."

시훈이 아주 매콤한 스프가 들어 있는 컵라면을 흔들어 보
였다.

"그럼 이게 좋겠네요. 라면 다 먹고 이거 비벼 먹으면 그렇
게 맛있다고 하더라고요."

재경이 삼각김밥 하나를 집어 주며 말했다.

"아, 그럼 전 이렇게."

"뭐 안 마셔도 돼요? 이 라면 진짜 매운 거거든요."

"많이 매워요?"

"마시면서 먹으면 좀 덜 매울 거예요."

복숭아맛이 나는 주스 하나를 집어 든 재경이 계산대로 향
했다.

그녀가 계산을 하는 동안 구석에 있는 빈자리로 향한 시훈
은 편의점을 쭉 둘러보며 실없이 웃었다.

세상에, 점심을 이런 데서 먹어 보기는 또 처음이었다.

계산을 다 끝낸 재경은 능숙하게 컵라면 용기를 뜯어 뜨거
운 물을 받았다.

"미안해요. 원래는 더 맛있는 거 사 주고 싶었는데 시간이 없어서."

"어쩔 수 없죠, 뭐. 사실 저도 더 비싼 거 얻어먹고 싶었는데 오늘은 시간이 없으니까."

"미안해요."

"그렇게 미안하면 다음에 또 사요. 그때는 근사한 걸로."

이 어색한 자리를 또 마련해야 하는 건가 싶어 다소 심각해진 재경의 시야로 삼각김밥을 어떻게 뜯어야 할지 몰라 방황하고 있는 시훈이 보였다.

"줘요. 내가 뜯어 줄게요."

괜찮다고 할 줄 알았는데 말이 끝나기 무섭게 재경의 손바닥 위로 삼각김밥이 올려졌다.

비닐을 벗겨 주자 배가 고팠던 모양인지 그가 단숨에 삼각김밥을 먹어 치웠다.

"배가 많이 고팠나 봐요. 하나 더 먹을래요?"

망설임 없이 그가 고개를 끄덕였다.

자리에서 일어난 재경이 삼각김밥 하나를 더 집어 들어 계산을 하고 오자, 반으로 갈라진 나무젓가락이 세팅된 라면 위에 곱게 올려져 있는 것이 보였다.

뜨거운 면을 후후 불어 몇 가닥 먹은 시훈은 생각보다 훨씬 매운맛에 어쩔 줄 몰라 하는 듯했다.

"많이 맵죠? 이거 마셔요. 이거."

재경이 복숭아 주스를 따서 건넸다. 벌컥벌컥 주스를 마시자 매운 기가 조금은 사라졌는지 그가 한결 나아진 얼굴로 고개를 내저었다.

"와, 진짜 맵네요."

매운 것을 먹어서 그런가, 그의 입술이 유독 더 붉어진 것 같았다.

재경은 또다시 떠오르는 키스 장면에 얼굴이 달아오를까 싶어 그의 입술에서 얼른 시선을 떼어 냈다.

점심을 먹은 두 사람은 후식으로 커피를 사 들고 편의점을 나왔다.

"잘 먹었습니다."

회사를 향해 걷다 재경이 서 있는 곳을 돌아보며 인사를 건네던 시훈의 옆으로 오토바이 한 대가 굉음을 내며 무서운 속도로 질주해 왔다.

"위험해요!"

놀란 재경이 시훈의 팔목을 잡고 얼른 자신 쪽으로 끌어당겼다.

"무슨 운전을 저렇게 난폭하게 해? 괜찮아요? 시훈 씨?"

물음에도 아무 대답 없이 아래로 향해 있는 시훈의 시선을 따라간 재경이 화들짝 놀라 얼른 손을 떼어 내며 뒤로 물러섰다.

"어머!"

재경의 격한 반응에도 시훈의 시선은 여전히 자신의 손목으로 향해 있었다. 갑작스럽게 찾아든 어색한 분위기에 그녀는 서둘러 걸음을 옮겼다.

"벌써 1시가 넘었네! 얼, 얼른 들어가요! 시훈 씨!"

한참을 걸어가다 뒤를 돌아보니 천천히 걸어오는 시훈은 여전히 넋이 나간 얼굴이었다.

감당이 안 될 정도로 쏟아지는 잠을 이겨 내지 못하고 재경은 자리에서 일어났다. 커피라도 한 잔 마시면서 잠을 깨야 할 것 같았다.

손으로 가볍게 얼굴을 두드리며 탕비실로 향하던 그녀는 시훈을 힐끔 쳐다보았다. 그는 점심을 먹고 온 직후부터 계속 저 자세였다. 턱을 괸 채 먼 산을 바라보고 있는 듯했다.

그런 시훈을 지나쳐 탕비실 안으로 들어온 재경은 찻장에 있는 컵을 꺼내 커피를 붓고 물을 받으려 정수기 쪽으로 걸음을 옮겼다.

"선배."

"엄마야!"

시도 때도 없이 선배라고 불러 대며 불쑥불쑥 등장하는 시훈 때문에 재경의 심장은 더 이상 떨어질 곳이 없었다.

"네, 무슨 일이에요. 시훈 씨."

놀란 가슴을 쓸어 내며 재경이 물었다.

"다시 한 번 만져 볼래요?"

느닷없이 팔을 앞으로 쓱 내밀며 그가 말했다.

"네?"

"여기요. 아까 점심때처럼 다시 한 번 만져 보라고요. 확인할 게 있어서 그래요."

자신의 재촉에도 재경이 아무런 반응을 보이지 않자, 시훈이 대뜸 그녀의 손을 잡고 자신의 팔목 위에 얹었다.

그의 팔목에 손이 닿자마자 재경은 얼른 손을 뿌리쳤다.

"이게 뭐하는 짓이에요?"

행여나 밖으로 새어 나갈까 작은 목소리로 나무라는 재경의 모습에도 시훈은 눈 하나 깜빡이지 않았다.

"잠깐이면 돼요. 잠깐⋯⋯."

기습적으로 재경의 팔목을 잡은 시훈은 품에 그녀를 끌어안았다. 예기치 못했던 상황이기에 재경은 아무런 태세도 취하지 못한 채 그의 품에 그대로 안기고 말았다.

"이, 이봐요! 강시훈 씨!"

벗어나려고 발버둥 치면 칠수록 더욱 힘을 주어 끌어안는 시훈 때문에 재경은 돌아 버릴 것 같았다. 옷을 입고 있어도 느껴지는 그의 살결에 그녀의 몸은 즉각적으로 반응했다. 담벼락에서 키스를 나누었던 그날처럼 그녀의 몸이 조금씩 뜨거워지고 있었다.

"주희 씨, 탕비실 가는 김에 나도 커피 한 잔만 타다 줘."

"네."

밖에서 희미하게 들려오는 발걸음 소리에 도저히 안 되겠다 싶던 재경은 어금니를 꽉 깨물고 사력을 다해 시훈을 밀어냈다.

시훈이 재경에게서 떨어지자마자 간발의 차로 주희가 탕비실 안으로 들어왔다.

"두 분 여기서 뭐하세요?"

둘 사이에 흐르는 묘한 기류를 감지했는지 주희가 고개를 갸웃하며 물었다.

"뭘 하긴. 시훈 씨가 커피 한 잔 타 달라고 부탁해서 타 주고 있던 참이었지."

"아……."

재경은 얼른 뒤를 돌아 컵을 꺼내 커피를 부었다.

하지만 여전히 그 자리에 우두커니 서서 깊은 생각에 잠겨 있는 시훈에게 쏠리는 신경을 쉽게 거둘 수는 없었다.

"저기, 주희 씨 미안한데. 혹시 주희 씨가 시훈 씨 커피 좀 타 줄 수 있어?"

"아, 네. 물론이죠."

"그럼, 난 이만……."

아직도 가시지 않은 채 온몸에서 느껴지는 시훈의 흔적을 뒤로하고 재경은 빠른 속도로 탕비실을 빠져나왔다.

❖　　　❖　　　❖

"나 회사 때려치울까 봐."

탕비실에서 돌발적으로 끌어안았던 것부터 시작해 하루 종일 느껴지던 시훈의 시선은 견딜 수 없이 자극적이었다.

오리발을 내민 탓에 이제 와 그날을 기억한다고 할 수도 없고, 아니, 다시 기억이 났다고 말한들 대화를 어떻게 나눠야 하는지도 갈피가 잡히지 않았다.

"후우……."

"밥상머리에서 한숨 쉬는 거 아니라고 했다."

"아무튼 그놈의 술이 문제야. 술을 조절하지 못하는 이놈의 멍청한 뇌가 문제라고!"

재경이 자신의 머리를 주먹으로 콩콩 때렸다.

"어디 그 정도로 말귀를 알아듣겠어? 이리 와 봐. 내가 제대로 손봐 줄게."

"아니야. 괜찮아."

숟가락을 손에 쥐고 자리에서 일어나는 은지를 간신히 뜯어말린 재경은 다시 한 번 어깨가 들썩일 정도로 깊은 한숨을 내쉬었다.

"너, 솔직히 까놓고 말해 봐."

"까는 건 땅콩 껍질한테나 써먹는 거 아니냐?"

"아직 네 뇌가 정신을 못 차렸나 보다."

"아니야. 나 멀쩡해."

팔을 식탁 위에 올려놓은 은지가 상체를 재경 쪽으로 깊숙이 내밀었다.

"너, 그날 밤 그 남자랑 뭔 일 있었지?"

"뭐?"

"단순하게 회식 자리에서 집까지 바로 데려다준 그런 상황은 아니었지?"

은지의 노골적인 추궁에 재경은 아무런 태세도 취하지 못하고 그대로 넋을 놓고 말았다.

"어? 말해 봐. 너 분명 그 남자랑 뭐 있었어."

'정신 차려, 김재경! 아무리 나를 믿고 좋아하는 친구라도, 사귀지도 않는 남자와, 그것도 회사 후배와 키스를 했다고 하

면 실망할 것이 분명해. 적어도 당당하거나 자랑할 만한 일은 아니잖아.'

"얘는, 무슨 상상을 하는 거야? 음란마귀가 껴도 단단히 꼈네. 몇 년 동안 연애 안 하더니. 왜? 남자들만 보면 그런 쪽으로밖에 생각이 안 나?"

"지나치게 흥분하고 변명을 늘어놓는 것도 의심스러워."

은지가 쓰읍, 하고 입맛을 다시며 검지로 재경을 가리켰다.

"자, 봐 봐. 취한 널 그 남자가 집까지 데려다준 것이 끝이라면, 직장 동료로서 베풀 수 있는 호의 정도로 끝날 일이야. 만약 너무 미안하고 고마웠다면, 막말로 식사 한 끼만 사 주면 되잖아."

"……."

"근데 느닷없이 회사를 그만두겠다고 하네? 네가? 6년을 넘게 다니면서 한 번도 해 본 적 없는 말을 갑자기 내뱉어. 그 힘들다는 계약직도 3년이나 버텨 낸 네가! 복지도 좋고, 거리도 가까워서 좋다며 평생 뼈를 묻을 거라고 했던 그 회사를?"

내려놓았던 팔을 맞물려 팔짱을 낀 은지의 눈빛엔 의혹이 가득 차 있었다.

"아무 일도 없었다는 것 치고는 앞뒤가 안 맞는다고 생각되지 않아? 나만 그래?"

반박조차 할 수 없는 논리정연한 은지의 말에 재경은 달콤한 꿀이라도 먹은 벙어리처럼 입을 다물었다.

"뭐야. 취해서 대체 무슨 짓을 한 거야?"

술 마시고 정신 못 차리는 것도 못마땅해하는 친구인데. 스스로도 이해가 되지 않을 정도로 돌발적인 행동에 지우고 싶은 수치심인데.

재경은 들고 있던 숟가락을 내려놓고 자리에서 일어났다.

"아니라니까, 그런 거. 그냥 직급이 오르니까 할 일이 더 많아지고 이것저것 힘들어서 그래. 그건 그렇고 너 취직은 어떻게 됐어?"

이럴 때는 화제를 돌리는 것이 최고다.

"뭐가 어떻게 돼. 원서 넣어 보고 있지."

은지는 호텔경영학과를 수석으로 졸업하고 모던한 인테리어로 두둑한 팬층을 보유한 5성급 호텔에 취업을 했었다. 업무 능력도 뛰어나서 누구보다 빠른 승진을 했던 그녀는 돌연 식물 키우는 것에 재미가 들려 사업을 하겠다고 회사를 때려치웠다.

하지만 사업은 생각보다 잘되지 않았고 퇴직금까지 다 써버리는 바람에 다시 일자리를 구해야 할 판국이었다.

"아니. 지금 내 취업이 문제가 아니라, 너 그날 말이야."

"아! 피곤하다. 들어가서 쉬어야겠어."

화제를 바꾸는 것에 실패한 재경이 은지의 시선을 회피하며 서둘러 일어났다.

"야!"

뒤에서 우악스럽게 부르는 은지를 외면하고 방으로 들어온 재경은 불도 켜지 않고 그대로 침대에 벌러덩 드러누웠다.

촌스러운 꽃 모양이 희미하게 박혀 있는 천장을 멍하니 보고 있으니 떠올리지 말아야 할 일들이 속수무책으로 떠오르기 시작했다.

그날의 일들. 오늘 있었던 일들…….

"대체, 뭘 확인하겠다는 거였지?"

답이 돌아오지 않는 질문이 재경의 입가에서 메아리처럼 울려 퍼졌다.

잠에서 깨어나 샤워를 끝낸 후, 햇살 좋은 테라스에 앉아 간단하게 브런치를 먹는 동안에도 시훈은 재경의 모습을 머릿속에서 떨칠 수가 없었다.

무언가를 이렇게까지 끈질기게 떠올린 것은 29년 만에 처음 있는 일이라 놀랍기도 하고 신기하기도 했다. 더 신기하고 놀라운 일은 그 무언가가 '여자'라는 것이었다.

시훈에게 있어 여자라는 존재는 몹시 성가시고 번거로운 것이었다.

그동안 그가 겪은 여자들은 울고 불며 저를 좋아해 달라고 떼를 부리거나 지인들에게 연결해 달라고 매달려 그를 곤란하게 만들었다.

시훈이 여자라면 치를 떠는 것도 어쩌면 당연한 반응이었다.

그래서인지 불그스레한 얼굴을 하고 자신의 품에 안긴 채 연신 딸꾹질을 하며 저를 올려다보던 재경의 모습에서 낯설고 묘한 감정을 느꼈다.

자신에게 한마디라도 더 걸어 보려고 발악하는 여직원들과 달리, 자신을 어떻게 하면 피할 수 있을까 고민하는 모습이 새로웠다.

회식 전에는 뒤에서 저를 노려보기만 하던 재경이 부끄러운 듯한 눈빛으로 자신을 올려다보고 있는 상황에 관심을 가지지 않을 수가 없었다.

그것은 시훈에게 있어 존재하지 않을 것이라 생각했던 남자의 본능을 깨우는 데 충분했다.

멈출 수가 없었다. 재경의 입술을 탐하는 행동을.

달뜬 신음을 내뱉으며 자신에게 몸을 맡기는 그녀를 보내고 싶지 않다는 욕망이 온몸을 무서운 기세로 휘어 감았었다. 자신의 허리춤을 어색하게 쥐어 잡고 있는 재경의 손길에 민감하게 반응했었다.

재경을 있는 힘껏 끌어안고, 그녀의 입안을 마음껏 헤집고 다니면서도 감당되지 않는 결핍이 그를 미치게 만들었다.

키스를 끝내고 재경과 자리를 옮기기 직전에 '들어오지 않으면 사지를 찢어 버리든가, 영영 집에서 내쫓아 버릴 것'이라는 룸메이트의 협박 전화가 없었다면 시훈은 재경의 밤을 완전히, 아주 완벽하게 품었을지도 몰랐다.

어느새 까무룩 잠든 재경을 등에 업고 침대에 내려놓는 순간까지도 제 온몸을 방랑하던 아쉬움 때문에 발걸음이 떨어지지 않았었다.

재경의 곁에 더 머물고 싶었고 그녀를 자신의 품에 더욱 끌어안고 싶었다. 기억이 나지 않는다고 그녀가 목에 핏대까지 세우며 오리발을 내밀 적에도 그랬다.

왜 기억을 못 하지? 난 하루에도 몇 번씩 떠오르는 그 생각에 아무것도 하지 못하고 있는데!

여자와 떨어지는 순간에 이런 아쉬움을 느껴 본 적이 있었던가?

시훈은 스스로의 감정이 혼란스럽기만 했다. 재경이 자꾸만 자신을 피하고 도망치는 것도 싫었다. 그 생각은 어제 점심을 함께하면서 더 절실해졌다.

편의점에서 고작 라면과 삼각김밥을 먹으면서도 불만스럽지 않았던 건, 그녀가 함께 있었기 때문이었다.

무섭게 달려오는 오토바이에 놀라 그녀가 자신의 손목을 잡고 끌어당겼을 때 느꼈던 감촉을 시훈은 아직도 기억하고 있었다. 떨어지는 것이 지독히도 아쉬워 심장이 간질간질했던 그때의 기분 또한.

"여기 좀 만져 볼래요?"

뜬금없는 제 말에 수줍음을 타며 손목을 만져 보던 다른 여직원에게서는 재경에게서 받았던 감정을 느낄 수 없었다.

재경을 떠올리고 있자니 심장이 견딜 수 없을 만큼 거칠게 뛰고 보송보송했던 몸은 순식간에 달아올랐다.

입맛이 급격하게 떨어진 그는 자리에서 일어나 아무것도 바르지 않은 부드러운 머리카락을 마구 흩트렸다. 깊은 한숨을 내쉬다 아래층으로 내려가 러닝머신 위에 섰다.

운동을 하면 조금 나아질 거라는 기대를 하며 속도를 점점 높였지만 그러면 그럴수록 재경이 더욱 분명하게 모습을 드러냈다.

운동을 해서 그런지, 아니면 그녀를 생각해서 그런지 몸은 달아오르다 못해 터질 것만 같았다.

"미치겠네."

가벼운 먼지처럼 내뱉은 혼잣말을 뒤따라오듯 단 한 가지의 생각이 들었다. 이제 더 이상 부정할 수 없는 그 생각.

"김재경⋯⋯."

그녀가 보고 싶다.

"김재경."

이제는 결단코 그녀를 모른 척하지 않으리라 다짐했다.

오늘도 어김없이 할 말이 굉장히 많아 보이는 눈빛으로 쳐다보는 시훈의 시선을 견디다 못한 재경은 사무실을 빠져나와 편의점으로 향했다.

입사 이후, 근무 중에 개인적인 일로 사무실을 이탈한 것은 처음이었다.

"아후. 미치겠네, 진짜."

더 미치겠는 건, 그가 쳐다볼 때마다 반응하는 자신의 모습이 너무 적나라하다는 것이었다.

"김재경, 정신 차려! 넌 아무것도 기억 못 하는 거야. 아무것도!"

재경은 자신의 뺨을 아프지 않을 정도로 때린 후, 시원한 아이스크림을 순식간에 먹어 치웠다.

시원한 것이 들어가니 갑갑한 마음이 조금은 위로가 되는 것 같았다.

다시 회사로 돌아온 재경은 얼른 퇴근 시간이 오기를 간절히 바라며 엘리베이터를 기다렸다.

"……!"

도착음과 함께 문이 열리고 엘리베이터 안에 타고 있는 시훈이 보이자 재경은 자신도 모르게 당황한 얼굴로 한 발자국 뒤로 물러섰다.

"아. 맞, 맞다. 깜빡하고 그걸 안 사 왔네?"

어색하기 짝이 없는 발연기를 한층 선보이고 돌아서려던 순간.

"잠깐만요!"

뒤에서 재경을 밀며 직원들이 엘리베이터에 우르르 올라탔다. 그 바람에 그녀는 엉거주춤 시훈의 가슴팍 앞까지 떠밀리게 되었다.

'어떡해!'

시훈의 가슴팍과 재경의 얼굴 사이는 종이 한 장이 간신히 들어갈 정도로 좁았다. 조바심 서린 마음으로 그녀는 천천히

위를 올려다보았다.

"……."

시훈의 까만 눈동자가 갸웃하며 재경을 바라보고 있었다. 그가 무슨 뜻으로 저런 눈빛을 하고 자신을 바라보는지 몰라 재경은 잔뜩 굳은 얼굴로 어색하게 미소 지었다.

재경을 이런 난처한 상황으로 몰아넣은 직원들이 다시 우르르 빠져나가자 그녀는 엘리베이터에 시훈과 단둘이 남겨졌다.

노골적인 그의 시선에 재경은 온몸이 따끔거릴 정도로 야릇한 기분을 떨칠 수가 없었다.

당장이라도 아무 버튼이나 눌러서 뛰어내리고 싶은 충동을 겨우 자제하고, 15층에 도착해 발을 내딛는 순간.

"어머!"

뒤에서 옷을 잡아 끌어당긴 시훈으로 하여금 재경은 밖으로 나가지 못하고 나지막한 비명과 함께 그대로 다시 엘리베이터 안으로 튕겨 들어왔다.

장소와 시간을 불문하고 떠올랐던 그녀. 자신은 그날의 일을 모른다고 오리발을 내밀었음에도 자꾸만 붙잡고 싶은 그녀.

더 이상의 인내는 시훈에게 고통이었다.

한 층, 한 층 올라갈 때마다 재경과 단둘이 함께 있고 싶다는 마음이 한 단계, 한 단계 커졌다.

엘리베이터를 꽉 채우고 있던 사람들이 내리고 결국 단둘만

남게 되었을 때, 바짝 긴장한 몸을 엘리베이터 문에 딱 붙인 채 자신을 노골적으로 피하는 재경을 그냥 보낼 수 없다는 욕구가 폭발해 버렸다.

그래서 결국 열리는 엘리베이터 문밖으로 몸을 내미는 재경의 손을 꽉 잡고 품으로 끌어당겼다.

그녀의 손은 그날처럼 따뜻했고, 코끝을 간질이는 향기는 달콤했으며, 끌어안는 순간 드는 감촉은 황홀함에 젖게 만들었다.

"얘기 좀 하죠."

시훈의 말에 재경이 큰 눈을 끔뻑였다. 온몸에서 감지되는 불안감에 비상등이 켜졌다.

"네? 무슨 얘기를⋯⋯?"

버석하게 마른 아랫입술을 지그시 깨문 재경은 시훈과 눈을 마주치지 못한 채 되물었다.

"할 얘기가 없진 않으실 텐데요."

"글쎄요. 저는 시훈 씨랑 할 얘기가 없는데⋯⋯."

"제 말 듣다 보면 생길 겁니다."

"듣다 보면요? 아닌데. 아무리 생각해도 시훈 씨랑 딱히 할 얘기는 없는⋯⋯."

재경의 말이 다 끝나기도 전에 엘리베이터 밖에서 사람들의 목소리가 들려왔다.

"이번에 최 과장이 제시한 기획안 말이야. 괜찮더라고. 빠른 시일 내에 부사장님 결재 받아 낼 테니까 지금부터 천천히 진행해 봐."

"감사합니다. 부장님."

자신의 손목을 잡는 시훈의 손에 놀란 재경이 힘을 주어 빼내려고 했지만, 그는 그녀의 탈주를 쉽게 허락하지 않았다. 공허하기만 했던 지난 며칠과 다르게 이번엔 절대로 그녀의 손을 놓치면 안 될 것 같은 기분이 그의 온몸을 휘어 감았기 때문이다.

시훈은 다짐했다. 그녀의 손을, 그녀를 절대 놓치지 않을 것이라고.

"이것 좀 놔줘요!"

"놔주면 또 도망갈 거잖아요."

시훈의 말이 끝나기가 무섭게 엘리베이터 문이 열렸다. 그와 동시에 그는 그녀를 자신의 옆으로 바짝 잡아당겨 붙잡고 있는 손목을 뒤로 감추었다.

"어? 시훈 씨랑 재경 씨네?"

"그러게. 두 사람 여기서 뭐해?"

의아하게 묻는 조 부장과 최 과장의 모습에 재경은 다급하게 말을 내뱉었다.

"어! 20층 창고에 가서 커피 좀 가져오려고요. 탕비실에 커피 다 떨어졌길래 너무 무거워서 시훈 씨한테 좀 도와 달라고 했거든요. 하하하."

"그래?"

조 부장과 최 과장은 의외의 조합이라는 듯이 재경과 시훈을 번갈아 보았다.

"창고 간다더니, 버튼도 안 누른 거야?"

"어머, 안 눌렀나요? 깜빡했나 보네. 좀 눌러 주시면 감사하겠습니다, 과장님."

"그러지, 뭐."

버튼을 누르고 돌아서서 대화를 나누는 두 상사의 모습에 재경은 안도의 한숨을 내뱉으며 옆에 서 있는 시훈을 매섭게 올려다보았다.

당황해서 우왕좌왕하던 자신과 다르게 그는 건조할 정도로 담담한 모습이었다.

"이거 얼른 못 놔요?"

재경은 앞에 서 있는 두 사람을 의식하며 어금니를 꽉 깨물고 들리지 않을 정도의 작은 목소리로 속삭였다.

"싫다고 말했잖아요."

하지만 시훈은 그 누구도 의식하지 않은 평상시의 목소리로 대답했다. 그에 앞에 서 있던 조 부장과 최 과장이 반사적으로 뒤를 돌아보았다.

"뭐가 싫어? 시훈 씨?"

"제가 지금 잡고 있는 김재……."

"오! 20층이다! 저희 내리겠습니다! 얼른 가요! 시훈 씨!"

재경은 들고 있던 파우치로 잡힌 손을 가리며 필사적으로 시훈을 끌고 내렸다. 어디서 그런 초인적인 힘이 나왔는지는 모르겠지만 조 부장과 최 과장은 재경의 힘으로 인해 엘리베이터 벽에 바싹 달라붙어야 했다.

하지만 산 넘어 산이라고 상사를 피해 내린 20층에는 시훈을 동경하는 여직원들이 득실거렸다. 그들의 시선은 자동적으로 부자연스럽게 딱 달라붙어 있는 재경과 시훈에게로 향했다.

"제발 이 손 좀 놔줘요."

"나랑 할 얘기가 무엇인지 안 궁금해요?"

"네?"

"우리가 할 얘기는 선배가 기억이 전혀 안 난다는 그 일에 관한 건데."

"뭐요?"

"그러니까, 선배랑 내가 금요일 밤……."

퍽, 소리와 함께 시훈의 머리가 뒤로 확 꺾였다. 그날의 비밀을 폭로하려던 그의 머리를 재경이 내려친 것이다.

"어머!"

"뭐야!"

"방금, 시훈 씨 때린 거야?"

그래, 때려서 욕을 먹는 것이 훨씬 나을 것이다. 천하의 강시훈과 키스를 했다고 욕먹을 바에는!

질투 서린 여직원들의 시선이 더욱 매섭게 제 쪽으로 쏟아지는 것을 인지하며 재경은 바짝 고개를 치켜드는 시훈을 살벌하게 올려다보았다.

"무슨 얘기할지 알겠으니까. 그 입 다물고 일단 이 손 좀 놔줘요."

재경의 말에 시훈의 입가에 비릿한 미소가 떠올랐다. 일순간 그녀는 무언가가 잘못되어도 한참 잘못되었음을 인지했다.

"내가 언제 나랑 얘기하면 이 손 놔준다고 했나?"

"뭐, 뭐라고요?"

"그런 말 한 적은 없는 거 같은데."

재경이 몸 뒤에 억지로 숨긴 손을 시훈이 앞으로 내민 순간, 복도에 있던 여직원들의 눈동자가 휘둥그레졌다. 그리곤 짜증 섞인 목소리와 야유가 터져 나왔다.

그러든지 말든지 시훈은 여전히 잡고 있는 재경의 손을 이끌며 자리를 벗어났다.

시훈에게 붙들려 창고로 끌려간 재경은 젖 먹던 힘까지 발휘하여 그의 손을 거칠게 뿌리쳤다.

"이게 뭐하는 짓이에요!"

불을 켜지 않아 어둡고 밀폐된 창고에서 재경은 목에 시퍼런 핏대를 세우며 고함쳤다. 그러는 와중에도 그녀는 창고로 끌려오는 내내 두 사람을 살벌하게 노려보던 여직원들의 질투를 어떻게 감당해야 할지, 이미 회사 내에 전부 퍼져 버렸을 소문에 뭐라고 변명해야 할지 벌써부터 골머리가 지끈거렸다.

그리고 왜 하필이면 그가 '창고'라는 곳을 선택했는지 뼈저리게 원망했다. 사람들의 왕래가 잦은 20층에 위치해 있으면서 사무실과 멀찍이 떨어져 있는 창고는 사내 연애를 하는 연인들이 소소하고 은밀하게 데이트를 즐길 수 있는 적합한 공간으로 소문난 곳이었다.

그런 공간에 재경이, 시훈과 함께 있다? 그것은 몸에 시한 폭탄을 끌어안고 있는 것과 마찬가지였다. 여직원들의 시기와 질투를 폭발시키고 은근한 따돌림을 넘어 아예 대놓고 욕을 해 달라는 뜻일 테니까.

"내가 뭘요?"

"그걸 지금 몰라서 물어요?"

"아니요. 무슨 뜻인지 알지만 물어보는 거예요."

여직원들의 시샘이 언제, 어떻게, 어디서 튈지 몰라 불안하기만 한 자신과 다르게 태연한 시훈의 모습에 재경은 헛웃음이 나왔다.

"뭐라고요? 지금 장난해요?"

"장난? 지금 김재경 씨 눈에는 이게 장난으로 보여요?"

"그러지 않으면 왜 이러는 건데요?"

"김재경 씨도 내가 왜 이러는지 알면서 물었잖아. 그러니까 나도 물은 것뿐이야. 내가 뭘 어쨌다고?"

"기꺼이 말씀 드리죠. 회사 내에서! 사람들 다 보는 앞에서! 내 손 잡고 창고로 끌고 온 거요! 그것에 대해서 묻는 거잖아요!"

"아, 손잡고 창고로 끌고 온 게 잘못된 거야? 그럼 밖에서 손 놓고 얘기할까? 김재경 씨와 내가 회식 날 있었던 일에 대해 좀 더 상세하게. 난 아무래도 상관없는데."

불쑥 밀고 들어오는 그날의 일에 재경은 당황하지 않을 수가 없었다. 입안이 텁텁하게 마르고 심장이 살결을 찢고 튀어나올 것처럼 요동쳤다.

침착하자. 침착해. 호랑이 굴에 들어가도 정신만 바짝 차리면 산다.

지금 대면한 이 난처한 상황, 어떻게든 빠져나갈 구멍 하나는 있을 거야! 정신 차려, 김재경!

"이, 이봐요. 강시훈 씨."

"왜 날 피해? 기억 안 난다는 거짓말은 왜 하는 거고?"

"거짓말이라뇨? 거짓말 아니에요."

"아니. 당신 거짓말하고 있어. 당신은 지금도 날 기억해."

"뭐라고요?"

"그날의 나를 기억하고 있다고. 그러니까, 이렇게."

시훈은 자신을 외면하고 있는 재경의 턱 끝을 살짝 잡아 눈을 마주했다.

"날 제대로 바라보지도 못하고 있는 거지."

"이봐요. 강시훈 씨."

아차, 할 틈도 없이 시훈은 재경의 입술 가까이 자신의 입술을 가져다 댔다. 그에 그녀는 두 눈을 찔끔 감았다.

"아직도 기억이 안 나나?"

지금 이 상태로는 그와 정상적인 대화를 이어 나갈 수가 없을 것 같았다. 재경은 시훈이 이런 사람일 줄은 꿈에도 생각해 본 적이 없었다. 자신보다 잘나고 남들에게 언제나 인기가 많은 것을 시샘하기는 했지만 그래도 그의 이미지는 반듯하고, 점잖고, 매너 있는 사람이었다.

하지만 지금의 그는 톡 하고 건드리면 금방이라도 터져 버릴 것만 같은 사춘기 소년 같았다.

"말을 말죠."

돌아서서 나가려는 재경을 시훈이 잡아 세웠다.

"그쪽 말은 다 끝났을지 몰라도, 아직 내 말은 시작도 안했어."

그런데 아까부터 듣자, 듣자 하니까. 그렇다. 꼿꼿이 존댓말을 쓰고 있는 재경과는 반대로 그는 아까부터 반말을 쓰고 있었다. 그뿐 아니라 며칠 동안 불러 줬던 '선배'라는 호칭 대신 다시 이름으로 저를 칭하고 있었다.

"근데 지금, 나한테 반말하는 거예요?"

"재미없어졌어. 선후배 놀이. 그리고 어차피 동갑인데 굳이 존댓말을 쓸 필요가 있나?"

"여기는 엄연히 회사고 저랑 강시훈 씨는 직장 동료예요."

재경의 말에 시훈이 미적지근한 표정과 함께 검지로 자신의 이마를 쓱쓱 문질렀다.

"그쪽이랑 이제 더 이상 직장 동료 사이로만 지내고 싶지 않다고 한다면 굳이 존댓말은 쓰지 않아도 되는 거지?"

"강시훈 씨!"

"그렇게 크게 부르지 않아도 다 듣고 있어."

"당신은 지금 이 상황이 별로 심각하지 않게 느껴지죠?"

"……."

"맞네. 그렇게 느끼고 있는 거네. 그런데 난 아니에요. 심각하다고요!"

"보고 싶었어."

뜬금없는 시훈의 선포 같은 고백에 재경은 둔탁한 무언가로 머리를 맞은 것처럼 얼어붙었다. 상식적으로 이해하지 못할 정도로 변해 버린 그의 행동에 온몸에 두르고 있던 분개가 뜨거운 물을 만난 눈처럼 감쪽같이 녹아 사라져 버렸다.

"뭐, 뭐라고요?"

눈을 깜빡이는 것도 잊어버린 채 더듬거리며 묻는 자신의 모습이 재경은 한없이 멍청하게만 느껴졌다.

"어제도 보고 싶었고, 엊그제도 보고 싶었고……. 보고 싶었어. 그것도 매우 심각하게."

재경은 방금 했던 말을 반복하는 시훈을 멍하니 올려다보았다.

세상에, 보고 싶었다니! 입사 이래, 언제나 변함없이 여직원들의 이상형 자리를 꿰차고 있는 꼬시고 싶은 남자 강시훈이, 평범하기 짝이 없어 늘 송구스럽기만 한 김재경을 보고 싶어 하다니!

재경은 현재의 상황을 어떻게 납득해야 하며 어떤 반응을 보여야 할지 몰라 애꿎은 아랫입술만 잘근잘근 깨물었다.

그 순간에도 그녀는 금요일 밤, 시훈과 입을 맞추며 제멋대로 흥분했던 자신의 몸을 떠올렸다. 그때를 떠올리는 자신이 주책없다고 생각하면서도 그 순간의 기억은 쉽게 사라지지 않았다.

"아직도 못 알아들은 거야?"

"아니요! 알아들었어요."

"근데, 왜 반응을 안 보여. 사람……."

"……."

"긴장되게."

세상에, 지금 긴장이라고 했어? 천하의 강시훈이 긴장을 하고 있다고?

여전히 갈피를 잡을 수 없는 시훈의 돌발적인 발언에 재경의 머릿속은 질서 없이 어지럽기만 했다.

보고 싶었고, 긴장된다. 보고 싶고…… 긴장된다……? 누군가가 보고 싶었고 누군가의 앞에 서니 긴장된다는 것은 무엇을 뜻하는 걸까.

"하루 종일 생각나서 미치는 줄 알았어. 눈을 떼려고 해도 떼어지지 않더라고."

게다가 하루 종일 생각나서 미치기까지 할 뻔했다고? 세상에……

"나도 그게 일시적인 건 아닐까, 생각했는데. 아닌 것 같아. 하루 종일 그쪽이 신경 쓰이고……. 안 보이면 보고 싶고……. 편의점 앞에서 내 손목을 잡아챘을 때 심장이 떨려 와 죽는 줄 알았어. 그 이후로 당신이 더 보고 싶어졌고."

고등학생 시절, 재경은 좋아하던 전교 회장 오빠 앞에서 그런 느낌을 받았었다.

주말이라 학교를 갈 수 없는 날에는 온통 그의 생각에 잠 못 이루고 아무것도 할 수가 없었다. 그러나 막상 학교에서 마주치면 지나치게 긴장되고 설레는 마음 때문에 어떤 말도 건넬 수 없었다.

그렇다. 좋아하는 사람 앞에서 느껴지는 감정이다. 보고 싶고 그 사람 앞에서 긴장한다는 것은…….

거기까지 생각이 미치자 재경은 놀란 표정을 고스란히 드러냈다.

눈을 휘둥그레 뜨고 입을 쩍 벌린 채로 돌하르방이 되어서 있는 그녀의 모습이 무엇을 의미하는지 알아차린 시훈은 소리 없이 입가에 미소를 띠며 다시 입술을 떼어 냈다.

"김재경 씨랑 키스하고 나서부터인 것 같아. 그래, 그때부터 내 상태가…… 아주 많이 이상해졌어. 여자하고 입맞춤을 한다는 게, 그렇게 좋은 것인 줄 처음 알았어."

저렇게 노골적으로 대놓고 얘기할 줄은 꿈에도 몰랐기에 재경은 창고에 시훈과 단둘이 있다는 것을 알면서도 행여나 누군가가 들었을까 싶어 급극하게 주위를 살폈다.

"말은 좀 가려서 해 줘요! 누가 들으면 어쩌려고!"

질책하는 재경을 시훈은 아무 말 없이 바라만 보았다. 그 눈빛이 어찌나 맹랑하고 야릇한지. 그녀는 흥분해서 들쑥날쑥한 호흡을 가다듬으며 침착하게 말을 이었다.

"보고 싶었다느니, 좋다느니……. 그런 신빙성 없는 말로 실없는 장난치지 말아요."

"말했잖아. 장난 아니고 매우 심각하다고. 그리고 그런 걸로 장난칠 만큼 변태적인 성향을 지니고 있거나 나사 빠진 남자, 결코 아니야."

"그럼 물어볼게요. 도대체 뭐가 어떻게 이상한데요?"

"오늘, 시간 돼?"

자신이 묻는 말을 거침없이 씹어 버리고 제 말만 하는 시훈의 모습에 재경은 더 이상 반발하지 않았다.

"왜요?"

"같이 저녁이나 먹지. 생각해 보니까 이 누추하고 꾀죄죄한 창고에서 할 얘기는 아닌 것 같아서."

"도대체 무슨 얘기를 하고 싶은 건데요?"

"궁금하면 저녁에 나오면 되겠네."

대체 무슨 말을 하려고 저렇게 분위기를 잡는지는 몰라도, 어째 싫다고 대답할 수 없는 상황이라고 재경은 각성했다.

"알았어요. 6시 30분까지. 회사 앞에 있는 카페에서 만나요."

그 말을 끝으로 재경은 다급하게 돌아서서 창고를 빠져나왔다. 그리곤 엘리베이터를 기다릴 새도 없이 비상구 계단을 냅다 뛰어 내려갔다. 창고에 시훈을 혼자 남겨 둔 채.

비상구 계단을 통해 허겁지겁 내려가던 재경은 순간 흠칫 놀라 입을 틀어막고 몸을 움츠렸다.

"아휴, 이러지 마. 회사에선 이러지 않기로 했잖아."

"못 참겠는 걸 어떡해?"

그냥 못 본 척하고 다시 위로 올라가는 것이 상책이었지만, 사람의 호기심이라는 것은 그다지 현명한 선택을 내리지 못하게 만드는 법이었다. 재경은 숨을 죽이고 고개를 살짝 내밀어 아래를 살폈다.

낯익은 실루엣의 여자를 벽에 밀어붙인 남자는 느끼한 표정을 한껏 지어 보이며 그녀의 얼굴을 쓰다듬고 있었다.

"나도 꾹 잘 참고 있잖아. 조 부장님이 아시기라도 하면 우리 정말 끝장이야, 자기야."

조 부장! 허억. 그래. 조 부장 생각을 못 했다.

재경은 벌써 소문이 퍼져 시훈과 자신을 연인 사이로 오해하고 사무실 안에서 분노를 뿜어내고 있을지도 모를 조 부장을 생각하자 등골이 서늘해짐을 느꼈다. 가뜩이나 자신을 못마땅해하는 조 부장에게 더 찍혔다가는······.

재경이 하얗게 질린 얼굴로 고개를 내저었다.

"아휴! 노처녀 히스테리 같으니라고, 지 성격이 지랄 맞아서 연애 못 하는 걸 왜 우리한테 화풀이야?"

"그러니까. 건장한 젊은 남녀가 하루 종일 붙어 있는데, 감정이 안 생길 수가 있나? 연애 금지령이 뭐냐고."

"그건 그렇고, 오늘 우리 자기 화장 너무 잘 먹었다. 왜 이렇게 예뻐?"

곧이어 들려오는 농도 짙은 끈적거리는 소리에 재경은 몸서리를 치며 걸음을 위로 옮겼다.

"김재경 씨, 아까 커피 가져온다고 하지 않았어? 근데 왜 빈손으로 들어와?"

급하게 내려오느라 흐트러진 머리카락을 손으로 대충 정리하며 막 자리에 앉았을 때, 조 부장이 탕비실에서 빈 컵을 가지고 슬렁슬렁 나오며 물었다.

"네?"

"탕비실에 커피 없는데? 설마 안 가지고 내려온 거야?"

뭐야, 정말 커피가 없었던 거야?

"아니, 그······."

예기치 못한 사태에 재경이 당혹함을 감추지 못하고 자리에서 엉거주춤 일어났다.

"죄송합니다. 금방 가지고 올게요."

"대체 거긴 왜 올라간 거야? 근무하기 싫어서 놀다 온 거 아니야?"

"아니에요. 그런 거……."

말을 하면서도 재경은 치밀어 오르는 억울함에 표정 관리가 되지 않았다. 근처에 자신보다 늦게 입사한 후배들이 수두룩한데 조 부장은 왜 자신을 못 잡아먹어 안달일까.

이젠 직급이 '대리'임에도 불구하고 후배들 앞에서 면박을 주는 조 부장의 심보 고약한 태도가 밉고 야속하게만 느껴졌다.

조 부장은 사내에서 주최한 공모전에 비정규직이었던 재경이 1등으로 당선되었을 때도 못마땅해했던 사람 중 하나였다. 그녀도 그 공모전에 도전했지만 떨어졌다는 것에 자존심이 상했는지 그 뒤로 재경을 은근히 구박하기 일쑤였다.

딱, 지금 같은 상황.

"아니긴 뭐가 아니야. 자기가 못하겠으면 밑에 애들이라도 똑바로 시켜 놓든가. 부장인 내가, 커피 없다고 일일이 뒤꽁무니 쫓아다니면서 말해 줘야겠어?"

재경은 막내인 주희에게 몇 번이고 말해 두었었다. 커피가 떨어지면 그때그때 채워 놓으라고.

하지만 주희는 말로만 알겠다고 대답하며 은근히 재경을 무시하는 눈치였다.

재경은 슬쩍 주희를 쳐다보았다. 아무것도 모른다는 표정으로 어깨를 들썩이는 그녀를 보니 당장 달려가 꿀밤이라도 쥐어박고 싶은 심정이었다.

"그런 것쯤은 내가 말 안 해도 재경 씨가 알아서 해야 할 문제 아니야?"

"죄송합니다."

"죄송하다는 말도 한두 번이지, 정말 왜 그래? 김재경 씨, 일 한두 달 해 봐? 아니면 대리 됐다고 초심을 잃은 거야, 뭐야? 대체 언제까지 이런 얘기를 내가 일일이 말해 줘야!"

조 부장의 끝말은 부서질 듯이 쾅! 열린 사무실 문소리 때문에 잘 들리지 않았다.

나머지 직원들이 눈치를 보느라 숨소리마저 죽이고 있는 상태에서 들려오는 소리에 반사적으로 모두들 문 쪽으로 시선을 돌렸다.

그건 혼나고 있던 재경과 그녀를 혼내고 있던 조 부장 역시 마찬가지였다.

"커피 왔습니다."

그리고 그곳엔 두 박스나 되는 커피를 가뿐하게 들고 선 시훈이 있었다.

"어머, 시훈 씨! 이 무거운 걸 혼자 다 가지고 온 거야?"

방금 전까지만 해도 재경을 죽일 듯이 째려보며 고함을 치던 조 부장이 코맹맹이 소리를 내며 시훈에게 달려갔다.

"아니, 재경 씨는 같이 올라가 놓고 왜 이 무거운 걸 시훈 씨 혼자 들고 오게⋯⋯!"

"선배님. 아까 제가 부탁한 거 지금 좀 볼 수 있을까요."

부장의 말을 사뿐히 무시한 시훈이 어리둥절한 표정을 지은 채 서 있는 재경에게 다가왔다.

"부탁이요?"

시훈이 부탁한 거라고는······. 저녁 먹자는 얘기뿐인데······? 그건 그렇고 왜 자꾸 헷갈리게 이름으로 불렀다가 선배라고 했다가 하는 거야?

"제가 이번 신상품 DP용 샘플 급하게 봐야 한다고 먼저 가서 준비해 달라고 했잖아요."

"맞, 맞아. 그랬죠."

"아, 잠시만요. 그리고 주희 씨."

조 부장이라는 덫에서 빠져나갈 수 있는 기회는 지금뿐이었다. 시훈이 만들어 놓은 구멍으로 탈출을 하기 위해 재경은 얼른 자신의 자리로 향했다. 그런 그녀의 뒤를 좇던 시훈이 뒤를 돌아앉아 있는 막내 주희를 불렀다.

"네! 강 대리님."

주희가 자리에서 벌떡 일어났다.

"앞으로 커피는 주희 씨가 알아서 책임지도록 하세요."

"네에?"

"김 대리님께서 커피 심부름을 하실 직책은 아니지 않습니까."

굳어진 얼굴을 한 시훈의 말에 주희뿐만 아니라, 여태 재경을 쏘아붙이던 조 부장까지 입을 다물고 괜한 헛기침을 하며 자리로 슬그머니 돌아갔다.

"네. 죄송합니다, 대리님. 앞으론 이런 일 없도록 하겠습니다."

꾸벅 고개를 조아리는 주희를 보자 재경은 약 올라 있던 마음이 홀가분해지는 것 같은 기분이 들었다.

"김 대리님께서 커피 심부름을 하실 직책은 아니지 않습니까."

시훈이 주희에게 내뱉은 말은, 사실 오래전부터 선배 재경이 후배 시훈에게 하고 싶었던 말이었다.

'내가 하고 있는 복사, 커피 심부름, 청소. 원래 네가 하는 것이고, 네가 혼자 못 하겠다면 내가 도와주는 거야. 내 의무가 아니라, 내가 도와주는 역할이라고!'

하지만 이제 그런 말을 할 필요성은 사라진 듯했다. 시훈이 말한 대로 그는 잡심부름이나 하는 직책이 아닐뿐더러 유일하게 자신의 편을 들어 준 고마운 사람이니까.

그 고마운 마음이 흘러넘치는지 재경은 칸막이 너머로 빠끔히 보이는 시훈의 움직임이 신경 쓰여서 도통 업무에 집중할 수가 없었다.

"아휴."

주위에서 눈치채지 못하게 한숨을 내쉬면서 또 힐끔, 시훈 쪽을 쳐다보았다.

딱히 그가 자신을 쳐다보고 있지 않는 데도 신경이 쓰인다는 것이 문제였다.

재경은 따뜻한 차를 마시며 마음을 진정시키려고 자리에서 일어나 탕비실로 향했다. 찻장을 열어 녹차 티백을 꺼내 컵에 집어넣고 따뜻한 물을 받기 위해 뒤를 돈 순간.

"으메!"

너무 놀란 나머지 이미지 관리고 나발이고 예쁘지 못한 음성이 터져 나왔다.

자지러지는 재경과 다르게 시훈은 여유로운 얼굴로 컵에 주스를 가득 따르고 있었다. 그런 그를 못 본 척하며 그녀는 호흡을 가다듬고 컵에 따뜻한 물을 받았다.

"왜 자꾸 나 쳐다봐."

한 손엔 주스를 따른 컵을 들고, 나머지 한 손은 정수기 위에 살짝 얹혀 놓은 그가 중얼거렸다.

"뭐라고요?"

"자꾸 나 쳐다보잖아. 신경 쓰이게."

몰래 티가 나지 않게 힐끔거린 건데 그걸 또 기똥차게 알아차린 시훈이 재경은 신기하기만 했다.

"막 주체가 안 되나?"

주스를 마시면서도 눈동자는 재경에게 고정시킨 채 시훈이 물었다.

"무슨 소리를 하는 거예요, 지금?"

일단 아니라고 바락바락 우겨 봤지만.

"무슨 소리 하는지는 그쪽이 더 잘 알면서 뭘 물어."

소용없는 일이었다.

그냥 모른 척해 줘도 될 것을 굳이 따지고 드는 시훈을 보니 방금 전 사람들 앞에서 '선배님, 선배님' 하면서 편들어 줬던 것이 고마워 감동의 눈물까지 쏟아 낼 뻔했던 자신의 감정이 미천했다는 것을 깨달았다.

"아니요. 정말 모르겠거든요?"

"정말 몰라서 묻는다고요? 그래요. 모를 수도 있으니까 기꺼이 말씀 드리죠."

시훈의 말은 몇 시간 전, 재경이 창고에서 했던 말이었다. 자신을 놀리고 있는 것이 분명하다고 판단한 그녀가 눈을 얇게 뜨고 그를 노려보았다.

"지금 나 놀리는 거죠?"

"아마도 그럴걸."

쉽게 인정해 버리는 시훈의 말에 재경은 어이가 없어 실소를 터트렸다.

"사람 놀리는 거 재밌어요?"

"재밌어서 놀리는 거 아닌데."

"그럼 뭣 때문에 놀리는데요?"

"귀여워서 놀리는 건데요? 아, 이걸 말 안 해 줬구나. 여자가 귀엽다고 느껴 본 적 재경 씨가 처음이라는 거."

'눈부처' 라는 단어가 있다. 눈동자에 비치어 나타난 사람의 형상이라는 뜻을 담고 있는 단어인데, 상대방이 거짓말을 하면 절대 자신의 모습을 눈동자에서 볼 수 없다는 의미이기도 하다.

재경은 시훈의 두 눈동자에 선명하게 보이는 자신의 모습을 보며 그가 적어도 거짓말은 하고 있지 않음을 알 수 있었다.

"나에게 여자는 치가 떨릴 만큼 지겨운 존재였거든."

뜬금없는 시훈의 발언에 재경은 말문이 막혀 버렸다. 갈수록 이 남자, 여태 알고 지냈던 것과 전혀 다른 사람처럼 낯설면서도 묘했다.

"김재경 씨는."

"뭘요."

"내가 봐도 봐도 또 보고 싶고 막 그러나?"

"뭐, 뭐요? 그건 어디서 나온 뚱딴지같은 발상이에요?"

"내가 그 정도인데, 당신이 그러지 않을 이유가 없잖아."

"어머. 무슨 추측을 그렇게 거지같이 하는지 모르겠네요."

"뭐? 뭐같이?"

"정말, 진짜, 무슨 말인지 하나도 감이 안 온다고요! 그럼, 전 할 일이 굉장히 많은 사람이라 먼저 자리로 돌아가 보도록 하겠습니다."

시훈의 말뜻을 충분히 파악했음에도 재경은 시치미를 떼

며 탕비실을 빠져나와 자리에 앉았다. 그 뒤로 시훈이 자리에 돌아온 것이 보였지만 못 본 척하며 열심히 타자를 두드렸다. 온전히 자신을 두 눈에 가득 담은 그의 뜨거운 시선을 애써 무시하는 '척' 하며.

❀　　　❀　　　❀

"그거 사실이야? 김재경 씨가 강시훈 씨랑 같이 창고에 들어갔다는 게?"

"그랬대요."

"나도 들었어. 나도!"

북적거리는 여직원들의 목소리가 한데 엉켜 화장실 문 쪽에서 들려왔다.

볼일을 보고 나오려던 재경은 흠칫 놀라 문손잡이에서 손을 조심스럽게 떼어 내고 신경을 곤두세웠다.

화장실이란 여자들에게 있어 몰래 울 수 있는 비밀 공간이자 자리에 없는 사람을 씹을 수 있는 최적의 장소이기도 하다.

하지만 늘 그렇듯 낮말은 새가 듣고 밤말은 쥐가 듣는 법이었다.

"잘못 봤겠지. 강시훈 씨가 뭐가 부족해서 김재경 씨랑 창고에 들어가? 우리 회사에서 창고가 어떤 의미인지 몰라?"

"알죠. 그래서 더 이상하다니까요. 그걸 본 여직원들이 한둘이 아니래요."

한순간에 새와 쥐가 되어 버린 재경은 낙담을 하며 얼굴을 감싸 쥐었다.

사무실로 들어온 직후, 분위기로 보아 아무렇지도 않기에 소문이 나지 않은 줄로 알고 있었는데!

"그럼 뭐야? 김재경 씨랑 강시훈 씨가 사귀기라도 한다는 말이야?"

"꼭 그런 건 아닌데……."

"꼭 그런 건 아닌데가 아니라, 아니지! 강시훈 씨가 왜 김재경 씨랑?"

"혹시 그런 거 아닐까? 강시훈 씨가 김재경 씨한테 약점 잡힌 거?"

"약점?"

"어? 진짜 그런 거 아니에요?"

"그러게. 아예 가능성이 없는 얘기는 아니네. 오늘 커피 박스 들고 와서 조 부장님한테 혼나는 것도 도와주고……."

"근데 강시훈 씨가 김재경 씨한테 뭐 잡힐 만한 약점이 있나?"

마지막 여직원의 말에 돌아오는 대답은 없었다. 그들이 생각하기에도 털어서 먼지 하나 나올 것 같지 않는 완벽한 시훈을, 어리바리하기로 소문난 재경이 약점을 잡고 좌지우지한다는 것은 말도 안 되는 시나리오였기 때문이다.

"내가 볼 땐 딱히……. 그리고 김재경 씨는 완전 소심하잖아."

"그러게. 그럴 위인이 못 되지. 아! 궁금해. 대체 뭐야, 두 사람?"

"궁금해서 안 되겠어. 김재경 씨한테 직접 물어볼래."

궁금증을 해결하지 못한 여직원들의 목소리는 이명이 되어 사라졌다.

인기척이 느껴지지 않는 조용한 틈을 타서 밖으로 나온 재경은 사무실 안으로 쉽게 걸음을 옮기지 못하고 주변을 서성거렸다.

이 문을 열고 들어서는 순간, 여직원들은 자신에게 득달같이 달려들어 물어볼 것이 분명했다.

그렇다면 대체 뭐라고 대답을 해야 하는 거지?

골머리가 지끈거렸다.

여직원들의 질투나 조 부장의 구박이 아니더라도 술에 취해 직장 동료와 키스를 했다고 실토한다면 누구든 긍정적인 반응을 보일 리 만무했다.

손톱을 잘근잘근 씹으며 곰곰이 생각하던 재경은 무언가가 번뜩 떠오른 듯 자신의 허벅지를 탁! 쳤다.

믿을지 안 믿을지는 미지수였지만 그래도 어느 정도 납득이 갈 만한 변명거리라고 생각하며 사무실 문을 열었다.

"재경 씨!"

아니나 다를까, 재경이 들어서자마자 여직원들이 기다렸다는 듯이 몰려들었다.

업무를 보던 남직원들도 무슨 일인가 싶어 호기심이 어린 얼굴로 힐끔힐끔 그녀를 훔쳐봤다.

입사하고 난 후, 단 한 번도 받아 본 적 없는 관심이었기에 재경은 부담스러움에 억눌리는 답답한 가슴을 다스리고자 호흡을 가다듬고 천천히 입술을 떼어 냈다.

"네."

"재경 씨, 그 말 사실이야?"

"무슨 말이요?"

대답을 하며 재경은 사무실 주위를 살폈다.

어딜 갔는지 시훈은 보이지 않았다. 오히려 잘됐다 싶었다. 그가 보고 있었다면 거짓말을 하는 내내 티가 났을지도 모르니 말이다.

"시훈 씨가 재경 씨 데리고 창고 들어갔다면서?"

"아, 다들 오해하셨죠?"

과하게 박수를 치며 재경이 익살스럽게 웃었다.

"사실은 제가 회식했던 날 시훈 씨한테 실수를 좀 해서요."

"실수? 무슨 실수?"

"시훈 씨 옷에다 그만."

재경이 오바이트하는 시늉을 살짝 해 보이자 여직원들이 질색했다.

"아휴, 무슨 그런 실수를!"

"아니, 근데 세탁비가 좀 많이 나왔다나, 뭐라나⋯⋯. 쩨쩨하게 세탁비 달라는 거 무시했더니, 오바이트한 거 사람들한테 이른다고 하면서 계속 쫓아오는 거예요. 그래서 저도 모르게 당황해서."

"뭐가 쩨쩨한 거야? 당연히 세탁비는 줘야 되는 거지. 나같아도 무조건 받아 내겠다. 그 옷으로 집에 돌아가는 동안 시훈 씨가 얼마나 창피했겠어?"

"그렇죠? 저도 그렇게 생각해요. 그래서 주려고요."

"어? 시훈 씨 왔다."

말이 끝나기가 무섭게 사무실 문을 열고 시훈이 들어왔다.

"시훈 씨!"

냉큼 자신의 자리로 뛰어간 재경은 지갑을 열어 만 원짜리 몇 장을 손에 쥐었다. 그리고는 울며 겨자 먹기로 시훈의 손에 떡하니 그것을 쥐어 주었다.

느닷없이 자신의 손에 쥐어진 지폐에 그가 어리둥절한 얼굴로 재경을 바라보았다.

"갑자기 웬 돈입니……."

"이제 됐습니다! 전 분명히 세탁비 드렸어요! 오바이트한 거 이른다고 협박해도 소용없어요! 어차피 다 말했거든요. 다시 한 번 말하지만, 그날 일은 정말 죄송했습니다! 그럼, 저는 오늘도 회의 준비를 도와드려야 돼서요."

시훈의 물음을 끊어 버리고 속사포로 말을 이은 재경은 그가 반박할 틈도 없이 서류를 들고 사무실을 빠져나왔다.

무슨 정신으로 업무를 끝냈는지 모르겠다.

지나가 버린 시간을 되새기자면 까마귀가 친구 하자고 달려들 만큼 까마득했다.

남의 돈을 받고 일하는 것이 미안할 정도로 한 업무가 없었다.

그러나 그럴 수밖에 없는 이유가 수두룩했다.

너무 노골적으로 시훈이 쳐다보고 있는 것. 유난히 시훈이 말을 많이 시킨 것. 그런 시훈으로 하여금 다른 여직원들의 눈치까지 살펴야 했던 것. 그리고 무엇보다 시훈과 저녁에 있을 약속 때문에 업무에 집중을 하고 싶어도 할 수 없다는 것. 이것이 재경을 괴롭힌 수많은 방해 요소들이었다.

따지고 보면 모두 '시훈' 때문이었다.

퇴근 시간이 되자마자 같이 술 한잔하자는 조 부장의 제안을 정중히 거절한 후, 쏜살같이 사무실을 빠져나가 버린 시훈에게서 채 5분도 지나지 않아 문자메시지가 날아왔다.

〈빨리, 그러나 조심히 내려오도록.〉

가방을 대충 정리하고 나온 재경은 화장실로 향했다.

밖에서 땀을 흘리며 날뛰어 다닌 것도 아닌데, 얼굴 꼬라지가 왜 이따위인지 알 길이 없었다.

제멋대로 삐죽 튀어나온 머리, 콧잔등의 기름, 다크서클처럼 번져 버린 아이라이너, 각질이 올라와 입술 안쪽에만 발라져 있는 립스틱…….

재경은 얼른 파우치를 꺼내 분을 바르고 흐트러진 머리를 단정하게 빗으며 용모를 다듬었다.

그래도 여전히 마음에 들지 않았지만 조금 전보다는 훨씬 나아 보였다.

마음 같아서는 아예 세수를 하고 새로 화장을 하고 싶었지만 상황이 여의치 않아 이 정도에서 만족하기로 했다. 그러는 와중에도 자신이 왜 이렇게까지 신경을 쓰고 있는지는 오리 무중이었다.

파우치를 다시 가방에 집어넣고 화장실을 나오던 찰나, 시훈에게 또다시 문자 한 통이 날아왔다.

〈왜 이렇게 안 내려오는 거야.〉

'고작 10분 지났다. 이 성질머리 고약하고 성미 급한 인간 아!'

입술을 삐죽거리며 재경은 엘리베이터에 몸을 실었다. 그리곤 거울로 마지막까지 제 상태를 점검한 후, 시훈과 만나기로 한 카페 쪽으로 걸어갔다.

〈오고 있는 거 맞아?〉

"이 남자가 진짜!"

화를 내면서도 재경의 걸음은 훨씬 더 빨라졌다.

회사를 빠져나와 골목 모퉁이를 꺾는 순간, 그녀의 걸음이 우뚝 멈춰 섰다.

"……"

무미건조한 표정으로 차에 몸을 기댄 채 애꿎은 땅만 발로 툭툭 건드리다 반사적으로 얼굴을 들어 올려 묘한 눈빛으로 그녀를 두 눈에 꽉 담아 넣는 시훈의 모습이 시야에 가득 들어 찼기 때문이다.

시훈은 자신이 이렇게 성미가 급한 사람이라는 것을 29년 동안 모르고 살아왔다.

아니, 어쩌면 29년 동안 이렇게 무언가를 애타게 기다려 본 적이 없었던 것일지도 모른다.

시간이 어찌나 더디게 가는지 문자를 보낸 지 한참 지난 것 같아 시계를 보면 고작 2~3분이 지난 후였다.

차에서 앉아 기다리는 것은 온몸이 찌뿌드드할 만큼 지루하게 느껴져 그는 밖으로 나와 재경이 나타날 골목을 하염없이 쳐다보았다.

1초가 한 시간처럼 느껴졌다. 짜증이 날 만큼 그녀를 독촉한다는 것을 알고 있었지만 문자를 보내지 않을 수가 없었다.

여자가 자신이 보낸 문자에 답장을 하지 않은 경우는 처음이었기에 어떻게 반응을 보여야 할지도 혼란스러웠다.

"이 여자가 왜 이렇게 답장을 안 해. 사람 불안하게……."

전화를 해 볼까, 했지만 괜히 재촉했다가 뭔 일이라도 나면 안 된다는 생각에 잠시 주저했다. 그러나 그럼에도 불구하고 또다시 문자를 보내고 말았다.

고요한 침묵만이 시리게 맴도는 골목 끝을 응시하며 땅을 발끝으로 툭툭 찼다. 그리곤 무의식중에 머리를 꽉 채우고 있는 재경을 마음껏 생각했다.

다 같이 점심을 먹으러 갔을 때 심각한 표정으로 메뉴를 고르던 재경. 커피를 타 달라는 부장의 말에 자신을 힐끗 째려보고는 억지로 자리에서 일어나던 재경. 책상에 앉아 업무를 보는 재경. 창고에서 놀란 토끼 눈으로 자신을 올려다보던 재경. 뭔 추측을 그렇게 거지같이 하냐고 쏘아붙이던 재경.

"귀여워."

시훈은 자신도 모르게 입 밖으로 말을 흘려보내며 입가에 옅은 미소를 띠었다. 그녀의 생각으로 지루했던 시간을 위로했다.

그때, 바쁘게 뛰는 듯 톡톡 귀여운 발걸음 소리가 점점 커지더니 곧 재경이 그의 앞에 모습을 드러냈다.

회사에서 보던 것보다 더 예쁜 그녀가 서 있었다. 그 예쁜 자태가 자신이 기다리던 시간이 헛되지 않았음을 느끼게 해줬다.

"금방 나올 텐데 왜 불안하게 재촉하고 그래요?"

어쩜, 투덜거리는 것까지 저렇게 예쁜지…….

시훈은 무섭게 자신의 온몸을 휘어 감는 달콤한 감정에 실없이 웃음을 마구 터트렸다.

"왜 웃어요?"

퉁명스러운 재경의 말에 시훈이 어깨를 으쓱해 보였다.

"내가 내 얼굴로 웃는 것도 안 되나?"

"아니. 면전에 대고 웃으니까 그러죠. 기분 나쁘게."

"기분 나쁠 게 뭐가 있어. 그쪽 면전이 예뻐서 웃는 건데."

"!!"

또 이렇게 예고 없이 훅 치고 들어온다.

이럴 땐 무슨 반응을 보여야 좀 덜 재수 없으면서도 없어 보이지 않을까. 고민을 하고 있던 참에 시훈의 입술이 다시 떼어졌다.

"못 들은 척하지 마."

"네?"

"김재경 씨 예쁘다고 했어, 내가. 그러니까 못 들은 척하지 말라고."

"……."

"그쪽도 알지? 그쪽 예쁜 거."

시훈의 목소리가 상당히 크다는 것을 깨달은 재경이 산란하게 주위를 살폈다. 아니나 다를까, 회사 직원들은 아니지만 주위를 지나가던 사람들이 힐끔힐끔 자신들을 번갈아 보며 속닥거렸다.

분명 저 남자 눈이 삐었다든지, 여자가 돈이 많은가 보다든지, 하는 듣기에 다소 거부감이 드는 대화일 거라 재경은 확신했다.

그건 둘째 치고 회사 근처였다. 언제, 어디서, 어떻게 직원들을 마주칠지 몰랐다.

존재감 없는 재경이야 마주쳐도 같은 회사 직원인지 뭔지 모르겠지만 시훈은 모르면 간첩 수준이니 위험했다.

그것도 매우! 언제, 어디서, 어떻게 터질지 모르는!

"일, 일단 어디로 좀 가죠! 최대한 회사에서 멀~리 떨어져 있는 곳으로!"

재경은 황급히 자리를 뜨기 위해 시훈의 차로 쏙 몸을 감추었다.

그녀와 달리 시훈은 제법 느긋한 동작으로 운전석에 올라탔다.

선선하게 부는 바람과 함께 그에게서 나는 특유의 향이 그녀의 코끝을 간질였다.

"뭐 먹고 싶은 거 있어?"

"딱히 먹고 싶은 건 없는데. 아까도 말했듯이 회사에서 최대한 멀~리 떨어져 있는 곳으로 가죠."

"왜?"

"왜는 무슨 왜예요! 사람들이 보면 안 되니까 그렇죠."

"왜 안 돼?"

"아휴. 이 남자가 진짜. 그건 좀 이따가 말해 줄 테니까 일단 출발해요. 알겠죠? 최대한 멀리 가요."

"멀리 어디?"

"그냥, 최대한 멀리."

"동해?"

"무슨 동해예요!"

"아, 더 멀리? 제주도?"

"!"

"근데 그렇게까지 멀리 가서 나랑 뭐하려고?"

그의 장난기는 끝이 없었다. 마음 같아서는 그만하라고 주먹으로 머리라도 콩 쥐어박고 싶었지만 그럴 순 없기에 그녀는 호흡을 가다듬었다.

"저희 동네로 가죠."

"그러지 뭐."

시훈이 차를 천천히 출발시켰다.

재경은 창밖을 쳐다보는 척하며 창문에 비친 그를 몰래 훔쳐보았다.

흐릿하게 보이는 모습은 어디 하나 흠잡을 곳이 없는 완벽한 조각상이었다.

특히 굳게 다물었다, 지그시 깨물었다, 늘어지게 하품을 하는 저 도톰하고 붉은 입술은 눈을 떼려야 뗄 수 없는 달콤하고도 먹음직스러운 과일 같았다.

이전에 '끼가 흐른다'고 그를 표현했던 팀장의 말에 공감을 하지 않을 수 없는 상황이었다.

아기자기한 인테리어가 돋보이는 아담한 레스토랑에 도착한 두 사람은 직원의 안내에 따라 창가 자리에 마주 보고 앉았다.

집과 가까운 곳에 위치했지만 몇 번 와 보지 않아 뭐가 맛있는지 몰랐기에 그녀는 레스토랑에서 가장 인기 있는 메뉴를 직원에게 추천받아 주문했다.

"애피타이저인 카프리제 준비해 드릴게요."

직원이 놓고 간 카프리제의 토마토를 보기 좋게 썰어 먹던 재경은 차 안에서처럼 창밖을 쳐다보는 척하며 시훈을 몰래 훔쳐보았다.

입술에 뭘 바르나? 왜 저렇게 반짝거리고 붉은 거지?

스스로 던진 질문의 해답을 찾으려고 고운 미간을 찌푸리며 창문에 비친 시훈을 더 자세히 보기 위해 상체를 앞으로 기울이던 때였다. 갑자기 손을 뻗은 그가 재경의 볼을 감싼 채 자신 쪽으로 돌려 버린 것은.

"어머! 어딜 만져요?"

재경이 화들짝 놀라 몸을 뒤로 젖히며 시훈의 손을 극적으로 떼어 냈다.

"김재경 씨 볼."

"왜 남의 볼을 그렇게 막 만져요!"

"더 잘 보이게 해 주려고."

"뭐, 뭐요?"

"김재경 씨가 몰래 훔쳐보고 있던 나를."

이 남자, 내가 힐끔힐끔 훔쳐보던 것을 다 알고 있었다!

민망함에 화장으로도 감춰지지 않는 화끈거리는 얼굴로 재경이 물 컵에 가득 차 있는 물을 쭉 들이켰다.

"정말 착각도 우스꽝스럽게 하시네요. 그쪽 쳐다보고 있던 게 아니고 바깥 보고 있던 거예요. 제가 원래 사람 구경하는 거 좋아하거든요."

"아, 그러세요?"

"네! 저 원래 그래요!"

"그럼 내가 김재경 씨 보고 싶어서 그랬던 걸로 치지."

"……."

"나는 김재경 씨 구경하는 거 좋아하거든."

"제가 무슨 우리에 갇힌 원숭이예요? 왜요. 바나나라도 주시려고요?"

"설마 염세주의자는 아니지?"

"네?"

"아니. 왜 꼭 생각이 거기로밖에 안 가나 싶어서. 작가의 혼이 담긴 예술 작품이나, 매혹적인 꽃 같은 것에 비유해도 어울릴 텐데."

누군가가 입에 재갈이라도 물린 것처럼 재경의 말문이 막혀 버렸다. 꼬투리 잡고 늘어질 것이 없었다.

어느 여자가 자신을 예술 작품이나 꽃으로 비유하는데 불만을 가질 수 있을까.

"그건 그렇고, 김재경 씨는."

잠시 굳은 얼굴로 말을 멈춘 그가 입술을 떼어 냈다.

"나, 싫어하지?"

대뜸 던져진 물음에 재경은 입에 넣었던 토마토를 그대로 삼켜 버렸다.

차마 그렇지 않다는 말이 선뜻 튀어나오지 않았다. 여태 자신이 시훈에게 한 행적들만 봐도 아니라고 변명하기에 터무니없는 거짓말임이 티가 났기 때문이다.

시도 때도 없이 시훈을 째려봤던 것. 밖으로는 표현하지 않아도 시훈을 질투했던 것. 계단을 올라가는 시훈을 보며 제발 넘어지라고 저주했던 것. 시훈의 커피만 티스푼이 아닌 커피 스틱 봉지로 저었던 것 등 과거의 행적이 그녀를 꿀 먹은 벙어리로 만들기 충분했다.

"대답이 없는 걸 보니 내 생각이 맞나 봐. 하긴, 그렇게 티가 났는데, 모르려야 모를 수가 없지."

은지를 제외하고 재경이 시훈의 존재를 별로 탐탁지 않아 한다는 것을 아는 사람은 없었다. 그 정도로 대놓고 티를 내지 않았다는 뜻이었다.

매일 속으로 시훈을 못마땅하게 여기면서도, 재경은 어쩌다 그와 마주치면 빨리 피하려고 노력하는 와중에도 최대한 상냥하게 웃어 주었다.

다른 직원들에게도 시훈의 욕을 하지 않았으며 오히려 그를 칭송하는 무리 사이에서 의견에 공감하는 행동까지 내비추었다.

그런데 어떻게 눈치를 챈 거지?

그렇게 티가 많이 났냐고 물어볼 수는 없는 노릇이었기에 재경은 말없이 치즈를 썰었다.

"설마해서 묻는 건데 집에다 내 사진 걸어 놓고 바늘로 막 찌르고 그러나?"

"그, 그 정도는 아니에요!"

"그 정도는 아니야?"

자신이 시훈을 미워했다는 사실을 얼떨결에 실토해 버린 재경은 난감한 표정을 지어 보였다. 그의 표정 역시 상당히 어설프게 굳어져 있었다.

"다행이네. 그 정도까지는 아니라서. 그럼, 어느 정도까지?"

"싫어하거나 미워하기보다는……. 그냥, 조금. 그러니까, 나보다 늦게 입사했는데…… 승진도 더 빨리하고, 사람들한테 인정도 더 많이 받는 게. 아, 그래요! 조금 질투 났어요. 눈에 먼지가 들어간 것처럼 거슬렸어요."

"조금 정도가 아니던데."

그게 무슨 뜻이냐는 듯 재경이 정갈하게 정리된 눈썹을 추켜세웠다.

"뒤만 돌아보면 기회다 싶어서 째려보고."

그걸 다 알고 있었단 말이야?

재경은 민망해져 마주치고 있던 시훈의 눈에서 눈동자를 슬그머니 돌려 버렸다.

"날 싫어하는 게 너무 눈에 보여서 사실 나도 김재경 씨 근처에 일부러 안 갔어. 말도 필요한 것들만 하고."

"따지고 보면 시훈 씨가 해야 할 일들 제가 다 했잖아요. 시훈 씨도 마치 그 일이 당연히 제 일이라는 것처럼 행동하고."

"그래. 충분히 이해해. 그래서 나도 최대한 김재경 씨의 감정을 존중하고자 멀리했으니까. 싫어하는 사람이 말 걸고 눈앞에 계속 알짱거리는 것만큼 짜증 나는 일도 없으니까. 아, 그리고 그건 내가 사과하도록 하지. 지금까지 내가 해야 할 일을 김재경 씨가 하게 만든 건 정말 미안해."

너무 쿨하게 자신의 잘못을 인정하는 시훈을 보며 재경은 제가 뒤끝으로 만리장성을 쌓은 것 같은 느낌에 괜스레 머쓱해졌다.

"근데 말이야. 내가 생각이 좀 바뀌었어."

테이블 위로 두 팔을 올린 시훈이 손등 위로 자신의 얼굴을 괴곤 여유로운 미소와 함께 재경을 바라보았다.

"무슨 생각이요?"

"날 싫어하는 사람 근처에는 일부러 안 가야겠다는 생각."

"네?"

"나 말이야. 앞으로 김재경 씨 근처에서 알짱거릴 생각이야. 그것도 아주 자주. 시도 때도 없이."

"예에?"

이건 또 무슨 빈대로 빈대떡 구워 먹고, 붕어로 붕어빵 만든다는 것보다 더 황당무계한 얘기야? 자신을 싫어하는 사람 근처에서 알짱거리겠다고? 그것도 시도 때도 없이?

"김재경 씨가 날 싫어한다고 해도 이제 어쩔 수 없어. 내 성격상 짝사랑에는 별로 흥미 없거든."

재경의 눈이 휘둥그레졌다. 여자의 직감이 맞다면 지금 이 상황은 딱 고백을 하는 타이밍이었다.

"지금 이 순간부터 김재경 씨가 날 좋아하게 만들 거야. 최선을 다해서. 성심성의껏. 왜냐하면."

긴장이 역력한 표정으로 아랫입술을 지그시 깨물며 재경은 시훈의 다음 말을 기다렸다.

"내가, 김재경 씨를 좋아하게 됐으니까."

잘못 들은 것이 아니라면 분명 시훈은 자신을 좋아한다고 고백했다.

"강시훈 씨가 절 좋아한다고요?"

"응. 왜."

'뭐 문제 있어?' 라는 말을 시훈은 재경을 자신의 두 눈에 가득 담아 내는 걸로 대신했다.

반면 재경은 다른 남자에게서 받았던 고백과는 확연한 차이를 보이는 이 감정선을 어떻게 정의 내려야 할지 고민했다.

29년을 살면서 남자에게 고백을 받아 본 적은 딱 두 번이었다. 그들에게 고백을 받았을 땐, 이렇게까지 혼란스럽거나 당황스럽지 않았다.

일명 사귈 수밖에 없는, 또는 언제쯤 사귀게 될까 행복한 고민에 빠져 있던 '썸'을 탔기 때문에.

하지만 시훈은 달랐다.

악연이면 악연이었지 절대 연인이 될 수 없는 관계였다. 그가 언제부터 자신을 좋아하게 된 걸까? 만약, 그 시점이 담벼락에서 키스를 나눴던 시점부터라면……. 그것은 분명 일시적인 현상일 것이다.

"좋아한다고요? 강시훈 씨가, 저를?"

"그렇다고 몇 번을 말해."

"언제부터 절 좋아했는데요?"

"아마, 김재경 씨가 담벼락에서 날 유혹했을 때부터."

그럼, 그렇지. 잠깐 일어난 소동에 일시적으로 생겨난 일회용 감정이었다.

'유혹'이라는 단어에 발끈했지만 그 문제는 잠시 뒤로하고 재경은 자신의 감정이 정확히 무엇인지 파악하지 못하고 있는 시훈을 달래기 위해 입술을 떼어 냈다.

"그거 한때일 거예요. 혼란스러움 탓에 일어나는 감정을 정리하지 못해서 나온 일시적인 거. 그러니까."

"김재경 씨는 내가 그런 경험이 처음이었다고 생각하나?"

"……."

"그럴 리가 없잖아. 당신이 참 잘났다고 생각하는 남자가. 안 그래?"

확신에 찬 그의 눈빛에 재경은 아무 대꾸도 할 수 없었다.

"그리고 나란 사람은 일시적인 감정에 헷갈려서 말을 내뱉는 성격이 아니야. 그러니까 김재경 씨 멋대로 내가 당신을 좋아하는 감정이 이렇다, 저렇다 확정 지어 말하지 마. 내 감정, 그렇게 가벼운 거 아니니까."

전혀 화가 난 표정이나 강압적인 목소리가 아닌데도 불구하고 재경은 꼼짝없이 시훈의 말에 수긍했다. 그렇다고 격렬하게 고개를 끄덕인다든가 '옳소! 옳소!' 소리 내어 예찬하는 것은 아니었지만 그 이상 부정할 수가 없었다. 그것 하나만으로도 충분히 수긍의 의미가 되었다.

그런 재경을 더 옥죄려는 것인지 시훈은 멀리 떨어져 있던 몸을 가까이 가져가 입가에 열고 보드라운 미소를 띠며 달콤한 언사를 속삭였다.

"확실히 알아 둬."

"……."

"나, 당신 유혹에 넘어갔어. 그것도 아주 완벽하게."

재경은 말끝마다 '유혹'이라는 단어를 거침없이 내뱉으며 키스를 모두 자신의 탓으로 돌리는 시훈의 발언을 인정할 수가 없었다.

결단코 재경은 시훈을 유혹한 적이 없었다. 뭘 어떻게 유혹을 했다는 소리인가.

손을 부여잡고 잠시 쉬어 가자며 붉은 빛을 반짝이는 LED '모텔' 간판을 가리킨 것도 아니고, 그의 몸을 더듬거나 윙크를 하지도 않았다. 엄밀히 따지고 보면 그럴 의도가 전혀 없었던 재경에게 키스도 그가 먼저 하지 않았나!

그런데 이 남자, 자신을 꼬리 아홉 개는 달린 구미호 취급을 하고 있었다. '유혹'이라는 다소 점잖지 못한 말을 아무렇지도 않게 내뱉으며.

결코 인기가 많은 편이 아닌 재경은 남자를 맘먹고 유혹할 만큼 남자에 목말라 있다든가, 유혹을 당당하게 할 수 있을 만한 재량이 되지 못했다.

더군다나 일에 치여 연애를 할 시간조차 없을뿐더러, 굳이 해야 한다면 평범한 외모에 평이한 성격을 가진 남자와, 유혹이란 단어로 힘 빼지 않고 잔잔한 감정선으로 하는 것이 재경의 연애 지론이었다. 그것이 좋았다. 튀지 않는 평범함.

평범한 외모, 평범한 키, 평범한 성격을 가진 남자도 늘 다른 여자에게 뺏길까 봐 불안하고 초조한데 평범함을 넘어서 여자들의 이상형 조건을 골고루 가진 이 남자와 연애를 한다면 오죽할꼬?

"유혹이라니요? 듣자 듣자 하니까. 강시훈 씨 말 참 이상하게 하시네요."

재경은 말벌의 침처럼 톡 쏘아붙였다.

"사실을 말한 것뿐이야."

"사실이라고요? 누가 들으면 진짜인 줄 알겠네! 제가 언제 강시훈 씨를 유혹했다고 그러는 거예요? 제가 납득할 수 있을 만한 예시를 들어 봐요. 인정할 수밖에 없는."

이런 말을 하는 것 자체가 낯간지러웠던 터라 재경은 주위를 의식하며 목소리 톤을 한층 낮추었다.

그때였다. 시훈이 손을 쭉 뻗어 재경의 입술을 살포시 톡

하고 건드린 것은. 차갑지만 보드라운 그의 손길이 입술에 닿자 정전기가 일어난 것처럼 찌릿했다.

"뭐하는 거예요?"

"글쎄, 그때 김재경 씨는 나한테 뭘 했던 걸까."

떠오르지 말아야 할 잔상이 잔인하게 재경의 머릿속에서 빠르게 그려졌다.

"강시훈 씨는 나를 단 한 번이라도 선배라고 불러 본 적 없지?"

휘청거리는 몸을 바로잡고 검지를 쭉 펴서 시훈의 도톰하고 붉은 입술을 톡톡 건드리던 자신의 몹쓸 모습. 기억나지 않는다고 내빼기에는 너무 선명하게 자리 잡고 있는, 스스로가 만들어 낸 빌어먹을 회식 날의 악몽.

"아직도 기억이 안 나?"

"……."

"그렇다면 그다음으로 김재경 씨가 나한테 어떻게 했는지 기억나게 해 줄까? 그렇게 어렵지도 않을 것 같은데."

시훈을 벽으로 몰아붙이고 양팔을 뻗어 그를 가두었던 장면 역시, 기다렸다는 듯이 튀어나와 재경의 머릿속을 사정없이 괴롭혔다.

"그러실 필요까지야……."

이제 어떻게 해야 하는 거지?

재경의 얼굴이 백지장처럼 하얗게 질려 갔다. 어떤 말도 떠오르지 않을 정도로 정신 또한 몽롱해졌다.

여자라면 이렇게 잘난 남자에게 고백을 받는 것이 뭐 그리 당황할 일이냐고 질책하고 나무라겠지만 재경에겐 제발 꿈이었으면 하고 간절히 바랄 만큼 감당 못 할 고민이었다.

여직원들의 질투를 받고 싶지 않았고, 말끝마다 '시훈 씨가 훨씬 아깝지'라는 비교 대상이 되고 싶지도 않았다. 무엇보다 과거 연애에서 이별을 오고 가며 겪었던 상처를 다시 받고 싶지 않았다.

무난하게. 더 말하자면 그냥 심심하게 회사 생활을 하다가 있는 듯 없는 듯 사라지고 싶은 것이 재경의 바람이었다. 누군가에게 관심을 받는다는 건, 기쁘다기보다는 피곤하고 외로운 일이라는 것을 잘 알고 있었기 때문이다.

그렇기에 많은 사람들의 '관심'을 받는 그의 '관심'은 더없이 부담스러움 그 자체의 덩어리일 뿐이었다. 그 부담의 덩어리에 짓눌려 하루하루를 연민하며 살고 싶은 마음은 현재도, 추후에도 없었다.

"다시 한 번 마지막으로 물어보는데. 강시훈, 당신. 나 정말 좋아해요?"

"마지막으로 말할 것 같진 않지만 어쨌든 좋아해. 그것도 확실히."

"그럼 좋아하는 사람을 위해서 뭐든 다 해 줄 각오도 되어 있어요?"

"뭐든지."

한 치의 망설임도 없이 대답하는 그의 모습에, 재경은 잠

117

시 여직원들의 질투가 득실거리는 나락으로 떨어질 뻔한 자신을 바로잡았다.

"다른 여자들이 당신을 쳐다보는 것조차도 싫어하게 만들 수 있어요?"

"그게 무슨 말이야?"

진심으로 재경의 말을 파악하지 못하겠다는 듯 시훈이 살짝 굳어진 목소리로 물었다.

"말 자체를 이해하지 못한 거예요? 뜻을 이해 못한 거예요?"

"당연히 뜻이지."

"다른 여자들이 내 남자 쳐다보며 좋아하고. 어떻게든 말 한마디 걸어 보려 하고. 만인의 이상형, 연인. 이런 거 딱 질색이에요."

사람이라면 누구나 자신의 가치를 깎아내리는 것을 싫어하는 법이다. 그러니 그는 분명히 거절할 것이고 그쯤에서 이야기를 끝낼 수 있다고 재경은 생각했다.

"그럼 김재경 씨는 남들이 쳐다보기도 싫어하고, 존재 자체만으로도 짜증이 나고, 행여 자신에게 말 한마디라도 걸까 도망가는 불만 가득한 만인의 찌질이 같은 남자가 좋다는 뜻이야?"

시훈이 살짝 경직되고 질겁한 표정으로 묻자, 재경의 속이 급하게 떡을 삼킨 것처럼 꽉 매여 왔다.

"그런 뜻이 아니잖아요!"

답답한 마음에 물을 마시려던 재경은 자신의 컵이 비워져 있는 것을 확인하고는 앞에 놓인 시훈의 컵을 가져가 쭉 들이켰다.

"이봐. 행동 하나하나 다 나를 유혹하잖아."

"뭐요?"

물을 다 마시고 빈 컵을 내려놓은 재경이 기가 막혀 되물었다.

"대체 그쪽 컵 놔두고 왜 내 컵에 입술을 가져다 대는 거야? 사람 설레게."

"!!"

시훈의 시선이 재경의 입술이 닿았던 자신의 컵으로 향했다. 컵에 선명하게 립스틱 자국이 남겨져 있었다. 순간, 창피해진 재경은 얼른 냅킨을 들어 립스틱을 지웠다.

"그래 놓고 유혹 안 했다고 바락바락 우기고. 찌질이나 되라는 이상한 말만 늘어놓고."

불만 가득한 얼굴의 시훈을 보자 재경은 지고 싶지 않다는 묘한 승부욕이 피어올랐다. 시훈의 말대로라면 어쨌든 그가 자신의 유혹에 넘어온 것이니 엄밀히 따지자면 썸 관계의 '갑'은 자신이고 '을'은 시훈인 것이다.

그녀의 입장에서는 눈 한 번 딱 감고 끊으면 끊을 수 있는 관계지만 좋다고 매달리고 있는 건 시훈이지 않는가?

"그 말이 이상해요? 그렇다면 어쩔 수 없네요. 오늘 강시훈 씨 얘기는 못 들은 걸로 하죠."

가방을 들고 자리에서 벌떡 일어난 재경이 최대한 도도한 눈빛으로 시훈을 내려다보았다.

"어쨌든 난, 내 남자가 너무 잘나면 불안해서 못 견디는 스타일이에요. 하지만 강시훈 씨가 제 잘난 맛에 살아야 한다니. 어쩔 수 없잖아요?"

시훈의 눈은 이 순간에도 색스럽게 반달 모양으로 휘어지고 있었다.

"아쉬운 사람이 고집하던 스타일을 버리게 되겠죠. 딱히 아쉬울 게 없는 전, 이만."

재경은 서둘러 레스토랑을 빠져나왔다. 한 발자국, 두 발자국. 서둘러 내딛는 자신의 걸음 뒤로 들려올 줄 알았던 다른 이의 걸음 소리는 들리지 않았다.

"뭐야?"

따라 나올 줄 알았던 시훈은 그 뒤로 한참이 지나서도 재경의 앞에 모습을 드러내지 않았다. 허탈하게 발걸음을 옮기다 뒤를 돌아봤을 때의 시야에도 그의 모습은 보이지 않았다.

❖　　　❖　　　❖

가당치도 않은 말을 내뱉고 앙칼지게 돌아서는 재경의 뒷모습에 시훈은 얼굴 가득 조용한 미소를 띠었다.

"어쨌든 난, 내 남자가 너무 잘나면 불안해서 못 견디는 스타일이에요. 하지만 강시훈 씨가 제 잘난 맛에 살아야 한다니. 어쩔 수 없잖아요?"

세상의 어느 여자가 자기 남자가 찌질하기를 바랄 수 있는지, 기가 막힐 노릇이었다.

시훈은 여태 자신에게 고백을 해 온 여자들의 한결같은 '이유'를 떠올렸다. 그 이유는 우스울 정도로 맹목적이고 단일했다. 그것은 바로 모든 이의 부러움의 눈빛을 받을 수 있는 시훈의 완벽함 때문이었다.

평균 이상의 외모, 평균 이상의 키와 다부진 몸매, 평균 이상의 묘한 분위기를 가진 시훈을 애인으로 둔다는 것은 남들에게 자신이 그만큼 잘나고 매력 있다는 것을 과시할 수 있게 했다.

그런데 재경은 남들의 부러운 시선 따위는 줘도 안 갖는다는 식이었다.

어떤 속내로 그런 말을 꺼냈는지 모르겠지만 어쨌든 시훈에겐 굉장히 큰 자극을 감응하는 결과를 낳았다.

그것은 뭐랄까, 자신의 겉만 보고 달려드는 속물 같은 여자들하고는 확연히 다른 느낌이었다.

속물…….

시훈은 어릴 때부터 그것이 싫었다. 장난감을 가지고 놀기에도 바쁜 나이에 자신들의 회사 매출, 지분, 순위를 매겨 높은 것들은 아랫것들을 무시하고 그 아랫것들은 더 없는 사람들을 하찮게 여기고 깔보는 상황을 마주해야 했다.

물론 건축, 외식업, 패션, 자동차 등 다양하고 월등한 계열사를 보유한 대한민국 상위 3% 안에 들어가 있는 강인그룹 회장의 아들인 시훈을 무시하거나 하찮게 대하는 사람은 그 누구도 없었다.

약한 자들에겐 한없이 모질게 대하던 그들이 자신에겐 잘 보이려고 어떻게든 애쓰는 모습이 시훈에겐 시답지 않고 눈꼴시어 보였다.

그래서 시훈은 제 아버지보다 나이가 많은 운전기사나 직원들에게 고함을 지르고 막 대하는 제 또래의 아이들을 골라서 괴롭혀 주곤 했다.

시훈에게 경영이란, 직원들 없이는 절대 혼자 해낼 수 없는 것이었다. 무엇보다 직원들이 어떤 심정으로 일을 하는지, 그들의 불편함을 어떻게 효율적으로 개선할 수 있는지를 중요하게 생각했다.

직원이 행복하다면 분명 더 좋은 아이디어와 좋은 상품이 나올 거라고 믿었다. 그것이 한 기업을 이끄는 대표의 핏줄이면서도 면접을 보고 입사해 신분을 숨긴 채 밑바닥부터 일하는 이유였다.

물론 부사장인 누나의 영향인지 시훈이 회장의 아들인 것을 안 몇 명의 상사들이 그에게 접근하려는 중이기는 했다.

하지만 재경은 오히려 그런 시훈을 밀어내고 있었다. 지금 상황으로 보아 만약 회장의 아들이라는 사실이 밝혀지면 그녀는 아마 시훈을 산속에서 만난 뱀같이 질겁하며 피해 다닐 것이 분명했다.

그녀가 바라는 것은 무엇일까.

재경에 대한 생각에 먹먹한 마음으로 무심결에 창밖을 쳐다보던 시훈은 그만 입술 사이로 웃음을 새어 보냈다.

맞은편 건물 창에 비치는 재경의 모습. 레스토랑을 그렇게 앙칼지게 뛰쳐나가더니, 결국 몇 발자국 가지 못하고 자신을 기다리는 듯 이쪽을 힐끔힐끔 쳐다보고 있었다.

"참……."

출처를 정확하게 밝힐 순 없지만 온몸에서 느껴지는 그녀의 매력은 생각하는 것조차 머리에 쥐가 날 정도로 확실했다.

그리고 단 한 번의 키스로 사랑에 빠진 동화 속의 주인공들처럼 자신도 사랑에 빠진 것이 확실했다. 에로스의 사랑의 화살이 정확하게 자신의 심장에 박혀 버렸다.

재경이 궁금했다. 무엇을 좋아하는지, 무엇을 싫어하는지, 즐거울 땐 무슨 표정으로 수다를 떠는지, 슬플 땐 어떤 얼굴을 하고 우는지. 그리고 그날, 안아 보지 못한 몸의 온도가 얼마나 따뜻할지…….

지금 당장 재경에게 달려갈 생각은 없었지만 시훈은 저도 모르게 자리에서 일어났다. 그녀를 놀래켜 주고 싶다는 심술맞은 장난기가 발동된 발걸음은 그녀와 반대편 쪽에 위치한 주차장으로 향하고 있었다.

속으론,

그녀를 만족시켜 줄 만한 내일을 계획하며.

버스에서 내려 집으로 걸어가는 동안에도 재경은 머릿속에 엉클어진 생각을 쉽게 풀어내지 못하고 끙끙거리고 있었다.

"참, 내……."

좋다고 달려들 때는 언제고 뛰쳐나가는 여자를 잡지도 않고…….

"그거 한때일 거예요. 혼란스러움 탓에 일어나는 감정을 정리하지 못해서 나온 일시적인 거."

"생각해 보니까 그 말에 부정할 수 없었던 거지!"
재경은 카페에서 시훈에게 내뱉었던 말을 곱씹으며 혼잣말을 중얼거렸다.

"다른 여자들이 당신을 쳐다보는 것조차도 싫어하게 만들 수 있어요?"

"그럴 이유를 찾지 못했던 거야. 굳이 그럴 필요가 없겠지. 나 같은 여자 하나 때문에 그럴 이유가……."
이번엔 방금 전과 다른 쓸쓸한 혼잣말이 한숨과 섞여 터져나왔다.

"아쉬운 사람이 고집하던 스타일을 버리게 되겠죠."

아쉽지 않다. 아쉽지 않아.
속으로 그리 되새김질하는 그녀는 무거운 발걸음과 은연중에 뒤를 돌아보는 자신을 전혀 깨닫지 못했다.
"쳇! 오늘 하루 종일 괜히 귀찮게나 하고!"
초저녁의 쌀쌀한 공기에 재경의 투덜거림이 스며들었다.
"그럼 그렇지."

강시훈 같은 남자가, 나 같은 여자를 좋아해 줄 리가 없잖아. 대체 뭘 바란 거야?

언덕에 위치한 집까지 걸어가던 재경은 다시 한 번 뒤를 돌아봤다. 어느 근사한 스카이라운지 못지않은 서울의 전경이 한눈에 들어왔다. 적적한 기분을 위로받는 느낌이었다.

"휴!"

자신을 잡던 시훈의 따뜻했던 손길. 얼굴을 가까이 가져다 대며 속삭이던 도톰하고 작은 입술. 마음을 들뜨게 만들던 달뜬 숨결. 자신을 바라보던 농도 짙은 눈빛. 헤프지 않은 웃음.

시훈의 모습 하나하나를 떠올리던 재경은 이내 정신을 가다듬었다. 집에 가서 냉수로 세수하고 밥이나 먹어야겠다는 생각에 걸음을 재촉했다.

그리고 집 어귀에 있는 골목을 꺾은 순간.

"!"

사라졌다고 생각했던 시훈이 거짓말처럼 또다시 눈앞에 나타났다.

나른한 기색이 역력한 얼굴을 하고 붉게 충혈된 눈으로 재경을 바라보던 시훈이 차에 기대고 있던 몸을 일으켜 천천히 걸음을 옮겼다.

재경은 행여나 자신이 혼자 중얼거리던 소리를 들어 시훈이 저를 미친 여자 취급할까 싶어 초조한 마음으로 그의 발걸음을 관망했다.

"여긴 웬일이에요?"

"아쉬운 게 많은 사람이 와야지. 별수 없잖아."

'우리 집은 또 어떻게 알았대?' 하며 의아해하던 재경은 술에 떡이 되어 시훈의 넓은 등짝에 실려 왔었던 자신의 과거를 떠올렸다.

"그래서 아쉬운 내가……."

잠시 말을 멈춘 시훈은 깊은 한숨을 내리쉬었다.

지금 어떤 심정으로 저 말을 하는지, 재경은 알 수 있을 것만 같아서 은근히 미안하면서도 이상야릇한 쾌감에 점점 마음이 젖어 갔다.

"전혀 아쉽지 않다는 김재경 씨를 송두리째 흔들어 버리고 싶은 간절한 마음에 스타일을 바꾸기로 했어."

대체 이 남자, 왜 이러는 걸까?

겨우 키스 한 번 한 것 가지고, 정사를 완벽하게 나눈 것도 아니고 서로의 입술을 잠시 탐한 것뿐인데.

사랑에 빠진 걸로도 부족해서 자신이 가지고 있는 최대의 장점을 버리겠다고?

혹시 이 세상에 정말 상상 속의 신이 실제로 존재하는 걸까? 그래서 장난꾸러기 에로스가 매일 무시당하는 처녀인 자신을 불쌍히 여겨 살아갈 가치를 알려 주기 위해 완벽한 남자 시훈에게 사랑의 화살을 열 번, 아니, 백 번 정도는 쏘아 댄 게 아닐까?

스스로 생각해도 참 우스꽝스러웠다.

그러나 한편으로는 뾰족한 가시가 넝쿨째 엉켜 있어 건드릴 엄두도 나지 않았던 고민이 한 방에 해결된 것처럼 안심이 되었다. 그에 그녀는 픽, 하고 영양가 없는 웃음을 지었다.

"어떻게 바꾸기로 했는데요?"

"그건 당연히."

"……."

"무조건, 당신이 원하는 대로겠지."

"제가 원하는 대로요?"

시훈은 대답 대신 차분한 미소를 지으며 간단하게 고개를 끄덕였다.

"레스토랑에서도 충분히 말했지만 난 많은 여자들에게 인기 있는 남자는 부담스럽고 불안해서 싫어요."

"그거면 되는 건가?"

"네."

"여자한테 인기 없는 남자가 되라……. 참, 어렵고 고단하고 힘겨운 미션이 되겠……."

슬쩍 재경의 눈치를 살피던 시훈이 갑자기 말을 멈추었다.

"왜 말을 하다 말아요?"

"왠지 그쪽은 내 말에 별로 동의하지 않는 눈치라서."

인정해 달라는 뜻인지 시훈이 정갈하고 고운 눈썹을 살짝 치켜올렸지만 재경은 못 본 척했다.

"왕자병 걸린 사람 같아서 재수 없게 보이려던 참이었는데 말 끊어 줘서 고마워요."

재경은 자신이 '재수 없다' 라는 말을 스스럼없이 꺼낼 수 있다는 것에 대해 놀라워하면서도 너무 막말을 한 것은 아닐까 싶어 시훈을 슬쩍 올려다보았다.

방금 전 자신을 쫓아오지 않은 시훈에게 못내 섭섭함을 느낀 터라, 엉덩이에 불붙은 망아지가 뛰어다니는 것처럼 제멋대로 말이 튀어나온 것이었다.

그러나 생각과 다르게 시훈은 아무렇지 않은 얼굴로 입술을 떼어 냈다.

"다행이군, 재수 없게 보이려던 '참'이라서. 어쨌든 재수 없었던 건 아니지?"

"네."

자신의 대답이 떨어지기 무섭게 얼굴에 완연한 안심이 묻어나는 시훈의 모습이 재경은 조금 귀엽다고 생각했다.

"아무튼 난 앞으로 당신이 원하는 남자가 되기 위해 최선을 다하겠어."

"……"

"그럼, 내일 보자고."

"네. 조심히 들어가세요."

돌아선 재경이 대문을 열고 작은 마당을 지나 현관문에 손을 뻗은 순간이었다. 아직 그 자리에서 떠나지 않은 시훈이 그녀를 불렀다.

"왜요?"

"어떻게 한 번을 안 돌아봐? 서운하게."

사실 재경 또한 돌아보고 싶었다. 하지만 피곤해 보이는 시훈의 모습에 빨리 보내고 싶은 마음이 들어 서둘러 들어간 것이 그를 본의 아니게 섭섭하게 만들었다.

"그래. 그것도 보고 싶은 사람이나 아쉬운 거겠지. 들어가. 잘 자고."

간단하게 목례를 한 재경이 현관문을 열고 집 안으로 사라지자마자, 시훈은 중얼거리며 아쉬움에 연거푸 한숨을 쉬었다.

　"내 꿈에 나타나 줘."

　누군가가 입김을 불어 재경의 귀에 제 말을 속삭여 주기를 간절히 바라면서.

아버지가 출장을 다녀오신 기념으로 저녁이나 같이 먹자는
누나의 호출에 재경과 헤어지고 본가에 간 시훈은 푸른 소나
무가 빠끔히 보이는 웅장한 돌담장 앞에 차를 세웠다.

창문을 내려 대문 옆에 붙어 있는 초인종을 누르자 주차장
문이 열렸다.

차를 주차하고 꽤 높은 계단을 밟아 시훈은 정원으로 향했
다.

크기는 작지만 드라마에서나 볼 법한 단청 문양의 정자와
물레방아가 돌아가고 있는 연못, 돌 축대에 옹골지게 놓인 장
독대 옆에는 이름을 알 수 없는 아리따운 꽃망울들이 피어 있
었다.

이곳은 접이식 유리문으로, 문과 문이 연결되어 있는 대청
마루를 기준으로 '구(句)' 모양을 지닌 한옥이었다.

시훈은 이 집이 좋기도 하고 싫기도 했다. 돌아가신 엄마와의 추억이 깃든 소중한 공간이자, 엄마의 마지막 순간을 지켜봤던 끔직한 공간이기도 했기 때문이다.

"오셨어요. 도련님."

자신을 보고 허리를 굽혀 인사하는 아주머니에게 시훈 역시 허리를 굽혀 인사했다.

"잘 지내셨어요?"

"저희야 늘 잘 지내죠. 도련님은요?"

"네. 저도 잘 지냈어요. 그나저나 제가 부탁드린 것은……."

"아, 김 기사가 지금 사러 갔습니다."

"번거롭게 해 드려서 죄송합니다."

"아닙니다. 동묘 앞에 가면 쉽게 구할 수 있어요. 그런데 그런 촌스러운 옷은 갑자기 왜……."

"중요한 일에 좀 필요해서요."

시훈의 말에 아주머니는 고개를 갸웃해 보였지만 그 이상은 묻지 않았다.

"회장님과 부사장님이 기다리고 계세요."

"네."

아주머니의 안내에 시훈은 주방으로 걸음을 옮겼다.

"왔냐."

강 회장은 다정다감한 아버지는 아니었지만 그렇다고 다가가기 어려울 정도로 무뚝뚝한 사람은 아니었다.

시훈은 공손하게 인사를 하고 빈자리에 가 앉았다.

"그래, 회사 일은 좀 할 만하냐?"

데면데면한 강 회장의 물음에 시훈은 망설임 없이 고개를 끄덕였다. '회사'라는 단어를 듣자마자 재경이 떠올랐기 때문이다.

앞으로 그녀와 함께할 일들을 떠올릴 때면 자신도 모르게 미소가 나오는 것이 그는 내심 신기했다.

"네. 할 만해요. 앞으로가 더 기대되고 재미있을 것 같고요."

말이 입 밖으로 나와 번져 가는 순간순간마다 떠오르는 재경의 얼굴에 시훈의 입가엔 더욱 짙은 미소가 자리를 잡았다.

"다행이구나. 그런데 언제까지 밑에서 일할 생각이냐? 이제 본격적으로 경영을 배웠으면 싶은데."

"배울 게 생각보다 많아요. 이 정도면 되겠다 싶을 때, 말씀드릴게요."

"퍽도 말하겠다. 네가."

누나 시은의 볼멘소리에 시훈이 대답 대신 영양가 없는 웃음을 지었다.

"오늘 고기 내가 구운 거야. 어때?"

시은이 앞에 놓인 아스파라거스를 덜어 주며 물었다.

"맛있네."

"레몬 소금인데, 이것도 내가 만들었어."

신나게 자랑하던 시은이 은근슬쩍 강 회장의 눈치를 살피며 음식을 시훈의 앞으로 내밀었다.

"사실, 오늘 아버지가 저녁을 함께하자고 하신 이유가 있어."

적당한 크기로 썬 고기를 막 입에 집어넣으려던 시훈이 의아해하며 강 회장을 바라보았다.

"말씀하세요."

시은이 부추기자 강 회장이 칼질을 멈추고 시훈을 바라보았다.

"이번 달 말에 제현그룹 창립 기념회 파티가 있다."

강 회장의 말문이 떨어지기 무섭게 시훈은 직감했다. 다음으로 무슨 말이 들려오게 될지를.

그래서 자신도 모르게 굳어진 표정으로 강 회장을 응시했다.

아직 시간이 넉넉하게 남은 이번 달 말의 파티를 미리 말하는 것은 무슨 일이 있어도 그 자리에 꼭 참석하라는 무언의 압박이었다.

"얼굴도장 찍는다 생각하고 누나랑 같이 참석하도록 해. 너에게 명함을 주는 모든 이들이 앞으로 일을 할 때 조금의 이득은 될 테니 말이다."

시훈의 눈동자가 옆에 앉아 있는 시은에게로 향했다. 어깨를 들썩이며 능청맞게 시선을 피하는 그녀를 보며 그는 깊은 한숨을 내리쉬었다.

말이 좋아 얼굴도장이지, 다른 그룹의 자제와 어떻게 해서든 결혼이라는 연결의 끈을 묶으려 함이 분명했다.

"아버지, 저는 아직……."

"부담 주려는 거 아니야. 말 그대로 인맥을 쌓고 힘을 실을 수 있는 기회를 만들어 주려는 것뿐이야. 그러니 부담 갖지 말고 갔다 오도록 해."

더 이상 거절할 수가 없었다.

거절은 곧, 경영하기 싫어 떼를 쓰는 철없는 막내아들로 비춰질 것이 분명했기 때문이다.

경영학 대신 미술을 전공하겠다 했을 때도, 본부장 자리 대신 신입 사원으로 입사하겠다는 포부를 밝혔을 때도 거절 한 번 하지 않았던 아버지셨다.

그런 아버지의 부탁을 쉽게 거절할 수 없다는 생각이 들었다.

"알겠습니다."

시훈은 어쩔 수 없이 고개를 끄덕이며 대화를 마무리 지었다.

저녁을 먹고 샤워를 하고 나온 재경은 TV 앞에서 뒤로 넘어갈 정도로 웃고 있는 은지의 옆에 찰싹 붙어 앉았다.

"재밌어?"

"어! 너무 웃겨. 미치겠다."

은지가 보고 있던 프로그램은 평소 재경도 즐겨 보는 주말 예능이었다.

"어? 나 저거 못 봤는데."

"너 술 처먹고 들어와서 주말에 하루 종일 잠만 쳐 잤잖아. 그러니까 못 봤지."

"은지야."

"왜?"

"이제 나이도 꽤 있는데, 말을 좀 더 품격 있게 할 수는 없겠니?"

"야! 매일 밖에 나가서 하는 게 품격 있어 보이는 짓이야. 집에서 만큼은 좀 프리하게, 맘 편하게, 덜 피곤하게, 나답게 살자. 어?"

"안에서 새는 바가지 밖에서도 샌다고……."

"어이구, 말씀 잘하셨네요. 안에서 새는 바가지 밖에서도 샌다고, 집에서 인삼주를 직접 담가서 마시는 김재경 님. 품격 따지지 말고 집에서나, 밖에서나 술 좀 작작 드세요."

한마디도 지지 않는 은지였다.

그런 그녀가 얄미우면서도 틀린 말은 하지 않았기에 반박할 수 없었던 재경은 핏, 하고 실없이 웃었다.

"푸하하하하하!"

목젖까지 보이며 웃어 재끼는 은지의 얼굴이 TV에 나오는 연예인들보다 더 웃기다는 생각을 할 무렵, 무심결에 쳐다본 베란다 밖으로 시훈의 얼굴이 보였다.

"!!"

'뭐야? 아직 안 간 거야?'

재경은 의문과 함께 눈을 격하게 비비고 다시 그쪽을 바라보았다.

방금 전까지 선명했던 시훈은 온데간데없이 사라져 보이지 않았다.

"……."

환영을 본 걸까.

요 며칠 사이 잠도 못 자고 프로젝트에, 야근에 심적으로 너무 긴장해서 이제 헛것이 다 보이는 건가 싶었다. 재경은 얼른 자리에서 일어났다.

"그만 보게?"

"응. 좀 피곤해서 자려고."

"그래. 잘 자. 내일 아침에 참치 넣고 김치찌개 끓여 줄게. 칵테일 새우랑 브로콜리 넣은 볶음밥도. 어때?"

뜬금없이 아침 메뉴를 이야기하는 은지가, 단 한 번도 불평불만 없이 늘 밥을 차려 주는 은지가 내심 귀엽고 고마워 재경은 상체를 살짝 수그려 그녀의 볼을 꼬집었다.

"완전 맛있겠다!"

방으로 들어간 재경은 초저녁의 빛을 가리려 커튼을 전부 쳤다. 그제야 찾아온 완전한 어둠 속에 그녀는 침대에 드러누웠다.

"아……."

삭신이 쑤셔 앓는 소리를 내며 이불을 목까지 끌어당기고 무거워진 눈꺼풀을 살포시 닫은 순간.

"!"

또다시 시훈이 눈앞에 아른거렸다.

심지어 이번에는 다부진 근육질의 나체로 침대에 누워 있는 자신의 위에 올라온 시훈이! 자신의 몸을 마음껏 탐닉하려는 시훈이!

게다가 귀에 뜨겁고 야릇한 바람을 불며 자신의 이름을 부르는 시훈의 목소리까지 들렸다.

"뭐, 뭐야!"

발끝에서부터 짜릿하게 몰려오는 뜨거운 기운에 재경은 이

불을 확 걷어차 버리고 자리에서 벌떡 일어났다.

순식간에 달아오른 화끈한 기운이 귀 끝에서부터 빠르게 차오르더니 전혀 증발되지 않은 채 더 뜨겁게 타올랐다.

"나, 나 왜 이러지? 정신 차려! 김재경! 정신 차리라고!"

누군가가 자신의 발칙한 상상을 알아차린 것처럼 재경은 창피하고 낯부끄러웠다.

손등으로 뺨을 찰싹찰싹 때리는 와중에도 재경은 자신의 뺨을 어루만지고 허리를 감싸던 시훈의 손길이, 자신의 입술 위에 닿았던 시훈의 숨결이 미치도록 애달프고 그리웠다.

그건 그 느낌이 거북하거나 싫지 않았다는 뜻이었다.

그건 그렇고 대체 어떤 방법으로 변한다는 것일까?

그 궁금증은 시간이 흘러 새벽에도 재경을 쉽게 잠재우지 못하게 했다. 아무리 생각해 봐도 그가 어떻게 변할지 쉽게 그림이 그려지지 않았다.

몸을 뒤척이다 무의식중에 시계를 보니 벌써 새벽 3시를 향해 달려가고 있었다.

"어머, 벌써 시간이 이렇게나! 얼른 자야 돼."

이른 시간에 누웠음에도 불구하고 시훈을 생각하느라 시간을 흘려보낸 재경은 잠자는 데 특효약이라는 양을 마음속으로 불러 보았다.

양 한 마리, 양 두 마리, 양 세 마리…….

벌떡!

"왜 양 얼굴이 전부 다 강시훈인 건데?"

재경은 50대 후반의 여성들이 앓는 갱년기처럼 후끈 달아

오른 얼굴을 하고 부엌으로 가 찬물에 얼음을 동동 띄워서 원
샷을 했다.

그리곤 거실 한구석에서 빨래 건조대처럼 사용되고 있는,
홈쇼핑에서 주문을 하면 뮤지컬 티켓을 준다고 해서 충동적
으로 질러 버린 러닝머신을 10여 분 정도 뛰었다.

"이 새벽에 웬 운동을……."

화장실을 가려고 나온 은지의 핀잔에도 재경은 멈추지 않
았다.

"야, 시끄러워!"

은지의 찢어지는 고함 소리에 그제야 재경은 러닝머신에서
내려왔다.

"뭔 일인데, 또!"

"어?"

"너 고민 있으면 밤새 잠 못 자고 뛰잖아. 뭔 일이기에 그
렇게 잠을 설치냐고."

얼굴 가득 신경질을 묻힌 채 늘어지게 하품을 하며 은지가
물었다.

"내가 그래?"

"네가 그래. 몇 년째."

괜스레 잠을 깨운 것도 미안한데 자신 때문에 은지가 걱정
하는 것 같아 더 미안해졌다.

"아니, 그냥…… 별일 없어. 들어가서 자."

"그냥? 그냥 맞고 싶나 보지?"

"그럼 이거 하나만 들어 줘 봐."

"뭔데."

"이건 내가 아는 언니의 친구 이야긴데, 같은 회사에 너무 괜찮은 남자가 있대. 엄밀히 따지면 괜찮다는 말을 넘어선 완벽한 남자래. 근데 그 남자가 느닷없이 언니가 좋다면서 막 들이댄대. 자기의 잘난 부분을 포기하겠다면서. 그 언니가 가당치도 않는 조건을 내세웠거든."

"네가?"

"어. 그런데……."

자신도 모르게 대답을 하던 재경이 화들짝 놀라 휘둥그레진 눈으로 은지를 바라보았다.

팔짱을 끼고 한심하다는 표정을 지은 은지가 고개를 절레절레 내저었다.

"아무튼 밑밥은 참 잘 물어. 그러니까 정리해 보면 그날 널 업고 온 남자가 널 좋아한다는 뜻이잖아. 근데 너는 그 남자가 부담스러워서 가당치도 않는 조건을 내세웠고. 맞아?"

재경은 쉽게 대답하지 못하고 눈만 깜빡였다.

"그렇게 잘생기고 멋있는 남자가 좋아해 주면 먹지 않아도 배부를 만큼 좋겠지. 하지만 그걸 네가 감당할 수 있느냐야. 너처럼 독하지도, 강하지도 않은 애가 그런 남자를 감당할 수 있겠어? 연애 금지령을 내렸다는 조 부장과 맞설 수 있겠냐고. 이렇게 쉽게 판단 내리지 못하고 잠을 설친다면 이미 얘기 끝난 거 아니야?"

아무 대답도 하지 못한 채 재경은 한숨을 내쉬었다.

"하지만 말이다. 친구."

"응?"

"그 모든 게, 좋아하는 감정보다 더 중요한 걸까? 나는 그렇게 생각해. 모든 게 겁이 나도, 네가 그 사람을 좋아하면 좋아하라고. 좋아하는 사람을 놓쳐서 후회하는 것보단 평생 욕먹고 사는 게 나을지도. 왜, 그런 말 있잖아. 욕 많이 먹으면 오래 산다고. 오래오래 그 사람이랑 행복하게 살면 그만이야. 너무 고민하지 마. 나중에 생각해 보면 별거 아닐 것 같은데. 아함. 그럼 난 잔다. 작작하고 너도 얼른 자라."

은지가 방으로 들어간 후, 순식간에 채워진 고요하고 적막한 공기를 느끼며 재경도 자신의 방으로 들어갔다.

언제나 감당 안 될 정도로 쏟아져 거추장스러웠던 잠이 오늘따라 애달프게 그리웠다.

'머릿속에서 둥둥 떠다니며 사라지지 않는 강시훈의 얼굴이 지워질 수 있게 해 주세요.'

침대에 벌러덩 누운 재경은 두 손을 모아 간절하게 기도했다.

❧   ❧   ❧

"음마! 어떡해! 지각이다! 지각!"

어제 밤새도록 자신의 머릿속을 헤집고 돌아다닌 시훈 때문에 입사 이후 처음으로 늦게 일어난 재경은 비명을 질러 대며 허겁지겁 방을 빠져나왔다.

"어머, 너 지금 일어난 거야?"

요즘 취미 생활로 시작한 재봉틀을 만지던 은지가 화들짝 놀라 재경을 바라보았다.

"응! 알람 소리를 못 들었어. 어떡해. 지각이라니! 좀 깨워 주지 그랬어!"

"아니, 나는 하도 조용하기에 벌써 나갔나 싶었지. 그러게 새벽에 운동할 때 알아봤다! 아니, 근데 지가 잘못해 놓고 왜 짜증은 나한테 내?"

"그래, 미안하다. 느닷없이 짜증 내서."

"괜찮아. 친구라는 이름으로 그 정도쯤은 이해해 주지."

알다가도 모를 친구이자 룸메이트인 은지였다.

재경은 은지를 뒤로하고 화장실로 다급하게 들어가 물을 틀었다.

"으! 차!"

온수 쪽으로 돌려 다시 머리를 들이대자 이번엔 너무 뜨거 웠다.

"으악!"

적당히 온도를 맞추고 나서야 머리를 감을 수 있었다.

깨지 않고 싶은 꿈을 꾸는 바람에 알람 소리도 듣지 못했 다. 하지만 막상 일어나니 무슨 꿈을 꾸었는지 기억조차 나지 않았다.

급하게 머리만 감고 방으로 들어간 재경은 바쁜 와중에도 마땅하게 입을 옷이 보이질 않자 신경질이 났다.

대체 작년 이맘때쯤 뭘 입고 회사에 출근했는지 오리무중 이었다.

시간이 너무 촉박하여 손에 집히는 대로 옷을 입은 그녀는 달리기 편한 굽 낮은 단화를 구겨 신곤 전력 질주로 버스 정류장까지 달려 간신히 버스에 올라탔다.

"헉. 헉."

거친 숨을 몰아쉬며 창문에 비치는 자신의 몰골을 빤히 쳐다보던 그녀는 순간 '히익!' 하고 놀랐다.

'상거지가 따로 없네.'

흐트러진 머리를 정리하며 재경은 어젯밤 무슨 꿈을 꿨기에 잠에서 깨어날 생각도 하지 못하고, 이렇게 지각까지 하는 최악의 사태를 만들어 냈는지 떠올리려 애썼다.

무슨 꿈이었더라?

아무리 노력해도 떠오르지 않는 꿈을 뒤로하고 그녀는 스스로를 한탄하며 회사에 도착해 서둘러 엘리베이터로 향했다. 그러다 문이 막 닫히는 것을 발견하곤 허겁지겁 뛰어갔다.

"잠, 잠시만요!"

재경의 외마디 비명에 닫히려던 엘리베이터 문이 극적으로 다시 열린 순간.

"……!"

그곳에는 입사 이후, 생전 처음 본 웬 찌. 질. 한. 남. 자 하나가 재경을 보며 싱긋 웃고 있었다.

"어…… 어?"

얼굴보다 더 큰 잠자리 안경, 어디서 구했는지 의아하기까지 한 덥수룩한 가발, 목이 가려질 만큼 솟아 올라와 있는 어깨 뽕, 70년대에나 입고 다녔을 것 같은 몸에 맞지도 않는 큰 사이즈의 촌스러운 양복, 검은 구두, 그리고 발목까지 오는 흰 양말. 하지만 그중 제일 가관은 바로.

"김재경 씨."

이름을 부른 뒤 따라오는 멍청한 웃음소리였다. 재경은 당황스러움을 감추지 못한 채 눈만 끔뻑거리며 멍하니 서 있었다.

설마, 혹시. 아무리 그래도 이 남자가 정말 이렇게 하고 출근할 줄은 꿈에서조차 생각해 본 적 없었다.

"안 타?"

하지만 찌질한 모습으로도 절대 감출 수 없는 시훈의 중저음 목소리에 이끌려 재경은 얼른 엘리베이터 안으로 몸을 실었다.

문이 닫히자 좁은 공간에 단둘이 남겨졌지만 어째 공기는 달뜨던 어제와는 확연히 달랐다.

"힘들어 죽는 줄 알았어. 생각보다 구하기 어렵더라고."

그러실 만도…….

여전히 얼어붙어 쩍 벌어진 입으로 재경은 아무 말도 하지 못하고 시훈을 관망했다.

그는 평소 착용해 본 적 없는 안경이 조금 무거운지 코를 찡긋하며 안경을 들어 올렸다.

"어때?"

"……."

"이 짝퉁 양말 구하는 거 정말 힘들었어."

시훈이 자신의 다리 한쪽을 자랑스럽게 들어 올렸다.

"이 정도면 김재경 씨가 원하는, 다른 여자들이 쳐다보지 않을 만한 찌질이 맞나?"

그렇다는 호쾌한 대답이라도 기다린 것인지 아무 말 없는 재경의 반응에 실망한 기색을 감추지 못한 시훈이 안경 너머로 눈을 살짝 찌푸렸다.

"왜, 아직도 멋있어 보여?"

멋있어 보일 리가…….

"마음에 안 들어?"

재경은 정말 찌질이가 되어 버린 시훈의 낯짝에 무슨 말을 해 줘야 할지 몰랐다.

이러고 와서 고맙다고 해 줘야 하나, 잘했다고 해 줘야 하나, 아니면 잘 어울린다고 해 줘야 하나. 그것도 아니면…… 미안하다고 해 줘야 하는 건가?

한참 동안 고민했지만 정작 재경의 입에서는 생뚱 맞은 말이 튀어나왔다.

"정말 이러고 회사에 오면 어쩌자는 거예요?"

자기 스스로도 예기치 못하게 우발적으로 튀어나온 말에 놀랄 틈도 없이 재경은 다시 입술을 떼어 냈다.

"남들이 보기에 얼마나 황당하고 우스꽝스럽겠어요."

"남들 눈에 어떻게 보이든 내 알 바 아니야."

"……."

"그런 것까지 신경 쓸 여유 없어. 어차피 난, 김재경 씨 눈에만 잘 보이면 되니까."

"아니, 정말 왜 이렇게까지 하시는 거예요?"

"말했잖아. 당신을 송두리째 흔들어 버릴 거라고. 짝사랑 같은 거엔 흥미 없다고."

"오롯이 나한테 잘 보이기 위해서 이렇게 하고 왔다는 거예요?"

"당연하지. 당신이 원하는 거라면 뭐든 한다고 했잖아."

"아니, 날 왜 그렇게까지 좋아하는 건데요? 내 어디가 그렇게 좋아요?"

"머리부터 발끝까지 다 좋다고 한다면 믿을 수 있나?"

"……"

"지금은 못 믿어도 상관없어. 앞으로 믿게 해 줄 생각이거든. 그러니까 잘 좀 봐 둬. 내가 김재경 씨를 얼마나 좋아하는지."

살랑거리는 바람 같은 장난기 섞인 시훈의 말이 끝나기가 무섭게 띵! 소리와 함께 엘리베이터 문이 쩍 벌어졌다. 아주 당당하게 사무실로 향하는 그를 그녀는 걱정 반, 흥미 반인 마음으로 쫄래쫄래 따라나섰다.

촌스러운 양복으로도 감출 수 없는 다부진 팔근육과 핏줄이 선연한 자극적인 손이 사무실 문을 양쪽으로 잡아 활짝 열었다.

동시에 한꺼번에 쏟아진 이목을 재경은 그의 뒤에서 지켜봐야 했다.

서로 아침 인사를 주고받다가, 근무 시간을 몇 분 남겨 놓고 인터넷 기사를 살펴보다가, 탕비실에서 막 커피를 타 오다가, 집에서 마무리 짓지 못한 화장을 하다가, 어젯밤의 숙취를 풀기 위해 음료를 마시다가 마주한 시훈의 생소한 모습은 모든 사람들이 똑같은 표정을 짓게 했다.

　과장하지 않고 다들 '저. 게. 뭐. 야?' 라는 데칼코마니 같은 표정을 지었다.

　그들의 반응에 머쓱하고 민망해진 재경이 앞에 있는 시훈을 걱정하듯 바라보았지만, 그는 전혀 개의치 않은 얼굴로 예의 바르게 인사했다.

　"안녕하세요, 팀장님."

　"어…… 어. 시훈 씨…… 맞지?"

　"네. 팀장님. 어! 안녕하세요. 과장님."

　"어…… 그래. 시훈 씨도 안녕."

　평소 그를 쫓아다니던 여직원들의 호감 어린 눈빛이 오늘은 있을 수 없는 일을 직면한 것처럼 황당하기 그지없다는 감정을 담았다.

　재경 또한 표정 관리가 전혀 안 된 채 자리에 앉아서는 어수룩한 얼굴로 시훈을 응시했다.

　시훈이 자리에 앉자마자 기다렸다는 듯이 주희가 잽싸게 옆자리로 뛰어왔다.

　"강 대리님."

　시훈은 대답 없이 주희를 바라만 보았다.

　"혹시 무슨 일이라도 있으신 거예요?"

　"아무 일도 없습니다."

　"아닌데. 무슨 일 있으신 것 같은데. 어? 여기 먼지!"

　주희가 시훈의 어깨에 손을 올려놓는 순간이었다.

　"으아악!"

시훈이 느닷없이 외마디 비명을 내지르며 자리에서 벌떡 일어났다.

그것은 흡사 급하게 신던 신발 안에서 바퀴벌레를 발견했을 때보다, 새벽에 물을 마시기 위해 몽롱한 기분으로 냉장고 문을 여는 순간 그 안에서 낯선 누군가와 마주쳤을 때보다 더 자지러지고 질겁하는 비명이었다.

재경은 시훈을 쭉 지켜보고 있었음에도 그의 비명 소리에 놀라 엉덩이를 들썩거렸고, 다른 직원들 역시 그를 휘둥그레진 눈으로 바라보았다.

"강, 강 대리님……."

자신의 손길에 경기를 일으키는 시훈을 보며 놀란 주희가 울먹거렸다. 그는 코끝까지 내려온 안경을 올리지도 않고 불만 가득한 얼굴로 그녀를 노려보았다.

"뭐하는 짓입니까?"

"네?"

"왜 남의 몸에 허락도 없이 손을 대고 그러는 겁니까."

"아니, 저는……."

"됐습니다. 제 어깨에 먼지가 아니라 벌레가 있어도, 아니, 그것보다 더한 것이 있더라도! 두 번 다시는 제 몸에 손대지 마세요. 불쾌합니다."

"……."

"그것도 굉장히!"

시훈의 '불쾌하다'는 말에 사무실 이곳저곳에서 침 넘어가는 소리가 들려왔다.

주희는 시훈의 말에 충격을 받았는지 그 자리에 망부석이 되어 굳어 있었다.

"그리고 아무 일 없으니까 제발 저를 향한 그 관심도 좀 끊어 주시길 바랍니다."

얼어붙어 있는 주희를 외면한 시훈이 다시 자리에 앉아 컴퓨터를 켰다.

"오늘 강 대리님 왜 저러시지?"

"몰라……. 근데 저러고 왔는데도 웬만큼 멋 부린 남자들보다 낫지 않아?"

"자기도 그거 느꼈어? 나도 그렇게 생각해. 저래도 숨길 수가 없는 거지, 훤칠한 외모를. 더군다나 우리는 강 대리님의 평소 얼굴을 알잖아. "

"처음엔 좀 이상했는데 볼수록 귀여운 것 같다."

"그렇지? 차가운 사람인 줄 알았는데 저렇게 하고 오니까 순박해 보이고 귀여워."

재경은 옆에서 속닥거리며 킥킥거리는 여직원들의 대화 소리를 배경 삼아 멍청해 보이는 연기를 하는 건지, 컴퓨터에 얼굴을 박고 심하게 코를 훌쩍거리는 시훈을 바라보았다.

아무리 구겨도 그 가치가 떨어지지 않는 돈처럼. 아무리 흙이 묻어도 그 존재가 사라지지 않는 다이아몬드처럼.

그는 촌스러운 잠자리 안경, 덥수룩한 머리, 커다란 양복 속에서도 강시훈이라는 이름으로 빛나고 있었다.

"선배님, 저번 달 고객 만족 통계 그래프를 보시면……."

한창 업무에 집중하던 재경은 위에서 훅 다가오는 익숙한 향기와 목소리에 소스라치게 놀랐다.

하지만 시훈은 개의치 않고 코끝까지 내려온 커다란 안경을 치켜올리며 말을 이어 나갔다.

"의외로 40대 고객님들의……."

재경은 언제나 그랬듯 시훈을 향해 있는 여직원들의 시선을 느끼며 그가 가리키는 A4용지를 쳐다보았다. 그리고는 '흐익!' 하고 작은 탄식을 내뱉었다.

시훈이 가져온 A4용지에는 저번 달 고객 만족 통계 그래프가 아닌 '오늘 점심 같이 먹자'라는 글씨가 써져 있었기 때문이다.

이게 뭐하는 짓이냐는 물음을 담고 찡그린 눈빛으로 올려다보았지만 시훈은 무덤덤한 얼굴로 재경이 쥐고 있는 볼펜을 빼앗아 그 아래에 무언가를 적어 나갔다.

"이번에 새로 출시되는 신상품은 20대나 30대 주부들을 타깃으로……."

말은 그렇게 하면서 그의 손은 바쁘게 '뭐 먹지?'라는 글자를 적고 있었다.

칸막이 밑으로 상체를 수그리며 재경은 여직원들의 시선을 피했다.

"대체, 이게 뭐하는 짓이에요?"

"그쪽이 내 메시지를 안 읽잖아."

역시 조심성 따위는 없는 인간이었다.

시훈이 목소리 톤 하나 낮추지 않고 말하는 바람에 옆에 앉아 있던 최 과장이 무슨 일인가 싶어 이쪽을 힐끔 쳐다보는 것이 느껴졌다.

"조용히 좀 말해요."

"진작 알려 주지 그랬어. 조용히 말하라고."

천연덕스럽게 속삭이는 시훈을 보며 재경은 그저 기가 막힐 따름이었다.

"메시지 확인해 볼 테니까 자리로 가세요."

재경이 속닥거리며 손을 내젓던 그때, 시훈이 상체를 깊숙이 숙여 그녀의 귓가에 입을 가져다 댔다.

"알았어."

그의 달뜨고 뜨거운 숨결이 귀를 스친 순간, 재경은 발끝에서부터 느껴지는 짜릿함에 잠시 정신이 아득해졌다.

두 눈을 부릅뜨고 경악하는 표정을 짓고 있는 재경의 시야로 장난기 다분한 얼굴을 한 시훈이 싱긋 윙크하는 것이 보였다.

누가 조용히 말해 달라고 했지, 귓속말하라고 했나? 왜 남의 귀에 숨을 불어 넣고 난리람?

속으로 불만을 토해 내면서도 여전히 귀에 남아 있는 그의 온기를 손으로 쓱쓱 문지른 재경은 또다시 참지 못하고 시훈이 자신에게 달려올까 싶어 얼른 메신저 창을 켰다.

오늘 점심 같이 먹자.

뭐 먹고 싶은 거 있어?

메시지 좀 보지?

보고도 일부러 못 본 척하는 건 아니겠지?

5분 안에 답장 없으면 그쪽 자리로 가도 된다는 뜻으로 받아들이겠어.

1분 남았어.

이렇게 많은 메시지가 왔는지도 몰랐다. 그건 그렇고, 같이 점심을 먹자니? 여직원들에게 암매장당할 일 있나?

점심 같이 못 먹어요. 왜냐고 물어볼 게 분명하니 말씀드릴게요. 여직원들은 여전히 당신이 멋있대요. 그래서 당신이랑 점심 먹는 걸 들키게 된다면 내 상황이 곤란해질 것 같아요. 전 남들의 질투 대상이 되고 싶은 마음은 전혀 없거든요.

전송 버튼을 꾹 누른 순간, 옆에 앉아 있던 최 과장이 불쑥 몸을 재경에게로 내밀었다.

"김재경 씨."

"네! 과장님."

"소개팅할래?"

"네에?"

뜬금없는 말에 재경이 화들짝 놀랐다.

"며칠 전부터 아는 후배가 자꾸 여자를 소개시켜 달라는데, 원하는 여자 스타일이 딱 재경 씨야."

"……."

"착하고, 깔끔하고. 우리 재경 씨, 착한 거 빼면 시체잖아."

"아, 네……."

"소개받을 거지? 내 후배지만 꽤 괜찮아. 얼굴 절대 안 보고 오롯이 마음만 본대. 그게 진짜 제대로 된 사람인 거지."

머뭇거리는 재경의 모습에 최 과장은 살짝 빈정이 상했는지 다소 날카로워진 목소리로 말했다.

그때였다. 시훈에게서 커다랗고 심오한 한숨 소리가 거침없이 들려온 것은.

"강 대리, 왜 그래? 무슨 일 있어?"

시훈의 옆에 있던 또 다른 과장의 목소리 역시 적막한 사무실에 조심성 없이 퍼졌다.

"아니요. 좀 답답해서요. 저, 옥상에 가서 바람 좀 쐬고 올게요."

"그래그래. 일이 잘 안 풀릴 땐 바람 좀 쐐야지. 같이 갈까?"

"아니요. 혼자 있고 싶습니다."

"아, 그래. 그럼 갔다 와."

"네."

엉기적거리며 일어난 시훈이 사무실을 빠져나갔고 그와 동시에 재경의 핸드폰이 울렸다.

액정에 뜨는 '강시훈'이라는 단어에 재경은 책상 밑으로 최대한 몸을 구부리고 전화를 받았다.

─옥상으로 올라와.

"안 돼요."

─안 돼?

"……."

─안 되면 어쩔 수 없지. 내가 다시 사무실로 들어가지.

"뭘 어쩌려고요?"

─뭘 어쩌겠어. 나는 지금 당장 그쪽을 만나서 얘기를 해야 할 것 같은데, 그쪽이 날 만나러 오지 않는다면 내가 만나러 가는 수밖에 더 있어?

다시 사무실로 들어온 시훈이 모두가 보는 앞에서 자신의 손목을 잡고 할 말을 한다?

생각만 해도 88열차에 몸을 실은 것처럼 아찔했다. 요 며칠 지켜봐 온 그의 성격이라면 그러고도 충분히 남을 사람이었다.

놀란 눈으로 밖을 보던 재경은 막 사무실 문을 열고 다시 들어오려는 시훈을 발견했다.

"알았어요. 지금 나갈 테니까 먼저 올라가 계세요."

시훈은 대답 대신 고개를 끄덕였다.

얼른 전화를 끊고 일어난 재경은 최 과장에게 잠시 양해를 구하고 서둘러 사무실을 빠져나왔다.

❧   ❧   ❧

"뭐? 시훈이가?"

급하게 할 말이 있다며 찾아온 조 부장의 말에 시은은 믿을 수 없다는 듯 격앙된 목소리로 되물었다.

시은에게 있어 조 부장은 유학 시절 향수병에 외로워하던 자신의 곁을 지켜 준 고마운 친구였다.

그 고마움을 갚을 겸 시은은 높은 연봉으로 조 부장을 스카우트했고 그런 조 부장은 그녀에게 시훈의 소식을 간간이 전해 주었다.

"응. 딱 그러고 들어오는데, 너무 놀란 거 있지."

자기 얼굴만 한 잠자리 안경, 덥수룩한 가발, 개그맨들이 분장할 때나 입을 법한 어깨 뽕이 심하게 들어간 촌스러운 정장.

시은은 아무리 시훈의 모습을 그려 보려고 해도 그려지지 않아 답답하기만 했다.

그녀가 알고 있는 시훈은 언제나 완벽한 스타일을 추구하는 동생이었다.

대학생 때는 보다 멋진 옷을 입기 위해 식욕도 자제하고 헬스장에서 살던 녀석이었다. 게다가 옷과 신발 또한 유행을 따르는 것이 싫어 스스로의 스타일을 만들었다.

사실 패션의 완성은 얼굴과 비율이니 아무거나 입혀 놔도 스타일이 되었지만, 그럼에도 시훈은 절대 아무거나 입지 않았다.

그런 녀석이 한눈에도 촌스러운 차림새로 회사에 나타나다니. 아니, 왜?

폭발할 것 같은 궁금증은 시은을 더 이상 부사장실 책상 앞에 앉아 있지 못하게 만들었다.

"시훈이 지금 사무실에 있어?"

"내가 나오기 전까지는 있었는데. 아마 있을 거야."

"그럼, 몰래 보고 와야겠다."

자리에서 일어난 시은은 조 부장과 함께 부사장실을 빠져나와 엘리베이터를 초조하게 기다렸다.

아무리 생각해도 시훈이 한 행동에 대해 납득이 가는 이유가 떠오르지 않았기 때문이다.

"시훈이한테 요즘 무슨 일 있어? 맡고 있는 프로젝트가 잘 안 된다거나."

"아니. 딱히 그런 건 없는 것 같은데."

"상사들이 구박하나?"

"에이, 시훈 씨가 구박당할 일이 뭐가 있다고. 얼마나 잘하는데."

그때 조 부장이 갑자기 주변의 눈치를 살피더니 시은에게 가까이 다가가 속삭였다.

"그리고 누가 부사장님의 남동생을 구박할 만한 강심장을 가지고 있겠어? 다들 잘 보이려고 난리지."

"어머, 내가 누나인 거 티 많이 났어?"

새삼스럽게 놀라는 시은을 보며 조 부장은 실없이 피식, 소리 내어 웃었다.

"어떡하니. 강시훈이 그렇게 티 내지 말라고 했는데. 나 혼나는 거 아니야?"

"혼도 나?"

"가끔."

시은과 시훈은 무려 열 살 터울이었다. 나이도 나이지만 엄마가 일찍 돌아가시는 바람에 그녀에게 시훈은 동생보다는 아들 같은 존재였다.

그래서 더 애틋하고 보살펴 주고 싶은 게 사실이었다.

하지만 무뚝뚝한 시훈은 그런 시은의 헌신적인 사랑을, 가끔은 어긋나서 주책처럼 보이는 사랑을 부담스러워하고 귀찮아하기 일쑤였다.

"내가 평소에 이런저런 이야기를 꼬치꼬치 캐묻거든. 그러지 말아야지, 하면서도 그게 잘 안 되네."

한탄을 하던 시은은 도착한 엘리베이터에 몸을 실었다.

"동생이라 그렇지, 뭐. 나이 차이가 적게 나는 것도 아니고."

"지금도 봐. 동생이 좀 이상한 차림으로 출근했다고 당장 보러 가는 거. 나도 내가 방정맞다는 거 알아. 그래도 시훈이가 나를 조금만 이해해 주면 참 좋을 텐데."

"……."

"아, 참. 언니, 비밀로 해 줘. 내가 자기 보러 사무실에 왔다는 거 알게 되면 난리 날 게 분명하니까."

"알았어."

신신당부를 하며 사무실 앞에 도착한 시은은 몸을 기둥 뒤에 숨기고 고개를 쭉 내민 채 사무실 안을 살폈다.

조 부장을 시켜 일부러 밖에서 지켜보기 좋은 자리로 앉게 만들었는데 아무리 눈 씻고 찾아봐도 시훈은 자리에 없었다.

"없네?"

"없어? 방금 전까지만 해도 있었는데……. 잠깐만."

시은의 말에 조 부장이 얼른 안으로 들어가 시훈의 옆자리에 앉은 직원과 얘기를 하고 다시 나왔다.

"옥상에 잠깐 올라갔다는데?"

"옥상? 오! 잘됐다. 거기서 우연히 만난 척하면 되겠네. 같이 가자. 업무 얘기하는 척 들어가면 그놈도 눈치 못 챌 거야."

자신이 생각해도 명쾌한 방법이라 느낀 시은은 들뜬 발걸음으로 엘리베이터에 몸을 실었다.

"이 인간 아무래도 안 되겠어. 회사에서만큼은 제발 티 내지 말라고 단단히 말해 줘야겠……."

죽이지 못한 성질에 혼잣말을 거침없이 토해 내며 막 옥상 문을 열고 들어가던 재경은 누군가의 손길에 이끌려 구석으로 끌어당겨졌다.

정신을 차렸을 땐, 자신을 벽에 몰아세우고 허리를 꽉 끌어안고 있는 시훈을 발견할 수 있었다.

"이게 뭐하는 짓이에요?"

돌발 행동을 하는 시훈이 발칙하여 버럭 화를 내려던 재경의 입이 차갑지만 보드라운 그의 손바닥에 막혔다. 그리고 보니 그는 한곳을 매우 맹렬한 눈빛으로 노려보고 있었다.

무슨 일인가 싶어 시훈의 시선을 따라가니, 반대편 옥상 문 앞에 부사장과 조 부장이 나란히 서 있는 것이 보였다.

"얘 어디 갔지?"

"벌써 내려간 거 아니야?"

"그랬나 봐…… 아휴, 좀만 더 일찍 올걸! 서해 번쩍, 동해 번쩍하네. 얼굴 한 번 보기 참 힘들어!"

재경의 입술을 막고 있던 손이 이번에는 그녀의 귀에 검지를 콕 끼워 틀어막았다. 그의 손길이 닿으며 스칠 때마다 찌릿찌릿하여 전기가 통하는 것같이 아찔했다. 그에 주책없는 몸이 슬쩍 달아올랐다.

조 부장과 부사장이 무슨 대화를 나누고 있는 것 같은데 시훈이 손가락으로 귀를 막고 있는 바람에 하나도 들리지 않았다.

사실 귓구멍을 막고 있어서 들리지 않는 건지, 시훈의 손길에 뛰는 자신의 심장 소리가 너무 커서 들리지 않는 건지 고민이 될 정도였다.

얼마의 시간이 흘렀을까.

허탈한 표정으로 조 부장과 옥상을 빠져나가는 부사장의 뒷모습이 시야에서 완전히 사라지고 나서야, 시훈은 재경의 귀에서 손가락을 뺐다.

"강시훈 씨! 대, 대체 왜 이래요?"

온몸에 스며든 당황을 삭이기 위해 재경이 괜히 머리를 쓸어 넘기며 다그치듯 물었다. 하지만 시훈은 뭘 그리 골똘히 생각하는지 허공에 시선을 둔 채 아무 말도 하지 않았다.

"이 남자가 정말…… 바쁜 사람 불러다 놓고……."

시훈의 시선은 여전히 반대편 비상구 문에서 벗어나지 않앉다. 안 되겠다 싶었던 재경은 손가락 두 개로 그의 어깨를 콕콕 찔렀다.

"이봐요. 강시훈 씨. 불러 놓고 무슨 생각 하는 거예요? 뭐 하는 사람이에요. 대체!"

"뭐하는 사람이긴, 김재경 씨 좋아하는 사람이지."

허공에 머물러 있던 시선이 다시 재경에게로 강렬하게 내리꽂혔다. 답답했는지 시훈은 커다란 안경을 벗으며 묘하게 비틀려 미소 짓고 있는 입술을 떼어 냈다.

"그건 그렇고, 뭐? 소개팅?"

잔뜩 비꼬는 말과 함께 시훈의 입꼬리가 뾰족하게 틀어졌다.

"내려가서 당장 그딴 거 필요 없으니까 꺼지라고 말해."

"어머. 어떻게 그렇게 말해요! 상사인데."

"상사가 시키는 일이니, 소개팅쯤은 나가겠다는 뜻인가?"

꼭 그런 것은 아니었지만 재경은 갑자기 대답하고 싶은 마음이 쏙 사라졌다. 곱게 찡그린 미간도, 흥분해서 살짝 커진 눈동자도 어째 계속 보고 싶을 만큼 귀여웠다.

"그런 게 아니라고 왜 대답을 안 해?"

"솔직히 잘된 거 아니에요? 이번 기회에 과장님께서 소개시켜 준 후배랑 잘되면, 저 과장님한테 예쁨 받을 수 있잖아요."

"이 여자, 사람 미쳐 버리게 만드는 재주가 있네."

"……."

"최 과장보다. 나한테 예쁨 받는 게 훨씬 더 효율적일 텐데?"

"어떻게 더 효율적인⋯⋯."

말이 다 끝나기도 전에 시훈의 입술이 그녀의 입술 위로 살포시 닿았다 떨어졌다.

"이렇게."

그리곤 이번엔 살짝 닿는 걸로 끝내지 않고 깊숙하게 재경의 안을 파고들었다. 워낙 순식간에 일어난 일이라 재경은 자신의 허리를 부드럽게 감싸 안으며 품으로 끌어당기는 시훈의 행동에 어떠한 저항도 하지 못하고 결국 무방비 상태가 되어 버렸다.

그가 흔들면 흔드는 대로, 이끌면 이끄는 대로 움직이는 자신의 몸을 원망하면서도 속으론 은근히 시훈이 자신을 놓지 않길 욕심냈다.

따뜻하고 끈적거리는 시훈의 것이 재경의 입술을 저돌적으로 탐닉했다. 어떤 남자와 함께한 키스보다 황홀하고 짜릿했고, 담벼락에서 취한 상태로 했던 키스보다 훨씬 자극적이게 재경을 조여 왔다.

한참을 그렇게 재경의 입안에 머물러 있던 시훈은 입술을 떼어 내고 아프지 않게 그녀의 아랫입술을 앙, 하고 물었다.

"다른 남자한테 예쁨 받을 생각으로 날 자극하지 마."

속으론 '이게 아닌데' 라고 부르짖고 있는데도 재경의 시선은 여전히 시훈의 입술에 머물러 있었다.

"김재경 씨를 볼 때마다 간신히 참고 있는, 감당 안 되는 감정들을 당장이라도 확 폭발시켜 버리기 전에."

키스 후, 혼이 빠진 것처럼 어벙해 있는 자신의 모습을 꼭 담아 낸 시훈의 까만 눈동자가 오늘따라 더욱 깊고 아늑하게 느껴졌다.

시훈은 자신이 회장 아들이라는 것을 알고 제게 잘 보이기 위해 조 부장이 애쓰고 있다는 사실은 알았어도 그녀가 시은과 친분이 있을 줄은, 시은에게 자신의 일거수일투족을 일러바치며 스파이짓을 하고 있을 줄은 생각해 보지 못했다.

재경을 사무실까지 데려다준 그는 옥상에서 나눈 조 부장과 시은의 대화를 되새기며 부사장실로 향했다.

시훈이 들어오자 비서실장인 정호가 긴장한 얼굴로 자리에서 벌떡 일어나 허리를 굽혔다. 그것도 그럴 것이 시훈이 스스로 부사장실을 찾은 건 입사 이래 처음이었기 때문이다.

"오셨어요, 도련님."

"제가 분명히 회사에서는 그렇게 부르지 말아 달라고 부탁드렸을 텐데요."

"아…… 죄송합니다."

"안에 부사장님 계시죠?"

"네. 바로 들어가 보셔도 괜찮으실 겁니다."

시훈을 안내한 정호가 사무실 문을 노크했다.

"네. 들어와요."

안에서 상냥한 시은의 목소리가 들려왔다.

시훈이 안으로 들어가자 서류를 살펴보고 있던 시은이 환하게 웃으며 자리에서 벌떡 일어났다.

조 부장의 말대로 그는 평소와는 판이하게 다른 촌스러운 복장을 하고 있었다.

"내 동생이 어쩐 일로 여기까지 발걸음을 다 했어!"

기쁜 표정으로 한달음에 시훈에게 달려간 시은은 대뜸 그의 손을 부여잡고 좌우로 흔들어 댔다.

"입사하고 처음이지? 누나 방에 직접 온 건!"

"할 말 있어."

"일단 앉아. 차 한 잔 마시면서 하자."

"그럴 시간은 없고."

"또…… 정색하면서 그러기는. 그건 그렇고 이 옷차림은 뭐야! 무슨 일 있는 건 아니지? 네가 입으니 이런 옷도 귀엽다. 이런 걸 원판 불변의 법칙이라고 하지? 숨기려야 숨길 수 없는 외모. 아휴, 귀여운 내 동생!"

내년이면 마흔이 되는 나이에도 불구하고 시은은 철저하고 지속적인 자기 관리로 20대 못지않은 날씬하고 탄력 있는 몸매와 매끈하고 탱탱한 피부를 소유하고 있었다.

시은을 마음에 두고 있는 남자들에게 그녀는 열 번 찍어도 안 넘어가는 나무이자 차갑고 냉정하기 그지없는 여자였다. 하지만 동생인 시훈의 앞에서만큼은 애교가 철철 넘치는 따뜻한 누나였다.

"조 부장하고 어떻게 아는 사이야."

자신의 손을 잡고 있는 시은의 손을 뿌리치며 시훈이 차갑게 물었다.

"조, 조 부장? 너희 부서 조 부장 말하는 거야?"

굳은 얼굴의 시훈이 눈썹을 살짝 들썩였다.

"뭐, 같은 회사에서 일하면서 상사와 직원으로 아는 사이지. 근데 그건 왜?"

시훈은 시은이 거짓말을 하고 있다는 것을 단박에 눈치챌 수 있었다. 당황하거나 거짓말을 할 때면 귀를 만지는 습관을 지독히도 잘 알고 있었기 때문이다. 그는 주머니에 찔러 넣었던 손을 뻗어 귀를 만지고 있는 그녀의 손을 툭 건드렸다.

무의식중에 나오는 제 버릇을 알고 있는 시은이 뜨끔하여 시훈을 올려다보았다.

"알았어. 알았다고! 말해 줄게."

"거짓말할 생각 절대 하지 말고 있는 그대로 얘기해. 전부다."

"알았어. 그 인상이나 좀 펴. 유학할 때 만났던 룸메이트야. 서로 의지도 많이 하고 친했던. 그게 왜! 뭐가 불만이라서 죽었다 깨어나도 오지 않던 부사장실까지 찾아온 건데!"

"겨우 그런 설명을 듣고 싶어서 던진 질문이 아니라는 건, 누나가 더 잘 알 텐데."

시은은 대답 대신 멋쩍게 '큼' 하고 굵은 기침을 했다. 이 상황이 너무 어이가 없어 시훈은 웃음밖에 나오질 않았다.

"말했잖아. 조 부장하고 내가 좀 많이 친해. 어떻게 보면 애틋한 사이라고 할 수도 있어. 외로운 유학 생활에 엄청 힘이 되어 줬거든. 성격이 잘 맞기도 하고 워낙 특출한 능력이 있어서 스카우트로 데리고 온 거야."

무표정한 시훈의 낯빛에 뜨끔했는지 시은이 다시 입술을 떼어 내며 구구절절 설명하기 시작했다.

"알았어! 그래. 일부러 너희 부서에 발령 넣어서 널 좀 봐 달라고 부탁했어. 네가 회사에 적응을 잘하나, 못하나 지켜보는 게 내 의무니까."

시훈은 그런 대답을 듣기 위해 침묵하며 시은을 바라본 것이 아닌데, 그녀는 뭐가 그리도 찔리는지 붉어진 얼굴로 침까지 튀기며 재차 변명하고 또 변명했다.

"이제 누군가가 지켜봐야지만 무언가를 할 수 있는 나이는 아니잖아. 내가."

아랫입술을 지그시 깨문 시은은 시훈의 눈길을 슬쩍 피했다. 너무 사랑하는 나머지 잡으면 잡을수록 빠져나가려고만 하는 시훈이 못내 섭섭했던 것이다.

"알았어. 안 그럴게. 됐지?"

"한 번만 더 쓸데없는 짓하고 다니면 그땐 진짜 가만 안 있어."

"가만 안 있으면 어쩔 건데?"

"좋아하는 여자가 있어. 그 여자랑 도망가 버릴 거야."

"뭐? 도, 도망?"

나중에 장가갈 생각만 해도 코끝이 시큰해질 만큼 서운한데 세상에 도망이라니?

시은은 공포 영화라도 본 것처럼 머리가 쭈뼛 서는 것을 느꼈다.

"못 찾을 만한 곳에 꽁꽁 숨어 버릴 거라고."

"꽁꽁 숨어? 누나 미치는 꼴 보고 싶어서 그래?"

"그러니까, 말하잖아. 하지 말라고."

"얼마나 좋아하기에 나한테 이렇게 말할 정도야?"

29년 동안 시훈에게서 여자 얘기가 나온 것은 처음이었다. 시은은 떨리는 눈동자로 그를 바라보았다.

"좋아해. 그것도 아주 많이. 그 여자 관심 끄는 것만으로도 바빠 죽겠는데, 이런 쓸모없는 일에 힘 빼게 만들지 마."

"누군데. 내가 아는 사람이야? 혹시, 우리 회사 사람이야? 네가 회장 아들이라는 걸 알고 일부러 접근한 건 아니고?"

다그치는 시은의 연속적인 질문에 시훈이 헛웃음을 지었다.

"방금 못 들었어? 그 여자 관심 끌기에도 바빠 죽겠다는 말? 해석까지 해 줘?"

"……."

"당신 동생, 강시훈을 그 여자가 쳐다도 안 보고 있다고."

너무 기가 막혀 시은은 입을 쩍 벌리는 다소 추잡한 모습을 보였다.

어떻게 그런 일이. 감히 내 동생 강시훈을 쳐다도 안 보는 여자가 있다고? 이 대한민국 땅덩어리에서? 그게 사람이야? 외계인이 아니라?

"널 쳐다도 안 봐? 어떻게?"

"분명히 말했어. 쓸데없는 짓하고 다니지 말라고."

살얼음판처럼 차갑고 냉정하게 말을 끝낸 시훈은 여전히 벙쪄 있는 시은을 뒤로하고 사무실을 빠져나갔다. 한 방 제대로 맞아 돌아오지 않는 정신을 간신히 부여잡은 시은 또한 사무실을 나섰다.

"부사장님."

앉아 있던 정호가 자리에서 벌떡 일어나 혼이 빠진 시은을 마주했다.

"우리 시훈이가 좋아하는 여자가 있다는데."

"도련님께서요?"

"실장님도 놀랍죠?"

"네. 도련님을 알고 지낸 지난 10년간 여자들이 도련님을 좋아하는 건 수없이 봤어도, 도련님께서 좋아하시는 건 한 번도 본 적이 없으니까요."

"그런데 더 놀라운 게 뭔 줄 아세요?"

정호는 대답 대신 여전히 넋이 빠져 있는 시은을 쳐다보는 걸로 대신했다.

"그 여자가…… 우리 시훈이를 봐 주지도 않는대요."

"그게 사실입니까?"

"네…… 얼마나 잘났기에……."

무언가에 홀린 것처럼 시은은 혼잣말을 중얼거렸다.

"부사장님?"

"그래서 그러는데, 누군지 좀 알 수 있을까요?"

자신이 시훈의 일에 지나치게 간섭하고 있다는 것을 알지만 멈출 수가 없었다. 궁금한 것이 있으면 잠을 못 자는, 천성적으로 예민한 성격 때문이었다.

"네, 알겠습니다. 알아보도록 하겠습니다."

자신에게 몰래 사람을 붙였다는 것을 시훈이 알기라도 하는 날에는 어떤 역정이 떨어질지 모르지만 일단 궁금한 건 알고 봐야 했다.

얼마나 잘나신 몸이기에 우리 시훈이를 거들떠도 보지 않는 여자인지.

업무에 집중이 될 리가 만무했다.

선명하게 머릿속에 각인된 옥상에서의 키스를 떠올리니 재경은 한시도 자리에 가만히 앉아 있을 수 없었다.

쥐고 있던 마우스를 내려놓은 그녀는 손바닥으로 이마를 짚었다.

아직까지도 허리에 남아 있는 그의 손길, 입술에 닿았던 감촉.

마음에 뒤숭숭하게 불 질러 놓고 대체 이 인간은 어딜 가서 돌아오질 않는 거야?

재경은 시훈의 빈자리를 눈으로 기웃거렸다.

"김재경 씨."

그때, 옆에 앉아 있던 최 과장이 육중한 몸을 재경에게 불쑥 내밀었다.

"네?"

"소개팅, 할 거지?"

"아, 소개팅이요?"

"날짜 잡는다?"

신성해야 할 회사 내에서 음란하기 짝이 없는 키스를 한 것에 대한 죄책감에 가뜩이나 심란해 죽겠는데, 눈치도 없이 또다시 소개팅 얘기를 꺼내는 과장이 성가시기만 했다.

"저, 과장님."

"음. 장소는…… 두 사람 집 가운데인 종각 정도가 좋겠어. 시간은 주말이 좋겠지? 일요일은 다음 날에 출근해야 하니까 토요일이 낫겠다."

재경은 상상했다. 최 과장이 멋대로 정한 소개팅에 나갔을 경우, 시훈이 보일 행동에 대해서 말이다. 상상만으로도 몸서리쳐질 정도로 끔찍한 그림이 그려졌다.

"죄송해요. 저 소개팅 못 할 것 같아요."

"엥? 왜? 김재경 씨한테 이런 자리 흔하지 않아."

어째 거들먹거리면서 자신을 무시하고 깔보는 것 같은 최 과장의 모습에 재경은 어처구니가 없었다.

'당신이 몇천 번을 다시 태어난다고 해도 꿈꿀 수 없는 강 시훈 씨가 나 좋다고 쫓아다니고 있는 중이거든? 그러니까, 그 담배 찌든내 나는 입 다물고 보던 업무나 봐' 라고 말하고 싶은 것을 꾹 참고 이성의 끈을 잡은 재경은 다시 한 번 정중하게 거절했다.

"생각해 주신 건 감사하지만 괜찮아요. 요즘 워낙 바쁘기도 하고……."

"재경 씨가 뭐가 바빠?"

강시훈 하나 감당하기도 너무 바쁘다고! 롤러코스터를 연속으로 탄 것처럼 어지럽고 정신없고!

"주말마다 집에서 뒹군 지 몇 년째라 이제 할 것도 없다며? 얼마 전에 점심 먹으면서 그렇게 말했던 것 같은데."

"아. 그땐 그랬는데, 이번에 맡은 프로젝트도 그렇고……. 이것저것 바빠져서요. 남자 만날 시간이 없어요."

"능력이 없으면 괜찮은 남자를 만나서 시집갈 준비라도 해야지. 안 그래?"

어금니를 꽉 깨문 재경은 마지막 이성을 끌어내 씩 웃었다.

"죄송해요. 생각해 주신 건 감사한데 지금은 제가 정말 많이 바빠서요. 다음에 생각 있으면 할게요."

"쳇, 알았어. 근데 다음은 없어. 내 후배가 얼마나 괜찮은데, 금방 다른 사람이 채 가겠지."

시큰둥하게 대답한 후 제자리로 돌아가는 최 과장의 뒤로 사무실 문이 열리고 시훈이 들어왔다.

찰나의 순간에 마주친 시선을 놓치지 않은 채 입술을 살짝 내밀어 뽀뽀하는 시늉을 하는 시훈을 보며 재경은 또 한 번 달아오르는 자신의 몸을 진정시키기 위해 얼른 노트북 화면으로 눈길을 피해야 했다.

"강 대리. 오늘 뭐 먹을까? 요 앞에 있는 등갈비찜 맛있던데 거기 갈까?"

"맞아요! 거기 정말 맛있는데. 강 대리님도 드셔 보시면 맛있다고 하실걸요?"

점심시간이 되자 직원들 몇 명이 시훈을 둘러쌌다. 하지만 그는 커다란 안경을 추켜올리고 허접스러운 정장 재킷을 몸에 덮은 후, 고개를 절레절레 흔들었다.

"선약이 있어서."

빠르게 사무실을 빠져나가는 시훈의 뒷모습을 보며 재경도 얼른 서둘렀다. 화장품을 꺼내 화장을 점검하고 슬리퍼에서 구두로 바꿔 신었다.

시훈과 다르게 재경은 딱히 챙겨 주는 사람이 없었기에 오히려 사무실을 빠져나오기는 더 쉬웠다.

〈주차장 뒤쪽에 있는 편의점 앞으로. 언제나 말했듯이 빨리, 그러나 조심히 내려오도록.〉

메시지를 확인하고 의자에서 막 일어나는 순간, 주희가 다급하게 사무실 안으로 뛰어 들어왔다.

"대박, 대박 사건!"

무엇에 그리도 흥분을 했는지 펄쩍펄쩍 뛰고 있는 주희에게로 사원들이 몰려들었다.

"왜 그래?"

"지금 밖에서 미애 씨랑 정수 씨! 아, 그러니까. 둘이 연애하는 거 조 부장님한테 딱 걸렸어요!"

"말 안 해도 그림 나온다. 보러 가자."

재미있을 것 같은 소식에 무리를 지어 우르르 사무실을 나가는 사원들의 뒷모습을 재경이 긴장 서린 눈빛으로 바라보았다. 그리곤 뭔가 남의 일 같지 않다는 측은한 감정이 들어 그녀는 그들을 따라 사무실 밖으로 나왔다.

"두 사람 제정신입니까? 회사가 소꿉놀이하는 놀이터예요?"

팔짱을 끼고 앙칼지게 쏘아붙이는 조 부장 앞에서 두 사람은 대역 죄인처럼 선 채 아무 말도 하지 못하고 있었다.

"어쩐지 요즘 미애 씨가 올리는 보고서들 하며, 정수 씨는 하루가 멀다 하고 자리를 비우더니……. 아니, 그런 건 둘째 치고 어떻게 회사에서, 그것도 사원들이 오고 가는 비상구에서 그런 짓을 할 수가 있는 거죠?"

"죄송……합니다."

"죄송하다는 말로 끝낼 문제인가요?"

조 부장의 목소리가 복도에 쩌렁쩌렁 울려 퍼졌다.

"그런 짓? 그런 짓이 뭔데?"

"아마, 키스를 한 모양이더라고요."

"와, 둘 다 대단하다."

조금 떨어진 공간에서 그들을 구경하던 직원들이 속닥거렸다. 근처에 서 있던 재경은 은근히 귀를 쫑긋 세웠다.

"아휴, 미애 씨 불쌍해서 이제 어째?"

"그러게 말이야."

"기억나지? 지아 씨 말이야. 연애한 거 들켜서 조 부장한테 온갖 구박 다 받고 결국 퇴사했잖아."

"맞아요. 기억나요. 1년 못 채우고 그만둬서 퇴직금도 못 받고……. 그래도 동국 씨는 끝까지 버텨서 과장까지 올라갔잖아요. 뭐, 나중에 이직하긴 했지만 그때까지 조 부장이 얼마나 구박했어요."

"딱 사이즈 나온다. 이번에도 조 부장이 가만 안 둘 것 같지?"

"근데 지가 연애 못하는 걸 가지고 왜, 연애하는 사람들을 못 잡아먹어 안달이래?"

"말이야 청산유수지. 사랑이라는 감정에 푹 빠진 사람들은 주위가 아무것도 안 보여서 업무에 엄청난 지장을 준다잖아. 누가 보면 엄청 능력 있는 커리어 우먼인 줄 알겠어. 낙하산 주제에."

"쉿. 들리겠어요."

쉬쉬하며 멀어져 가는 직원들의 뒷모습을 걱정스럽게 바라보던 재경은 천천히 조 부장 쪽으로 시선을 돌렸다. 목에 파란 핏대까지 세우며 오목조목 따지고 있는 그녀 앞에서 숨죽이고 있는 미애의 모습이 일순간 자신의 모습과 오버랩되었다.

"앞으로 지켜보겠어요!"

조 부장은 미애의 어깨를 감정이 실린 검지로 콕, 콕 찌르곤 사라졌다.

"미애 씨!"

조 부장이 가자마자 자리에 주저앉아 버리는 미애에게로 뛰어가 위로하는 직원들을 두 눈에 담으며 재경은 뒷걸음질을 쳤다.

점심을 먹기 위해 나온 직원들이 회사 앞 거리를 꽉 채우고 있었다. 그 바람에 더딘 걸음으로 생각보다 늦게 편의점에 도착한 재경은 지루했다는 티를 얼굴에 팍팍 드러내며 서 있는 시훈을 발견하곤 그쪽으로 다가갔다.

"강시훈 씨!"

그리곤 주위를 의식하며 작은 목소리로 그를 불렀다.

"안 되겠어. 다음부터는 뭔가 조치를 취해야겠어."

"조치라니요?"

"너무 늦게 나오잖아."

"참, 나. 문자 받고 딱 15분밖에 안 걸렸어요."

"15분이나 걸렸다는 생각은 안 해 봤어요?"

느닷없는 시훈의 존댓말이 이젠 어색하게 느껴지는 재경이었다. 커다란 안경 너머로 그의 눈매가 새치름해졌다. 그에 그녀는 저도 모르게 웃음을 터트려 버렸다.

"알았어요. 앞으로는 문자 받고 10분 안에 나올게요."

"그것도 길어."

"예? 그럼, 5분."

"그것도 길어."

"이것 봐요. 강시훈 씨."

시훈이 갑자기 제 얼굴을 재경 쪽으로 깊숙이 들이댔다.

"뭐하는 거예요?"

"보라며. 당신이."

"참. 그거 설마 개그라고 한 거 아니죠?"

"재미없었다면 사과하지. 쿨하게."

다시 상체를 꼿꼿이 세운 시훈은 재경의 손을 꽉 잡았다.

"무슨 짓이에요?"

"그렇게 방심하고 있으면 안 되지. 호시탐탐 당신만 노리고 있는 사람 앞에서."

"놔요. 회사 사람들이 보면 어쩌려고 그래요, 정말?"

"그놈의 회사 사람들, 회사 사람들. 좀 보면 어때서 그래?"

"몰라서 하는 소리예요. 내가 지금 뭘 보고 왔는지……."

재경은 있는 힘을 다해 시훈의 손을 뿌리쳤다. 쉽게 놓지 않을 거라 생각했는데 그의 손은 그대로 그녀의 손을 놓아주었다.

"뭘 보고 왔는데?"

"앞으로 지켜보겠어요!"

미애의 어깨를 콕, 콕 찌르며 압박감이 실린 말을 하던 조 부장. 그 독하고 마녀 같은 얼굴이 재경의 눈앞에 불쑥 튀어나왔다. 그에 그녀는 격하게 고개를 내저었다.

"아무튼 안 돼요. 아직은 준비가 되지 않았어요."

잠시 즐겁게 지내자고 평생 조 부장의 구박을 받을 준비!

"잠깐, 방금 뭐라고 그랬어?"

"뭘요!"

"준비가 덜 되었다고 했어?"

"네! 준비가 덜 되었다고요!"

"그럼 그건 일단 준비를 하고 있고, 어쨌든 준비를 끝내려고 노력하고 있다는 뜻이 되는 건가?"

헛다리를 제대로 짚는 시훈의 말에 재경은 난감한 표정을 지어 보였다.

얼굴 가득 만연한 기대를 품고 묻는 그의 들뜬 기분을 깨고 싶지 않기도 했지만 그것보다 그의 말에 반박하지 않은 이유는 자신의 입술을 훔치던 그의 입술이.

"준비가 끝나면, 나랑 김재경 씨."

시도 때도 없이 들이대는 멘트와 틈만 보이면 무작정 잡고 보는 손길이, 저돌적이고 매혹적인 유혹이.

"연애하는 거 맞나?"

정말, 싫지 않았기 때문이다.

chapter

08

"저 남자 봐 봐. 저 남자."

마땅히 갈 곳이 없어 오게 된 한식 뷔페. 본능에 이끌려 고기반찬 위주로 음식을 담은 재경이 자리로 돌아왔을 때, 옆 테이블에 앉아 있는 여자들이 어딘가를 손가락질하며 큭큭 소리 내어 웃고 있는 게 보였다.

"어머. 옷이 저게 뭐야?"

"그러게. 요즘 누가 저런 옷을 입고 다녀."

"안경은 또 어떻고."

"양말 봐라, 양말. 저 구두에 흰 양말."

재경은 굳이 여자들의 손가락 끝이 누구를 가리키고 있는지 확인하지 않아도, 알 것만 같은 모진 예감이 몰려왔다.

언제나 시훈이 이끌고 다녔던 건 호의에서 나오는 사람들의 함박웃음과 절대적인 호감이었다.

하지만 지금 그의 뒤에 따라붙은 건 비호감에서 비롯된 비웃음이었다.

재경은 창피한 마음에 쥐구멍에라도 숨고 싶은 심정이 들었다.

그런 그녀의 마음을 아는지 모르는지, 시훈은 두 접시 가득 음식을 담아 허리를 구부린 엉성한 자세로 뛰어오고 있었다. 옆을 지나다니는 사람들의 어깨를 마구 치고 헤집으며…….

왜 괜히 멀쩡한 그를 걸고넘어져서, 멋있었던 남자를 도발하여 저런 바보 같은 결과를 만들고 이런 난감한 상황을 초래했을까.

스스로를 질책하고 있을 때, 옆 테이블 여자들의 소곤닥거리는 대화가 다시 재경의 귀를 쫑긋 서게 만들었다.

"야, 근데 저 남자 가까이서 보면 좀 괜찮아."

"엥?"

"음식 담을 때 바로 앞에 있었거든. 저러고 다녀서 그렇지 꾸미면 꽤 괜찮을 것 같던데?"

"그래?"

"어깨 넓고 비율도 좋아."

여자들의 무용한 호기심에서 비롯된 관심이 또다시 시훈을 둘러쌌다.

물론, 그전과는 판이하게 다른 관심이지만.

자리로 돌아와 의자에 털썩 앉은 시훈은 앞에 앉아 있는 재경을 보며 배시시 웃었다.

"여기 맛있는 게 너무 많아! 재경 씨, 맛있게 먹어!"

시훈은 뷔페에 있는 모든 사람들에게 인사를 하듯 눈까지 찔끔 감으며 큰 소리로 말하곤 다리를 떨면서 밥을 소리 내어 먹었다.

'그래도 꾸미면 괜찮은 남자'라고 여겼던 옆 테이블 여자들의 관심이 경악으로 바뀌는 순간이었다.

"……."

재경은 당장에라도 시훈에게 미안하다며 무릎을 꿇고 사과하고 싶은 마음이 급극했다.

내가 잘못했다고…… 그러니 이 등신 같은 행위…… 전부 다 그만 때려치우라고…….

"으악!"

자지러지는 괴성과 함께 시훈이 탕비실에서 튕겨져 나왔다.

그 바람에 사무실에 맴돌던 타자 치는 소리, 통화하는 소리, 물 마시는 소리가 직원들의 움직임과 함께 일제히 멈췄다.

"무슨 일이야! 강 대리!"

팀장이 깜짝 놀라 자리에서 벌떡 일어나며 묻자, 시훈의 뒤로 한 여직원이 울먹거리며 다급하게 뛰어 나왔다. 그리곤 그녀는 방금 전 상황에 대해 자세히 설명하기 시작했다.

"아니, 강 대리님께서 커피 잔을 꺼내려고 하시기에 제가 대신 타 드리려고 팔을 뻗었는데……. 손이 잠깐 스쳤다고 저러세요."

제자리로 돌아가 진저리를 치고 있는 시훈을 모두가 어이없다는 듯 바라보았다.

그러나 사람들의 시선이 집중되든지 말든지, 그는 물티슈로 손등을 격하게 닦았다.

몇 시간 후.

"그만. 그만!"

나지막이 혼잣말을 중얼거리던 시훈이 자리에서 벌떡 일어나 성큼성큼 한 여직원의 자리로 향했다.

"그만 좀 쳐다보시죠. 희정 씨!"

"네에……?"

"아까부터 계속 거울을 통해 힐끔힐끔 쳐다보고 있는 게 티가 많이 나는데, 제발 그만 좀 쳐다보란 말입니다."

자신의 뒤에 앉은 시훈을 언제나 거울로 몰래 훔쳐보는 재미에 회사를 다니던 희정은 느닷없는 시훈의 꾸짖음에 놀라 넋이 나간 채 고개를 끄덕였다.

"네. 알겠습니다."

희정의 대답을 듣고서야 시훈은 제자리에 가 앉았다. 그런 그를 계속 보고 있자니, 재경의 마음은 점심시간보다 훨씬 더 무겁고 불편해졌다.

그로부터 또 몇 분 후.

"제발, 업무 외의 것은 말도 걸지 마십시오! 듣기 싫습니다."

두 귀를 꽉 막은 시훈이 몸서리를 쳤다.

"영지 씨, 무슨 일이야!"

팀장이 이번엔 또 뭣 때문에 난리냐는 표정으로 묻자, 시훈의 앞에 서 있던 영지가 쭈뼛거리며 입을 열었다.

"아니, 저는 뮤지컬 티켓이 하나 더 생겨서 주말에 시간 되시면 같이 가자고……."

"왜 업무 시간에 쓸데없는 얘기를 해!"

"죄송합니다."

영지는 창피함에 새빨개진 얼굴로 꾸벅 고개를 숙이고 자신의 자리로 돌아갔다.

"강 대리. 침착해."

팀장이 다가와 시훈의 등을 다독였다. 타인의 손길이 닿을 때마다 자지러지는 비명을 내지르던 시훈이 팀장에겐 아무런 반응도 보이지 않자 여직원들이 기다렸다는 듯 몸을 낮춰 숙덕거렸다.

"강 대리님 말이야. 여자들 손길이 닿으면 저러시는 것 같네?"

"어디 손길뿐이야? 쳐다만 봐도 저러는 것 같은데."

"갑자기 왜 저러지?"

"나도 모르지. 아무튼 이제 쳐다도 못 보고, 말도 못 걸고, 은근슬쩍 스킨십도 못 하겠어."

"그러다 괜히 망신당할 일 있어?"

"아휴. 아까워. 전에는 그런 거 신경 안 쓰는 것 같아서 은근히 스킨십하는 거에 재미 들렸었는데."

"그니까. 아쉽다, 아쉬워."

이 대화를 시훈이 들었다면 아마 기분 좋게 날뛸 것이 분명했다.

어떻게 단 하루 만에…… 절대적인 호감에서 비호감인 남자가 될 수 있을까.

생각보다 훨씬 더 무서운 사람이었다.

'여자들에게 비호감인 남자가 되어라!' 라는 특명을 완벽하게 완수한 시훈에게 재경은 책상 밑으로 누구에게도 티 나지 않게 축하의 박수를 쳐 주었다.

그러니까.

앞으로…… 이제, 저 사람을 어떻게 감당해야 하나 하는 아득한 고민과 함께.

탁! 탁!

물건과 손바닥의 마찰로 인해 들려오는 거칠기 짝이 없는 소리에 직원들의 시선이 일제히 한쪽으로 향했다.

문서 분쇄기의 끄트머리를 손바닥으로 탁, 탁 내려치고 있는 조 부장의 얼굴엔 영락없이 신경질이 잔뜩 묻어나 있었다.

저런 조 부장의 심기를 건드린다면 누구라도 그녀에게 박살이 날 것이었다.

"이게 왜 또 안 돼?"

모두가 숨을 죽이고 조용히 시선을 떼어 낼 때쯤, 조 부장의 날카로운 눈빛이 재경과 마주쳤다.

그 눈빛이 어찌나 사납던지 재경은 본능적으로 움찔하며 시선을 피하기 위해 허둥지둥했다. 그사이 조 부장의 목소리가 들려왔다.

"최미애 씨."

이번엔 모두가 미애에게로 시선을 돌렸다. 자신을 호명하지 않았다는 것에 못내 안도감을 느끼면서도 재경은 걱정스러운 눈빛으로 미애를 바라보았다.

"네. 부장님."

올 것이 왔구나 하며 체념하는 듯한 미애의 목소리가 너무나 안쓰럽게 느껴졌다.

"분쇄기가 고장 나서요. 이거 폐기 처리 좀 부탁할게요."

엄청난 양의 서류를 책상 위에 내려놓고 그 위에 가위를 떡하니 올려놓는 조 부장의 얼굴에 사악한 미소가 떠올랐다.

"이걸 전부 다요?"

"네. 전부 다요. 오늘."

넋이 나간 미애의 입술 사이로 뜨거운 한숨이 터져 나왔다.

"왜요? 못 하겠어요?"

"아, 아니에요. 해야죠."

가위를 손에 든 미애가 울며 겨자 먹기로 대답했다.

"그럼, 수고해요. 저 먼저 퇴근하겠습니다. 오늘 중요한 선약이 있어서. 다들 내일 봐요."

조 부장이 자신의 자리로 돌아가 가방을 챙겨 들고 나가자 여직원들이 우르르 일어나 미애에게로 달려갔다.

"미애 씨 괜찮아?"

직원들의 위로에 미애가 발을 동동 구르며 쌓여 있는 문서에 얼굴을 파묻었다.

그녀의 뒤로 이곳엔 아예 관심조차 두지 않는 시훈의 모습이 보였다.

"미애 씨, 힘내……."

"그래. 우리가 좀 도와줄게."

"그리고 김 팀장은……."

퇴근을 한 줄 알았던 조 부장이 다시 사무실로 돌아오자 미애의 주위로 모여들었던 직원들이 빛의 속도로 흩어졌다.

조 부장은 그런 직원들과 미애를 못마땅하게 노려보았다.

침묵 속에서 들려오는 직원들의 노트북 자판 두드리는 소리는 공포 영화에서 나오는 효과음보다 더 큰 긴장감을 고조시키고 있었다.

"각자 자신이 맡은 업무나 잘 끝내고 퇴근할 생각들 하세요."

미애를 도와주다가 본인이 해야 할 것을 해 놓지 않으면 가만두지 않을 거라는 무언의 압박감을 준 조 부장이 다시 사무실을 빠져나갔다. 그러자 여기저기에서 안도의 한숨이 터져 나왔다. 그 누구도 미애에게 다시 다가갈 생각이 없어 보였다.

재경은 조 부장이 사라진 문과 여전히 이 사태에 관심이 없는 시훈은 번갈아 바라보았다.

강시훈과 조 부장. 그것이 문제로다.

❖   ❖   ❖

아침에 목 끝까지 야무지게 잠갔던 와이셔츠 단추는 어느새 두 개 정도 풀어 헤쳐져 있었고, 얼굴 전체를 감쌌던 무거운 잠자리 안경과 사람 하나 바보로 만드는 데 문제없어 보였던 덥수룩한 가발은 뒷좌석에 아무렇게나 내팽개쳐져 있었다.

이제야 비로소 평소의 시훈으로 돌아온 모습을 보고 있자니 오히려 멀쩡한 그가 낯설게 느껴졌다.

"궁금해서 묻는 건데, 언제까지 그러고 다닐 생각이에요?"

재경은 괜찮다는 자신을 굳이 집 앞까지 데려다준 시훈의 차 안에서 안전벨트를 풀며 넌지시 물었다.

"당신이 그만하라고 할 때까지."

시훈의 말은 이상하게 들릴 것도 없었다. 여자들에게 인기 없고 비호감인 남자가 되길 바란다며 찌질남 되기 프로젝트를 시작하게 만든 건 재경이었다. 그러니 끝을 맺게 할 수 있는 주도권도 그녀에게 있다는 식의 말은 두말하면 입 아플 정도로 당연한 것이었다.

재경은 며칠 전 한식 뷔페에서 있었던 일을 떠올렸다. 경멸에 가까운 여자들의 눈빛은 쥐구멍에라도 숨고 싶을 정도로 그녀를 창피하게 만들었다. 두 번 다시 느끼고 싶지 않을 만큼 최악의 기분이었다.

한마디로 시훈이 지나치게 멋있어서 쳐다보는 여자들의 눈빛이, 찌질해서 조롱하는 눈빛보다 훨씬 낫다는 것이었다.

며칠이 지나지 않아 그것을 느끼게 해 준 시훈을 은근히 신기해하며 이제 그 찌질한 모습은 집어치우라고 말을 하기 위해 입술을 뗀 순간이었다.

"근데, 그거 알아 둬. 당신이 그만하라고 하는 순간부터, 우리의 연애가 시작된다고 받아들일 거야."

재경은 하려던 말을 마른침과 함께 꼴깍 삼켜 버렸다. 아직까지는 선뜻 그의 말을 받아들일 수가 없었다.

다른 면에서는 조금 무심한 편이지만 연애에서만큼은 꽤 신중한 성격이었다.

전 직장에서 겪은 최악의 연애가 그녀를 더욱 그렇게 만들었다.

은지가 언제나 '답답한 년!'이라고 나무랐지만 연애 앞에서 주춤거리고 한없이 망설여지는 성격은 쉽게 고쳐지지 않았다.

누군가를 사랑한다면 마음과 몸, 그리고 자신이 가장 소중하게 여기는 시간까지 바쳐야 한다고 생각하는 재경은 연애로 인해 훗날 후회하는 일을 만들고 싶지 않았다. 유 대리에게 받았던 쓰디쓴 상처와 회한으로 충분했다. 일말의 감정에 휘말려 쉽게 상처 받고 싶지 않았다.

시훈을 향한 신중한 자신의 태도를 접을 생각은 없었다. 오래도록 알고 지낸 사이였기에 시훈이 꽤 괜찮은 남자인 것은 알지만, 정확히 그가 어떤 사람인지는 알지 못했다.

그래서 조금만 더 시간을 갖고 시훈을 지켜보고 싶었다. 감당 안 될 정도로 뜨겁게 타오르는 자신을 향한 사랑이 얼마나 진실되고 또 언제까지 계속될지…….

"아, 알았어요. 데려다줘서 고마워요! 집에 조심히 가도록 하세요!"

아마 그 시간이 얼마 지나지 않아 자신을 매섭게 위협할
것임을 온몸으로 느끼며.

"아악!"

현관문을 열어젖힌 재경은 바로 앞에서 팔짱을 낀 채 새치
름한 얼굴로 자신을 노려보는 은지 때문에 너무 놀라 소리를
지르며 바닥에 주저앉아 버리고 말았다.

"야! 너는 사람 놀라게!"

놀란 가슴을 간신히 진정시키고 자리에서 일어난 재경은
여전히 경계 태세를 풀지 않는 은지를 의아하게 바라보았다.

"왜 거기 서 있어. 너!"

"아무 사이도 아니라면서."

"뭐?"

"아니, 어떻게 아~무 사이도 아닌데 기꺼이 시간을 내서
집 앞까지 데려다줘?"

"봤어?"

"그래. 봤어. 이 두 눈으로 똑똑히. 사실 며칠 전에도 봤었
는데 그땐 긴가민가해서 말 안 했었거든. 그런데 오늘 보니까
확실하네. 그 차 번호까지! 내가 똑똑히 기억하고 있었거든."

팔짱을 푼 은지가 재경의 어깨를 꽉 잡고 마구 흔들었다.

"말해! 몇 년 동안 서로 없는 사람 취급하며 일하던 두 남녀
가 왜 갑자기 이렇게 친해졌는지, 어떻게 상황이 흘러가고 있
는 건지 말하라고!"

재경은 이젠 말해야 할 때가 온 것을 느꼈다. 무엇보다 한 낱 가벼운 감정이라 생각했던 그의 대한 생각이 바뀌었다.

조금씩 피어오르는 그에 대한 관심과 애정이 이제 은지에게 사실을 말해도 된다고 독촉했다.

"대신 내 말 듣고 실망하기 없어."

"알았어."

"일단 들어가서 얘기하자."

안으로 들어간 재경은 냉장고 문을 열어 시원한 냉수를 꺼내 마시고 은지의 맞은편에 자리를 잡고 앉았다.

"사실, 네가 나를 제일 잘 이해해 줄 수 있는 친구라는 걸 알면서도 말할 수 없었어. 일단 너무 창피하고 어이가 없어서."

대충 무슨 말을 할지 짐작이라도 한 모양인지 은지의 표정이 자못 심각해졌다.

"그날 말이야. 회식했던 날."

"응."

"사실, 그 사람이랑 키스했어."

"그럴 줄 알았어!"

"그날 이후로 그 사람도, 나도 서로에 대해 호감이 생겼던 것 같아."

"계집애. 진작 말하지. 네 성격에, 사귀지도 않는 사이에 키스를 하고⋯⋯. 인기 많은 남자가 다가오니까 겁도 났겠지. 예전에 유 대리도 인기 많았잖아."

은지가 재경의 손을 따스하게 잡았다. 말을 듣자마자 정신 차리라며 등짝을 후려갈겨 버릴 거라고 예상했던 것과는 다른 반응에 재경은 살짝 당황했다.

"나는 친구인 네가 정말 행복해지길 바라. 이번 연애는 꼭 오래오래, 영원히, 그 사람이 네 곁에 있어 줬으면 좋겠다."

"고마워. 친구야."

"그래도 말이야, 친구야."

"응?"

은지가 잡고 있던 재경의 손등을 갑자기 탁탁 때리기 시작했다.

조금씩 강도가 높아지는 바람에 위험을 느낀 재경이 손을 빼려고 했지만 은지의 힘은 막강했다.

"술 처먹고 그런 짓은 다신 하지 마. 한 번만 더 그딴 짓하면 그땐 정말……. 사지를 찢어 버릴 거야."

은지의 살벌한 미소에 재경은 냉큼 고개를 끄덕여야 했다.

재경을 데려다주고 집 주차창에 도착한 시훈은 찌뿌드드한 몸을 가볍게 풀었다.

방금 재경과 헤어졌는데 또 보고 싶다는 아득한 생각에 온몸에 힘이 쭉 빠졌다. 그 아쉬움을 뒤로하고 엘리베이터로 향하던 시훈은 뒤에서 느껴지는 이상한 기운에 획 하고 몸을 돌렸다.

을씨년스러운 주차장의 무거운 정적이 그의 시야로 들어찼다.

"……."

분명 뒤를 미행하며 자신을 주시하는 예리한 시선을 느꼈는데.

피곤해서 착각하는 건가, 하는 생각에 고개를 갸웃하며 다시 엘리베이터로 향하던 그는 또다시 뒤에서 인기척을 느꼈다.

또 한 번 뒤를 빠르게 돌아보는 순간 사라져 버린 발걸음 소리에 시훈 역시 얼른 기둥 뒤에 몸을 감추었다.

"어!"

당황한 기색이 역력한 남자의 발걸음이 기둥 뒤에 숨어 있는 시훈의 근처를 맴돌았다.

그를 찾아 헤매는 모양인지 조금 멀어졌던 발걸음이 다시 가깝게 다가온 순간, 시훈은 기둥 뒤에서 불쑥 몸을 드러냈다.

"도, 도련님."

그곳엔 놀란 티를 애써 감추며 그와 눈을 마주하고 있는 정호가 서 있었다.

"저를 왜 미행하시는 겁니까, 실장님."

주변이 서늘해질 정도로 차갑게 묻는 시훈에게 정호는 어떤 변명도, 거짓말도 소용없다는 것을 감지했다.

해 본 적이 없는 업무를 하려다 보니 고스란히 허술한 점이 드러나고 말았다. 결국 그에게 돌아오는 건 민망함뿐이었다.

10년 동안 강 회장의 직속 비서로 있으면서 정호는 실수 없이 완벽하게 일 처리를 했었다.

그런 그가 부사장인 시은의 비서가 된 지는 얼마 되지 않은 일이었다.

정호가 시은의 비서가 된 이유는 단 하나였다.

이제 조금씩 경영에서 손을 떼려는 강 회장은 일단 정호가 부사장인 시은을 돕게 하다 나중에 시훈이 최고경영자가 되었을 때 그를 도와주게 하려는 속셈이었던 것이다.

그런데 시은의 밑에서 일하게 되니 경영은 둘째 치고 매일 이런 허당짓만 하고 있었다.

허무하게 들킨 자신의 어설픔을 원망하며 그는 나지막이 한숨을 몰아쉰 후, 미행을 할 수밖에 없었던 이유를 털어놓기로 결심했다.

"부사장님께서 걱정을 많이 하십니다."

"말씀은 제대로 하셔야죠. 걱정이 아니라, 궁금해하는 거죠."

틀리지 않은 시훈의 말에 정호는 깊은 한숨을 내리쉬었다.

"차라리 다른 사람을 붙이지 그러셨어요. 제가 모르는 사람을 말입니다. 이렇게 쉽게 들켜 버리시니 서로 민망하잖아요."

"다음엔 그렇게 하도록 하겠습니다."

"다음에요?"

시훈의 반발에 정호가 큼, 하고 헛기침을 해 보였다.

"또 미행하겠다는 말씀이세요?"

"아닙니다. 다음엔 이런 일 없게 하겠습니다. 그리고 외람된 말이지만, 도련님도 잘 알고 계시지 않습니까. 부사장님께서는 궁금한 것을 해결하지 못하면 밤새 잠도 제대로 이루지 못하신다는 것을."

그 문제를 시훈이 모르고 있는 것은 아니었다.

시은은 답을 얻지 못하면 몇 날 며칠 동안 잠을 이루지 못했다.

게다가 입맛마저 떨어져 살이 빠지는 예민함의 극치를 보여 주기도 했다.

"부사장님께서 도련님이 좋아하신다는 그 여자분을 굉장히 궁금해하십니다. 괜찮다면, 도련님이 직접 부사장님께 누구인지 밝혀 주셨으면 좋겠습니다."

시훈은 자신이 누구를 좋아하고 있는지 이실직고할 생각이 전혀 없었다. 그랬다가는 시은의 성격상, 하루에도 몇 번씩 몰래 사무실에 내려와 재경을 지켜볼 것이다.

게다가 '부사장과 함께 저녁 먹기!'라는 프로젝트 따위를 진행해서 다른 사람들은 깡그리 무시하고 재경과 둘이 밥을 먹으며 이것저것 캐물을지도 몰랐다.

악의는 없지만 순수한 나머지 때로는 사람을 귀찮게 하는 시은으로 하여금, 가뜩이나 피곤한 재경을 곤란하게 만들고 싶지 않았다.

"때가 되면 꼭 말하겠다고 전해 주세요."

"그러면 때가 언제냐고 물어보실 겁니다."

"아직은 저도 확실히 대답 못 해요. 누나한테도 말했지만, 그 여자는 아직 저한테 별 관심이 없거든요. 저도 지금 애태우는 중이니까 누나까지 한몫하지 말아 달라는 말이랑, 그 사람이 불편해하는 게 싫으니까 제발 모른 척 좀 해 달라는 말 좀 전해 주세요."

"……."

"또 얼마나 잘난 여자이기에 우리 시훈이를 거들떠도 안 보냐? 하며 미리 넘겨짚어서 그 사람 미워하지 말라는 말과 그 사람이랑 잘되면 제일 먼저 소개해 주겠다는 말까지 전해 주세요."

시은의 대응을 이미 짐작하는 시훈의 반응에 정호가 공감하며 입가에 웃음기를 띠었다.

"조만간 알려 주시는 거죠?"

"네. 오래 안 걸리도록 더 노력하겠습니다. 사실, 저도 그 여자 때문에 미치기 일보 직전이거든요."

"많이 좋아하시는 겁니까?"

"좋아한다는 말로 설명하는 감정보다 더 큽니다. 실장님이 말씀 좀 잘해 주세요."

"알겠습니다."

"미행 같은 유치한 짓도 그만해 달라고 해 주시고. 실장님도 이제 누나가 이런 거 시키면 알아서 자제하세요. 피곤하실 텐데 일찍 퇴근해서 좋아하는 운동도 하시고 여자도 만나셔야죠."

"저, 여자 안 좋아합니다."

"그건, 고양이가 생선 안 좋아한다는 말이나 마찬가지 아닌가요?"

정호는 대답 대신 멋쩍게 웃으며 정중하게 허리를 굽혀 인사했다.

"조심히 들어가십시오. 도련님."

"실장님도 조심히 들어가세요."

시훈 역시 정호와 똑같이 허리를 굽혀 인사한 후, 오늘은 더 이상 재경을 만날 수 없다는 생각에 지루할 정도로 무겁고 나른해진 몸으로 엘리베이터에 올라탔다.

❖　　　❖　　　❖

"안녕하세요. 과장님."

"어, 안녕. 재경 씨."

"어! 오셨어요, 부장님!"

"그래, 재경 씨도 안녕."

출근 후 인사를 끝낸 재경은 몸을 의자 등받이에 풀썩 기대어 앉았다.

어제 시도 때도 없이 모습을 드러내던 시훈의 환상 때문에 잠을 못 잔 탓인지 졸음이 무서운 속도로 그녀의 몸을 휘어감았다.

30분 정도만 눈을 붙이면 온몸에 독하게 퍼진 잠이 달아날 것 같았지만 재경은 정식 근무 중에 잠을 청할 만큼 간이 크지 않았다.

오전에만 벌써 세 잔의 커피를 마신 그녀는 또다시 보라색 텀블러를 들고 탕비실로 들어가 늘어지게 하품을 하며 믹스커피를 뜯었다.

뜨거운 물을 받기 위해 정수기 쪽으로 몸을 튼 순간, 텅텅 비워져 있는 물통을 발견했다.

"후……."

오늘따라 몸이 축축 처지고 귀찮기도 해서 커피를 안 마시고 빈 통도 못 본 척하려 했지만, 이미 손은 텀블러를 내려놓고 무거운 새 물통의 비닐을 뜯고 있었다.

"우읍!"

힘을 주어 물통을 들어 올리려는 순간, 탕비실 안으로 시훈이 들어왔다.

"이런 걸 왜 또 그쪽이 하고 있어? 사무실에 힘쓸 남자가 얼마나 많은데."

재경이 힘겹게 들고 있던 물통을 시훈이 가뿐하게 받아 들어서는 구멍 안에 내리꽂았다. 퐁퐁퐁 소리와 함께 메마른 정수기가 물을 들이켰다.

"누가 하면 뭐 어때요. 발견한 사람이 하면 되는 거지."

"뭐야. 왜 또 그렇게 쿨해? 섹시해 보이게."

요 며칠 여직원들을 피하며 고함을 지르고 다녀서 그런지 시훈의 목소리는 평소와 다르게 상당히 쉬어 있었다.

"뭐, 뭐요?"

"섹. 시. 해. 보이신다구요. 김재경 씨."

아무렇지 않게 야릇한 발언을 한 시훈은 놀라 입을 쩍 벌리고 있는 재경을 외면한 채 찻장으로 다가가 자신의 컵을 꺼냈다.

섹시하다는 말은 처음 들어 봤다.

살면서 들어 본 많지 않은 칭찬의 내용은 대부분 단아하고 청순하다는 말이었다.

그것도 그럴 것이 하얀 피부와 얇은 쌍꺼풀, 연한 화장, 쇄골을 조금 넘기는 다갈색 웨이브진 머리, 연한 빛이 감도는 원피스를 즐겨 입는 재경은 절대적으로 섹시함과는 거리가 멀고도 먼 타입이었다.

"아무튼 정말!"

그런데 왜 섹시해 보인다는 말에 기분이 나쁘지 않은 거지?

장난처럼 그냥 던진 말 같은데, 왜 다시 한 번 확인을 받고 싶은지.

재경은 묘하게 일렁이는 감정을 죽이려 혼자 끙끙거려야 했다.

"표정이 왜 그래?"

"신경 쓰지 말아요!"

사납게 쏘아붙인 재경은 텀블러에 뜨거운 물을 받고 탕비실을 빠져나가기 위해 몸을 틀었다.

"잠깐."

컵에 물을 받고 있던 시훈이 다급하게 다가와 재경을 잡아 세웠다.

"왜요!"

"나 김재경 씨 들어가는 거 보고 일부러 따라 들어온 거거든. 그러니까, 나랑 좀 놀다 나가."

"참, 나. 저 지금 할 일 무지 많거든요!"

시종일관 장난기가 다분했던 시훈의 얼굴이 점점 어둡게 굳어지기 시작했다.

재경은 그런 그의 모습에 또 무슨 말을 해서 사람을 황당하게 만들려고 저러나, 싶었다.

　"아닌 줄 알았는데, 나 진짜 변태 기질이 좀 있는 것 같기도 해."

　"네?"

　"자꾸 그쪽을 보면 막 안고 싶고, 입 맞추고 싶고 그러거든. 변태 기질 있는 거 맞지?"

　미간까지 살짝 찌푸리며 심각하게 묻는 모양새가 절대 장난을 치고 있는 것 같지는 않았다.

　"그, 뭐냐. 원래 남자들은 그렇잖아요. 여자들 보면……."

　"대체 그쪽은 내 말을 어떻게 알아듣는 거야? 내가 말했잖아. 그쪽을 보면 안고 싶고, 입 맞추고 싶다고."

　"……."

　"여자들이 아니라, 김재경을 보면 그렇다고."

　그 말을 끝으로 굳게 다물어진 시훈의 도톰하고 붉은 입술에 재경은 며칠 전 옥상에서 나눴던 그와의 입맞춤을 떠올렸다.

　자신의 입안에 머물러 있던 뜨거운 것을 떼어 낸 후, 아프지 않을 정도로 아랫입술을 앙, 하고 물었던 것까지.

　"다른 남자한테 예쁨 받을 생각으로 날 자극하지 마. 김재경 씨를 볼 때마다 간신히 참고 있는, 감당 안 되는 감정들을 당장이라도 확 폭발시켜 버리기 전에."

재경의 머리에 비상등이 켜졌다.

큰일이다.

감당 안 되는 감정을 확 폭발시켜 버리고 싶은 것은 시훈이 아니라 자신인 듯싶었다.

저 뜨겁고 끈적거리면서도 보드랍고 촉촉한 입술의 감촉을 또다시 느끼고 싶어 어제 밤새도록 달아오르던 자신의 감정을 떠올린 것이다.

"저, 전 정말 해야 할 업무가 너무 많아서!"

다급히 돌아서지 않으면 자신이 먼저 그에게 달려들지도 모를 정도로 이성의 끈이 헐거워졌다.

아찔해지는 정신을 간신히 부여잡고 돌아서려 할 때였다. 시훈이 재경에게 손을 뻗으며 외쳤다.

"아, 나. 당신이 왜 이렇게 좋지?"

그 말을 끝으로 품에 안은 재경의 어깨에 시훈이 살포시 작은 머리통을 파묻었다.

"다른 여자들은 잠깐 손길만 스쳐도 온몸에 소름이 돋을 만큼 싫어. 그런데 당신은 이렇게 안고 있으면 기분이 좋아져."

"……."

"맞긴 맞나 보네……. 변태가……."

실없이 웃으며 흘려보내는 시훈의 말에 재경은 마른침을 꼴깍 삼켜 넘기며 속으로 떠오르는 생각을 깊숙이, 더 깊숙이 파묻었다.

자신을 안고 있는 시훈이 끌어안는 것으로 끝내지 않고 뺨

을 어루만지며 옥상에서처럼, 담벼락에서의 그날처럼 다시
입을 맞춰 주기를 은근히 바라고 있었다.

　재경은 그런 자신이 어쩌면 그보다 더한 변태일지 모른다
는 생각에 아득함을 느꼈다.

"뭐예요? 그걸 들켰단 말이에요?"

책상을 거칠게 내려치며 자리에서 벌떡 일어난 시은이 다소 격앙된 목소리로 소리쳤다.

"죄송합니다."

정호는 고개를 깊숙이 숙였다.

"무슨 일을 그딴 식으로 하는 거예요? 아버지가 엘리트라며 입이 닳도록 칭찬하셨던 회장님 직속 비서 맞아요?"

누군가를 미행하는 일은 단 한 번도 해 본 적이 없어 미숙할 수밖에 없었다는 말을 하고 싶었지만, 흥분할 대로 흥분한 시은에겐 씨알도 먹히지 않을 변명거리라는 것을 잘 알기에 정호는 굳게 입을 다물었다.

"시훈이 그 녀석, 화 많이 났겠는데……"

"죄송합니다. 부사장님."

그게 죄송하다고 될 문제냐는 양 정호를 아니꼽게 노려보던 시은은 부드러운 머릿결을 뒤로 쓸어 넘겼다.

"뭐라고 그래요?"

"네?"

"시훈이가 비서실장님을 발견하고 뭐라 했을 거 아니에요."

정호는 시훈이 했던 말을 토씨 하나 틀리지 않고 그대로 읊었다.

그에 시은의 얼굴 가득 씁쓸함이 퍼져 나갔다. 박차고 일어났던 의자에 털썩 주저앉으며 그녀는 얼굴에 퍼져 있는 씁쓸함을 감추지 못한 채 입술을 떼어 냈다.

"비서실장님이 보시기에도 제가 너무 시훈의 일에 관여하는 것 같나요?"

정호는 침묵으로 대답을 대신했다. 그렇다고 하는 긍정도, 아니라고 하는 부정도 할 수 없는 애매한 상황에서 묵비권처럼 내세우는 하나의 방패막이였다.

"나는 그 누구보다도 시훈이가 잘되기를 바라는 사람이에요."

시은도 누군가를 끔찍하게 사랑해 본 적이 있었다. 그 사람이 아니면 안 될 정도로, 그 사람이 아니면 단 하루도 숨을 쉬고 살 수 없을 정도로 뜨겁고도 간절하게 사랑을 했다. 하지만 그가 시은과의 정혼을 통해 회사 지분을 차지하려는 계략이 있다는 것을 알아채고는 파혼을 했다.

자신을 이용하려 했던 것에 대해 화가 나기보다는 혹여 차기 회장인 시훈이 피해를 받을지 모른다는 것이 시은을 그에게서 돌아서게 만들었다.

그 뒤로 핑계라면 핑계지만, 더 이상 누군가를 사랑할 수 없게 되어 버린 시은이었다. 잠시 누군가에게 관심을 갖다가도 행여 그가 시훈에게 해코지라도 할까 싶어, 걸림돌이 될까 싶어 마음을 접었다.

그렇게 20년을 넘게 살아왔다. 오롯이 동생 시훈을 위해.

그녀에겐 엄마를 대신해 시훈을 지켜야 할 의무가 있었다. 이 세상 누구보다 그를 행복하게 해 주고 싶어 시작된 보살핌이 어느 순간 욕심으로 변했을지도 몰랐다.

지나친 관심이라는 것을 알면서도 마음먹은 것처럼 관대해질 수가 없었다.

❖   ❖   ❖

〈오늘 뭐 먹을까?〉

점심시간이 얼마 남지 않았을 때 온 시훈의 메시지에 '아무거나요'라는 멋없는 답장을 보낸 후, 상체를 수그려 간단하게 화장을 고치고 있을 때였다.

"시훈 씨!"

조 부장의 상냥한 목소리가 사무실의 적막을 깨트렸다. 화장을 고치던 재경이 슬그머니 일어나 칸막이 너머를 힐끔거렸다. 무미건조한 표정으로 누가 곁에 오든지 말든지 오롯이 노트북화면에만 시선을 고정시키고 있는 시훈과 그의 의자에 슬쩍 팔

을 올려놓고 상체를 깊숙이 기울이고 있는 조 부장의 모습이
보였다.

"시훈 씨, 많이 바빠?"

"네, 부장님."

상사가 바쁘냐고 물어보면 아니라고 대답할 법도 한데 시
훈은 당당하게 바쁘다는 말을 했다.

"아무리 바빠도 점심은 먹어야지. 그래서 하는 말인데 오
늘 점심 같이할까?"

"죄송해요. 선약이 있어서 안 될 것 같습니다."

시훈이 한 치의 망설임도 없이 단호하게 대답하자 살짝 당
황한 조 부장이 머쓱하게 웃었다.

"아, 그래? 선약이 있다는데 죄송할 것까지는 없고. 그럼
내일은 어때?"

"내일도 선약이 있어요."

"호호. 그럼 금요일은?"

"금요일도요."

"아…… 하하. 역시, 우리 시훈 씨는 인기가 참 많아. 그럼,
다음 주 월요일은 괜찮겠죠?"

"월요일도 약속이 있는데요."

이쯤 되니 사무실 직원들의 이목이 점점 조 부장과 시훈에
게로 집중되었다. 조 부장과 대치하고 있는 시훈은 여전히 그
녀에게 눈길 한 번 주지 않고 노트북 자판을 까칠하게 두들기
고 있었다.

"그럼, 다음 주 화요일은."

시훈의 손가락이 공중으로 높이 들렸다가 탁! 소리와 함께 엔터키를 내려쳤다.

"그날도 약속 있습니다."

탁! 탁!

이쯤 되면 조 부장의 목소리가 듣기 싫어 일부러 키보드를 저렇게 부숴 버릴 기세로 내려치고 있음을 재경뿐만 아니라 사무실에 있는 모두가 눈치챌 수 있었다.

"설마 수요일까지……."

"네. 설마. 수요일까지도 선약이 있네요."

사원들이 보는 앞에서 계속 자신을 일축하는 시훈에게 슬슬 짜증이 난 조 부장은 입가에 경련이 날 정도로 억지 웃음을 지어 보였다.

"한류 스타보다 더 바쁜 몸이네. 대체, 언제 그렇게 약속을 다 잡았어? 그럼 시훈 씨가 시간이 될 때는 언제쯤이에요?"

"글쎄요. 한 100년 후쯤?"

"뭐?"

말인지, 막걸리인지 구별이 가지 않는 엉뚱한 말을 아무렇지 않게 내뱉고 자리에서 일어난 시훈은 의자에 걸쳐 두었던 촌스러운 재킷을 당당하게 어깨에 걸쳤다.

"그럼 식사 맛있게 하세요, 조 부장님. 다들 식사 맛있게 하십시오."

여전히 납득할 수 없는 황당한 상황에 정신을 놓고 있는 조 부장에게 시훈은 트집도 잡을 수 없을 만큼 예의 바르게 인사를 한 후, 뒤도 돌아보지 않고 차가운 바람을 일으키며 사무실을 빠져나갔다.

"조 부장님 완전 창피하겠다."

"나라면 절대 고개 못 들고 다닌다."

재경은 여직원들의 속닥거림에 괜히 양심이 찔렸다.

〈사거리 쪽에 중식 레스토랑 하나 생겼던데, 거긴 어때?〉

시훈이 나간 후, 무조건 5분 안에 따라 나오기로 했던 재경은 괜찮다는 답장을 빠른 속도로 보내고 자리에서 벌떡 일어났다.

아차차! 립스틱을 놓고 갈 뻔했네?

가방에 쑤셔 넣었던 파우치를 꺼내 립스틱을 찾던 재경의 귓가로 휴대전화 벨소리가 울려 퍼졌다.

시훈이라 생각하고 액정을 본 재경은 '방 여사'라고 떠 있는 세 글자에 의아해하며 냉큼 전화를 받았다.

"엄마."

─점심은 먹었어?

"아니요. 지금 먹으러 가려고요."

전화를 하며 사무실 밖으로 나온 재경은 막 문이 닫히려는 엘리베이터에 잽싸게 올라탔다.

─든든하게 먹어! 맛있는 걸로.

"네. 식사하셨어요?"

─응. 터미널에서 밥 먹고 이제 버스 타려고 한다.

"버스?"

—그래. 설마 내일이 무슨 날인지 잊지 않았겠지?

재경의 눈동자와 머리가 재빠르게 굴러 갔다. 그리고 생각해 낸 그날.

"어떻게 잊어. 아버지 제사를."

말을 이어 가면서 몰려오는 죄책감이 재경의 어깨를 짓눌렀다. 바쁘다는 핑계로 잊고 살았다는 미안함에 그녀의 낯빛이 금세 어두워졌다.

—오늘 집에 일찍 들어와. 이것저것 할 거 많으니까.

"알겠어요."

재경의 부친은 그녀가 열한 살 때 췌장암으로 돌아가셨다. 언제나 다정다감했던 아빠는 재경에게 큰 방패 같은 존재였다.

그런 아빠가 점점 쇠약해져 가는 것을 곁에서 지켜보며, 어린 그녀는 두렵고 무서운 감정을 느껴야 했다.

팔을 뻗어 자신에게 안기라는 아빠의 말에 병이 옮아 자신도 그렇게 될까 봐 안기지 않았던 못된 겁쟁이였다.

비록 상황을 잘 몰랐던 어린아이였지만 그때 씁쓸하게 웃던 아빠의 모습은 여전히 재경의 가슴속에 대못이 되어 박혀 있었다.

항암 치료의 부작용으로 인해 말로 다 할 수 없는 고통 속에서 죽어 가는 아빠의 모습을 엄마는 보여 주고 싶지 않았던 모양인지, 재경을 병원 근처에도 못 오게 했다.

결국 재경은 아빠와 마지막 인사도 하지 못한 채, 영원히 헤어져야 했다.

아빠는 살아온 삶의 크기에 비해 너무나 작은 영정 사진 속에서 그녀가 한 번도 마주해 본 적 없었던 젊은 날의 모습으로 웃고 있었다.

그것이 '아빠'라는 호칭으로 그녀가 기억하고 있는 부친의 마지막 모습이었다.

아빠에 대한 생각에 잠겨 멍하니 거리를 걷던 재경은 불현듯 자신의 앞에 드리워진 그림자에 화들짝 놀라 움칠했다.

"대체 무슨 생각을 그렇게 하기에 몇 번을 불러도 몰라?"

높은 하이힐을 신은 바람에 뒤로 삐끗하려는 재경의 팔을 부축하며 시훈이 물었다.

"혹시 내 생각?"

이어지는 그의 말에 실없이 피식 웃어 버린 재경은 촉촉하게 젖은 자신의 눈가를 얼른 훔쳐 냈다.

"많이 기다렸어요?"

"당연하지. 7분이나 기다렸어."

손목에 찬 시계를 보며 시훈이 투덜거렸다. 그런 그를 보며 재경은 입가에 가득 미소를 띠었다. 조금은 슬퍼 보이는 미소를.

"얼른 밥 먹으러 가요."

"왜 이모 혼자 나와? 회장 아들이랑 같이 나온다면서."

"말도 마라. 말도 마."

들고 있던 지갑을 테이블 위에 내려놓으며 조 부장은 사무실에서 있었던 치욕스러운 일을 떠올렸다.

"무슨 일 있었어?"

타 회사에서 일하고 있는 조 부장의 조카 성우는 실력이 뛰어난 인재였다.

그 실력을 좋게 본 부사장 시은이 좋은 조건을 제시하며 스카우트해 오는 것을 허락했고, 오게 된 이상 같은 부서인 회장 아들 시훈과 친밀한 관계가 형성되길 바랐던 조 부장의 계획은 예기치 못하게 무산되고 말았다.

"그냥. 이런저런."

시훈에게 대놓고 무시당했다는 것을 조카에게 차마 말할 수가 없었다.

"주문은 했어?"

"아니. 오면 하려고 했지. 근데 말이야. 강시훈, 그 사람이랑 꼭 친해져야 해? 다른 직원들은 그 사람 그냥 사원으로 알고 있는 거 아니야?"

"지금은 쥐뿔도 없는 사원 코스프레를 하고 있어도 실질적으로는 후계자 1순위야. 그 라인에 선다면 뭐가 무섭겠어?"

"너무 티 나게 들이대면 오히려 역효과가 날 수도 있어. 그러다 미움 받을지도 모르고."

성우가 비아냥거리며 앞에 놓인 음료를 쭉 들이켰다.

"그럴 순 없지. 자기 친누나가 유일하게 의지하면서 믿는 사람이 난데."

말을 이어 가면서 무심결에 창문 밖으로 시선을 던진 조 부장의 시야로 시훈과 재경이 나란히 걸어가는 것이 보였다.

"어? 뭐야. 선약이 김재경 씨랑 있었던 거였어?"

평소 별거 아니라고 생각했던 재경과 시훈이 함께 있는 것을 보니, 하늘을 찌르던 조 부장의 자존심에 스크래치가 났다.

그건 비단, 오늘 일뿐만이 아니었다. 밤을 새고 코피까지 흘리면서 준비한 공모전에 명함 하나 없던, 비정규직 재경이 입상했을 때도 속이 뒤틀릴 만큼 자존심이 상했었다.

어디 그뿐이랴. 조 부장은 6년 전 재경이 처음 입사했을 때를 기억했다.

당시, 조 부장이 좋아했던 동료가 있었다. 하지만 그 동료는 은근히 재경을 마음에 두고 그녀를 거들떠도 보지 않았다. 행여 둘이 사귈까 불안해 그날 이후, '연애 금지령'을 만들기까지 했다.

나중에 그가 좋은 조건으로 스카우트 제의를 받아 해외로 가지 않았다면 아마 조 부장은 그와 재경이 연애하는 꼴을 쓰린 가슴으로 지켜봐야 했을 것이다.

그러고 보니, 처음부터 마음에 들지 않았던 재경이었다. 하지만 자신의 일은 제법 잘하는 터라, 꼬투리를 잡을 만한 명분이 없었다.

조 부장은 가만히 두 사람을 살폈다. 여자와 단둘이 점심을 먹으러 나왔는데 저렇게 세상을 다 가진 표정을 짓고 있는 시훈의 모습이 의아하기도 했다.

자신의 직감이 맞다면 저 두 사람은 분명히…….

"김재경?"

성우가 호기심 어린 눈빛으로 조 부장이 노려보고 있는 곳으로 시선을 돌렸다.

"어? 진짜. 그 김재경이네."

"그게 무슨 말이야? 진짜 그 김재경이라니?"

"나랑 전에 같은 회사 다녔거든. 아마 내 얼굴 보면 알 텐데."

"그래?"

"응. 와, 김재경 씨 유명했지."

"유명하다니?"

"우리 회사에서 질 안 좋기로 소문났던 대리랑 사귀면서 한 동안 시끄러운 스캔들의 주인공이었어. 신입 사원이었는데 여 직원들하고도 못 어울리고 이래저래 안 좋은 일들이 터져서 퇴사했지. 김재경 씨, 이모네 회사에서 일하나 보네? 와, 근데 옆에 있는 남자는 애인인가? 두 사람 분위기가 심상치 않은 데."

일그러져 있던 조 부장의 얼굴에 어느새 비겁한 웃음기가 떠 오르기 시작했다. 어쩌면 눈엣가시임에도 불구하고 꼬투리가 없어서 곁에 둘 수밖에 없었던 재경을 완전히 제거할 수 있는 방법이 있을지도 모르겠다는 생각이 조 부장의 머릿속을 사로 잡았다.

"성우야."

"응?"

"김재경 씨에 대해서 좀 더 자세히 말해 줄 수 있어? 네가 아는 거 전부 다."

"전부 다? 나는 김재경 씨가 조금 안타까웠어. 워낙 착하고 일도 굉장히 열심히 했……."

"아니, 그거 말고! 그 대리라는 사람과 있었던 일에 대한 얘기를 좀 해 달라고."

"아, 아……."

성우가 과장되게 고개를 끄덕였다.

"아까 한 말이 전부인데? 질 안 좋은 유 대리랑 사귀고 났던 소문."

"그 소문이 뭐였는데?"

"뭐, 점심시간에 둘이 모텔에 갔다는 소문도 있었고, 동거한다는 말도 있었어. 나중에는 끼리끼리 사귄다면서 김재경 씨도 앞에서는 착하고 순한 척하지만 뒤에서는 할 거 다 한다는 말도 파다했지."

"그러면 저 둘은 안 되겠네."

재경과 시훈이 사라진 자리를 바라보며 조 부장이 코웃음을 쳤다.

"그게 무슨 말이야?"

"아까 그 남자가 회장 아들이거든."

"뭐?"

"회장님이 저렇게 소문 안 좋은 여자한테 아들을 맡기겠어? 아니, 회장님이 문제가 아니지. 더 큰 문제는……."

조 부장은 시은을 떠올렸다. 집안과 학벌이 보잘것없는 여자인 것만 해도 시훈의 연인으로 반대할 것이 분명한데 그런 소문까지 뒤따라 주면 꽤 승산이 있는 일이 될 거라 생각했다.

조 부장의 입술 끝이 비열하게 추켜올라 갔다.

"오늘 저녁에 연극 보러 가자."

재경은 소스가 부어져서 나온 탕수육에 불만을 품고 주방을 노려보던 시선을 시훈 쪽으로 돌렸다. 확실한 건 그의 '눈'을 쳐다보는 것이 아니라 그 '방향'을 쳐다보고 있었다. 눈이 마주치는 순간, 어제 자신이 밤새 상상했던 발칙함이 들켜 버릴 것만 같았기 때문이다.

"연극이요?"

홀이 아닌 룸에서 먹는 터라 답답한 안경과 가발을 벗은 그는 더 이상 찌질한 시훈이 아니었다.

"응. 아는 형이 연출 맡은 건데 별로 유명한 건 아니야."

"아, 그래요? 연출하는 사람도 알고 있어요?"

"그럼. 내가 대인 관계가 얼마나 좋은데. 김재경 씨가 상상도 못 할 사람들하고 굉장히 친해."

"아, 그렇구나……."

"유명하지는 않아도 작품성이 꽤 높고 재미도 있다 하더라고. 대학로 쪽에서는 은근히 골수팬들이 많나 봐."

"아…… 그런데 어쩌죠? 저 오늘, 저녁에 약속이 있는데……."

"근데 아까부터 대체 어딜 쳐다보면서 얘기하는 거야?"

참다못한 시훈이 고운 미간을 살짝 찌푸리며 뒤를 돌아보았다.

하지만 특별한 것 없는 하얀 벽지만 시야에 들어올 뿐이었다.

"네? 어딜 쳐다보다니요? 시훈 씨 쳐다보고 있잖아요."

"난 저기 없고 여기 있어. 여기."

대답을 하는 와중에도 시훈은 자신의 어깨 너머를 쳐다보고 있던 재경의 두 뺨을 부드럽게 감싸 두 눈동자에 담았다.

피하려고 무던히도 노력했던 그의 눈동자와 정면으로 마주하자 재경은 뜨거운 물을 들이부은 것처럼 온몸에 열이 훅 하고 올라옴을 느꼈다.

자신의 뺨을 감싸며 살짝 몸을 위로 들어 올린 시훈이, 어젯밤 자신의 위에 올라타던 실오라기 하나 걸치지 않은 상상 속 그와 오버랩되었다.

"침은 왜 삼켜? 꼭 뽀뽀하기 전에 긴장한 사람처럼?"

겨우 '뽀뽀'를 상상하고 있었던 것이 아니기에 재경은 뜨끔할 수밖에 없었다.

"또 이해하지 못할 말만 하시네요!"

"기왕 긴장한 거 해 줄까? 긴장 풀리게?"

"이, 이 사람이, 진짜! 밥 먹다 말고!"

방귀 뀐 놈이 성낸다더니, 재경은 다소 거칠게 자신의 뺨을 감싸고 있는 시훈의 손을 탁 소리 나게 쳐 버린 후 소스가 묻은 탕수육을 집어 들었다.

"그건 그렇고, 약속이라니?"

"네. 있어요. 저녁 약속."

"남자야?"

일말의 망설임도 없이 반사적으로 날아드는 시훈의 질문에 재경은 어쩐지 그를 짓궂게 골려 주고 싶다는 생각이 들었다.

"글쎄요."

"글쎄요? 무슨 대답이 그래?"

"남자라면 남자죠?"

모락모락 김이 피어나고 새콤달콤한 냄새로 유혹하는 탕수육을 한입 베어 먹으며 재경이 능청맞게 답했다. 그러자 맞은편에 앉은 시훈이 의미를 알 수 없는 묘하면서도 살벌한 미소를 지으며 입술을 떼어 냈다.

"지금 나 자극하는 거야?"

"다른 남자한테 예쁨 받을 생각으로 날 자극하지 마. 김재경 씨를 볼 때마다 간신히 참고 있는, 감당 안 되는 감정들을 당장이라도 확 폭발시켜 버리기 전에."

물론 재경은 폭발할 그의 감정을 감당해 낼 자신이 없었다.

"어떻게, 지금 이 자리에서 확, 폭발시켜 버릴까?"

"아니요! 진정해요. 오늘 아버지 제삿날이에요."

예상하지 못했던 말이었기에 시훈은 자신도 모르게 얼굴을 굳히고 말았다.

"그런 표정 지을 필요 없어요. 벌써 몇십 년 전의 일이거든요."

"그렇군."

"저희 엄마가 손이 커서요. 제사 음식도 장난 아니게 많이 하거든요. 아! 오늘 그 많은 음식 하려면 밤 다 샜다. 다 샜어!"

믿지 않게 투덜거리며 재경은 시훈이 직접 자신의 접시에 놓아 준 새우를 입에 쏙 집어넣었다.

"와, 맛있다!"

입안에서 퍼지는 환상적인 맛에 감탄하며 팔보채를 먹던 재경은, 음식은 먹지 않고 턱을 괸 채 자신을 빤히 바라보고 있는 시훈을 발견했다.

"안 먹고 뭐해요?"

"먹는 것만 봐도 배부르다는 말 알아?"

"알죠."

"누구한테 이런 말 해 본 적 없거든? 근데 지금 내가 그러네. 당신 먹는 것만 봐도 배불러."

"저기요……. 그 말 상당히 오글거려요."

"무슨 여자가 이렇게 보면 볼수록 예쁜 거지? 내가 보기에 당신은 사람이 아닌 것 같아."

"네?"

"여신인 것 같아. 여신."

"악!"

재경이 장난스럽게 짤막한 비명을 내지르며 오그라든 손으로 귀를 꽉 막았다. 그러자 그런 그녀를 시훈이 따라 하며 자신의 몸을 쓱쓱 문질렀다.

"스스로 말하고도 참 오글거리죠?"

부정하지 않으며 시훈은 앞머리가 휘날릴 정도로 격렬하게 고개를 끄덕였다.

"그래도 계속하고 싶어."

입에 탕수육 하나를 넣은 시훈이 슬쩍 재경의 눈치를 살피며 멍청해 보일 정도로 해맑게 웃었다.

"하지 말아요! 정말 느끼하고 오글거려서 못 들어 주겠으니까!"

높아진 억양으로 몸서리를 치며 불평했지만, 재경의 얼굴엔 어느새 완연한 웃음꽃이 활짝 피어 있었다.

결코 기분 나쁘지 않았다. 조금 겁이 나긴 하지만…….

누군가에게 관심을 받고, 예쁨을 받고, 칭찬을 받는다는 건 아무리 받고 또 받아도 질리지 않기 때문이다.

"너무 예쁘신 김재경 씨."

개구진 표정이 다분한 얼굴로 능청을 떠는 시훈을 보며 재경이 또다시 몸서리를 쳤다.

"아휴! 하지 말라니까요! 정말! 징그러!"

"내가 다 해 줄게."

"뭘요?"

"음……. 멋진 애인도, 아빠 같은 남자도, 오빠 같은 남자도, 친구 같은 남자도 내가 다 해 줄게. 김재경 씨한테."

그의 잔잔한 목소리가 재경의 마음을 울컥하고 건드렸다. 고맙다고 말해야 되는데 입술을 떼어 내는 순간 모든 감정을 들켜 버릴 것 같아서 그녀는 그저 탕수육을 입에 쏙 집어넣고 시훈을 보며 해맑게 웃어 보였다.

이 남자랑 함께 있는 시간이 늘어나면 늘어날수록 더욱 편안해지고 있다는 것을 새삼 깨달으며.

"안 데려다줘도 된다니까요."

이제 당연한 일처럼 데려다주는 그의 호의가 싫지 않으면서도 괜히 투덜거리는 자신이 재경은 은근히 얄미웠다.

"난 내가 하고 싶은 일은 꼭 해야지 직성이 풀리는 타입이라서."

"고마워요. 조심히 운전하고 내일 봐요."

안전벨트를 풀고 뒷좌석에 놔두었던 핸드백을 집어 든 후 인사를 건네던 재경은 자신의 어깨 너머를 보며 의아한 표정을 짓고 있는 시훈을 발견했다.

"왜 그래요?"

그가 무엇을 바라보고 있는지 확인하려고 재경이 뒤를 돌아보는 순간, 똑똑, 하고 창문을 두드리는 소리에 화들짝 놀라고 말았다.

"엄마?"

"어머니?"

시훈에게 난감한 표정을 지어 보이다 서둘러 차에서 내린 재경은 차 안에 있는 그와 인사를 하려는 제스처를 취하는 엄마에게 얼른 팔짱을 꼈다.

"엄마, 들어가자."

"누구야? 남자 친구?"

"아, 아니야. 남자 친구. 그냥 같이 일하는 동료. 얼른 들어가."

집 쪽으로 끌어당기는 재경의 힘을 무시한 채 완강히 버티고 있는 엄마의 앞으로 언제 차에서 내렸는지 시훈이 반듯한 자세로 서서 인사를 했다.

"안녕하십니까, 어머니."

"어머. 자세히 못 봐서 몰랐는데 이렇게 보니까 인물이 굉장히 훤칠하네."

"감사합니다. 우리 재경 씨가 왜 이렇게 예쁜가 했더니, 어머니를 닮아서 그런가 봐요."

"오호호. 말도 참 예쁘게 하네!"

쑥스러운 모양인지 재경의 모친은 그녀의 어깨를 찰싹찰싹 때리며 기분 좋게 말했다. 그리고는 그녀의 귀에 대고 빠른 속도로 속삭였다.

"그냥 직장 동료라며? 근데 왜 '우리 재경 씨'라는 말이 나와?"

"그게, 엄마……."

변명을 하려던 재경은 타깃을 바꿔 시훈에게 가라는 손짓을 해 보였다.

"얼른 가요, 시훈 씨. 내일 회사에서 봐…… 윽."

모친이 느닷없이 팔꿈치로 옆구리를 찌르는 바람에 재경의 말이 도마뱀 꼬리처럼 두 동강이 나 버렸다.

"너는 애가 너무 매정해. 여기까지 데려다준 사람한테 그냥 가라니? 엄마가 그렇게 가르쳤어?"

"아니, 그……."

머뭇거리고 있는 재경의 팔을 뿌리친 그녀의 모친은 시훈의 어깨를 다독거리며 집으로 그를 이끌었다.

"저녁 안 먹었을 텐데 들어가서 같이 먹어요."

"감사합니다, 어머니. 마침 제가 배가 고파서 운전대를 잡을 힘이 없었거든요."

뒤도 돌아보지 않은 채 엄마를 따라 집으로 들어가는 시훈의 뒷모습을 보며 재경은 난처함에 아랫입술을 지그시 깨물고 발걸음을 옮겼다.

　아직은 공식적인 남자 친구가 아니란 말이야!

갈비찜, 잡채, 해물탕, 간장새우 등 각종 반찬이 푸짐하게 차려져 있는 식탁을 본 재경의 눈이 휘둥그레졌다.

"언제 이걸 다 하셨대?"

"어서 와서 앉아요."

재경의 모친은 시훈을 중간 자리로 이끌어 앉혔다. 자리에 앉던 시훈은 맞은편의 은지와 눈인사를 했다.

"혼자 한 거 아니야. 은지가 도와줬어. 안 그랬으면 못 했지. 이제 은지는 시집가도 되겠어."

미리 자리를 잡고 앉아 있던 은지가 손으로 당당하게 'V' 자를 그려 보였다.

"우리 재경이도 시집가려면 지금부터 요리를 좀 배워야 할 텐데……."

혼잣말이라고 하지만 너무 노골적으로 시훈을 바라보는 엄마의 시선이 재경은 불안하기만 했다. 게다가 허벅지 위에 손을 올려놓고 허리를 꼿꼿하게 세우고 있는 그에게서는 어울리지 않는 긴장감이 역력히 드러났다.

"엄마는 참, 갑자기 무슨 시집이야."

"하긴, 애인도 없는 네가 무슨 시집이야, 시집은! 팥죽도 팥이 있어야 쑤는 건데. 안 그래요?"

"맞습니다. 어머니."

"아휴, 그 어머니라는 소리 참 듣기 좋다. 내가 아들한테 그 어머니라는 말을 참 듣고 싶어 했는데, 아들이 없잖아. 그래서 하루라도 빨리 사위한테 듣고 싶었거든."

"엄마!"

재경이 미간을 찌푸리며 핀잔을 주자 그녀의 모친이 간드러지게 웃었다.

"어머머. 내가 주책이야! 손님 밥상머리 앞에 두고 서론이 너무 길었네. 어서 들어요."

재경의 모친은 반찬을 시훈에게 밀어 넣어 주었다.

"네. 감사히 잘 먹겠습니다."

숟가락을 든 그가 야무지게 밥을 먹기 시작하자 재경의 모친은 그런 시훈을 힐끔 훔쳐보았다. 빠른 눈동자의 움직임을 보니, 그를 스캔하고 있는 것이 분명했다. 탈모가 있는지, 밥을 쩝쩝거리면서 먹는지, 다리를 떠는지, 가리는 음식은 없는지 등등…….

"밥을 복스럽게도 먹네."

모친의 말에 시훈이 입안의 음식을 급하게 넘겼다.

"원래 뭐든 잘 먹지만, 어머니 음식 솜씨가 일품이시라 그런지 밥맛이 너무 좋네요."

"어머. 어쩜 말도 이렇게 예쁘게 해요?"

"거짓말을 잘 못하는 성격이라 솔직히 말씀드린 겁니다."

재경의 모친이 두 손바닥을 마주치며 좋아했다.

"근데 나이가?"

"재경 씨랑 동갑입니다. 올해 스물아홉 살이요."

"아. 우리 재경이랑은 무슨 사이예요?"

"같이 일하는 동료이자, 제가 좋……."

좋아하는 사이라고 말하려는 시훈과 호기심 어린 눈빛으로 그를 보는 엄마 사이로 재경이 불쑥 고개를 들이밀었다.

"엄마는! 사람 불편하게 밥 먹는데 계속 말을 시키고 그러세요?"

"그러게. 미안해요. 밥 먹는데, 내가."

"아니요. 괜찮습니다. 원래 식사할 때 대화를 많이 해야 소화가 잘된다고 들었습니다."

"말을 너무 예쁘게 잘하네. 어디 가서 예쁨 많이 받을 타입이야."

저 사람이 평소에 저렇게 사근사근한 성격이 아닌데…….

미심쩍은 재경의 시선에도 시훈을 향한 엄마의 관심은 계속되었다.

"키가 상당히 커 보이던데."

"185.4cm입니다."

"어쩐지 훤칠하다 했어요. 그럼 둘이 동갑인데, 동기인가요?"

"아니요. 선배예요. 재경 씨가."

"그렇군요. 선배라고 막 텃세를 피우거나, 할 일을 미루진 않나요?"

"아니요. 친절하게 일 잘 가르쳐 주시는 배울 게 많은 선배 이십니다."

재경은 시훈의 선의의 거짓말에 터져 나오려는 웃음을 가까스로 참아 넘겼다.

"술은 좀 하나?"

"술이요?"

"응."

"아, 못 마시는 편은 아닙니다."

"그럼 반주 한잔할래요?"

"엄마, 우리 내일 출근도 해야 되는데."

"아, 그런가?" ·

서운한 표정을 얼굴 가득 지은 재경의 모친이 시훈에게 시선을 돌렸다.

그가 당연히 거절하지 못할 것임을 뻔히 알면서 보인 행동이었다.

"전 괜찮습니다. 어머니."

"시훈 씨가 괜찮다는데?"

"그럼 여기서 '맞습니다, 술은 좀 그러네요. 제가 내일 출근을 해야 돼서요' 라고 어떻게 대답할 수 있겠어?"

"할 수 있지, 왜 못 해? 시훈 씨 편하게 말해 봐요. 나 되게 트인 성격이라 그런 거 별로 기분 나빠하고 그런 타입 아니거든

223

요. 어때요, 괜찮나요?"

재경의 모친이 다시 한 번 시훈을 바라보며 나긋하게 물었다.

그에 그가 옆에 앉아 있는 재경을 힐끔 쳐다보자 그녀는 콧잔등을 찌푸리며 고개를 절레절레 흔들었다.

하지만 시훈은 그런 그녀의 행동을 살짝 외면하며 두 손으로 술잔을 집어 들고 앞으로 내밀었다.

"네. 진짜 괜찮습니다. 어머님께서 주시는 술은 얼마나 맛있을까요."

"너무너무 맛있어서 매일 먹으러 오고 싶을걸!"

살가운 시훈의 모습에 재경의 모친이 헤벌쭉 웃으며 오랜 기간 숙성된 인삼주를 도자기 잔에 가득 따라 주었다.

"재경아."

그때, 앞에 앉아 있던 은지가 잠깐 나와 보라는 눈짓을 해 보였다.

"어디 가니?"

재경과 은지가 동시에 일어나자 애정이 가득 어린 눈빛으로 시훈을 바라보던 재경의 모친의 시선이 둘에게로 향했다.

"아, 사실 며칠 전에 집주인 아줌마가 찾아와서 전셋값을 좀 올려 달라고 해서요. 급한 일이라, 금방 상의하고 올게요."

어디서 튀어나온 순발력인지는 몰라도 은지의 재빠른 대답에 재경의 모친은 조금의 의심도 없이 고개를 끄덕였다.

"그래? 얼른 얘기 끝내고 와. 손님 모셔 두고 예의가 아니다."

"네."

재경의 팔을 거칠게 낚아챈 은지가 그녀를 방으로 밀어 넣었다.

"전셋값 오른 것 때문에 부른 거 아니지?"

"대체 어떻게 된 거야? 어머니도 계신데 시훈 씨를 집에 들이면 어쩌자는 거야!"

"내가 들어오라고 한 거 아니야. 나 데려다주고 가는 길에 엄마랑 딱 만나게 된 거지."

"그럼, 네가 무슨 핑계를 대서라도 돌려보냈어야지. 저 남자, 너랑 술 마시고 그렇고 그런 사이라는 거!"

손바닥을 서로 맞물리며 은지는 저질스럽고도 야한 표현을 스스럼없이 해 보였다.

"야, 너는! 애가!"

엄마가 보고 있지 않다는 것을 알면서도 재경은 은지의 손을 얼른 잡아 끌어 내렸다.

"아무튼 그런 사이라는 거 행여나 실수로 말하면 어쩌려고 그래? 겁도 안 나?"

"시훈 씨 그렇게 실없는 사람 아니야."

"어이구. 너의 확신이 빗나가는 일은 없었으면 좋겠네요."

아마, 그럴 일은 절대 없을 것이다. 조금 아슬아슬하지만 어쨌든 자신과의 시작이 술을 먹고 한 키스라는 사실을 철저하게 지켜 주고 있는 시훈이니 말이다.

"절대 없을걸. 그렇게 믿어 전혀 의심치 않거든."

"근데 말이야. 내가 볼 땐, 어머니가 시훈 씨 무지 마음에 들어 하시는 것 같아. 낯선 남자한테 저렇게 술 권하실 분이 아니잖아."

그건 재경도 부정할 수 없는 명백한 사실이었다. 낯가림이 심하고 특히 외동딸인 재경의 남자관계에 있어서 깐깐하고 엄격하신 분인데 유독 시훈에게는 살갑게 대하는 것이 의아하긴 했다.

"얘들아, 아직 얘기 덜 끝났니?"

밖에서 들려오는 엄마의 목소리에 은지와 재경이 동시에 문 쪽으로 고개를 돌렸다.

"곧 들어가요!"

합창을 하듯 대답한 은지와 재경이 다시 문을 열고 방을 나섰다.

"정말 괜찮아요? 안에 들어가서는 절대 술 마시지 마요."

시훈의 옷깃을 붙잡은 재경은 룸과 룸 사이의 빈 공간으로 그를 끌어당기며 신신당부했다.

술을 마시면 그 상대가 누구든 꼭 2차로 노래방을 가야 직성이 풀리는 엄마의 성화에 못 이겨 따라오기는 했지만, 재경은 자꾸만 술을 권하는 엄마를 쉽게 뿌리치지 못하는 시훈이 걱정되었다.

"미안해요. 괜히 우리 엄마 때문에……."

"뭐가? 난 지금 너무 재밌는데."

뭐가 그리도 재미있는지 시훈의 얼굴에선 웃음기가 떠날 줄 몰랐다.

헤실헤실, 해맑게 웃고 있는 그를 보고 있으니 걱정하던 재경의 얼굴에도 어느새 짙은 웃음기가 피어올랐다.

"나, 취했지?"

"네. 좀 취한 것 같네요."

취하지 않는 것이 이상할 정도였다. 그 독한 인삼주를 둘이서 다 마셨으니 취하지 않는다면 그건 사람이 아니라 짐승일 것이 분명했다.

"그래서 지금 우리 김재경 씨가 나 걱정하는 건가?"

붉고 촉촉한 눈을 반달로 만든 그가 따뜻한 손바닥으로 재경의 양 볼을 다정하게 어루만졌다.

"걱정 안 되게 생겼어요? 방금 은지가 맥주를 열 캔이나 사 가지고 들어갔는데."

시훈 씨를 취하게 하지 말라며 키스한 사실을 술김에 말할까 걱정이 된다느니, 어쩐다느니 하던 은지는 결국 술에 취해 제가 더 신나서 난리였다. 그런 그녀가 행여나 말실수를 할까 봐 재경은 불안했다.

"나 괜찮은데. 지금 상태로는 맥주 백 캔도 마실 수 있어."

"허세는……. 하나도 안 괜찮아 보이거든요?"

"그래 보여?"

"네!"

"김재경 씨 눈에 내가 안 괜찮아 보이면……."

시훈이 상체를 살짝 수그려 재경의 어깨에 얼굴을 파묻었다.

자신의 품에 그가 안기자 재경은 온몸에 힘을 주었다.

"이러고 조금만 있어도 되나?"

옷을 입고 있었지만 어째 시훈의 살결이 고스란히 느껴지는 것만 같았다.

거기까지 생각에 미치자 온 신경이 달아오르며 몸이 예민해지기 시작했다.

가슴을 찢고 나올 것같이 뛰는 심장박동이 바짝 붙어 있는 시훈에게도 느껴질까 봐 재경은 노심초사했다.

"저, 저리 안 가요?"

말은 그렇게 하면서도 재경은 행여나 시훈이 넘어질세라 그의 허리를 꽉 잡고 있었다.

"졸려."

술에 취해 오물거리는 시훈의 말투가 새삼 귀엽게 느껴졌다.

"졸리면 집에 가서 잔다고 할 것이지, 여기까지는 왜 따라와요……."

"우리 김재경 씨가 있잖아. 우리 김재경 씨가 있는 곳이라면 내가 어디든 같이 가야지."

"졸린 와중에도 말은 잘하는군요."

"졸린 와중에도 김재경 씨가……."

'으음' 하며 쏟아지는 잠을 떨치고자 나지막이 한숨을 몰아쉬던 시훈이 다시 입술을 떼어 냈다.

"좋으니까."

길게 하품을 하고 살며시 눈을 감는 시훈이 느껴졌다. 그리고 그 순간, 맥없이 떨어져 있던 그의 팔이 재경의 허리를 감싸 안았다. 움찔하는 그녀를 느꼈는지 그가 살며시 소리 내어 웃었다.

"저리 가요."

이번에도 역시 말로만 저리 가라고 했을 뿐, 재경은 시훈을 뿌리치지 않았다. 이런 부끄러운 포즈로 노래방 구석에 박혀 있는데도 그를 뿌리치지 않은 건, 자신을 끌어안고 있는 시훈의 품이 진심으로 안온하고 편하다고 느껴졌기 때문이었다.

재경은 고르게 내쉬는 시훈의 뜨겁고도 일정한 숨소리에 귀를 기울이며 눈을 감았다가 떴다.

그때, 노래방 룸의 문이 벌컥 열리는 소리가 들리더니 이명처럼 들리던 엄마의 노랫소리가 적나라하게 들려왔다.

"우리 재경이랑 시훈 씨가 어디 갔지!"

은지의 목소리가 가깝게 들려오자 재경은 우악스런 힘으로 시훈을 밀쳐 냈다.

"어, 나! 나 여기 있어!"

이런 모습을 가족에게 보여 주는 것이 가장 창피한 일이었다. 재경은 시훈의 손목을 잡아 안으로 들어갔다.

두 사람이 안으로 들어오는 것을 발견한 은지가 노래방 리모컨을 시훈에게 건넸다.

"한 곡 하시죠!"

재경은 고개를 절레절레 흔들었다.

일전에 회식을 하며 노래방에 간 적이 있었는데, 그때 부장님이 제발 노래를 부르라고 사정을 해도 거절을 했던 시훈이었다.

직장 상사의 제안도 거절한 그인데 하다못해 은지의 제안을……

"그럼."

받아들였다?

리모컨을 잡은 시훈이 빛의 속도로 번호를 찍어 나가기 시작했다.

"어머니가 좋아하실 것 같아서 선택해 보았습니다!"

마이크에 대고 쩌렁쩌렁한 목소리로 말하는 시훈을 보며 재경의 모친은 극성팬처럼 박수를 쳤다.

"내가 이 노래 좋아하는 줄 어떻게 알고!"

시훈이 선택한 노래는 님이 있는 곳이라면 무조건 달려가겠다는 적극적인 남성의 마음이 담긴 노래였다. 반주가 시작되자 엄마와 은지가 자리에서 일어나 관광버스 춤을 추기 시작했다.

불량스럽게 다리를 흔들던 시훈이 의자에 앉아 있는 재경을 손가락으로 가리켰다. 그러다 이번엔 옆에서 춤을 추고 있는 재경의 모친을 향해 웃었다.

"재경아, 뭐하니? 노래방까지 와서 고사 지내니?"

춤을 추던 은지가 괜찮다고 사양하는 재경을 끌어당겼다. 그 바람에 시훈의 옆에 바짝 서게 된 재경이 쑥스러운 얼굴로 박수를 쳤다. 그러자 그가 그녀의 한쪽 손을 잡고 리듬을 타기 시작했다.

오로지 두 눈에 부끄러워하는 재경만 가득 담은 채.

"어머니, 들어가 보겠습니다!"

시훈이 정중하게 허리를 굽혀 재경의 뒤에 서 있는 그녀의 모친에게 인사를 했다.

"그래. 다음에 꼭 다시 놀러 와!"

"예! 꼭 다시 놀러 가도록 하겠습니다!"

시훈이 뒷좌석에 올라타자 재경이 문을 닫아 주었다. 창문이 열리고 취해서인지, 아니면 정말 기분이 좋아서인지 여전히 얼굴에 웃음기를 묻히고 있는 시훈이 고개를 빼며 재경을 가까이 마주했다.

"집에 도착하면 연락 줘요."

"응. 연락할게. 오늘 정말 즐거웠어."

"나도요."

재경이 대리운전 기사에게 시선을 돌렸다.

"잘 부탁드릴게요."

"네. 걱정 마세요. 손님, 주소 불러 주세요."

시훈이 재경에게 시선을 고정한 채 주소를 읊었다.

"청담동 100—42. MK빌리지요."

"네. 출발하겠습니다."

"내일 봐."

차창에 찰싹 달라붙어서 손 인사를 하는 시훈이 시야에서 완전히 사라질 때까지 재경은 그 자리에 서 있었다.

"그렇게 아쉬워?"

재경의 옆으로 슬그머니 다가온 엄마가 물었다.

"어?"

그제야 그녀는 뒤에서 엄마가 자신과 시훈을 바라보고 있었다는 것을 깨닫고 멋쩍어진 손을 뒷주머니에 넣었다.

"아니. 그냥, 뭐⋯⋯."

"배도 부른데 오랜만에 우리 딸, 엄마랑 잠깐 산책 좀 할까?"

재경의 모친은 주머니에 들어가 있던 딸의 손을 꺼내 다정하게 잡았다. 까슬까슬했지만 재경에겐 참 익숙한 손이기도 했다.

"좋아."

재경은 조금 더딘 엄마의 발걸음에 맞춰 천천히 걸었다. 이제 제법 쌀쌀해진 바람이 걸음을 옮길 때마다 따라왔다.

하나둘씩 잠들기 시작하는 밤거리는 마음이 나른해질 정도로 평온했다.

그건 그렇고 시훈 씨는 어디쯤 도착했을까? 술 마셨는데 속 괜찮을까? 아까 춤춘 것도 웃겼는데. 생각보다 노래도 잘하고.

"오랜만에 이렇게 딸이랑 걸으니까 좋다."

"나도 좋다."

머릿속에 가득 담고 있던 시훈의 생각을 잠시 접어 두고 재경이 나지막이 웃으며 대답했다.

그때, 손을 잡은 채 나란히 걷던 재경의 모친이 느닷없이 손을 놓고서는 그녀 쪽으로 몸을 홱 틀었다.

"너 그 사람 좋아하지?"

"엄마는 갑자기 뜬금없이⋯⋯."

"좋아하는데 왜 안 다가가?"

"엄마 원래 이렇게 트인 사람이었어? 아니었잖아."

"아니었어?"

"응. 엄마 완전 고지식했거든요? 기억 안 나? 나 예전에 대학 다닐 때 말이야. 엄마가 하도 보고 싶다고 하기에, 남자 친구 데리고 갔었는데 너무 쌀쌀맞게 대해서 내가 엄청 민망해했던 거. 그날 우리 저녁에 대판 싸웠잖아. 그 이후로 남자 친구 사귀는 거 비밀로 했고."

"맞아. 그랬었지. 근데, 그때 그놈 눈빛이 음흉했어. 밥 먹을 때 다리 떠는 것도 그렇고 말투도 마음에 안 들었고……. 그건 그렇고 비밀? 그래서 그 이후로 몇 명이나 더 사귀었는데?"

"음…… 하나, 둘, 셋, 넷……."

엄마의 반응을 보고 싶었던 터라 재경이 장난스럽게 숫자를 셌다.

양쪽 손가락을 다 접자 엄마가 입술을 앙다물고 재경의 등짝을 찰싹찰싹 내려쳤다.

"장난이야, 장난."

"눈빛을 보면 알 수 있어. 눈빛은 절대 거짓말을 못하거든. 뇌에서도, 마음에서도 조절하지 못하는 게 바로 눈빛이야."

엄마가 검지로 재경의 관자놀이와 마음을 콕 찔렀다.

보지 말아야지, 신경 쓰지 말아야지 하면서도 어느 순간 자신이 시훈을 바라보고 있었다는 것을 깨달았다. 그 정도로 언제나 그를 바라보고 있었다.

"사실, 아까 은지가 취했는지 나한테 말하더라."

은지, 그놈의 계집애를!

붉으락푸르락해진 얼굴로 이를 아득아득 갈던 재경은 순간 심장이 저격당한 것처럼 쿵 하고 내려앉는 것을 느꼈다.

설마 그놈의 계집애가 시훈 씨와 나의 '그날' 일에 대해서 실토한 것은 아니겠지?

"뭘, 뭘 말했어?"

"7년 전의 일."

"7년 전?"

"전에 다녔던 회사에서 있었던 일. 찢어 죽여도 성에 안 찰 놈. 감히 귀한 내 딸한테…… 그 이후로 네가 제대로 된 사랑도 못 하고, 남자한테 마음도 못 열고 일만 한다고. 자기가 보기에는 네가 잠도 못 이룰 만큼 시훈 씨에 대해서 많은 생각을 하는 것 같은데 그때처럼 또 상처 받을까 봐 다가가지 못하는 것 같다고 그러더라. 자기가 전에 있었던 일을 생각해서 마음 접으라고 충고해 준 게 미안하다면서 엉엉 울던데."

"그런 얘기는 언제 했대……."

자신을 그 정도로 생각해 주는 은지에게 고마워 재경은 코끝이 시큰해져 왔다. 세상에 자신을 위해 울어 줄 수 있는 친구가 있다는 것이 적어도 인생을 헛되게 살진 않았구나 싶은 생각이 들게 했다.

"엄마도 느꼈어."

"뭘?"

"네가 그 사람을 바라보는 눈빛, 그 사람이 널 바라보는 눈빛. 명줄이 짧은지도 모르고 그 눈빛에 반해 네 아빠와 결혼하는 바람에 고생만 했지만 후회는 없어. 죽기 전까지 날 사랑한다고 말했던 사람이니까. 근데, 그 눈빛을 닮았어. ⋯⋯닮았더라."

"⋯⋯."

"널 세상에서 가장 사랑스러운 여자로 만들어 줄 만한 그 눈빛."

"엄마⋯⋯."

"세상에서 가장 사랑스러운 남자로 만들어 줄 만한 너의 그 눈빛."

이제 더 이상 그 어떤 것도 부정할 수가 없었다. 아니, 그 무엇도 재경을 막을 순 없었다.

뒤로 한 걸음 물러서면 한 걸음 다가오고, 또다시 뒤로 물러서면 그가 다가왔다.

지겹지도 않게 끝도 없이.

하지만 몰랐다. 물러선 줄만 알았던 자신이 사실은 그 자리에 계속 머물러 있었다는 것을.

남자에게 일방통행적으로 사랑을 받는 걸 재경은 원하지 않았다.

한쪽이 기울어지면 절대 탈 수 없는 시소처럼, 평행을 맞추고 동등한 사랑을 원하고 추구했다. 그것이 그녀의 사랑 방식이었다.

"내 눈빛이 정말 그랬어?"

엄마가 대답 대신 조용히 고개를 끄덕였다.

"정말 그랬어? 확실히 봤어? 엄마가?"

이번에도 역시 엄마는 고개를 끄덕이는 걸로 대답을 대신했다.

"그럼 나 여태까지 그 눈빛을 한 채 말로만 그 사람을 밀어 냈던 거야? 그 사람 너무 헷갈렸겠다. 내가 잘못했다. 그렇지? 엄마."

이제 조금씩 움직여야겠다. 꼼짝없이 서 있던 자리에서 걸음을 옮겨 보아야겠다.

외면하고 아닌 척하려 해도 절대 무결하게 그에게서 돌아설 수 없었던 이유. 그를 보면 자꾸만 심장이 근질근질했던 이유. 돌아서면 보고 싶고 함께 있는 자리에서는 절대 눈을 뗄 수 없었던 그 이유.

더 이상 부정하지 않아야겠다.

거짓말처럼 그가 무섭게 스며들어 단단하게 박혀 버렸다. 물 위에 던져진 휴지처럼 빠른 속도로 젖어 갔다.

믿기 어려울 정도로 짧은 시간에 시훈이 자신에게 성큼 다가왔다는 것을 재경은 쉽게 느낄 수 있었다.

"엄마, 나 그 사람한테……."

"대신 금방 갔다 와야 돼. 조심히."

재경이 무슨 말을 할지 금세 눈치챈 그녀의 모친이 조심스럽게 딸의 손을 놓아주었다.

시내로 나온 재경은 택시를 잡아 세웠다.

"청담동 100—42번지……. MK빌리지로 가 주세요."

재경은 방금 전, 대리운전 기사에게 주소를 말하던 시훈의 목소리를 떠올렸다.

당신에게로 간다. 내가 당신에게로 간다.

당신에게로 가는 그 수많은 이유 중, 적어도 당신을 놓칠지도 모른다는 불안감에서 해방되고 싶은 것이 그 첫 번째 이유가 될 것이고, 지금 당장 당신이 보고 싶은 것이 두 번째 이유가 될 것이다.

chapter

11

"도착했습니다, 손님."

깜빡 잠이 들었던 시훈은 대리운전 기사의 말에 눈을 떴다.

"아, 감사합니다. 얼마죠?"

"3만 원입니다."

지갑에서 빳빳한 지폐를 꺼낸 시훈은 기사에게 돈을 건넸다.

"다음에 또 불러 주세요, 사장님."

"수고하셨어요. 조심히 들어가세요."

기사가 차에서 내리고 난 후에도 시훈은 한동안 움직이지 않았다.

노곤한 몸을 시트 깊숙이 기대다 등에 걸리는 무언가에 손을 뻗어 더듬거렸다. 손에 잡힌 얇고 딱딱한 그것이 무엇인지는 금방 알아차릴 수 있었다.

재경의 집으로 따라 들어가기 직전에 급하게 벗어 던진 잠자리 안경이었다.

시훈의 잔잔한 미소가 지칠 대로 지친 얼굴 위로 소리 없이 퍼져 나갔다.

요 며칠간 재경이 말했던 여자에게 인기 없는 '찌질남' 미션 수행은 생각했던 것 이상으로 좋은 효과를 거두었다.

일단, 하루가 멀다 하고 눈치 없이 달라붙어 귀찮게만 굴던 여직원들이 더 이상 자신의 주위를 서성거리지 않는다는 것과 진심을 다한 자신의 행동에 감동이라도 받았는지 재경의 마음이 조금씩 움직이고 있다는 것이었다.

"김재경……."

대답 없을 그녀의 이름을 공허하게 불러 봤다.

29년의 삶을 단 며칠 만에 완벽하게 무너트리고 새롭게 만들어 준 여자. 자신이 몸을 흐느적거릴 때까지 술을 마시고 온갖 출처를 알 수 없는 춤을 춰 가며 노래를 부르게 만드는 여자. 다음 생에서도 절대로 입지 않을 것 같은 옷을 입게 만드는 여자. 그녀 생각에 하루 종일 아무것도 하지 못하게 만드는 유일한 여자.

그 변화가 결코 싫지 않았다. 오히려 왜 그렇게 재미나게 살지 못했는지에 대한 후회가 밀려올 정도였다. 이 여자를 조금만 더 일찍 만났다면, 그래서 더 많은 시간을 함께할 수 있었다면 얼마나 좋았을까.

반대로 자신이 없는 재경의 시간들이 질투가 났고 마냥 아쉬웠다.

시훈은 아낌없이 재경을 떠올렸다.

밥을 먹을 때 은근히 음식을 자신에게 밀어 주며 '맛 괜찮아요?' 하고 묻던 모습. 술을 마시면서 안주를 자신의 접시에 부지런히 날라 주던 모습. 노래방에서 자신을 향해 함박웃음을 지으며 호응해 주던 모습.

안경을 손에 꽉 쥔 시훈은 다시 한 번 시트에 깊숙이 기대었다.

생각하면 생각할수록 더 보고 싶어졌다. 하지만 그럴수록 그녀와 함께하지 못한다는 아쉬움과 외로움이 성큼 다가오는 것을 느껴야 했다.

주차장에서 느껴지는 적적함에 몸서리를 치던 시훈은 숙취로 인해 지그시 아파 오는 머리 위로 팔을 가져다 댔다. 나른하게 몰려오는 잠과 적당한 취기, 그리고 또다시 재경의 모습이 떠올랐다.

시훈은 집에 가서 쉬어야 하니 이제 그만 일어나야겠다 싶으면서도 꼼짝하지 않는 자신의 나태함이 싫지 않았다.

지이잉—

막 잠이 들려던 찰나 울리는 진동 소리에 시훈은 가까스로 정신을 차리고 일어났다. 메마른 얼굴을 어루만지며 어둠 속에서 눈부시게 빛나는 핸드폰 액정을 제대로 떠지지 않는 눈으로 들여다보았다.

"김재경 씨!"

액정에 뜬 재경의 이름에 잠깐의 망설임도 없이 전화를 받은 시훈의 목소리는 마냥 들떠 있었다.

—집에 도착했어요?

"그럼. 무사히 잘 도착했지. 나 걱정돼서 이 시간까지 잠도 못 자고 있었나?"

—걱정돼서 잠을 못 잔 건 아니에요.

재경의 목소리가 자동차 클랙슨 소리와 함께 시훈의 귀를 자극시켰다. 분명 그녀가 어머니와 함께 집에 갔을 거라고 생각했던 그는 신경을 곤두세우지 않을 수 없었다.

"지금 밖이야?"

—네. 밖이에요.

"어머니랑 한잔 더하는 건가?"

—아니요. 당신 보려고 왔어요.

재경의 목소리는 조금의 흔들림도 없이 덤덤했다.

"날 보러 왔다고? 지금?"

—네.

뒷좌석 문을 열고 나온 시훈이 다급하게 주위를 둘러보았다.

—뭐 문제 있어요?

재경의 목소리엔 장난기가 다분했다.

"문제가 있다면 있지. 지금 이 시간에 당신이 날 보러 온 이유에 대해 내 머릿속에 수많은 생각들이 난무하고 있는 중이거든."

—당신은 어디예요?

"난 아직 주차장."

—주차장이요?

주차장 끝에 서 있는 어렴풋하지만 익숙한 인영이 이쪽을 바라보고 있음이 느껴졌다. 그쪽을 향해 걸어가던 시훈은 점점 속도를 높였다. 뜨거운 귓가로는,

—생각이 난무할 필요는 없어요. 내가 당신한테 온 이유는 단 한 가지 때문이니까.

"……."

—보고 싶어서. 당신이 너무 많이 보고 싶으니까.

달콤한 재경의 목소리를 들으며.

❖　　　❖　　　❖

시훈의 집에 발을 들여놓는 순간, 재경은 반사적으로 입을 헤벌쭉 벌릴 수밖에 없었다. 그것은 누가 제지할 수 없는 본능과도 같은 행동이었다.

거실 전체가 유리로 되어 있는 창 너머로는 먹음직스러운 홍시를 머금은 것 같은 아름다운 전경의 대교가 훤히 보였다. 벽에는 하늘을 향해 날아가는 새 모양의 조명이 가득했으며 드라마에서나 봤을 법한 수영장이 테라스에 자리를 잡고 있었다.

바(Bar) 모양의 식탁과 천장에 가지런히 매달려 있는 와인 잔이 펜던트 조명 아래 반짝거렸다. 한쪽 벽 전면을 차지하고 있는 책꽂이까지 눈에 들어왔다.

화이트와 블랙으로 꾸며진 모던하면서도 깔끔한 인테리어는 꿈에서나 그릴 법한 상상 속의 집이었다.

이게 어디 대리 직급을 달고 있는 평범한 남자의 집이라고 할 수 있겠는가? 외모가 뛰어난 건 알았지만 재력까지 가지고 있는 남자일 줄이야.

재경은 놀라움과 동시에 자신의 집과는 너무나 상반되는 공간에 괜한 자존감 상실과 고달픔마저 느꼈다.

"이렇게 좋은 곳에 사는 줄은 몰랐네요. 집…… 정말 좋네요."

재경은 자신도 모르게 얼떨떨하게 말을 흘려보내며 소파에 앉아 주위를 다시 한 번 둘러보았다.

비스듬한 삼각형 액자 틀로 구성된 한쪽 벽면에는 흑백 사진들이 있었다.

백발의 노인이 어린아이와 함께 아이스크림을 먹고 있는 사진, 담배를 피우며 바다를 바라보고 있는 젊은 노숙자, 출렁이는 바다에 몸을 맡긴 채 항구에 잡혀 있는 배, 빼빼한 도시의 건물들까지. 재경은 걸음을 천천히 옮기며 사진을 구경했다.

마지막 사진에는 한 소녀를 다정하게 끌어안은 채 렌즈를 보며 환하게 웃고 있는 시훈이 있었다.

"여행 좋아하나 봐요."

"딱히 좋아하는 건 아닌데, 그때 카메라를 선물 받았거든."

"선물이요?"

"응. 누나한테 받은 건데 우리 누나가 자기가 사 준 선물을 잘 쓰지 않으면 많이 서운해하는 경향이 있거든. 그런 누나를 위해 초기엔 사진을 많이 찍고 다녔지."

"그렇구나."

"김재경 씨는 여행 좋아해?"

"저야 좋아하죠. 시간 없고, 돈이 없어서 못 다닌다고 열심히 핑계를 대고 있지만."

"그럼, 그건 별로 좋아하는 게 아니네."

"……."

"좋아하면 절대 핑곗거리를 만들 수 없는 법이거든."

재경은 시훈의 말을 부정할 수 없었다.

"뭐 마실래요?"

담백한 목소리로 내뱉는 뜬금없는 시훈의 존댓말에 괜히 재경은 마음이 설레었다.

주책없이 뛰어 대는 심장박동을 진정시키고자 그녀는 테라스 문을 열고 밖으로 나섰다.

"아무거나 좋아요."

그녀의 대답을 듣고 와인 셀러로 다가간 시훈은 능숙하게 와인을 오픈하여 잔을 채웠다. 그리고는 난간에 몸을 지탱한 채 대교를 감격스런 표정으로 바라보는 재경의 모습에 이끌리듯 옆으로 다가가 와인 잔을 건넸다.

"왜 하필이면 와인?"

"와인은 사람의 감정에 따라 맛이 달라지는 술이래. 신비하지? 지금 내 기분이 어떤지, 김재경 씨 기분이 어떤지 한번 알아보고 싶어서."

와인으로 입을 축이는 시훈을 따라 재경도 잔에 입을 가져다 댔다. 평소 소주하고 맥주로 단련되었던 입이라 그런지 생소한 와인의 맛이 달콤하고 쌉쌀했다.

"맛 어때?"

달콤해.

하지만 그 말을 입 밖으로 내뱉지 않고 한 모금을 더 마신 재경은 전경 쪽으로 시선을 돌렸다. 산산하게 불어오는 바람에 휘날리는 머리카락이 뺨을 간질였다. 평소엔 거슬렸던 그 느낌이 오늘따라 좋기만 했다.

"와, 여기 진짜 좋네요!"

시훈은 대답 대신 재경이 바라보고 있는 곳을 함께 응시했다.

"오늘 정말 고마워요."

"뭘?"

시훈의 시선이 천천히 재경에게로 향했다.

"우리 엄마 장단도 맞춰 주고, 은지한테도 친절하게 잘 대해 주어서. 내 마음 편하게 해 줘서 고마워요."

"그럼, 나도 김재경 씨한테 고마워."

"뭘요?"

"오늘 좋은 사람과 인연도 이어 주고, 재미있는 하루를 보내게 해 줬잖아."

재경의 입가에 옅은 미소가 피어올랐다.

늘 자신을 도망가게 만들었던 남자. 선배를 물로 보는 것 같아서 마주치기만 해도 얄미워 어깨를 꽉 깨물고 싶었던 남자. 단 한 번의 키스로 자신을 혼란스럽게 만든 남자. 몇 번의 시선으로 자신을 후끈하게 달아오르게 만든 남자. 끝도 없이 다가와 잠조차 이루지 못하게 만든 남자. 그리고 지금은 함께 있는 것만으로 좋고 편안한 남자.

이제 재경에게 남자라고는 시훈 하나뿐이었다.

"뭐라고 말해 주는 것 같아?"

바람이 시훈의 머리카락을 장난스럽게 매만지며 좋은 향기를 흩트려 놓았다.

"네?"

"와인 말이야. 지금 내가 마시고 있는 와인은 이 순간이 너무 달콤하다고 말해 주고 있는 것 같은데."

"……."

"김재경 씨 와인은 뭐라고 말해 주는 것 같아?"

서늘한 바람 속에 스며든 시훈의 향기와 입안에서 맴도는 달콤 쌉쌀한 와인의 맛이 재경의 심장을 콕콕 찔렀다. 그녀는 와인에 젖은 붉은 입술을 살며시 떼어 냈다.

"좋아해요."

"……."

"내가 마신 이 와인이 그렇게 말해 주고 있네요. 내가 강시훈 씨를 좋아한다고."

오늘이 지나가면 다시는 오지 않고 사라져 버릴 것 같은 깊은 밤의 끝을 붙잡은 재경은 침묵하며 자신을 두 눈동자에 담고 있는 시훈을 피하지 않고 응시했다.

무슨 생각을 하고 있는 건지 그는 숨소리마저 죽인 채 그녀를 바라보기만 했다.

까만 하늘에 자리 잡은 영롱한 달빛 앞으로 흐릿한 구름이

유영을 하고 있었다.

"강시훈 씨?"

시훈은 자신을 부르는 재경의 목소리에 그제야 나갔던 정신을 붙들 수 있었다. 자신을 좋아한다는 고백을 듣자마자 그는 숨이 멎을 것 같은 황홀감에서 헤어 나올 수 없었다. 이 순간, 오직 바라는 것은 단 하나였다. 꿈이 아니기를.

시훈은 공중 위로 손을 뻗어 재경의 볼을 살포시 어루만졌다.

"사실 그날 이후로 나도 어쩌면 강시훈 씨를 마음에 담아 두고 있었는지 몰라요. 하지만 불안했죠. 이렇게 당신에게 조금씩 끌리는 내 마음이 단지 일시적인 감정 때문에 헷갈려 하는 것이 아닐까. 그러다 당신이 다시 돌아서 버리지는 않을까, 그래서 내 마음이 보잘것없이 패대기쳐지는 건 아닐까."

"……."

"하지만 이제 패대기쳐져도 상관없을 것 같아요. 당신이 너무 좋아서 감정을 더 이상 숨길 수 없게 되어 버렸거든요."

재경의 말이 끝나는 순간, 시훈의 입가에 흐뭇한 미소가 떠올랐다. 차갑지만 부드러운 그의 손이 그녀의 뺨을 감싸 안았다. 그리고 촉촉하고 보드라운 입술을 재경의 입술 위에 살포시 포개었다.

재경은 한쪽 손으로는 자신의 허리를 끌어안고 다른 한 손으로는 자신의 뺨을 어루만지며 키스하는 시훈을 온 힘을 다해 받아들였다. 저돌적이지만 소중한 무언가를 다루는 듯 안으로 파고드는 그를 거부할 수 없었다.

이 달콤하고도 따뜻한 입술에 완벽하게 중독되었다는 사실을 새삼 깨달으며.

❖   ❖   ❖

"밖에 비 온다! 우산 챙겨 가!"

낑낑거리며 구두를 신던 재경이 고운 미간을 확 찌푸렸다.

"비 온다고? 아휴, 웬 비야. 엄마! 갔다 올게요!"

"그래. 조심히 잘 갔다 오고."

"버스 시간이 언제라고 그랬지?"

"오후 2시."

"조심히 잘 내려가요. 도착하면 꼭 연락 주고."

비 오는 날을 그리 좋아하지 않았기에 그와 오늘부터 연애를 시작한다는 설렘이 산산조각 나는 순간이었다. 감성적인 사람은 빗소리를 들으며 여유롭게 커피를 즐긴다고 하지만 다닥다닥 붙어 있는 주택에 사는 재경의 귀에는 빗소리가 잘 들리지 않을뿐더러, 피곤할 때만 마시는 커피이기에 비 오는 날의 낭만과는 상당히 거리가 멀었다.

쏟아지는 잠을 악착같이 참아 내며 정성스레 드라이한 머리가 습기에 풀린다는 것. 질질 물이 새는 우산을 귀찮게 들고 다녀야 한다는 것. 아끼는 구두가 어디서 흘러나왔는지 정체 모를 구정물에 처참하게 잠긴다는 것. 차가 밀릴 것을 감안하여 평소보다 일찍 집을 나서야 한다는 것 등 참을 수 없는 찝찝한 상황과 번거로움이 연속적으로 펼쳐지는 날일 뿐이었다.

하필이면 오늘 비가 온다. 재경이 그다지 좋아하지 않는 비가. 여자의 직감이 맞다면 오늘 내리는 이 비는 그다지 좋은 의미를 가질 것 같지 않았다.

찝찝함을 감추지 못하고 재경은 붉은 꽃무늬가 난무한 우산을 허공에 쫙 펼쳐 들었다.

"아이, 씨."

우산 윗부분이 뻑뻑해져서 펼치는 와중에 손가락이 찍히자 급속도로 고통이 몰려왔다. 발끝부터 머리까지 신경질이 확 치밀어 올랐다. 그렇다고 어디에 화풀이를 할 수는 없는 노릇이라 재경은 그저 분홍빛이 감도는 입술로 연신 불만을 토해내며 버스 정류장으로 향했다.

그녀는 즐비하게 서서 버스를 기다리는 사람들의 끝에 자리를 잡고 섰다. 사람들의 표정이 하나같이 썩어 있는 것을 보아하니 버스가 꽤나 오래도록 나타나지 않은 모양이다.

귀에 꽂힌 이어폰에서 흘러나오는 신나는 댄스 음악으로 애써 마음을 추스르며 어서 버스가 와 주기를 노심초사 기다렸다.

촤악—

"악!"

그때 재경의 입 밖으로 아련한 비명 소리가 뿜어져 나왔다. 버스가 깊이 팬 물웅덩이를 세차게 밟고 지나가 버렸고 그 바람에 구정물이 그대로 그녀의 온몸을 흠뻑 적셔 버리고 말았다.

너무 놀란 나머지 그대로 경직되어 입만 쩍 벌리고 있는 그녀를 사람들이 안쓰럽게 쳐다봤다.

"아, 이게 뭐야."

평소에도 싫어하던 비 내리는 날이 몸서리쳐질 만큼 최악의 날로 바뀌는 순간이었다. 집으로 돌아가 옷을 갈아입으려다가 그러면 지각을 할 것 같아 결국 젖은 몸 그대로 버스에 올라탔다.

"금방 마르겠지……. 아휴, 이 구정물 얼룩은 어떡한담?"

찜찜한 마음에 의자 끝에 대충 엉덩이만 걸치고 앉아 있는데 재킷에 넣어 둔 핸드폰이 울렸다.

들고 있는 우산과 가방 때문에 쉽게 핸드폰을 찾지 못하고 허둥거리자 옆에 앉은 사람이 따가운 눈총으로 불편한 심기를 드러냈다. 재경은 고개를 주억거리며 간신히 찾은 핸드폰을 집어 들었다.

"여보세요."

—나야.

"시훈 씨."

—언제 나와? 나 지금 김재경 씨 집 앞인데.

비가 오는 날이라 평소보다 조금 부지런을 떨었다. 시훈이 데리러 올 것이라고는 예상하지 못했기에 헛걸음을 한 그에게 재경이 미안한 목소리로 말했다.

"이거 어떡하죠? 난 이미 버스 타고 회사 가는 중인데."

—그럼 내려서 기다려. 내가 데리러 갈 테니까.

"됐어요. 뭐하러 그렇게까지 해요."

—애인 사이니까.

"아휴, 참."

싫지 않으면서 재경의 입 밖으로 괜한 핀잔이 터져 나왔다.

—알았지? 내려서 다시 연락해.

정신을 차려 보니 당황스럽게도 재경은 어느새 자리에서 끼적끼적 일어나 하차 버튼을 누르고 카드를 찍고 있는 자신의 모습을 발견할 수 있었다.

"……."

솔직한 심정으로 재경은 지금 당장 시훈이 절실하게 필요했다. 흙탕물에 홀딱 젖은 생쥐 꼴을 하고 있는 자신의 모습을 구경난 듯 힐끔거리며 비웃는 사람들의 시선을 피하고 싶은 마음이 간절했기 때문이다.

버스에서 내린 재경은 우산을 들고 있는 와중에도 가방에서 거울을 꺼내 얼굴을 살폈다.

"어떻게 된 거야. 무슨 일 있었어?"

그때, 다급하게 멈춰진 차에서 내린 시훈이 다가와 품에 들고 있던 재킷을 재경의 어깨 위에 걸쳐 주었다. 별로 춥지 않을 것 같아 아침에 겉옷을 챙겨 입지 않았는데 기온이 점점 내려가고 으스스해지던 찰나에 몸을 감싼 그의 얇은 재킷은 생각보다 따뜻했다.

"별일 아니에요."

"뭐가 별일이 아니야. 당신 감기 걸리면 안 돼."

말을 이어 나가는 시훈의 목소리가 걱정스러움보다는 무언가를 단단히 충고하는 것처럼 들려왔다.

"왜 안 돼요?"

그 의도가 궁금한 재경이 고개를 갸웃하며 물었다.

"그야 당연히. 당신이 아프면 내가 더 아프니까."

"더 솔직하게요."

"못 다가가게 할 거 아니야?"

"그건 시훈 씨도 마찬가지인데요. 우산도 안 쓰고 무작정 뛰어들면 어떡해요? 옷 다 젖었잖아요."

시야를 압도할 만큼 쏟아지는 빗줄기를 뚫고 자신만 보고 달려오느라, 정작 본인의 몸이 한순간에 홀딱 젖은 줄도 모르는 시훈을 보며 재경이 안타깝게 말했다.

"괜찮아, 나는. 회사에 여유분의 옷 있어."

"다행이네요. 나도 회사만 도착하면 괜찮을 것 같긴 한데."

"왜? 옷이라도 가지고 다니는 거야?"

"아니요. 화장실에 손 말리는 건조기 있죠? 그걸로 말리면 돼요. 전에 회사에서도 이런 비슷한 일 겪은 적이 있거든요. 거기다 가져다 대니까 금방 마르더라고요."

재잘거리는 재경을 보며 시훈은 잠시 상념에 잠겼다. 화장실 건조기라면 손을 말리는 걸 말하는 걸 텐데. 거기에 대고 젖은 옷을 말리며 낑낑거릴 재경을 생각하니 그 모습이 썩 내키지 않았다.

더군다나 젖은 원피스가 몸에 딱 달라붙자 재경의 레이스 달린 속옷이 그대로 드러나 자꾸만 시훈의 눈에 밟혔다.

정신을 혼미하게 만들어 안전 운전을 방해하기에 충분한 모습이었다. 본능적으로 자꾸만 쏠리는 시선으로 그녀를 몰래 홈

쳐보게 됐다. 그에 몹쓸 짓을 하는 것 같아서 시훈은 재경의 뒤로 돌아갔다.

"안 되겠어. 김재경 씨, 집에 가서 옷 갈아입고 나와야겠다."

"아니에요! 난 괜찮아요. 왔던 길 또 가면 시훈 씨 번거롭잖아요."

"나를 위한 거라면 김재경 씨는 꼭 집에 들러서 옷을 갈아입고 나와야 해."

"네?"

시훈은 재경의 어깨에 걸쳐져 있는 재킷을 머리 위로 들어 비를 가려 주고는 조수석 문을 열었다. 조수석에 앉은 그녀가 자신 때문에 시트가 젖을까 봐 뭐 마려운 강아지처럼 안절부절못하고 있을 때, 운전석에 시훈이 올라탔다.

"집에 다시 가면 지각할 게 분명하단 말이에요."

여전히 노골적으로 드러난 재경의 딱 달라붙는 원피스에 시훈은 큼큼 헛기침을 했다.

"늦는 게 나을 것 같다."

"그러다 부장님한테 혼나면 어떡해요. 지각하는 거 진짜 싫어하시잖아요."

안전벨트를 매다 옆에서 말을 거는 재경에게 무의식중으로 시야를 돌린 시훈은 역시나 안전벨트를 매기 위해 살짝 상체를 수그린 탓에 드러난 그녀의 가슴골에 동공을 본능적으로 고정시켰다. 그에 그는 저도 모르게 헉 하고 숨을 들이켜야 했다.

오로지 재경에게서만 느껴지는 솟구치는 감정을 감당하기

어려웠다. 자신의 아래가 묵직해지고 있다는 것을 느낀 시훈은 금세 붉어진 얼굴로 버겁게 숨을 삼켰다.

"감기 걸리면 어쩌려고."

시훈은 재경이 무릎 위에 대충 걸쳐 놓은 자신의 재킷을 그녀의 목 끝까지 덮어 주었다. 그리고는 정신을 분산시키기 위해 핸들을 잡았다.

"답답하단 말이에요."

거추장스러움에 재경이 재킷을 내리려 하자, 시훈이 반사적으로 다시 그것을 추켜올렸다.

"그대로 있어."

"강시훈 씨!"

"나 진짜 미칠 것 같으니까."

그의 목소리는 처절하고 간절했다.

"네?"

"제발 그러고 잠깐만 좀 있어 줘."

어리둥절해하는 재경의 순수함에 야속함을 느끼며 시훈은 주체할 수 없이 차오르는 제 감정과 필사적으로 사투를 벌여야 했다.

"아휴! 우산 안 챙겨 갔어?"

원피스를 쥐어짜면 한 바가지의 물이 나올 것처럼 젖은 채 집으로 허겁지겁 들어오는 재경을 보고 그녀의 모친이 화들짝 놀라 물었다.

무슨 일이냐고 뒤를 따라오며 연유를 묻는 엄마에게 재경은 자세한 설명은 나중에 하겠다는 말과 함께 방으로 들어갔다. 옷장을 열어 옷을 찾는데 이 바쁜 와중에도 마땅한 것이 보이지 않아 신경질이 났다.

"이렇게 정신을 팔고 있을 때가 아니지."

출근 시간에다 밖에는 시훈 씨가 기다리고 있다, 라고 생각하며 막 눈에 띈 연보라 프릴셔츠와 무난한 검정 치마를 꺼내 들었다.

"옴마야. 속옷까지 다 젖었네."

거울에 비친 자신의 몰골에 재경이 화들짝 놀랐다. 이 꼬락서니를 시훈에게 보여 줬다고 생각하니 경악스러웠다. 그제야 그가 왜 귀찮을 정도로 재킷을 목까지 덮어 줬는지 절실하게 이해가 갔다.

"미쳐, 진짜. 김재경!"

스스로를 질책하며 속옷과 옷을 홱 벗어 집어 던졌다. 그러다 불현듯 스쳐 지나간 자신만큼이나 젖은 시훈의 모습이 마음에 걸린 재경이 방문을 빠끔히 열었다.

"엄마! 나 포트로 물 좀 끓여 줘요!"

"물은 왜?"

"따뜻한 메밀차 좀 가져가려고."

"그래. 알았어. 보온병에 타 줄까?"

"네!"

옷을 다 갈아입고 나온 재경은 요란스럽게 화장실로 뛰어들어가 큼직한 수건과 엄마가 건넨 보온병을 들고선 집을 나섰다.

차로 다가가니 골똘히 사념에 잠겨 있는 시훈이 보였다. 조수석에 올라타면서 쓰고 온 우산의 빗물을 탁탁 털어 발밑으로 내려놓은 재경이 큼직한 수건을 활짝 펴서 시훈의 머리 위에 올려 주었다.

"머리 말려요. 감기 걸리지도 모르니까 따뜻한 차 한 잔 마시고 출발해요."

재경은 준비해 온 차를 보온병 뚜껑에 따라 시훈에게 건넸다. 순간, 새하얀 수건을 머리에 뒤집어쓰고 있는 그의 모습이 마치 보자기를 뒤집어쓴 아기처럼 귀여워 보였다.

"안 받아요?"

뜬금없이 머릿속에 자리매김한 귀엽다는 생각에 당황한 재경이 다소 높아진 언성으로 말했다.

"고마워."

시훈은 그녀가 건넨 따뜻하고 고소한 메밀차를 한 모금 마셨다. 뜨뜻한 온기를 지니고 있는 차가 목구멍을 통해 품 안으로 들어가 서서히 퍼지자 조금 전까지만 해도 뒤숭숭했던 마음이 안정되는 것 같았다.

하지만 젖은 원피스에 도드라지게 비치던 재경의 뽀얀 속살과 속옷은 여전히 머릿속을 어지럽혔다. 이렇게 비 오는 날에 그녀가 이런 일을 또 겪지 않을 거라는 보장이 없었다.

다른 남자들이 그런 재경을 보며 사욕을 채울 생각을 하니 오장육부가 뒤틀렸다. 발끝에서부터 솟아오르는 걱정과 괴로운 망상이 결국 시훈의 입술을 열게 만들었다.

"이제 매일 출퇴근 같이하는 게 어때?"

"출퇴근을요?"

미어터지는 만원 버스와 지하철을 이용하는 것보다 몸과 마음이 훨씬 편안할 것이다. 게다가 그와 함께할 시간이 늘어나는 기회니 거절할 필요가 없었다. 하지만 마음에 걸리는 것이 하나 있었으니 그것은 바로 조 부장이었다.

"좋아요. 대신, 우리 비밀 연애하기로 한 거 끝까지 들키지 않도록 해요. 음, 나를 태우고 내려 주는 건 우리가 매일 만나던 그 골목 뒤에 편의점이 좋겠네요."

"근데, 김재경 씨가 말하는 '끝까지'의 '끝'은 뭘 의미하는 거야?"

"네?"

"난 알 것 같은데."

손으로 자신의 턱을 받친 채 시훈이 여유롭게 말했다.

"결혼, 아닌가?"

"혼자 너무 앞서가신다."

그렇게 말을 하면서도 어느새 재경의 머릿속에는 버진 로드 끝에서 자신을 기다리는 시훈의 모습이 떠올랐다. 그를 향해 천천히 걸어가는 웨딩드레스를 입은 자신의 모습 또한.

그에 재경은 격하게 머리를 내저었다.

"왜 그래?"

의아하게 묻는 시훈에게 아니라고 손짓하며 재경은 조용히 메밀차를 들이켰다.

"내 말 알아들었죠? 회사에선 절대 티를 내선 안 돼요."

"그게 될까?"

"꼭 그래야 돼요. 미애 씨가 이번에 운 나쁘게 걸리긴 했지만 걸리지 않은 사람들도 많이 있거든요. 전 밤 11시까지 야근하면서 절대로 가위로 서류 일일이 못 잘라요."

재경은 다음 날 하소연을 하던 미애를 떠올리며 발끝에서부터 느껴지는 소름에 몸서리쳤다.

"가위로 서류를 왜 잘라? 분쇄기가 있는데."

역시, 아무 관심도 두지 않더니 전혀 모르고 있는 모양이군.

"미애 씨가 몰래 연애하다가 조 부장님한테 들킨 건 알죠?"

"응. 방금 김재경 씨가 말해 줬잖아."

아, 방금 내가 말해서 알게 된 사실이구나. 회사에서 도는 소문에 전혀 신경을 쓰지 않는다는 것은 알고 있었다만 이 정도일 줄이야.

"아무튼 들켰는데. 조 부장님의 노처녀 히스테리가 장난이 아니잖아요. 연애 금지령 내렸는데 그거 무시했다가는……. 아휴. 감당해야 하는 부장님의 뒤끝이 어마어마해요. 하다못해 그전에는 여사원이 사표까지 내고 나갔던 일도 있었어요."

덤덤한 얼굴로 시훈이 나지막이 고개를 끄덕였다. 마치 자신과는 전혀 관련 없는 일이라는 듯한 반응이었다.

"알았죠? 전 괜한 일로 약점 잡혀서 구박받고 싶지 않아요. 야근할 시간에 시훈 씨랑 놀아야 되니까."

재경이 검지로 시훈의 어깨를 앙증맞게 콕 찔러 보였다.

"나랑 뭐하면서 그렇게 놀고 싶은데?"

시훈과 함께할 시간에 대한 설렘을 얼굴 가득 여지없이 드러내며 재경이 행복한 생각에 잠겼다.

"음……."

"왜 이렇게 뜸을 들여?"

"할 게 너무 많아서요. 뭐부터 얘기해야 할지 몰라서. 아! 심야 영화 보고, 카페에서 목이 쉴 때까지 수다도 떨고, 콘서트도 보러 가고, 예쁜 곳에 가서 사진도 많이 찍고, 놀이동산도 가고, 여행도 가요."

"날씨 좋은 날은 공원에 돗자리 깔아 놓고 자전거 타고, 도시락도 먹고, 든든한 내 팔베개 베고 잠도 자고. 겨울이 되면 밤새도록 야간 스키장에서 스키도 타는 거야. 어때? 아, 우리 집에서 와인을 마시는 것도 좋겠다."

더 신나서는 장황하게 데이트 코스를 얘기하는 시훈을 재경이 사랑스러운 눈빛으로 마주했다.

"그래요. 다 해요, 다. 어머! 벌써 시간이 이렇게 됐네. 아무튼 조금은 힘들겠지만 조 부장님한테 들키지 않도록 노력해 봐요. 그럼 저 먼저 들어가 볼게요."

신신당부를 하며 시훈의 차에서 내린 재경은 몰래 미션 수행을 완수하라는 지시를 받은 특수 요원처럼 주변을 경계하고 조심하며 회사로 향했다.

사무실에 들어간 재경이 자리에 앉아 노트북을 켜고 어제 정리해 두었던 서류를 꺼내며 업무 준비를 하는 동안, 사무실 문이 열리고 시훈이 들어왔다.

"시훈 씨, 좋은 아침."

더 이상 촌스러운 안경이 얼굴에 자리매김하고 있지 않은 시훈의 화사한 모습을 보며 사람들이 반가운 인사를 건넸다.

재경은 칸막이 너머로 자신의 앞을 지나가는 시훈을 바라보았다. 찡긋, 자신을 향해 윙크하는 그의 모습에 그녀의 광대가 하늘 높이 승천했다.

"재경 씨, 뭐 좋은 일 있어?"

한창 업무를 보고 있는데 옆에 앉은 최 과장이 다가와 넌지시 물었다.

"네?"

"아니, 오자마자 콧노래 부르더니 하루 종일 기분이 좋아 보여서 말이야."

그제야 재경은 자신이 업무를 보면서 싱글벙글한 것도 모자라 콧노래까지 불렀다는 사실을 깨달았다.

"아, 그렇게 보이셨어요?"

틈이 나는 대로 칸막이 너머로 시훈과 눈빛을 주고받아서 일어난 설렘을 동반한 흥분 때문인지 그녀는 달아오른 제 뺨을 감싸 쥐었다.

"근데 말이야, 재경 씨. 그때 내가 말한 소개팅, 혹시 아직도 생각 없어……."

"네. 없습니다. 전혀요. 앞으로도 쭉, 없을 것 같습니다."

평소와 다르게 너무나 단호히 선을 그어 버리는 재경에게 최 과장은 더 이상 아무 말도 하지 못했다.

틈만 나면 보고 싶은 남자를 앞에 두고 소개팅이라니. 그게 말이 된다고 생각해?

재경은 칸막이 너머로 자라처럼 목을 쭉 빼고 시훈을 바라보았다.

일이 잘 안 풀리는지 부드러운 머리카락을 흐트러트리며 서류를 넘기는 그의 모습은 '섹시하다'라는 말로도 부족했다. 도저히 재경이 눈을 떼지 못할 만큼.

"김 대리."

점심시간, 서둘러 업무를 마무리 짓고 먼저 나간 시훈을 뒤따라 나가려던 재경은 뒤에서 들려오는 목소리에 속으로 '설마'를 외치며 돌아봤다. 그곳엔 언제 다가왔는지 조 부장이 짙은 향수 냄새를 늘어트리며 서 있었다.

"네. 부장님."

"혹시 괜찮으면 점심 같이할까?"

입사한 지 6년 만에 조 부장이 함께 점심을 먹자고 제안을 해 왔다. 그랬기에 조금 낯설기도 하고 어안이 벙벙하기도 했다.

"점심을요?"

"내가 김 대리 진급하고 나서 밥 한 끼 제대로 사 준 적 없잖아. 이런저런 할 얘기도 좀 있고. 왜? 혹시 선약 있어?"

'아. 어떡해야 되지?'

"김 대리?"

망설이는 재경의 행동이 답답했는지 조 부장의 언성이 살짝 높아졌다.

'그래, 조 부장님하고 식사를 하는 건 흔치 않은 일이야. 시훈 씨야 내일도 있고 모레도 있고 뭐, 오늘 저녁도 있잖아.'

"네. 그렇게 하도록 하겠습니다."

대답을 하는 순간, 재경은 자신의 손에 들려 있는 핸드폰이 가볍게 진동하는 것을 느꼈다. 보나 마나 왜 빨리 안 내려오느냐는 재촉 서린 시훈의 문자일 것이 농후했다.

"뭐 먹고 싶은 거 있어?"

"전 아무거나 괜찮아요."

"그러지 말고 먹고 싶은 거 생각해 놔. 나 화장실 갔다 올게."

"네."

조 부장이 화장실로 향하자마자 재경은 시훈에게 전화를 걸었다.

─왜 안 내려와?

"미안한데, 오늘 점심은 같이 못 먹을 것 같아요."

─갑자기 왜?

"조 부장님께서 같이 먹자고 하시네요. 입사한 후 처음 있는 일이라 거절하기도 좀 뭐하고……. 대신, 오늘 저녁에 맛있는 거 쏠게요."

핸드폰 너머의 침묵이 재경을 난감하게 만들었다.

"시훈 씨……."

"김 대리. 가자."

마침 조 부장이 화장실을 갔다 오는 바람에 그녀는 그 이상의 양해를 구하지 못하고 전화를 끊어 버렸다. 무례하고 이기적이라는 것을 안다. 하지만 사내 커플 중 유난히 여직원만 집요하게 괴롭히는 조 부장의 행각을 재경은 감당해 낼 자신이 없었다.

"생각했어? 뭐 먹고 싶은지."

"조 부장님은 드시고 싶으신 거 없으세요?"

"오늘은 자기 진급 기념으로 사 주는 거니까, 천천히 생각해 봐."

"음……."

지금 재경의 머릿속은 온통 시훈에 대한 생각뿐이었다. 자신과 점심을 같이 먹을 생각에 설레어하던 그가 많은 사람들 사이에 혼자 있을 것을 생각하니 마음이 좋지 않았다. 그녀는 반사적으로 터져 나오려는 한숨을 꾹 참아 넘겼다.

"김 대리."

"중식 어떠세요?"

"내가 어제 중식을 먹어서."

"그럼 이탈리 레스토랑은요?"

"밀가루 종류는 좀 안 당겨. 그러지 말고 이 앞에 한정식집 괜찮던데. 거기 갈래?"

"네. 전 좋아요."

그럼 처음부터 본인이 고르든가. 말을 삼킨 채 조 부장을 소리 없이 따라가던 재경은 말실수하지 않게 조심 또 조심하자, 라는 다짐을 되새겼다.

회사 밖으로 나온 뒤 혹시나 싶어 주위를 살피며 시훈을 찾았지만 많은 사람들 사이에서 그가 보일 리 만무했다.

"어서 오세요. 몇 분이세요?"

고급 한정식집에 도착한 재경과 조 부장은 카운터 앞으로 상냥하게 다가오는 직원을 마주했다.

"두 명인데 자리 있나요?"

"그럼요. 안쪽으로 안내해 드……."

"어? 이모?"

직원의 안내를 받으며 걸음을 옮기려던 두 사람은 옆에서 들려오는 목소리에 고개를 돌렸다.

"!!"

7년이라는 시간이 지났지만 결코 잊을 수 없는 얼굴이 예고도 없이 재경의 눈앞에 서 있었다. 숨이 멎는 것 같은 충격에 미세한 바람에도 맥없이 흔들리는 사시나무처럼 몸이 덜덜 떨려 왔다.

"어머, 성우야."

성우와 조 부장이 아는 체를 하는 동안에도 재경의 눈동자는 여전히 유찬오에게 머물러 있었다. 지워 버리고 싶었던 과거의 악몽이 머릿속을 어지럽혔다. 과거에서 멀어지고 싶다는 마음에 한 발자국 뒤로 물러섰지만 소용없는 일이었다.

맞은 사람은 발 뻗고 자도, 때린 사람은 잠 못 잔다는 말은 온통 거짓말인가 보다. 잘못한 거 하나 없는 재경은 이렇게 안절부절못하는데 그녀에게 온갖 상처를 준 찬오는 마주친 눈을 피하지도 않고 당당하게 성우의 옆에 서 있었다.

"기왕 이렇게 된 거 점심 같이할까? 김 대리, 괜찮지?"

이렇게 될 줄 알았다면, 처음부터 시훈에게 가는 건데…….

"김 대리."

"네?"

"괜찮으면 점심 같이 먹어도 되냐고."

그럴 수 없다고 거절할 상황도 아니지 않은가. 그리고 굳이 이 남자를 피할 이유도 없었다. 자신은 잘못한 게 없으니까.

허리를 꼿꼿하게 세운 채 찬오를 똑바로 응시하며 재경은 머릿속으로 시훈의 웃는 모습을 떠올렸다. 자신을 향해 환하게 웃어 보이는 그의 얼굴을. 그러자 거짓말처럼 마음이 편안해졌다.

"네. 좋아요. 전 아무래도 상관없어요."

룸으로 자리를 옮긴 네 사람은 음식을 주문한 후, 짤막한 인사를 나누었다.

"그런데 재경 씨 여기서 보니까 되게 반갑네. 그렇지 않아? 찬오 씨."

"그러게요. 반갑네요."

꿍꿍이가 잔뜩 섞여 있는 목소리에 재경이 나지막이 코웃음을 쳤다.

"다들 구면인가 봐."

조 부장이 물티슈로 손을 닦으며 물었다.

"아, 이모 몰랐지? 재경 씨 예전에 우리 회사에서 일한 적 있어."

"어머, 그랬어? 난 몰랐네. 정말이야, 재경 씨?"

"네. 아주 짧게 일했어요."

제법 여유로운 미소를 띠며 재경이 답했다.

"잘됐다. 안 그래도 우리 조카가 다음 달부터 우리 부서로 오기로 했거든."

"아, 네."

"근데 재경 씨처럼 일 열심히 하고 끈기 있는 사람이 왜 짧게 일을 했대?"

"사정이 있었거든요. 저 잠깐 손 좀 씻고 오겠습니다."

태연하게 대꾸하려 했지만 목소리가 살짝 떨려 왔다. 급하게 자리에서 일어나 룸을 빠져나온 재경은 화장실로 가기 위해 복도를 걸었다.

"김재경!"

따라 나올 거라고 충분히 예상했기에 재경은 덤덤한 얼굴로 뒤를 돌아보았다.

"무슨 일이시죠?"

"잘 지냈어?"

"그럼요. 보다시피 아주 잘 지내고 있어요."

"옛날 생각난다. 우리 연애할 때 말이야. 그때, 네가 날 참 많이 좋아했었는데. 내가 해 달라는 건 다 해 줬잖아. 너랑 연애할 때가 좋았어, 나도."

"좋아하지 않는 사람이랑 연애하는 게 이상한 것 아닌가요? 좋아했기 때문에 최선을 다한 것뿐이에요."

톡 쏘는 재경의 반문에 찬오가 한쪽 입술 끝을 기분 나쁘게 들어 올리며 물었다.

"정말 반가운 거 맞아?"

"반갑지 않을 이유가 없으니까."

"그렇게 반가우면 점심만 먹고 헤어지기 아쉽겠네. 우리 단둘이 할 얘기도 아직 남아 있고. 오늘 저녁에 술이나 한잔할까?"

"어떡하죠? 선약이 있는데."

"그럼 어쩔 수 없지. 내일은 어때?"

재경은 문득 일전에 사무실에서 나눴던 시훈과 조 부장의 대화를 떠올리며 회심의 미소를 지었다.

"이거 어쩌죠? 내일도 선약이 있는데."

팔짱을 낀 재경이 비소 섞인 눈빛으로 찬오를 올려다보았다. 살짝 퍼런색이 감도는 얇은 그의 입술이 참 더럽다고 생각하며. 그것은 한때 사랑했던 여자를 세상에서 제일 초라하게 만든 비겁한 입술이기도 했다.

"그래? 그럼 주말엔?"

"주말도요."

"다음 주는?"

"다음 주도 선약 있어요."

"지금 뭐하자는 건데?"

"그쪽이야말로 지금 뭐하자는 건데요? 헤어진 여자한테 술 마시자고 징징거리는 거 너무 찌질하다는 생각 안 들어요? 더군다나 우리가 좋게 헤어진 사이도 아닌데."

"우리가 좋게 헤어지지 못한 게 내 탓인가?"

"그럼 내 탓인가요?"

"김재경, 내 말 무슨 뜻인지 모르겠어? 난 너랑 다시 잘해보고 싶어. 사실, 너 만한 여자도 없고."

"하!"

재경은 더 이상 찬오의 감정 따위는 배려하지 않을 생각이었다.

보란 듯이 콧방귀를 끼며 무시하는 그녀의 반응에 기분이 나빴는지 그의 얼굴이 노골적으로 일그러졌다.

"김재경."

"내가 말해 주죠."

"……."

"난, 당신 같은 하찮은 사람에게 버릴 시간이 없어요. 그 사람과 함께할 시간도 부족하거든요. 그러니까 더는 시간 낭비하게 만들지 말아요."

"낭비하게 만들지 말라? 그 말은 내가 조금만 다가가도 흔들릴 수 있다는 뜻인가?"

"두 사람 여기서 뭐해? 음식 나왔어."

안타깝게도 찬오의 말이 끝남과 동시에 조 부장이 두 사람의 곁에 다가왔다. 그에 재경은 그에게서 한 발자국 물러서서 괜한 변명을 늘어놓았다.

"전에 같이 일했던 얘기 좀 잠깐 나눴어요."

"그래? 추억 얘기 좋지. 밥 먹으면서 천천……. 어머, 부사장님."

그때 조 부장이 한쪽을 응시하며 반가운 목소리로 다가갔다.

화장실에서 나오던 시은의 눈빛이 재경에게 향해 있었다. 피부가 유독 하얘서 그런지 블루 계열의 투피스를 입은 그녀의 얼굴이 오늘따라 더욱 화사해 보였다.

"부사장님, 식사하러 오신 거예요?"

"네. 이제 막 들려고요."

"그러시구나. 저도 직원들과 식사하러 왔어요."

"아, 두 분 다……."

"아니요. 남자분은 제 조카 지인이구요. 아, 그러고 보니 부사장님은 김 대리 처음 보시죠? 김 대리, 이리 와서 부사장님께 인사드려."

재경은 조 부장의 옆으로 다가가 시은에게 꾸벅 인사를 해 보였다.

"안녕하십니까. 마케팅팀 김재경 대리라고 합니다."

시은이 빠르고 날카롭게 재경을 훑었다. 기분 나쁜 시선은 아니었지만, 그다지 좋은 느낌도 아니었다.

"그래요. 만나서 반가워요."

악수를 하기 위해 내밀어진 아담하고 따뜻한 시은의 손을 재경이 맞잡았다.

"그럼, 다들 식사 맛있게 하세요."

"네. 부사장님도 맛있게 드세요."

복도 모퉁이를 꺾어 시은이 사라지고 나서야 재경은 조 부장과 룸으로 향했다.

"으……."

불편한 사람과 억지로 먹은 밥 때문에 결국 체하고 말았다.

꽉 막힌 것 같은 뻐근한 명치를 꾹꾹 누르며 자리에 앉아 있는데, 시끌벅적한 소리와 함께 남직원들이 우르르 사무실 안으로 들어왔다.

자신이 갑작스럽게 파토 내 버린 약속 때문에 혼자 먹었거나, 아예 밥을 먹지 않았을까 봐 걱정했는데 다행히 그 사이에 시훈도 함께 있었다.

재경은 얼른 문자를 보냈다.

〈약속 제멋대로 취소한 거 정말 미안해요. 점심은 맛있게 먹었어요?〉

시훈은 대답 대신 그녀를 마주하며 고개를 끄덕이다 곧 핸드폰으로 시선을 돌렸다.

〈대신, 오늘 저녁 엄청 맛있는 걸로 먹을 거야.〉
〈그래요.〉

그 와중에도 재경은 문득 점심에 찬오와 나누었던 대화를 떠올렸다.

"낭비하게 만들지 말라? 그 말은 내가 조금만 다가가도 흔들 릴 수 있다는 뜻인가?"

어떻게 해야 자신이 내뱉은 말을 그렇게 해석해서 받아들 일 수 있는 거지?

이렇게 얘기하는 시간조차 아깝다고 경고하려 했지만 조 부 장이 나타나는 바람에 타이밍을 놓쳐서 그 말을 하지 못한 것 이 못내 재경의 마음을 찜찜하게 만들었다.

'뭐? 다시 잘해 보고 싶어? 엿이나 먹어라. 너보다 훨씬 멋 지고 나를 좋아해 주는 남자가 저렇게 자리를 굳건하게 지키 고 있는데, 어딜 감히.'

찬오 때문에 치밀어 올랐던 부아를 재경은 시훈을 바라보 며 식였다.

오후 업무가 시작되자 커피를 안 마셔서 그런지 식곤증이 무서운 속도로 재경의 몸을 억눌렀다. 무거워진 눈꺼풀과 혼 미해진 정신을 차리기 위해 뺨을 살짝 때려 보기도 하고 얼음 이 담긴 컵을 눈덩이 위에 가져다 대 봐도 소용이 없었다.

"그렇게 졸리면 옥상에서 바람 한번 쐬고 와, 재경 씨."

잠과 치열한 사투를 벌이고 있는 재경을 보다 못한 과장이 옆에서 한마디 거들었다.

"그래야 될 것 같아요. 금방 갔다 오겠습니다."

뻐근한 몸을 가볍게 풀며 열린 엘리베이터의 문으로 몸을 실어 넣을 때였다. 누군가가 빠른 속도로 재경의 옆에 떡하니

붙어 섰다.

"시훈 씨."

"어디 가? 우리 재경 씨."

"잠이 와서 옥상에서 바람 좀 쐬려고요. 그러면 잠이 깰 것 같아서."

"그래? 그럼 나도 잠 깰 겸 나가서 바람 좀 쐬야겠……."

늘어지게 기지개를 펴는 척하면서 시훈이 제 품 안으로 재경을 꽉 끌어안았다.

"어멋!"

놀라 기겁을 하면서도 시훈을 밀쳐 내지 못하는 재경의 입가가 실룩거렸다.

퇴근 후, 시훈과 재경은 회사에서 15분 정도 떨어진 편의점에서 만나 홍대로 향했다.

저녁으로 무엇을 먹고 싶으냐는 그의 질문에 그녀는 대학생 때부터 단골로 가던 식당을 선택했다.

젊음의 상징 홍대 거리는 까맣게 잠들어 버린 밤하늘이 무색할 정도로 활기가 넘쳐났다.

공용 주차장에 주차를 끝내고 돼지 껍데기집에 들어가자 서로 대화를 주고받던 여자 손님들이 시훈 쪽으로 시선을 돌리더니 이내 자기들끼리 속닥거렸다.

이제 재경은 그를 향한 여자들의 호감 어린 눈빛 정도는 자신이 감당해야 될 무게라고 생각했다.

이렇게 잘난 남자를 쳐다보지 않을 여자가 세상에 어디 있겠는가?

"김재경 씨, 앞치마 여기."

"고마워요."

시훈이 건네는 앞치마를 목에 걸며 재경은 주위를 둘러보았다. 돼지 껍데기집은 그 명성에 걸맞게 사람들로 바글바글했다.

밑반찬으로 나온 당근을 아작아작 씹어 먹고 있으니 주문한 돼지 껍데기 3인분이 직원에 의해 세팅되었다.

뜨거운 불판 위에서 돼지 껍데기들이 비틀리며 구수하게 익어 갈 때쯤, 메뉴판을 쳐다보고 있던 재경의 눈에 밥과 된장찌개가 들어왔다.

"시훈 씨, 배 많이 고프죠?"

"응."

"밥이랑 된장찌개도 시킬까요."

"김재경 씨는?"

"아, 저는 고기랑 밥 같이 안 먹는 타입이라서."

"고기랑 술 마시는 걸 좋아하는 타입이지? 김재경 씨는."

"꼭 그렇지만은 않지만……. 사실, 고기 하면 소주죠."

"술 마셔도 속 괜찮겠어?"

"네. 일단 시킬게요. 밥이랑 된장찌개, 그리고 소주."

추가 주문을 한 재경은 취향대로 좀 더 바싹 익히느라 꾹꾹 누르고 있던 돼지 껍데기를 집어 들어 입에 쏙 넣었다.

특유의 비린내도 나지 않고 꼬들꼬들하고 고소한 게 '역시!'라는 감탄사가 터져 나올 정도로 맛있었다.

"음. 너무 맛있어요. 고소하니 꼬들꼬들하고."

소리 없이 웃으며 돼지 껍데기를 뒤집던 시훈은 갑자기 튀어 날아오르는 돼지 껍데기에 화들짝 놀라 뒤로 물러섰다.

"푸하하하!"

그의 모습을 보며 재경은 차오르는 웃음을 참지 않고 거침없이 터트렸다. 그런 그녀를 그가 원망스럽게 쏘아보았다.

"그렇게 웃겨?"

"괜찮아요?"

"안 괜찮아."

"이리 줘요. 내가 구울게요."

"됐습니다. 얼른 드시기나 하세요."

시훈은 노릇노릇 잘 구워진 돼지 껍데기 하나를 재경의 그릇 위에 덜어 주었다.

잠시 후 추가 주문한 된장찌개와 밥, 그리고 소주가 나왔다. 급하게 소주병의 뚜껑을 따고 있는 재경과 다르게 시훈은 기다렸다는 듯이 밥그릇을 집어 들더니 숨도 쉬지 않고 밥을 '흡입' 하기 시작했다.

그 광경이 어찌나 놀랍고 신기한지 재경은 따다 만 소주병을 들고 시훈을 빤히 쳐다봤다.

3분도 지나지 않아 밥 한 공기를 뚝딱 해치운 그는 다시 집게를 들고 돼지 껍데기를 굽기 시작했다.

"엄청 배고팠나 봐요. 한 그릇 더 시킬까요?"

잠시 망설이는 듯이 눈동자를 굴리던 그가 고개를 내저었다.

"아니. 이 정도면 괜찮을 것 같아."

대답을 한 그는 또다시 잘 익은 돼지 껍데기를 재경의 그릇 위에 놓아 주었다.

그러고 보니, 여태 잘 구워진 돼지 껍데기를 족족 재경의 그릇 위에만 놓아 줄 뿐, 그의 입으로 들어가는 것은 본 적이 없었다.

"시훈 씨."

"왜요."

"혹시, 돼지 껍데기 못 먹어요?"

짤막한 침묵 끝에 시훈이 머쓱한 듯 큼, 하고 헛기침을 했다.

"못 먹기는, 남자가."

"얼른 먹어요. 왜 자꾸 나만 줘요."

재경이 잘 익은 돼지 껍데기를 쭉 내밀자 그가 몸을 뒤로 물리면서 마치 입가에 경련이라도 난 듯 어색하게 웃어 보였다.

"오늘은 좀 안 땡기네."

말끝을 흐리며 또다시 헛기침을 하는 그를 재경이 새치름한 눈빛으로 바라보았다.

"그래. 못 먹어. 그러니까……."

'치워'라는 말 대신 시훈은 자신의 앞에 내밀어져 있는 재경의 손을 살포시 밀었다.

"우리 김재경 씨 많이 먹어."

"아니, 어떻게 이렇게 맛있는 걸 못 먹어요?"

마치 놀리듯이 재경이 돼지 껍데기를 입에 쏙 집어넣고 꼭꼭 씹었다.

"그렇게 맛있으면 김재경 씨가 다 먹어."

꼼꼼하고 정성스럽게 익힌 돼지 껍데기가 시훈의 손에 의해 재경의 접시 위로 쌓여 갔다.

세상에서 제일 좋아하는 음식을 세상에서 가장 사랑하는 사람과 먹고 있는 이 시간이 그대로 멈췄으면 좋겠다고 생각할 만큼 재경은 행복했다.

그 행복에 취해 어깨를 으쓱하며 잔에 술을 따라 마시려고 하자, 시훈이 병을 빼앗아 들어 빈 잔에 술을 채워 주었다.

"줘요."

이번엔 반대로 재경이 시훈의 빈 잔에 술을 따라 주려고 손을 내밀자, 그가 고개를 가볍게 내저었다.

"여자는 술 따르는 거 아니야."

술잔을 내려놓은 재경은 상체를 살짝 시훈에게 기울이며 붉어진 얼굴에 미소를 띄웠다.

"강시훈 씨."

"응."

행여 또 돼지 껍데기가 튀어 오를까 싶어 몸을 살짝 뒤로 젖힌 시훈이 고기를 뒤집으며 대답했다.

"좋네요."

이제 숨기지 않기로 했다. 매 순간마다 더욱 좋아지는 그를 향한 자신의 마음을.

"술이 그렇게도 좋아?"

"아니요. 이렇게 같이 있으니까 너무 좋다고요."

"뭐가 너무 좋다고?"

돼지 껍데기의 연기 사이로 시훈의 입꼬리가 하늘을 향해 힘껏 올라가 있는 것이 보였다. 그 미소가 예뻐서 재경은 다시 한 번 입술을 떼어 힘차게 외쳤다.

"너무 좋다고요. 강시훈 씨랑 이렇게 단둘이 있는 시간, 너무너무 좋다고요."

어느 날부터 언제 어디서든, 무얼 하든 자신을 향해 있는 그의 찬란한 눈동자 속에서 웃고 있는 자신을 마주하며.

chapter

13

"나도 좋다. 김재경 씨랑 있는 이 시간이."

자신을 괴롭히는 직장 상사의 욕, 자신을 차 버리고 친구
랑 바람이 난 남자 친구를 향한 욕지거리, 젊은 남녀가 삼삼
오오 모여 신나게 게임하는 소리, 허탈함이 배어 있는 인생에
대한 이야기를 나누는 소리들이 재경의 귀에 이명처럼 멀어
져 갔다.

주위의 모든 사람들과 사물들이 안개 속에 파묻힌 것처럼
흐릿해졌다.

그녀에겐 오롯이 자신의 눈앞에 있는 시훈의 목소리만 들
리고 그만 보일 뿐이었다.

시훈을 보면 아무 생각도 들지 않았다. 그가 움직이는 대
로 향하는 제 시선이, 매일 그를 생각만 해도 달아오르는 몸
이 저절로 반응할 뿐이었다.

시훈을 볼 때면 그가 잘났다는 것에 대한 걱정도, 조 부장의 구박도 신경 쓸 여유가 없었다. 하얀 백지장처럼 머릿속이 탕연해지기만 했다.

인위적이지 않은 붉은빛이 감도는 도톰한 시훈의 입술이 재경의 눈동자에 빈틈없이 가득 들어찼다.

그의 촉촉하고도 따뜻한 입술이 자신의 입술을 마음껏 탐해 줬으면 하는 욕망이 무서운 속도로 그녀의 온몸에 퍼져 나가기 시작했다.

누구에게도 양보하고 싶지 않고, 누구에게도 뺏기고 싶지 않았다. 그를 완벽하게 자신의 것으로 만들고 싶었다.

"평생 그렇게 말해 줄 거죠?"

"당연하지. 평생 옆에 이렇게 붙어 앉아서 말해 줄게. 내가 가장 행복할 때는 김재경 씨와 함께하는 시간이라고."

"고마워요."

"그건 그렇고 우리 오늘 이거 먹고 또 뭐할 거야?"

테이블 위에 팔을 얹어 놓은 시훈이 턱을 괴며 물었다. 그 물음에 분명히 장난기가 어려 있다는 것을 알면서도 느껴지는 섹시함에 그녀의 얼굴은 금세 달아올라 버렸다.

재경은 여전히 그의 행동 하나하나에 반응을 보이며 어쩔 줄 몰라 하는 자신이 민망하기만 했다.

"아휴! 몰라요. 저 화장실 좀 다녀올게요."

화장실로 간 재경은 노란 백열전구가 간당거리며 달려 있는 청결하지 못한 세면대 앞에 섰다. 말라비틀어져 만지기도 싫은 비누를 물끄러미 바라보던 그녀는 때가 끼어 있는 거울로 시선을 돌렸다.

"어머…… 무슨 얼굴에 이렇게나 기름이 많아? 이쪽 눈은 왜 이렇게 아이라이너가 번진거야?"

보기조차 민망한 몰골에 기겁을 하며 재경은 검지로 눈 아래에 번진 아이라이너를 닦아 냈다.

"에잇!"

아무리 비벼도 잘 닦여지지 않자 최후의 수단으로 검지 끝에 침을 살짝 발랐다.

"파우치를 가져오는 건데……."

막연하게 몰려오는 후회 속에서 재경은 또다시 불쑥 자신의 머릿속을 침범하는 시훈의 입술에 당황하며 눈을 번쩍 떴다.

"우리 오늘 이거 먹고 또 뭐할 거야?"

그 말을 끝으로 살짝 치켜 올라간 섹시한 입꼬리 끝이 불현듯 떠올랐다.

어떻게 입꼬리까지 섹시한 남자가 존재할 수 있을까. 아니, 플라스틱 의자에 앉아서 돼지 껍데기 굽는 것조차 섹시한 남자는?

굳이 애쓰지 않아도 온몸에서 관능미를 내뿜고 있는 그 남자 앞에서는 식욕을 자극시키는 고소한 돼지 껍데기도 한낱 불필요한 방해물에 지나지 않는다는 것을 재경은 절실히 깨달았다.

남녀가 서로에게 호감을 느낄 때 생겨난다는 도파민과 페닐에틸아민이 빠른 속도로 분비되는 느낌이었다.

서로를 보면 안고 싶고, 키스하고 싶고, 심지어 한 침대 위에서 서로의 몸을 탐하고 싶을 때 내뿜어진다는 옥시토신이 자신의 몸을 가득 차지하고 있는 것 같은 기분에 재경은 당황하지 않을 수가 없었다.

"아, 어쩌지!"

오늘 그를 보내고 싶지 않다!

하지만 어떻게 여자가 자존심도 없이 '오늘 밤 같이할래요?'나 '나 오늘 집에 안 갈래!'를 외칠 수 있을까.

아무리 애인 사이라고 해도 말이다. 특히나 재경의 성격으로는 무리였다.

그가 오늘 밤 함께 있어 달라고 한다면 못 이기는 척 같이 있어 줄 수도 있는데⋯⋯. 한 번에 오케이하면 그것도 조금 쉬워 보이려나? 차라리 술을 왕창 먹고 또 한 번 벽으로 밀어붙여?

"아, 김재경! 정신 차려!"

재경은 아랫입술을 지그시 깨물고 어떻게든 자신의 몸속을 차지하고 있는 옥시토신을 없애기 위해 아프지 않을 정도로 뺨을 살짝살짝 때렸다.

쾅!

그때, 화장실의 녹슨 쇠문이 거칠게 벽에 부딪히는 광음과 함께 눈을 게슴츠레하게 뜬 남자가 몸을 비틀거리며 안으로 들어왔다.

화들짝 놀란 재경이 잔뜩 굳은 몸으로 남자를 피해 화장실을 빠져나가려던 참이었다.

"이봐!"

소변기로 향하던 남자가 느닷없이 재경을 불렀다. 너무 놀란 나머지 재경은 대답할 여유도 없이 휘둥그레진 눈으로 남자를 바라보았다.

"혼자 왔어?"

잔뜩 꼬인 혓바닥으로 말을 건 그는 음흉한 눈으로 재경을 바라보다 비틀비틀 다가왔다. 그리고는 피할 틈도 없이 두 팔을 뻗어 자신의 양팔 사이에 그녀를 가두었다.

"왜 이러세요!"

너무 갑작스러운 상황에 목소리가 제대로 나오지 않았다. 꼼짝도 하지 못한 채 재경은 몸을 사시나무 떨듯 떨었다.

"예쁘장하게 생겼네. 아가씨는 몇 살이야?"

말을 할 때마다 마늘 냄새와 뒤섞인 술 냄새가 역겹게 풍겼다. 절로 시훈의 향기가 그리워졌다.

"비켜 주세요."

"방금 물어봤잖아. 아가씨 혼자 왔냐고."

"제가 대답할 이유가 있나요? 소리 지르기 전에 비켜 주세요!"

"아니, 이 아가씨가 나를 변태 취급하네? 어? 어!"

"소리 지를 거예요!"

눈물이 그렁그렁 맺힌 눈을 한 재경이 어떻게든 빠져나가보려 고개를 숙일 때였다.

쾅!

방금 전과는 비교도 되지 않을 정도로 성난 소리를 내며 문이 열렸다.

누가 들어 왔는지 확인을 해 보기도 전에 재경의 앞에 있던 남자가 가녀린 신음 소리와 함께 화장실의 차가운 바닥을 나뒹굴었다.

"괜찮아?"

재경은 자신의 손목을 낚아챈 손이 참 따뜻하다고 생각했다.

여전히 놀란 가슴을 진정시키지 못해 미세하게 턱을 떨며 시훈을 올려다보자 그가 한 치의 망설임도 없이 자신의 품으로 재경을 꽉 끌어안았다.

"아이고, 나 죽네! 나 죽어어어!"

딱딱하고 더러운 바닥에 나뒹굴고 있는 남자의 울부짖음이 화장실 안을 쩌렁쩌렁 울렸다.

"뭐야, 이 새끼는!"

그러자 험상궂은 남자들이 점잖지 못한 괴팍한 소리를 내며 우르르 등장했다. 그리곤 재경을 끌어안고 있는 시훈의 어깨를 확 잡아 돌려세웠다.

"꺄아! 시훈 씨!"

아련한 재경의 비명 소리와 함께 남자의 투박하고도 거대한 주먹에 의해 시훈 또한 차가운 바닥으로 나뒹굴어지고 말았다.

❖   ❖   ❖

"새파랗게 젊은 놈이 눈 하나 안 깜빡이고 무턱대고 주먹을 날리는데! 지는 애비, 애미도 없는지! 세상이 앞으로 어떻게 돌아가려고 이러는지! 말세도 이런 말세가 없어! 억울해 죽겠어. 억울해!"

시훈에게 한 대 얻어맞아 볼에 붓기가 올라온 남자가 여전히 흥분한 목소리로 고함을 질렀다.

"아저씨가 먼저 제 몸을 더듬으셨잖아요!"

경찰서에서 조사를 받고 있는 시훈의 모습에 화가 나 견딜수 없었던 재경이 눈물범벅이 된 얼굴로 소리쳤다.

"뭐라고? 누가 누구 몸을 만져? 이 아가씨가 생사람 잡네! 아이고. 나 억울해서 죽겠네. 죽겠어! 어떻게 얼굴색 하나 안 변하고 저런 얼토당토않는 거짓말을 해 댈까? 부모가 교육을 어떻게 시켰기에⋯⋯."

"여기서 부모님이 왜 나와요?"

"지금 멀쩡한 사람 잡아서 성추행이니 뭐니 누명을 씌우려고 하는데 부모 얘기하는 게 뭐 대수야?"

"이 아저씨가 정말!"

"그리고 막말로 어디!"

'어딜 만질 데가 있다고' 라는 뜻을 담은 기분 나쁜 남자의 눈길이 재경의 머리부터 발끝까지 스쳐 지나갔다.

"이봐요!"

"봤다! 어쩔래!"

그 눈빛에 잡고 있던 이성의 끈을 완전히 놓아 버린 재경이 자리에서 거칠게 일어났다. 그 바람에 의자가 날카로운 소리와 함께 뒤로 넘어갔다.

"거 조용히 좀 해요. 아저씨! 여기가 어디라고 그렇게 떠들어 댑니까! 아가씨도 흥분 가라앉히고."

시훈의 조사서를 작성하던 형사가 윽박을 지르자 그제야 남자가 재경을 향했던 시선을 거두었다.

어깨가 부스러질 정도로 씩씩거리는 숨을 몰아쉬며 재경은 뒤로 넘어간 의자를 다시 세우고 자리에 앉았다.

모든 상황이 허무맹랑했다. 그와 밤을 함께 보내고 싶었지만, 시끄럽고 불쾌한 경찰서에서 보내고 싶었던 건 절대 아니었다.

당황한 기색 하나 없이 덤덤한 얼굴이었지만 새벽 1시가 넘어가는 시각이라 그런지 시훈은 많이 지쳐 보였다. 형식적인 형사의 까칠한 질문에 그는 막힘없고 침착하게 대답했다. 그래도 답답한 모양인지 간혹 내뱉는 한숨은 짙고도 길게 이어져 갔다.

"강시훈 씨가 화장실에 들어갔을 때, 최태형 씨가 김재경 씨를 끌어안고 있었다?"

"네."

"강시훈 씨도 술을 좀 마셨고?"

"네. 저도 한두 잔 마신 상태였습니다."

"최태형 씨가 김재경 씨를 끌어안고 있는 것을 발견한 강시훈 씨가 먼저 폭력을 쓴 부분은 인정하시고?"

"네. 인정합니다."

"거봐, 인정한다잖아. 이 남자가 내 친구를 먼저 때렸다고! 형사 양반도 입장 바꿔 생각해 봐. 친구가 생판 모르는 놈한테 얻어맞고 있는데 그걸 보고 가만히 있을 수 있겠어?"

"없지! 당연히 없지!"

시훈과 함께 조서를 받던 남자의 친구들이 동조하며 큰 목소리로 억울함을 호소했다. 재경은 기가 막혀 급기야 헛웃음까지 내뱉었다.

"목소리 안 줄입니까? 아무리 그런 일이 있다고 해도 다수의 사람들이 한 사람한테 폭력을 행사하는 게 정당한 일은 아니지 않습니까?"

형사의 신경질적인 충고에 남자의 친구들이 굳게 입을 다물었다.

하필이면 그때 화장실에 가서 이런 상황을 만든 제 탓인 것만 같아 재경은 시훈에게 한없이 미안한 마음이 들었다. 결국 그녀는 고개를 그대로 수그리고 말았다.

❖　　　❖　　　❖

"두부라도 사서 먹어야 되나?"

어느새 동이 트고 서늘한 바람이 부는 이른 아침에 경찰서를 빠져나오게 된 재경은 장난기가 다분한 시훈의 말에 코를 훌쩍였다.

옷에 밴 지독한 술 냄새만큼이나 미안한 감정에 눈물이 마르질 않았다.

"김재경 씨, 설마…… 우나?"

재경이 다급하게 뺨에 묻은 눈물을 훔쳐 내려 할 때였다. 시훈이 한 손으론 그녀의 손목을 잡고, 다른 한 손으론 눈물을 닦아 주었다. 그녀는 그런 그의 손이 참 따뜻하다 생각했다.

"미안해요. 괜히 나 때문에."

"이게 왜 김재경 씨 때문이야? 짐승만도 못한 그 남자 때문이지. 절대 김재경 씨 때문 아니야."

"그래도 내가 당신이 못 먹는 돼지 껍데기 먹으러 가자고 안 했으면 이런 일은 일어나지 않았을 텐데……."

재경이 자신이 뺨에 올라와 있는 시훈의 손을 살포시 잡아 내리려던 찰나였다.

"아!"

그의 아릿한 비명이 새벽의 침묵을 깼다.

"왜 그래요!"

화들짝 놀라 또다시 눈에 눈물을 그렁그렁 단 채 재경이 다급하게 물었다.

"아, 팔이 너무 아파. 왜 이러지?"

"어디가 얼마나……."

"아악!"

재경이 시훈의 팔을 살짝 잡아 비틀자, 그가 자지러지는 비명을 질렀다. 너무 아픈지 그는 어금니를 꽉 깨물고 두 눈을 찔끔 감아 버렸다.

"많, 많이 아파요?"

걱정스러움에 또다시 왈칵 터져 버릴 것 같은 울음을 참으며 재경이 간신히 물었다.

"어, 좀 아프네."

많이 아픈 모양인지 그의 얼굴이 고통으로 일그러졌다.

"아무래도 팔이 부러진 것 같아요. 빨리 응급실 가요!"

"……."

"택시, 일단 택시를 잡아야 하니까 여기서 기다려요! 택시! 택시!"

허둥지둥 경찰서 앞 도로로 뛰어간 재경이 급박하게 손을 뻗었다.

❖　　　　❖　　　　❖

"프랙쳐입니다."

"그게 뭔데요?"

재경이 백지장처럼 하얗게 질린 얼굴로 큰 눈을 끔뻑이며 되물었다.

"골절입니다. 이 상태로 몇 시간 동안 어떻게 버티셨어요? 당장 수술실 들어가야 할 상황인데……."

"수술이요?"

예상치 못한 의사의 말에 놀란 재경의 두 눈이 휘둥그레졌다.

힘이 쭉 빠져 비틀거리는 몸을 간신히 지탱하며 그녀는 응급실 침대에 걸터앉아 있는 시훈을 바라보았다.

너무 놀라 정신을 차리고 있는 것조차도 힘겨운 자신과 달리, 시훈의 표정은 담담했다.

"이럴 경우엔 인대나 신경에 매우 심한 손상이 일어났을 수 있습니다. 바로 응급수술에 들어가야 합니다."

"……알겠습니다."

"퍼미션 먼저 작성하도록 하겠습니다."

수술 준비를 위해 의사와 간호사가 잠시 자리를 비웠다.

"시훈 씨……."

진정되지 않은 마음에 재경의 목소리가 가느다랗게 흔들렸다.

"별거 아닐 거야. 걱정하지 마. 김재경 씨 때문이라고 자책하지도 말고. 그건 그렇고 김재경 씨 상태, 아주 말이 아니야."

시훈이 장난스레 손으로 자신의 얼굴을 위아래로 훑으며 말했다.

"집에 가서 좀 씻고 쉬다가…… 출근해."

골절되지 않은 다른 손으로 재경의 머리카락을 귀 뒤로 부드럽게 넘겨 주며 그가 말했다.

"미안해요. 정말."

조절되지 않고 자꾸만 터져 나오려는 눈물을 참으려 재경은 자신의 입술을 틀어막았다.

"정 그렇게 미안하면 수술 잘 받으라고 뜨겁게 키스 한번 해 주든가."

이 와중에도 장난을 치고 싶으냐며 재경이 그렁그렁 눈물이 맺힌 눈으로 원망스럽게 시훈을 노려보았다.

"부끄러우면 포옹이나 해 주든가."

그는 재경의 머리카락을 쓸어 넘겨 주었던 한쪽 팔을 쭉 뻗었다.

홀쩍거리느라 떨리는 어깨를 한 그녀는 시훈을 안쓰럽게 바라보다 한 발자국 다가가 조용히 그의 품에 안겼다. 생각보다 훨씬 더 따뜻하고 포근한 그의 품에.

"미안해요. 정말 미안해요. 시훈 씨."

자신을 다독이는 시훈의 손길에 재경은 끝내 왈칵 눈물을 터트리고 말았다.

무슨 정신으로 집까지 왔는지 알 수 없을 정도로 재경의 머릿속은 혼잡했다.

돼지 껍데기집 화장실에서 낯선 남자에게 얻어맞던 시훈의 모습에서부터 경찰서에서 조사를 받고 나와 뒤늦게 팔이 부러졌다는 걸 알고 응급실까지 가게 된 모든 상황이 믿어지지 않았다.

"김재경!"

골이 흔들릴 정도로 심한 두통에 아픔을 호소하며 현관문을 열고 집 안으로 들어선 재경은 국자를 들고 맨발로 뛰어나와 냅다 등짝을 후려치는 은지의 손을 별 저항 없이 받아들였다.

"김재경? 너 왜 그래?"

평소 같으면 아파 죽겠다며 펄쩍 뛰어오를 그녀가 아무런 반응도 보이지 않자 도리어 걱정이 된 은지가 의아한 얼굴을 하고서는 재경을 마주했다.

"야! 너 몰골이 이게 뭐야! 거지도 이런 상거지가 없다!"

"은지야, 나 좀 놔주라. 씻고 바로 출근해야 돼."

출근하자마자 입사 이후 한 번도 쓰지 않았던 월차를 내거나, 조퇴를 할 생각이었다.

시훈을 병원에 혼자 둔 채 일에 집중을 할 수 있는 상황이 아니었다.

"그래. 당장 씻어. 얼굴 진짜 못 봐 주겠다. 냄새도 좀 나는 것 같…… 아, 지금 그걸 따질 때가 아니지. 대체 무슨 일이야, 어?"

"……."

"술 먹고 사고 쳤어? 어제 새벽 내내 전화 안 받아서 사람 걱정하게 만들더니. 왜 한마디도 안 해?"

은지가 재경의 어깨를 붙잡고 인정사정없이 마구 흔들었다. 그에 재경의 몸이 행사장에 놓인 바람 인형처럼 이리저리 흔들렸다.

"김재경!"

"이러고 있을 시간 없어. 그 사람한테 갔다 오고 나서 설명할게."

"그 사람?"

"나중에, 나중에 다 설명할게."

은지의 손을 뿌리친 재경은 방으로 들어가 갈아입을 속옷을 챙겼다. 그러다 갑자기 쭉 빠져 버린 힘 때문에 그만 바닥으로 스르르 주저앉아 버리고 말았다. 괜찮다고 말하던 그의 얼굴 위로 쏟아지는 미안함과 죄책감이 주저앉은 재경을 쉽게 일으켜 주지 않았다.

"재경아, 너 괜찮은 거 맞아?"

문밖에서 들려오는 은지의 근심 가득한 목소리에 재경이 힘겹게 대답했다.

"어. 괜찮아……. 걱정 안 해도 돼……."

재경은 다리에 꽉 힘을 주고 일어났다. 외로이 혼자 수술을 받은 시훈이 병실로 돌아와 눈을 떴을 때, 그의 앞에 있어 주고 싶었다.

이제 더 이상 그를 기다리게 하지 않겠다는 결의에 지체하며 시간을 낭비할 수가 없었다.

엄마가 돌아가시기 전날을 제외하고는 한 번도 꾸지 않았던 악몽에 시은은 새벽에 잠에서 깨야 했다.

다시 잠들 수 없어 새벽 운동을 하고 온 그녀는 이마에 맺힌 땀을 수건으로 닦아 내며 정자세로 서 있는 정호의 맞은편 소파에 앉았다.

"무슨 일이시기에 이렇게 연락도 없이 이른 아침에 오신 거예요?"

아무리 바쁜 일이 있어도 회사에 출근을 한 후 상황을 보고했던 정호가 이렇게 이른 시각에 전화도 없이 다급하게 집으로 찾아온 것엔 그만한 이유가 있을 거라 짐작했다.

하지만 정호는 나지막이 한숨만 내쉴 뿐, 시은이 듣고 싶어 하는 대답을 선뜻 꺼내 놓지 않았다. 머뭇거리는 입술과 초조함이 서린 그의 어두운 낯빛은 땀에 젖은 몸이 가뜩이나 찝찝해서 당장이라도 샤워를 하고 싶은 시은을 은근히 짜증 나게 만들었다.

"실장님, 말씀을 하세요. 대체 무슨 일이기에 상사의 소중한 아침 시간을 이렇게 낭비하도록 만드는 겁니까?"

시은의 불같은 닦달에도 정호는 여전히 무언가를 망설이는 미적지근한 반응만 보일 뿐이었다.

그녀는 더 이상 견딜 수가 없었다.

이렇게 제 감정 하나 제대로 추스르지 못하는 사람이 어떻게 회장님 밑에서 일을 했는지 도통 이해가 되지 않을뿐더러, 아까부터 축축한 운동복이 끈적거리는 살결에 닿아 불쾌한 느낌까지 들었다. 결국 그녀는 찝찝함에 소파에서 엉덩이를 떼어 냈다.

"도련님께서 현재 수술을 받고 계시는 중이라고 합니다."

안타까움이 고스란히 묻어나는 정호의 목소리는 꽤나 무거웠다.

"시훈이가요?"

예기치 못한 말이었기에 시은은 놀라지 않을 수가 없었다. 어린 시절, 정원에서 뛰어 놀던 시훈이 돌부리에 걸려 넘어져 무릎에 난 작은 생채기에도 마음 아파했던 그녀였다.

그런데 수술이라니, 수술이라니!

정호의 말에 그렇지 않아도 커다란 시은의 눈망울이 한층 더 커졌다.

"무슨 수술요! 어딜, 어떻게 다친 건데요!"

갑작스런 악보에 아연하며 입을 틀어막은 시은의 손이 바들바들 떨려 왔다.

"팔이 골절된 모양입니다."

"어쩌다가요!"

"그게……."

"어서 말씀하세요!"

또다시 머뭇대는 정호를 보며 시은은 붉어진 눈망울로 언성을 높였다.

충격을 받을 그녀를 생각해 어디서부터 어떻게 말을 전해야 할지 몰라 갈피를 잡지 못하던 그의 두 눈동자가 무언가를 결심한 듯 시은을 똑바로 응시했다.

그리고 시훈이 겪었던 지난날의 일을 하나도 빠트리지 않고 전달했다.

생기 있던 시은의 얼굴이 백지장처럼 하얗게 질렸다.

"세상에……. 어떻게 그런 일이."

시훈은 굉장히 이성적인 아이였다. 학창 시절에도 그 흔한 주먹다짐 한 번 해 본 적이 없을 정도로 자신의 감정을 충분히 조절할 줄 아는, 냉정해 보이긴 하지만 사고 한 번 친 적 없는 착한 동생이었다.

그런 그가 새벽까지 술을 마시고 남자를 폭행해 경찰서에서 조사를 받은 것도 모자라 팔이 부러져 수술을 받았다고?

엄밀히 따지고 보니, 시훈의 첫 행선지부터가 시은의 심기를 자극시켰다.

"홍대에서 술을 마셨다고 했죠?"

시끄러운 건 딱 질색하는 애가, 그 사람 많은 홍대에서 술을?

"네."

"우리 시훈이가 왜 홍대까지 가서 술을 마신 거죠?"

정호가 함구하자, 시은이 고운 미간을 확 찌푸렸다.

"자꾸만 그렇게 말 끊으실 거예요? 대체 누굴 위해 일하시는 거예요?"

"일전에 도련님께서 말씀하신…… 그 여자분과 함께 가신 것 같습니다."

"우리 시훈이가 좋아한다는?"

"네. 그런 것 같습니다."

놀란 가슴을 추스르느라 입술 밖으로 내뱉었던 시은의 뜨거운 한숨이 곧 허탈함으로 바뀌었다. 그러다 시훈이 그렇게 될 때까지 그 여자는 옆에서 뭘 하고 있었는지 생각하자 화가 났다.

"차 대기해 주세요. 지금 당장 시훈이한테 가 봐야겠어요."

창문을 통해 들어오는 격렬한 햇볕을 가리기 위해 커튼을 친 재경은 짙은 속눈썹을 길게 흐트러트린 채 편안하게 잠들어 있는 시훈의 얼굴을 애잔한 눈빛으로 바라보았다.

회사에 출근해서 조퇴를 하겠다는 재경을 말리는 사람은 아무도 없었다.

핏기 하나 없는 얼굴에 정신이 반쯤 나가 있는 그녀를 보며 누구도 아프다는 말을 의심하지 않았다.

"시훈 씨……."

재경은 나지막한 목소리로 시훈을 부르며 다정하게 머리카락을 쓸어 넘겨 주었다.

하지만 돌아오는 그의 중저음 목소리는 없었다. 언제, 어디서 불러도 따뜻하게 웃으며 대답해 주던 그의 모습이 주마등처럼 스쳐 지나갔다.

그에 잠시 안정을 찾았던 재경의 복잡 미묘한 감정이 툭, 하고 흔들렸다.

울컥하고 치솟아 오르는 눈물을 훔쳐 내며 재경은 자리에서 일어났다. 회복실에서 일반 병동으로 옮겨진 지가 한참 전인데 깨어날 기미를 보이지 않는 시훈이 걱정되어 간호사에게 상태를 물어보기 위해서였다.

"김……."

뒤에서 들려오는 신음에 가까운 희미한 목소리에 그녀는 반사적으로 돌아섰다.

힘겹게 눈을 뜬 시훈이 입가에 옅은 미소를 띤 채 수술받지 않은 팔을 간신히 들어 올렸다.

"재경…… 씨."

가까스로 자신의 이름을 부르는 그를 보며 재경은 또다시 왈칵 눈물이 치밀어 올랐다. 시큰해지는 코끝과 꽉 메이는 목울대, 덜덜 떨려 오는 아랫입술을 지그시 깨물며 그녀는 그와 눈높이를 맞추기 위해 보조 의자에 앉았다.

"깼어요?"

눈물 젖은 목소리가 버겁게 터져 나오자 시훈이 옅게 고개를 끄덕였다.

"간만에 실컷 잤어."

마취에서 완벽하게 깨어나지 못한 그가 몽롱한 정신을 바로잡으며 대답했다.

재경이 시훈의 손을 곰살궂게 잡았다. 생각 이상으로 보드랍고 따뜻한 그의 손을 잡고 있으니, 놓고 싶지 않다는 욕심이 그녀의 온몸을 강하게 맴돌았다.

"놀랐어요. 회복실에서 올라온 지 꽤 지났는데 안 깨어나서."

"한동안 못 잤더니 피곤했나 봐."

"그래도 그렇지……. 너무 오래 잤잖아요."

"보고 싶었구나."

그의 고저 없는 말에 그녀는 망설이지 않고 고개를 천천히 끄덕였다.

자신의 마음을 구태여 숨길 이유가 없다고 생각했다. 그가 곁에 있음에도 불구하고 대화를 할 수 없다는 것, 눈을 마주할 수 없다는 것, 웃을 수 없다는 것이 꼭 날카로운 칼날로 살결을 베인 것 같은 고통을 주었다. 만약 그가 곁에 없다면 얼마나 더할까…….

"그럴 줄 알았어."

"그럴 줄 알았어요?"

"응. 그러니까 내 꿈에 나타났지."

"꿈이요?"

"김재경 씨가 나타나서 빨리 안 일어나면 다른 남자한테 가 버릴 거라고 나한테 짜증 내고…… 협박했어. 그래서 깼어. 너무 생생해서."

재경은 느슨하게 눈을 감았다가 뜨는 동안에 자신을 지그시 바라보며 미말하게 흘리는 시훈의 장난기 서린 웃음소리가 너무나 반갑게 느껴졌다. 그런 그와 오랜 시간 함께하고 싶었다.

"있잖아요. 시훈 씨, 팔 다 나으면요."

"응."

"우리 그때 단둘이……."

지이잉.

그때였다. 사물함에 넣어 둔 시훈의 재킷에서 휴대전화 진동 소리가 들린 것은.

"잠깐만요. 핸드폰 꺼내 줄게요."

자리에서 일어난 재경이 사물함을 열려고 하자, 시훈이 버석하게 마른 입술을 떼어 냈다.

"아니, 핸드폰은 됐고 하려던 말이나 계속해 봐."

"진동이 계속 울려요."

"별로 중요한 전화도 아닐 거야."

"어제 집에 안 들어갔는데 부모님한테 온 전화일 수도 있잖아요. 일단 전화받고 천천히 얘기해요."

재경이 핸드폰을 꺼내 시훈에게 건넸다. 궁금증과 아쉬움을 풀지 못해 생긴 이른 갈증을 뒤로하고 그는 어쩔 수 없이 전화를 받았다.

"네……. 알겠습니다."

이내 통화를 끊고 잠시 먹먹한 시선으로 액정을 바라보던 그는 의아함을 담은 재경의 눈동자를 마주하며 말문을 열었다.

"무슨 전화예요?"

"별거 아니야."

별거 아니라고 하는 것 치고, 눈에 띄게 굳어진 시훈의 표정이 재경은 못내 마음에 걸렸다.

"그래요?"

"아, 근데 너무 오래 잤더니 배가 고프네."

헐렁한 환자복으로도 감출 수 없는 다부진 복부를 어루만지며 그가 실없이 말했다.

"많이 고파요?"

"어. 초밥 먹고 싶다."

"초밥이요? 나가서 사 올까요?"

"응. 저쪽 사거리에 있는 백화점 뒤로 괜찮은 스시집이 있거든. 거기서 사다 줄 수 있어?"

"그렇게 할게요."

"언제나 말하는 거지만……."

"빨리, 그러나 조심히 갔다 오라는 소리 하려고 그러죠?"

자신이 하려던 말을 토씨 하나 틀리지 않고 하는 재경을 보며 시훈이 흐뭇하게 웃었다.

"그거지."

"알았어요. 빨리, 그러나 조심히 잘 갔다 올게요."

"응."

병실 문 앞까지 걸어간 재경이 돌연 고개를 돌려 시훈을 응시했다.

"금방 갔다 올게요."

언제나 자신의 뒷모습을 지켜봐 주던 시훈이 느꼈을 외로움을 더 이상은 느끼게 해 주고 싶지 않았기 때문이다. 재경은 손을 발랄하게 흔들며 짙은 미소를 지어 보인 후, 병실을 빠져나왔다.

─접니다, 도련님. 지금 부사장님께서 병원 앞에 와 계십니다. 아무래도 밝히고 싶지 않다던 그분과 함께 있으시지 않을까 싶어서 미리 전화드렸습니다.

지금 이 상황에서 재경이 시은과 마주쳐 봤자 득이 될 것은 하나도 없었다.

정호와 이곳까지 오면서 모든 정황들을 보고 받았을 시은이 재경을 보자마자 무슨 일을 저지를지 동생인 그도 추측하기 어려웠다.

백화점 뒤에 스시집이 있는지 없는지도 확실하게 몰랐다. 최대한 시간을 벌기 위해 말을 내뱉었던 터라 재경이 너무 많이 헤매지는 않길 바랄 뿐이었다.

재경이 나간 지 얼마 되지 않아 시은이 병실 문을 성급하게 열고 들어왔다.

"시훈아!"

새끼를 잃은 어미 사자처럼 단숨에 시훈이 앉아 있는 침대까지 뛰어온 시은은 뺨에 눈물 자국을 고스란히 묻힌 채 다짜고짜 그를 껴안았다.

"괜찮은 거야? 주치의가 누구니? 많이 아팠지? 홍대에 같이 있었다는 여자는 어디 있어?"

쉬지 않고 쏘아붙이듯 묻는 시은에게 질렸다는 듯이 고개를 절레절레 흔들던 시훈은 뒤에 병풍처럼 서 있는 정호에게로 시선을 돌렸다.

"뭐하러 말씀하셨어요."

"그래도 가족 일이신데, 모르시면 안 될 것 같아서."

"그래! 넌 무슨 말을 그렇게 섭섭하게 하니?"

자신의 호들갑이 동생을 얼마나 불안하게 만드는지 알 턱이 없는 시은이 원망스러운 눈빛으로 시훈을 쏘아보았다.

"아 맞다. 누나 궁금한 거 못 참지?"

"날 아직도 몰라? 그런 걸 물어볼 정도로?"

"그랬으면 좋았을걸."

"강시훈!"

"왜 자꾸 큰 소리를 낼까? 그렇게 예쁜 목소리도 아닌데."

아무렇지 않게 자신을 놀리며 입술 끝에 옅은 미소를 걸치는 시훈이 얄미워진 시은은 대뜸 수술하지 않은 쪽의 소매를 걷어 그의 팔을 꽉 꼬집었다.

"악! 누나!"

"빨리 묻는 말에 대답해!"

"환자한테 이래도 돼?"

"한 번 더 꼬집혀야 말할래?"

"진짜…… 못 산다. 어느 누나가 골절로 수술한 동생한테 자백받겠다고 팔을 꼬집냐?"

"……."

"몸은 괜찮고 주치의는 김민정 선생님. 처음엔 많이 아팠지만 이제는 괜찮아."

시훈은 그다음 말을 이어 나가지 않았다.

정작 자신이 제일 듣고 싶었던 질문에 대한 대답이 돌아오지 않자 시은이 거칠게 호흡을 내뱉었다.

"왜 다음 건 대답 안 해 줘? 홍대에서 같이 있었던 여자 말이야. 그 여자 어디에 있냐고. 혹시 안 왔어? 널 이 지경으로 만들어 놓고?"

"말은 제대로 하셔야죠, 부사장님. 날 이 지경으로 만든 사람은 지금 합의금 구하겠다고 어디서 뭘 하고 있는지 모르겠고, 누나가 궁금해하는 그 여자는…… 왔다가 갔어. 일찍."

"갔, 갔어? 벌써? 너 수술하고 나온 지 얼마 안 된 거 아니야?"

시훈은 순간, 재경을 대피시키길 잘했다는 안도감에 한숨을 내쉬었다. 안 봐도 뻔했을 상황은 상상만으로도 끔찍했다.

시은은 분명 재경에게 말 좀 하자고 자신을 따라 나오라고 했을 거고, 시훈이 함께 따라나서려고 하면 재경은 괜찮다며 말렸을 거다.

사실 따라가고 싶어도 몸이 이래서 따라가지도 못했을 터였다.

결국 재경과 시은을 단둘이 마주 보고 있게 했을지도 모른다.

"아니야. 꽤 됐어."

무심하게 대답하며 시훈은 찌뿌드드한 목을 천천히 돌렸다.

뭉친 근육이 조금은 풀어졌는지 살짝 개운해진 얼굴을 한 그가 여전히 자신을 빤히 쳐다보고 있는 시은을 마주했다.

"근데 언제까지 있을 생각이야?"

나, 김재경 씨한테 진짜 중요하게.

"나 진짜 피곤한데."

들을 말이 있는데. 아까, 단둘이…… 뭐라고 하려 했던 것 같았는데.

"바쁘지 않으세요? 부사장님."

그러니까, 얼른 이제 그만 가 줘.

"하나도 안 바빠."

"왜 안 바빠? 한 기업의 부사장님께서. 얼른 출근해 보셔야죠."

"이런 널 두고 어떻게 출근을 해?"

"간만에 쉬고 좋아."

침대에 벌러덩 드러누운 시훈이 지그시 눈을 감았다.

"정말 괜찮겠어? 간병인 하나 붙여 줄까?"

"그게 더 귀찮아. 두 팔이 다 부러진 것도 아니고. 졸려."

그는 능청맞게 하품을 하며 시은에게 등을 보이고 누웠다.

빨리 좀 가 주세요. 네?

"알았어. 갈게. 무슨 일 있으면 전화하고."

나지막이 고개를 끄덕이는 시훈의 뒤로 시은의 아쉬운 걸음이 멀어져 갔다.

시훈이 콕 집어서 말해 주었던 초밥 가게를 한참을 헤매도 찾을 수 없던 재경은 할 수 없이 다른 가게의 초밥을 사 들고 병실로 들어섰다.

얼마나 헤맸는지 땀이 비 오듯 쏟아졌지만 초밥을 먹고 좋아할 시훈을 생각하니 걸음이 마냥 가벼웠다.

"전화를 왜 그렇게 안 받아? 김재경 씨."

내내 굳게 닫힌 문만 바라보고 있었는지 시훈의 시선이 막 병실 안으로 들어서는 재경과 그대로 마주쳤다.

"무음으로 해 놔서 몰랐나 봐요. 어? 병원 밥 나온 거예요?"

재경은 식판을 허무하게 바라보며 탄식했다.

"어. 수술하고 먹지 말아야 할 음식 중에 하나가 초밥이래. 날것이라서."

"그래요? 어쩔 수 없죠. 먹지 말라는 건 먹지 말아야 되니까."

그제야 끈적임이 느껴졌는지 재경은 손등으로 뺨을 타고 내려오는 땀을 닦아 냈다.

"괜히 고생만 시킨 것 같네. 미안해."

시훈이 티슈를 뽑아 재경의 땀을 톡톡 닦아 주며 말했다.

"뭐가 미안해요. 그런 마음 갖지 말아요. 그럼, 이 초밥은 어쩌지?"

"어쩌긴, 우리 김재경 씨가 먹으면 되지."

시훈은 자신의 식판을 구석으로 밀어 빈 공간을 만든 후

초밥 용기를 뜯었다. 번지르르한 빛깔이 흐르는 도톰한 살점이 올라간 초밥은 꽤나 먹음직스러워 보였다.

"아침도 못 먹고 배 많이 고프지?"

시훈이 건네는 나무젓가락을 재경이 억지로 받아 들었다.

"여기에 앉아서 먹어."

식판처럼 옆으로 비켜나 빈 공간을 만든 그가 제 옆을 손바닥으로 앙팡지게 두들겼지만 재경은 새치름한 표정을 지으며 맞은편에 앉았다.

"여기가 더 편할 것 같아요. 저나, 강시훈 씨한테."

조금은 섭섭한 듯 그는 입술을 샐쭉해 보이며 자신의 반찬 뚜껑을 열었다.

"건강하지 않으려야 않을 수가 없는 식단이군."

간이 되어 있지 않아 심지어는 푸석해 보이기까지 하는 반찬을 보며 넋두리를 하는 시훈의 모습이 재경의 눈엔 마냥 귀여워 보였다.

"그러게요. 빨리 먹고 완쾌하세요."

억지 미소를 띠며 낮게 고개를 끄덕인 그는 다치지 않았지만 평소엔 잘 쓰지 않는 왼손으로 젓가락을 들고 반찬 쪽으로 손을 뻗었다.

오른손잡이라 그런지, 왼손으로 반찬 하나를 집는 것조차 버겁게 느껴졌다. 꽤나 신중한 표정으로 간신히 집어 든 반찬을 입으로 가져와 먹으려는 순간, 야속하게 툭 하고 허벅지 위로 떨어졌다.

지켜보던 재경이 얼른 냅킨을 꺼내 허벅지를 닦아 주었다.

"젓가락 이리 줘요."

단 한 번의 반발도 없이 온순하게 젓가락을 건넨 시훈은 기다렸다는 듯이 입을 살포시 벌렸다.

"혹시나 해서 물어보는 건데, 기다렸어요? 내가 먹여 줬으면 하는 순간을?"

"당연하지. 내가 이런 기회를 놓치는 거 봤어?"

재경이 눈을 가늘게 뜨고 밉지 않게 흘겨보자, 시훈이 두 눈을 꾹 감고 벌린 입을 막무가내로 밀어붙었다.

"얼른 줘. 너무 배고파. 아."

반찬 하나를 집어 입에 쏙 넣어 주자 그가 세상을 다 가진 얼굴로 맛있게 입을 움직였다.

"너무 맛있다. 맛없는 것도 김재경 씨가 주니까 참 맛있어. 여기 입 옆에 뭐 묻은 것 같은데 좀 닦아 줄 수 있어?"

과하게 입술을 쭉 내민 그가 이번엔 볼을 들이밀었다.

"아휴!"

싫지 않은 듯 투덜거린 재경이 냅킨을 뽑아 시훈의 입술을 닦아 주었다.

"고마워. 아, 근데 아까 나한테 하려던 말 있었잖아."

"아, 그거요?"

"응."

기대감에 잔뜩 부풀어 올라 있는 그의 사랑스러운 눈빛이 재경의 마음을 순식간에 들뜨게 만들었다.

활짝 피어오른 그의 화사한 웃음을 지게 만들고 싶지 않았고, 그 웃음에 공감하며 함께 웃고 싶었다. 자신을 바라보며 이렇게 행복하고 예쁘게 미소 짓는 세상의 단 하나밖에 없는 사람을.

"시훈 씨 퇴원하고 괜찮아지면 단둘이 여행 가요."

절대 잃고 싶지 않았다.

"강 대리님 병원에 입원하셨다면서요?"

다음 날 출근한 재경은 뒤에서 들려오는 주희의 목소리에 살짝 귀를 기울였다. 시훈과 비밀 연애를 시작하고 나서부터 그녀의 오감은 전과 다르게 시훈의 '시' 자만 들어도 민감한 반응을 보였다.

"팔이 부러지셨다고 하던데."

"어쩌다가 그러셨대요?"

의자에 가방을 놓고 노트북 전원을 켜면서도 재경은 상체를 뒤로 살짝 틀어서 여직원들의 대화를 엿들었다.

"잘 모르겠어. 화장실에서 넘어지셨나? 아무튼 오늘 다 같이 가 보자. 돈 모아서 과일이랑 음료 사 가지고."

회사 내의 소식통이라고 해도 과언이 아닌 주희의 말에 놀랐는데 다행히 그가 다친 이유를 확실하게 모르는 것 같아 재경은 안도의 한숨을 내쉬었다.

시훈이 주먹질을 하다가 그 지경이 났고, 그 연고에 자신이 얽매여 있다는 사실을 알게 된다면 여직원들이 절대 가볍게 넘어가지 않을 것이었다.

"김재경 씨도 들었지?"

오늘도 다른 날과 다름없이 남산 같은 뱃살로 인해 불쌍할 정도로 위태로운 바지를 입은 최 과장이 재경에게 눈길조차 주지 않고 물었다.

"강시훈 씨요?"

"응."

"지금 주희 씨가 하는 말 들었어요."

"우리 일 끝나고 다 같이 병문안 갈 생각인데 재경 씨도 갈 거지?"

다 같이 간다는데 못 갈 것 같다고 대답하는 것은 인정머리 없어 보일지 모르지만 어제 하루를 쉰 탓에 오늘은 꼼짝없이 야근을 해야 할 상황이었다.

"오늘 할 일이 좀 많아서……."

"그래서 못 가는 거야?"

"네. 못 갈 것 같아요. 얼핏 돈 모아서 과일 바구니 산다고 들었는데 제 것도 보태 주세요."

재경이 지갑에서 지폐를 꺼내 건넸다.

"안부도 전해 주시구요."

"그러지, 뭐."

최 과장이 대수롭지 않게 대답했다.

시훈이 없는 사무실은 외롭고 따분했다. 그가 입사하기 전에는 어떻게 지냈는지 신기할 만큼. 그가 없다는 것을 알면서도 재경은 무의식중에 빈자리를 눈으로 훑으며 아쉬워했다.

사람들이 모두 퇴근한 적막한 빈 사무실에 혼자 남겨진 그녀는 정신없이 일을 하다 자리에서 조용히 일어나 시훈의 빈자리에 가 앉았다. 자신과 같은 책상인데도 느낌이 달랐다. 그가 오래도록 머물러 있던 의자에 앉으니 오늘 하루 자신을 짓눌렀던 피로와 외로움을 위로받는 것 같았다.

"보고 싶다."

시훈을 떠올리다 자신도 인지하지 못한 채 말을 뱉어 버렸다. 그렇게 한참 동안 그를 생각하던 재경은 짤막한 진동 소리를 듣곤 핸드폰을 들어 액정을 액정을 확인했다.

〈이 사람들 집에 갈 생각이 없어 보여.〉

문자만 봐도 그의 피곤함이 팍팍 느껴졌다. 시계를 보니 벌써 저녁 9시가 다 되어 가고 있었다.

아픈 사람한테 저렇게 오래 붙어 있다니. 생각들이 없어.

재경이 쯧쯧 혀를 차며 고개를 내저었다.

〈전 이제 퇴근해요.〉

시훈의 자리에서 일어난 재경은 서둘러 퇴근 준비를 했다.

〈수고했어.〉

〈잠깐 얼굴 보러 갈게요.〉

가방을 챙겨 들고 사무실을 나와 로비를 지나가는 그녀의
발걸음이 가벼웠다.

〈마음 같아서는 그렇게 하라고 하고 싶지만, 오늘은 그냥 집
에 들어가서 푹 쉬도록 해.〉

그래도 보고 싶은 마음에 병원에 가려고 했지만 직원들에
게 충분히 시달렸을 시훈의 휴식 시간도 생각해 줘야 했다.
그녀는 연거푸 드는 아쉬움을 뒤로하고 집으로 향했다.

몇 번을 전화해 봐도 돌아오는 것은 전화를 받을 수 없다
는 상냥한 여자의 음성뿐이었다.

"왜 이렇게 전화를 안 받지?"

재경의 한숨이 더 깊어졌다.

퇴원 후 오늘부터 정상 출근을 하기로 한 시훈이 출근 시간
이 가까워질 때까지 전화를 받지 않아 재경은 걱정이 이만저
만이 아니었다.

"안 되겠다."

급하게 택시를 잡아탄 재경은 시훈의 집으로 향했다. 보안이 철저하여 경비원 아저씨께 몇 번이고 양해를 구하고 올라간 재경은 망설이지 않고 초인종을 눌렀다.

널찍한 거실에 초인종이 길게 울려 퍼지는 소리가 들리고 잠시 침묵이 흐르더니 현관문이 벌컥 열렸다.

"어머! 시훈 씨!"

화들짝 놀란 재경은 현관문을 확 열어젖히고 안으로 들어갔다. 난감해하는 시훈의 얼굴엔 샴푸 거품이 흘러내리고 있었다.

아직 팔이 온전치 않은 시훈이 머리를 감지 못해 끙끙거리고 있었고 그 타이밍에 재경이 온 것이었다. 혼자 살면서 누구에게도 도움을 요청하지 못하고 혼자 당황해하고 있었을 그를 생각하니 그녀는 마음이 불편했다.

"이리 와요. 내가 해 줄게요."

시훈도 머리에서 물을 뚝뚝 흘리며 재경을 따라 화장실로 들어갔다. 그리곤 욕조 안으로 들어가 머리를 뒤로 젖혔다.

샤워기를 틀어 물 온도를 적절하게 맞춘 재경이 그의 머리를 감겨 주기 시작했다.

"나한테 전화라도 하지. 애인 놔두고 혼자 왜 이러고 있어요."

"어제도 늦게까지 야근했다며. 10분이라도 더 재우려고 그랬지."

"그래도 도움이 필요할 때는 꼭 말해요. 나는 10분이라도 당신을 더 볼 수 있어서 좋으니까."

재경의 말에 기분이 좋아졌는지, 시훈의 입가에 진한 미소
가 번져 갔다.

"김재경 씨."

"네?"

"나한테 너무 빠져 있는 거 아니야?"

"그래서 별로예요?"

"그럴 리가. 그런 자세 아주 올바르고 좋다고 칭찬해 주려
했어."

재경은 정성을 다해 시훈의 머리를 감겨 주었다. 어설프긴
했지만 두피 마사지를 해 주는 손길은 더없이 부드럽기만 했
다.

"간지러워."

참을 수 없는 간지러움에 그가 몸을 움찔했다. 재경은 물
로 샴푸를 꼼꼼하게 헹군 후, 수건으로 머리를 감싸 주곤 거
실로 나왔다.

"드라이어기 어디 있어요?"

"드레스 룸에."

드라이어기를 가지고 나온 재경은 소파에 앉아 있는 시훈
의 뒤로 갔다. 그리곤 젖은 머리카락을 조심스럽게 말리기 시
작했다. 손가락 사이사이로 파고드는 머리카락의 감촉이 그
녀를 기분 좋게 만들었다.

"한 번쯤은 아파도 괜찮겠어."

머리를 다 말려 주고 드라이어기를 정리하고 있는 재경의
귓전으로 장난기 서린 시훈의 목소리가 들려왔다.

"그런 소리 말아요. 당신 아파서 얼마나 속상한데."

그녀의 나무람에도 그는 그저 싱글벙글이었다.

"뭐가 그렇게도 좋아요?"

"다 좋아. 당신과 이렇게 있는 시간, 내게 닿았던 당신의 손길, 당신이 바라보고 있는 사람이 나라는 거. 전부 다."

재경도 더할 나위 없이 좋았다. 시훈과 함께 공유하고 있는 이 뜨뜻미지근한 공기까지도.

"날씨, 좋다."

창문을 살짝 열자, 고스란히 들어오는 따뜻한 햇살과 시원한 바람에 재경은 몸을 맡기듯 눈을 감았다.

"어디 놀러 갈까?"

"회사 땡땡이치자는 소리예요?"

다사로운 햇살에 맡겨 놓았던 얼굴을 거두어 낸 재경이 시훈에게로 시선을 돌렸다.

"못 할 것도 없지."

그는 장난기 가득한 눈빛으로 깁스를 한 팔을 뻗어 재경의 손을 꽉 잡았다.

"회사 생활보다 김재경 씨 애인 생활에 좀 더 충실해지고 싶거든."

"어이구! 또 그놈의 느끼한 멘트. 대체 어디서 그렇게 열심히 배워 오는 거예요?"

"이게 느끼해? 사랑스러운 게 아니고?"

"아니고!"

"이번 주 주말에 우리 놀러 가자."

"주말요?"

"응. 김재경 씨가 그랬잖아. 퇴원하고 괜찮아지면 놀러가자고."

"괜찮아지면 가기로 했잖아요."

"난 지금 충분히 괜찮은데? 깁스도 며칠 후면 풀고."

자신의 팔을 흔들며 그가 능청맞게 웃었다.

재경은 문득, 주말에 놀러 가자는 말이 무박으로 갔다 오자는 건지, 아니면 1박 2일로 갔다 오자는 건지 헷갈렸다.

만약 1박 2일로 갔다 오는 거라면 함께 잠을 잘 수도 있다는 소린데…….

거기까지 생각이 닿자 시훈과 인연의 끈을 만들었던 그날 밤이 떠올랐다.

헉. 그러고 보니, 요즘 야근을 하며 야식을 먹느라 뱃살이 상당히 두둑해진 상태였다. 재경은 시훈이 옆에 있다는 사실도 망각한 채 자신의 뱃살을 감싸 안았다.

"아침밥은 먹었어?"

생각에 깊숙이 빠져 시훈의 질문도, 신호에 차를 멈추곤 자신을 쳐다보는 그의 시선도 느끼지 못한 채 재경은 일그러진 얼굴로 자신의 뱃살을 쏘아보았다.

시훈은 어쩐지 재경이 무슨 생각을 하고 있는지 예상되는 것 같아 자신도 모르게 웃음을 흘려보냈다. 하는 행동마다 눈을 뗄 수 없을 만큼 귀엽고 사랑스러운 자신의 여자, 라고 생각하며.

"여행은 1박 2일이 좋겠어. 그렇지?"

그는 재경이 뭘 걱정하고 있는지 뻔히 알면서 그렇게 말을 내뱉은 자신이 능글맞다고 생각했다. 하지만 말을 번복할 마음은 없었다.

"가고 싶은 곳은 김재경 씨가 정해 놔. 난 어디라도 좋을 것 같으니까. 내가 기대하는 건 낮의 여행이 아니라, 밤의 여행이거든."

차마 비명은 내뱉지 못하고 몸을 격렬하게 떨면서 눈을 이리저리 굴리는 재경을 보며 시훈은 속으로 웃었다.

회사 근처 편의점에 도착해 차에서 내리려 하는 자신의 손을 붙잡으려 시훈이 팔을 뻗어 왔다. 그에 화들짝 놀란 재경이 얼른 손을 치마 주머니로 감추었다.

"절대 안 된다고 그랬죠? 어제처럼 또 탕비실로 따라오면 안 돼요!"

어제 탕비실로 향하던 재경을 뒤따라와 느닷없이 뒤에서 끌어안는 바람에 들고 있던 컵을 깨뜨리고 말았다. 그 소리가 어찌나 요란했던지 사무실에 있던 직원들 몇 명이 헐레벌떡 뛰어오는 사태까지 발생했었다.

상황을 궁금해하는 직원들 사이에서 도끼눈을 치켜뜨고 자신을 바라보던 조 부장의 눈빛을 재경은 아직도 잊을 수가 없었다.

하지만 그런 그녀의 부탁에도 불구하고 시훈의 얼굴엔 이해할 수 없다는 묘한 표정이 떠올라 있었다.

"글쎄. 그게 가능할까?"

"왜 불가능해요? 조금만 참으면 되지. 딱 아홉 시간만 참아요."

재경이 어깨를 다독이려 손을 뻗자 냉큼 그 손을 잡아 든 시훈이 손등에 쪽 소리 나게 입을 맞추었다.

"시훈 씨!"

다급하게 주위를 살피며 아무도 없다는 것을 확인한 재경은 아랫입술을 지그시 깨물고 시훈을 원망스럽게 쏘아보았다.

"몰라. 난 그런 거 못 해. 뽀뽀하고 싶을 때 할 거고, 안고 싶을 때 안을 거고."

"!"

시훈은 재경의 손을 가볍게 잡아 깍지를 끼고 자신의 재킷 주머니에 쓱 집어넣었다.

"손잡고 싶으면 잡을 거야. 왜냐?"

"……"

"난 김재경 씨 남자 친구니까."

누군가가 볼지도 모른다는 불안감에 불편할 정도로 주변을 의식하는 재경의 손을 절대로 놓치지 않겠다는 듯 시훈은 더욱 세게 깍지를 꼈다.

❖　　　❖　　　❖

"야, 이건 너무 오버스럽지 않니?"

티팬티와 연결되어 있는 가터벨트 속옷을 들어 올리며 음흉하게 웃는 은지를 향해 재경은 기함했다.

재경은 퇴근길에 은지에게 전화로 시훈과 정식으로 연애를 시작했고 이번 주 주말에 1박 2일로 함께 여행을 떠날 거라고 털어놓았다. 그러자 흥분을 감추지 못한 은지가 부리나케 달려와 무작정 재경의 손을 부여잡고 가까운 백화점에 위치한 속옷 가게로 향했다.

"뭐가 오버스러워. 남자들이 이런 거 은근히 좋아한다고 하던데."

은지가 속옷을 가져다 대자 재경은 슬그머니 거울을 통해 자신의 모습을 살펴보았다. 아무리 봐도 속옷은 너무 야했고, 떡 줄 사람은 생각도 안 하고 있는데 혼자 설레발을 치는 것 같다는 느낌을 지울 수가 없었다.

"다음에. 아무래도 이건 내가 너무 밝히는 것처럼 보여. 나는 평범한 게 좋아."

은지의 손에서 속옷을 뺏어 제자리에 걸어 둔 재경은 다급하게 가게를 빠져나왔다.

"저게 딱인데. 야, 그리고 좀 밝히면 어때? 연인끼리! 남자친구한테 안 밝히면 누구한테 밝혀?"

아쉬움에 칭얼거리며 연신 뒤를 돌아보는 은지를 데리고 재경은 에스컬레이터에 몸을 실었다. 그러자 불현듯 은지가 재경을 향해 몸을 돌리며 말했다.

"가격도 괜찮던데 내가 살까?"

"사서 장롱에 넣어 두게?"

"이게 남자 친구 생겼다고 건방 떨기는. 나도 곧 남자 만날 거거든?"

"언제?"

"야. 나 이은지야. 맘만 먹으면 만날 수 있는 게 남자라는 거 몰라? 손바닥 뒤집듯 쉽게 골라서 만날 수 있는!"

가슴을 쭉 펴고 당당하게 대답하는 은지를 바라보며 영양가 없이 웃던 재경은 마른 입술에 침을 바르고 다소 긴장한 얼굴을 해 보였다.

"그런데 말이야."

"응?"

"남자들이 정말 저런 속옷을 좋아한대?"

"그럼. 오히려 시훈 씨처럼 겉으로는 반듯하고 핸섬해 보이는 사람이 침대 위에서는 변태적인 성향을 지니고 있다잖아."

"변태적인 성향?"

"예를 들면 묶어 놓고 하는 것을 즐긴다든가."

재경은 벌거벗은 채 침대 양쪽 끝에 스타킹 따위로 팔다리가 묶여 있는 자신을 상상했다. 순간 온몸에 소름이 돋았다.

"때리면서 쾌락을 느낀다든가."

채찍으로 제 엉덩이를 찰싹찰싹 때리며 웃고 있는 시훈의 모습은 상상조차 하기 싫을 정도로 끔찍했다.

은지가 상상의 나래를 펼치며 말하는 내내, 재경은 20대 초반에 사귀었던 남자를 떠올렸다.

그것은 머리에 해머를 맞아서라도 잊고 싶은 악몽 같은 기억 중에 하나였다. 그는 침대 위에서 자신의 손가락을 재경의 입에 집어넣어야지만 흥분을 했다. 목젖까지 건드리며 그녀를 몇 번이고 구역질을 하게 만들 정도였다.

연신 미안하다고 했지만 그 이상한 습관은 고쳐지지 않아 최악의 남자로 기억되고 말았다. 그 이후로 남자와의 잠자리를 조금 꺼려했던 재경이었다.

"막 몸에다가 달콤한 아이스크림 같은 것도……."

"야! 됐어. 그만, 그만!"

더 이상 듣고 싶지도, 상상하고 싶지도 않았다. 재경은 자신이 우아한 품위를 지키는 사모님이 많이 있는 조용한 백화점에 있다는 것도 깜빡 잊고 버럭 고함을 내질러 사람들의 이목을 집중시켰다.

하지만 귀를 틀어막은 채 두 눈을 찔끔 감고 힘차게 고개를 내젓는 행동은 멈추지 않았다.

아닐 거야. 그럴 리가 없어! 절대로!

온화한 미소와 보드라운 손길, 자신을 배려하는 마음씨, 절대적으로 그를 믿게 만들었던 강직함과 진심 어린 그의 모든 것들이 변태적이고 이상한 성적 성향을 덮기 위한 거짓일 리 없었다.

"시훈 씨는 아니야. 절대, 아니야!"

그러나 입으로는 그리 부정하면서도 '설마', '혹시나' 하는 불길한 예감은 머릿속에서 쉽게 달아나지 않아 괴로웠다.

❖   ❖   ❖

시훈과 함께 놀러 가기로 한 주말.

12시에 만나기로 했음에도 불구하고 어젯밤 들뜬 마음에 잠을 이루지 못했다. 결국 뜬눈으로 누워 있다가 오전 6시가 조금 넘어서야 일어났다.

"주말인데 왜 이렇게 일찍 일어났어?"

주방에서 수선을 떨고 있는 재경의 소리가 들렸는지, 은지가 눈을 비비며 나왔다.

"말했잖아. 나 오늘 시훈 씨랑 놀러 간다고."

"아, 맞다. 그래서 도시락 싸는 거야?"

"간단하게 샌드위치만 싸 가려고."

"도와줘?"

"아니야. 괜찮아. 혼자 할 수 있어. 들어가서 더 자."

"아, 재밌겠다. 부럽다. 나는 내일 JH호텔로 헬퍼 나가는데."

"웬 호텔 헬퍼?"

"응. 친하게 지냈던 대학 선배가 인력이 부족하다며 이번 주말에 잠깐 나와서 좀 도와 달라 하더라고."

"그래? 그럼 얼른 더 자. 내일 바쁘겠네."

"응, 조심히 잘 갔다 오고."

잠에 푹 잠긴 목소리로 대답한 은지가 방으로 들어갔다.

서둘러 샌드위치를 싼 재경은 시계를 봤다. 벌써 8시가 가까워지고 있었다. 방으로 들어가 싸 놓은 짐 중에 빠진 것이 없나 꼼꼼하게 확인하고 씻기 위해 미리 준비해 두었던 속옷을 챙겨 욕실로 들어섰다.

재경은 눈에 띄는 보라색 레이스가 달린 브래지어와 팬티를 집어 노란빛이 완연한 화장실 조명 위로 들어 올렸다. 어제 백화점에 가서 야하지 않은 무난한 디자인으로 고른다고 골랐는데 이제 보니 조금 촌스러운 것 같았다.

은지 말대로 티팬티를 살 걸 그랬나……. 디자인이 예뻐 보이긴 하던데.

속옷에 집착하고 신경을 쓰는 자신이 기가 막혔지만 그럼에도 불구하고 머릿속 한구석에 자리 잡고 있는 발칙한 상상은 도저히 사라지지 않았다.

보라색 레이스 속옷을 입은 채 와인 한 잔에 취해 불그스름해진 뺨을 하고 침대 위에 요염하게 누워 있는 자신에 대한 상상이.

다부진 근육으로 이루어진 시훈의 헐벗은 상체가 자신의 위로 그림자를 드리우며 나타난다. 이마에 도톰하고 부드러운 입술을 맞추고 천천히 내려가며 콧등에, 좀 더 내려가 자신의 입술에 입을 맞춘다. 침대를 짚고 있던 커다란 손을 든 그가 보라색 브래지어 안에 숨겨져 있는 가슴을 움켜잡는다. 그러자 자신의 입술 사이로 가녀린 신음 소리가…….

"악! 무슨 상상을 하는 거야? 미쳤어. 미쳤어! 김재경 지금 무슨 생각을 하는 거야!"

정신 차리라는 의미로 자신의 뺨을 찰싹 때리면서도 쉽게 사라지지 않는 상상에 재경의 심장은 거세게 뛰었다.

생각보다 길이 막혀 오랜 시간이 소진되었다. 늦게 도착해 봐야 3시겠거니 생각했는데 벌써 해는 뉘엿뉘엿 산 뒤로 넘어

가고 있었다. 붉은 노을 또한 제 모습을 감추고 있는 중이었
다.

　중간에 휴게소에 들러 재경이 싸 온 도시락을 먹었지만 소화
가 빨리 됐는지 허기가 졌다. 재경과 시훈은 부산에 도착하자마
자 호텔도 들르지 않고 곧장 눈에 보이는 가게로 들어가 배를
채웠다.

　식당 문을 열고 나오자 그나마 노을빛으로 밝았던 하늘이 완
전한 어둠으로 물들어 있었다. 바다는 까만 하늘만큼이나 어두
워져서 보이지 않았고 잔잔한 파도 소리만 들려왔다.

　"바로 호텔로 가서 쉴까? 아니면 좀 걸을까?"

　산산하게 부는 바람에 섞인 시훈의 목소리가 오늘따라 유
난히 나른하게 들려왔다.

　"걸어요."

　옅게 고개를 끄덕인 시훈이 앞서가는 재경의 팔목을 잡아
세웠다.

　"왜?"

　재경이 의아한 시선으로 그를 올려다보며 묻자, 시훈이 그
녀의 손을 꼭 잡았다.

　"애인 사이인 거 티 좀 내려고."

　싫지 않게 입술을 샐쭉거리며 재경은 시훈과 함께 해수욕장
으로 향했다. 발바닥에 달라붙는 모래알이 신경 쓰였지만 결코
싫지 않았다.

　몇몇 사람들은 마치 어둠을 즐기기라도 하듯 모래밭에 폭죽
을 꽂아 놓고 불꽃 놀이를 하는 데 한창이었다. 다른 쪽에서는

젊은 남녀들이 술을 마시며 즐겁게 게임을 하고 있었다.

하지만 그 어떤 것도 재경의 눈에 들어오지 않았고, 그 어떤 소리도 귀에 들려오지 않았다. 그녀가 온몸의 신경을 곤두세우고 집중하고 있는 것은 시훈의 숨소리, 시훈의 손의 온기, 바람과 함께 코끝을 자극시키는 시훈 특유의 질리지 않는 냄새, 시훈의 목소리뿐이었다.

"어떻게 김재경 씨 손은 이렇게도 작나? 꽉 안 잡으면 놓칠 것 같아서 불안해지게."

그가 자신의 손바닥 위에 재경의 손을 살포시 올려놓고 사탕을 선물받은 아이처럼 배시시 웃었다. 그리고는 서둘러 그녀의 손을 깍지 끼워 잡았다.

"갑자기 궁금해진 건데 내 첫인상이 어땠어요?"

뜬금없는 재경의 질문에 돌아오는 시훈의 대답은 없었다. 그는 굉장히 난감한 얼굴로 고개를 갸웃거리고 있었다.

"뭐예요? 그 반응?"

그리 물으면서도 재경은 단박에 눈치챌 수 있었다. 첫인상을 기억하지 못할 만큼 이 남자는 자신의 존재를 신경 쓰지 않고 있었다는 사실을.

"됐어요."

서운한 마음에 재경이 손을 홱 뿌리치며 앞서 걸었다.

"김재경 씨!"

그런 재경을 다급하게 쫓아온 시훈이 다시 손을 꽉 잡았다.

"과거가 뭐가 중요해? 중요한 건 현재고, 더 중요한 건 당신과 영원히 함께할 내 미래 아니겠어?"

"말이라도 못하면……."

재경은 못이기는 척 시훈에게 잡힌 손에 힘을 주었다.

"그럼 김재경 씨는 내 첫인상이 어땠는데?"

시훈의 첫인상은 아주 좋았다. '세상에 저런 남자가 존재하다니'라고 감탄할 만큼.

하지만 그 말을 결코 입 밖으로 꺼내고 싶지는 않았다. 사랑하는 사람 앞에서 왜 자존심을 세우냐며 누군가가 비아냥거릴 수도 있지만 재경은 상대에게 다 퍼 주고 싶어 하는 자신의 사랑만큼 상대방도 자신을 사랑하고 있음을 느끼고 싶었다.

"음……."

시훈처럼 시선을 까만 하늘에 둔 재경이 고개를 갸웃했다.

"뭐지, 그 반응? 내가 그렇게 첫인상이 가물가물할 외모는 아닐 텐데?"

어이없어하는 시훈의 말에도 재경은 기억이 안 나는 척 연기를 해 보였다.

"이봐, 김재경 씨?"

밤바다의 잔잔한 파도 소리와 함께 애타는 그의 귀여운 목소리를 곁들이며.

화려한 샹들리에 조명 아래 환하게 빛나는 호텔 로비에 들어선 재경은 느닷없이 찾아든 긴장감 때문에 쉽게 걸음을 떼어 낼 수가 없었다.

프런트에서 키를 받고 엘리베이터로 향하는 그의 뒤통수를 바라보며 호흡을 여러 번 가다듬었지만 잔뜩 흥분해 버린 마음은 쉽게 가라앉지 않았다.

엘리베이터 안에서도 재경은 멀뚱하게 숫자 버튼만 보고 있을 뿐, 자신을 의아하게 쳐다보는 시훈의 눈빛을 애써 모른 척했다.

그런 그녀의 속을 알 턱이 없는 그가 자신에게서 멀찌감치 떨어져 있는 재경에게 살며시 다가가 허리를 끌어안았다.

"!"

움찔하며 당황한 기색을 적나라하게 드러낸 재경은 창피한 마음에 시훈을 쳐다보지도 않고 오로지 앞만 직시했다. 그렇게 그녀는 엉거주춤한 자세로 방 앞까지 걸어가야만 했다.

센서로 작동하는 카드를 찍고 안으로 들어가자 전면이 유리로 된 방이 한눈에 들어왔다. 까만 하늘에 떠 있는 달이 손을 뻗으면 닿을 것처럼 가깝게 느껴져 재경은 저도 모르게 감탄했다.

"와인 마실까?"

짐을 조심스럽게 소파 위에 올려놓고 창문으로 향하는 재경에게 시훈이 물었다.

"와인이요? 좋, 좋죠."

시훈이 와인을 주문하는 동안, 재경은 창문 밖에 두었던 시선을 거두어 내고 화장실로 향했다. 자신의 집 거실만 한 화장실에 한 번 놀라고, 족히 다섯 사람은 들어가고도 남을 크기의 욕조에 두 번 놀라고, 거울에 비추어진 자신의 몰골에 세 번 놀라며 벌어진 입을 다물지 못했다.

"이게 뭐야?"

밥을 먹고 나와 립스틱 바르는 것을 깜빡해서 그런지 입술은 하얗기만 했다. 게다가 바람이 부는 바닷가를 거닐어서 그런지 앞머리는 부스스했다.

이 모습을 하고 시훈과 자신의 첫인상에 대해 이러쿵저러쿵 떠들어 댔다는 사실에 재경은 소리 없이 괴로운 아우성을 울부짖었다.

얼굴과 머리를 대충 정리하고 화장실에서 나오자 호텔 직원이 샴페인과 연어샐러드를 바 위에 놓아 주고 있는 것이 보였다.

"수고하셨습니다."

두 손으로 공손히 직원에게 팁을 주는 시훈의 뒷모습을 보던 재경은 '어쩜, 저렇게 예의가 바를까' 하며 넋을 놓고 감탄했다.

팁을 받은 직원은 만족스런 표정으로 뒤를 돌더니 멀뚱히 서 있는 재경에게 친절한 미소와 함께 목례를 취하고 나갔다.

"분위기가 참 좋아요."

맞은편에 재경이 앉자 그는 오픈된 와인을 들어 그녀의 빈 잔을 채워 주었다.

투명하게 잔이 맞부딪히는 소리가 울리고 재경은 와인에 입을 살짝 적셨다.

오랜 시간 운전을 해서 그런지 피곤한 기색이 역력한 시훈의 눈꺼풀이 무겁게 감겼다 떠졌다.

"많이 피곤하죠?"

"별로."

"피곤해 보이는데."

얼굴을 비스듬히 기울여 턱을 괸 그가 잠에 촉촉이 젖은 눈에 재경을 담았다.

"피곤해도 어쩔 수 없어. 미친 듯이 쏟아지는 잠을 이기게 하는 게 눈앞에 있으니까."

"눈앞에 있다는 거, 저 맞죠?"

시훈이 대답 대신 예쁘게 입꼬리를 들어 올리며 웃었다.

"느끼해."

"그렇지?"

"알고 있었어요?"

"알면서도 멈출 수 없다는 사실이 나도 놀라워. 근데 아깝 잖아. 잠들면 볼 수 없는 얼굴인데."

와인 잔을 들어 입술을 축이는 재경을 바라보는 시훈의 눈 빛이 한없이 그윽했다.

"오늘은 안 물어봐요?"

"뭘?"

"와인 맛이 어떤지."

"어떤데?"

"너무 달콤해요. 와인이 잔에서 점점 줄어드는 것이 아쉬 울 만큼. 마셔도, 마셔도 또 채워졌으면 좋겠다고 바랄 만큼."

조심스럽게 손을 뻗은 시훈이 발그레한 재경의 볼을 감쌌 다.

"뜨겁다."

주량에 훨씬 못 미치는 양이었다. 하지만 볼이 뜨거워진 것은 온전히 그와 함께, 그것도 단둘이 있기 때문이었다.

시훈과 재경은 와인을 다 마시고 한 병을 추가 주문했다. 그리고 많은 대화를 나누었다. 회사에서 있었던 일부터 시작해 소소한 대화를 나누며 공감하고 웃었다.

그러다 보니, 시간은 어느새 새벽 4시를 향해 달려가고 있었다.

"이제 씻을까?"

시훈의 말에 하마터면 재경은 목으로 넘기던 와인을 입 밖으로 뱉을 뻔했다. 하지만 입 밖으로 뱉은 말은 와인보다 더 잔인한 것이었다.

"같이요?"

반사적으로 터져 나온 재경의 반문에 시훈의 눈동자가 미세하게 동요했다. 그러다 곧 품 하고 웃음을 터트려 버렸다.

재경은 그제야 시훈이 말한 '씻을까'의 의미가 같이 씻자는 것이 아님을 깨달았다. 붉은 와인만큼 붉어졌을 제 얼굴이 안 봐도 눈에 선했다.

민망함에 자리에서 벌떡 일어나는 재경을 시훈이 붙잡았다.

"민망해할 필요 없어. 그런 의도로 말한 거야."

"됐, 됐어요! 불편해요. 그냥 나, 나 먼저 씻을게요!"

시훈의 손을 거칠게 뿌리친 재경은 빛과 같은 속도로 그를 지나쳐 소파에 널브러져 있는 가방을 통째로 챙겨 들고 화장실로 도망쳤다.

빌어먹을 음란 마귀가 씌어도 단단히 씌었다. 하다못해 시훈의 발끝만 봐도 짜릿한 감정을 감출 수 없었고, 해괴망측한 상상의 나래들이 광대하게 끝도 없이 펼쳐져 주체할 수가 없었다.

씻고 난 후, 시훈을 어떻게 봐야 할지 그야말로 대략 난감한 상황이었다.

샤워를 마친 재경은 살짝 불그스름한 얼굴에 기초화장과 더불어 제2의 심장이라고 말할 수 있는 비비크림을 발라 기미와 주근깨를 감추었다.

샤워 코롱을 목과 가슴 언저리에 칙칙 뿌리고 거울을 보며 한참 동안 표정 연습을 했다. 아무렇지 않은 척, 마치 몇 분 전에 어떤 일도 일어나지 않은 척 태연하게!

가지고 들어왔던 가방을 품에 꼭 끌어안고 나가자, 한쪽 벽을 가득 메운 스크린으로 영화를 보고 있던 시훈이 뒤를 돌아보더니 상긋했다.

"씻으니까 되게 개운하네요. 시훈 씨도 얼른 씻어요."

화장실에서 연습했던 것처럼 최대한 태연자약하게 말을 하려 했지만 그와 눈조차 마주칠 수가 없었다.

"응. 그래야지."

늘어지게 기지개를 켠 시훈이 욕실로 향했다.

재경은 침묵을 동반한 야릇한 분위기에 심호흡을 고르게 내쉬고 그가 보고 있던 스크린으로 슬그머니 고개를 돌렸다.

영화는 한 남자가 밀폐된 공간에서 과거와 현재의 시간을 여행하며 가족, 연인과의 사랑을 회상하는 내용이었다. 과거로 아무리 돌아가도 만족할 수 없는 미래에 대한 허무함과 현실에 최선을 다하자는 속 깊은 이야기를 다룬 영화.

개봉한 지 오래되지 않은 데다 꽤 재미있게 본 기억이 있던 터라 재경은 흥미로운 표정으로 시훈의 온기가 남아 있는 소파에 그대로 앉았다.

그때, 닫혀 있던 화장실 문이 열렸다.

'벌써 다 씻은 거야?' 하고 놀라 뒤를 돌아보는 순간, 언제 다가왔는지 시훈이 바로 뒤에 서 있었다.

"이렇게나 빨리 씻었어요?"

"그럴 리가."

대답과 함께 상체를 수그려 재경의 입술에 자신의 입술을 살포시 포갠 시훈이 다시 몸을 일으켰다.

"꼭 하고 싶은 말을 깜빡했어. 잠들지 말고 기다려."

"왜요?"

대충 짐작하고 있었음에도 재차 확인을 받으려는 자신의 심보를 재경은 이해할 수가 없었다.

"왜냐고 묻다니 섭섭해지려고 하는데? 잠들지 않고 기다리면 내가 끝내주는 선물을 줄게. 그러니까."

시훈이 손끝으로 재경의 머리카락을 살포시 귀 뒤로 넘겨주었다.

"잠들지 말고 꼭 기다려. 금방 나올 테니까."

그 말을 하고선 밖에 걸려 있던 샤워 가운을 들고 다시 화장실로 들어가는 시훈을 재경은 한동안 넋이 나간 채 멍하니 쳐다보았다.

"잠들지 말고 기다려……."

시훈이 한 말을 혼잣말로 되새김질하니 번뜩 정신이 들었다.

여태 자신이 음란 마귀가 씌었다고 여겼는데 그것이 아니라 실제로 일어날지도 모르는 현실이라는 생각에 마음이 진정이 되지 않았다.

자리에서 벌떡 일어나 벌렁거리는 가슴을 추스르려 해도 도통 말을 듣지 않았다.

"내가 잠자리에서 이렇게 떨어 본 적이 있던가? 흡!"

혼잣말 소리가 너무 컸다. 얼른 입을 틀어막은 재경은 주위를 빠른 속도로 스캔하다 주방으로 가 조금 남은 와인을 잔에 채워 꿀꺽꿀꺽 멋없이 마셨다. 알코올이 들어가면 좀 나을 것 같았기 때문이다.

심호흡을 여러 번 하고 거울로 매무새를 한 번 더 정비한 재경은 자리로 다시 가 앉았다. 영화는 벌써 중반을 향해 달려가고 있었다.

하지만 영화가 눈에 들어올 리 만무했다. 재경의 모든 감각은 시훈이 있는 욕실로 향해 있었다. 방음이 잘되어 있는 건지, 아니면 영화 음량이 생각보다 큰 건지 모르겠지만 그가 들어간 욕실에선 그 어떤 기척도 없이 고요하기만 했다.

재경은 리모컨을 집어 들어 음량을 낮추었다. 그래도 물소리는 들리지 않았다. 그러다 시훈을 너무나 의식하는 자신의 모습에 허탈하게 웃어 보였다.

"아휴!"

몇 분 전에 마신 술 때문에 조금씩 달아오르는 건지 나른

한 몸이 축축 처져 가는 느낌을 받았다.

소파에 몸을 쭉 펴고 누운 재경은 천장에 매달려 투명하게 빛나는 크리스털 샹들리에를 빤히 쳐다보았다.

하품이 입안을 가득 메웠다. 의지와는 달리 눈물이 눈 끝에 매달려 또르르 뺨을 타고 흘러 내려왔다.

"안…… 돼. 졸면. 안 돼."

그와 뜨거운 밤을 보내고 싶다. 하지만 의지와 다르게 눈꺼풀은 천근만근 무거워져 왔다. 환했던 시야가 점점 검은색으로 물들어 가기 시작했다. 귓전으로 알아들을 수 없는 외국 배우의 대사가 이명처럼 들려온다고 느낄 때쯤 손에 잡고 있던 리모컨을 힘없이 바닥으로 뚝 떨어뜨렸다. 모든 것을 느끼고, 들으면서도 재경의 몸은 쉽게 일으켜지지 않았다. 결국 몇 분 지나지 않아 그녀는 잠이라는 나락으로 쑥 빠져 버렸다.

"안…… 돼."

재경의 입술 밖으로 매가리 없는 신음이 울렸다.

잠결에 뒤척이던 몸이 누군가에게 꽉 안겨 마음대로 움직여지지 않았다. 잔뜩 낀 졸음을 간신히 몰아내고 실눈을 뜨니, 코끝에 닿는 익숙한 향기와 온몸을 끌어안고 있는 낯설지 않은 온기가 느껴졌다.

방은 완전히 어둠에 잠겨 있었지만 계속 눈을 뜨고 있으니 어렴풋이 주변의 사물, 그리고 자신을 꼭 끌어안고 곤히 잠든 시훈이 보였다.

설마하는 마음에 재경은 시훈과 자신의 몸 상태를 살폈다. 무엇 하나 벗겨진 것 없이 정직하게 옷을 차려입고 침대에 누워 있는 20대 후반 남녀의 모습이란 정말 시시하고 허무하기 그지 없었다.

하지만 돌이켜 생각해 보면 소파 위에서 잠들어 있던 자신을 굳이 깨우지 않고 침대까지 데려오면서 조심스러워했을 그가, 잠들어 있는 자신에게 몰상식한 행동을 하지 않고 남자로서 참기 힘든 고통을 삼켰을 그가 뿌듯하고 대견하기까지 했다.

재경은 손을 뻗어 시훈의 머리를 쓰다듬었다.

그 순간, 그가 미세한 미동과 함께 눈을 떴다.

마치 잠자는 야수의 코털을 건드린 것이나 마찬가지였다. 어둠 속에서도 선명하게 빛나는 시훈의 눈동자에 재경은 긴장했다.

묘하게 흐르는 분위기에 그녀의 몸은 벌써부터 불구덩이에 뛰어든 것처럼 뜨겁고도 야릇했다.

시훈은 천천히 손을 뻗어 재경의 입술을 쓰다듬었다. 단지 살짝 건드리기만 했음에도 불구하고 재경의 심장은 살결을 찢고 나올 것처럼 뛰었다.

그 순간, 뜨거운 그의 입술이 벙져 있는 재경의 입술 위로 포개졌다.

회식 날 술을 진탕 마시고 나눴던 키스와는 또 다른 느낌이었다.

좀 더 빨려 들어간다고 해야 하나. 키스 하나만으로도 자신

을 이렇게 황홀하게 만들 수 있는 사람은 단언컨대 세상에 단
한 사람뿐일 거라는 생각이 들었다.

이 남자, 강시훈.

재경은 매달리다시피 시훈의 목을 꼭 끌어안고 자신을 맡
겼다. 거기에 보답이라도 하듯 그는 있는 힘껏 그녀를 끌어안
았다.

한참 동안 머물러 있던 입술을 떼어 낸 시훈은 몸을 일으켜
실크 재질인 재경의 잠옷과 속옷을 순식간에 벗겼다.

시훈의 손이 스쳤던 곳에 남은 따뜻한 온기가 재경을 점점
더 달아오르게 만들었다. 그에 의해 옷이 전부 벗겨진 그녀는
순간 느껴지는 창피함에 밑에 깔려 있는 시트를 필사적으로
끌어당겼다.

"감출 필요 없어. 너무 예쁘니까."

그런 재경이 사랑스럽다는 듯이 시훈이 입맞춤을 해 주었
다. 이마에서부터 시작된 키스는 가슴골을 지나 배꼽으로 내
려왔다.

그녀의 몸 이곳저곳에 입맞춤하는 그의 입술은 촉촉하기만
했다.

둘 사이에 오고 가는 대화는 없었다. 다만 뜨거운 몸과 감
싸 안는 몸짓에서 서로가 서로를 절실히 원하고 있다는 것을
느낄 뿐이었다.

온몸에 키스를 한 시훈은 무릎을 꿇고 앉아 벌린 재경의 다
리를 잡아당겨 자신의 골반 위에 걸쳤다. 그리곤 그녀의 가슴
을 움켜잡았다.

"음……!"

재경의 옅은 신음이 금세 시훈의 입술로 빨려 들어갔다. 애무하는 그의 손길과 입술은 털이 고른 붓으로 그림을 그리는 것처럼 간지러웠다.

한참 동안 재경의 가슴을 지분거리던 시훈의 손이 서서히 아래로 내려갔다.

꽁꽁 숨겨 두었던 뜨거운 감정을 시훈은 너무나 간단하게 끄집어내고 있었다. 점점 달아오르는 몸 때문에 재경은 숨이 가빠짐을 느꼈다.

가슴을 부드럽게 애무하던 그의 손이 은밀하면서도 저돌적으로 들어갔다. 솜털처럼 간지럽게 미끄러진 손은 풍성하고 깔깔한 수풀을 지나 도톰한 살점을 지분거렸다.

그는 틈새를 들어갈 듯 말 듯 하며 재경의 애를 태우고 있었다. 그에 그녀는 아랫입술을 지그시 깨물었다.

"당신 몸이 너무 뜨거워."

후끈하게 달아오른 재경의 귀에 속삭인 그가 귓불을 아프지 않게 깨물었다.

그의 행동 하나하나가 그녀를 흥분시켰다.

상체를 일으킨 시훈이 자신의 옷을 벗기 시작했다. 과하지 않게 다부진 근육이 자리 잡혀 있는 몸이 드러나자 참 섹시한 몸이라는 생각이 들었다.

시훈이 다시 상체를 깊숙이 숙여 재경에게로 다가왔다. 마주하는 눈빛은 더없이 다정했다. 미끄러지듯 그녀의 아래로 향한 그의 손가락이 은밀한 그곳으로 들어와 속살을 부드럽게 어루만졌다.

"하아!"

재경이 허리를 활처럼 휘며 옅은 신음을 내뱉었다. 그의
속도가 점점 더 과감해지고 빨라지자 그녀는 발끝에서부터
느껴지는 짜릿함에 정신을 차릴 수 없었다.

맨 정신에도 정신이 혼미하고 어지러울 수 있다니!

"알고 있지?"

느닷없는 시훈의 물음에 재경은 대답 대신 한층 풀려 버린
눈으로 그를 마주했다.

"내가 당신을 얼마나 사랑하고 있는지."

누가 그랬던가, 침대 위에서 하는 남자의 말은 절대 믿지
말라고.

하지만 믿고 싶었다. 아니, 맹목적으로 믿게 될 것이다. 지
금 이 순간, 그의 모든 것을 격렬하고 간절하게 가지고 싶으
니까.

재경은 오롯이 그 생각을 머릿속에서 되새김질하며 자신을
있는 힘껏 끌어안는 시훈의 품에 안겼다. 그러자 그가 그녀의
다리를 잡고 허리를 움직이며 깊이 들어왔다.

그 순간, 방금 전까지 맛보았던 황홀감이 사라지고 거대한
무언가가 아래를 파고들었다. 그것은 불이라도 붙은 것처럼
고통을 느끼게 했고, 살 어딘가가 찢겨져 나간 것 같은 아픔만
을 주었다.

그녀는 부들부들 떨려 오는 손을 뻗어 시훈의 몸을 밀쳐 냈
지만, 이미 흥분할 대로 흥분한 그가 꿈쩍할 리 만무했다. 이

전에 잠자리를 가졌던 다른 남자들하고는 확연히 다른 느낌
이었다.

자신의 안을 빈 공간 없이 꽉 채우고 있는 느낌.

"시훈 씨…… 너무 아파……. 아흐. 아파요!"

금방이라도 울음을 터트릴 것 같은 재경의 목소리에도 시
훈은 움직임을 멈추지 않았다. 그녀는 몰려오는 고통만큼 아
랫입술을 세게 깨물었다.

"예쁜 입술 망가져."

그는 다시 한 번 재경의 입술을 파고들었다. 그 행동은 두
려워할 것 없다며 그녀를 살살 달래 주는 듯했다.

시훈은 재경의 목을 부드럽게 감싸 안고 허리를 더 빠르고
묵직하게 움직였다.

어느 순간, 그의 움직임에 아프기만 했던 통증이 사라지고
온몸에 짜릿한 느낌만이 남겨졌다. 너무 아찔해서 눈을 뜰 수
조차 없었고 입에서는 제가 들어도 야한 소리가 제멋대로 터
져 나왔다.

"하아!"

다소 난폭하다고 느낄 정도로 시훈의 움직임이 격정적으로
변했다.

질척이는 몸의 소리와 재경의 아릿한 신음 소리가 고요한
방 안에 스며들었다.

"하……."

짤막한 신음과 함께 그의 움직임이 멈췄다. 그가 땀에 살
짝 젖은 몸으로 그녀를 품에 쏙 안자 재경 역시 그런 시훈을

살갑게 껴안아 주었다.

"강시훈 씨."

"응?"

"아까 그 말 한 번 더 해 줄 수 있어요?"

단박에 재경이 듣고 싶어 하는 말이 무엇인지 알아차린 시훈은 그녀의 가슴에 얼굴을 파묻고 허리를 껴안으며 입술을 떼어 냈다.

"사랑해."

"……."

"재경아."

적당히 달아오른 맨살이 맞닿을 때 느껴지는 안일함이 좋아 두 사람은 서로를 더욱 꽉 끌어안았다. 그가 달뜬 숨결을 내뿜을 때마다 그녀의 심장은 걷잡을 수 없이 더 세게 뛰었다.

재경은 이 밤이 빠르게 흘러가지 않기만을 바라고 있었다.

살짝 기울어진 시훈의 머리끝에서 좋은 향기가 났다. 맡아도, 맡아도 질리지 않을 것 같은 싱그러운 향기였다. 그 향기를 맡고 있자니, 재경은 자신도 모르게 입가에 옅은 미소가 떠올랐다.

❖   ❖   ❖

적당하게 달아오른 채 자신의 품에 안겨 있는 아담한 몸에 잠에서 깨어난 시훈의 입가에 짙은 미소가 번졌다. 그는 재경의 몸을 더욱 꽉 끌어안으며 어깨에 얼굴을 파묻었다.

매일 이런 아침이었으면 좋겠다. 잠에서 깨어나자마자 가장 먼저 볼 수 있는 사람이 재경이었으면.

"으음."

시훈의 작은 움직임에 재경이 잠에서 깨어났다.

"일어났어?"

재경은 대답 대신 몸을 돌려 그를 마주 봤다. 푹 자서 그런지 한층 개운해진 그녀의 얼굴에 피어오른 미소는 보는 사람까지 기분이 좋아질 만큼 화사했다.

재경이 시훈의 볼을 쓰다듬으며 말했다.

"빨리 일어나서 준비해요. 부산까지 왔는데 아무것도 안 하고 돌아가기에는 너무 아쉽잖아요."

"아무것도 안 한 건 아닐 텐데."

그는 그녀를 다시 한 번 제 품에 꼭 끌어안고는 이마에 입맞춤을 했다. 새벽의 뜨거움을 다시 한 번 느껴 보고 싶었기 때문이다.

시훈이 몸을 일으키자 재경도 같이 일어났다. 그러더니 옆에 놓인 샤워 가운을 입고 침대에서 내려와 커튼을 확 거두었다. 갑작스럽게 찾아온 햇살에 그가 눈살을 찌푸렸다.

"응?"

침대에 덩그러니 남겨진 시훈이 멍하니 재경을 바라보았다.

"여행하기 너무 좋은 날씨인 것 같아요. 나, 부산 처음 와 봤단 말이에요. 먹고 싶은 것, 가고 싶은 곳이 너무 많아요. 그러니까 빨리 준비하고 나가요. 음, 아침은 돼지국밥 어때요?"

"난 어때요?"

시훈이 두 팔을 활짝 벌리며 귀엽게 미소 지었다.

"못 말려. 얼른 준비해요!"

애써 그를 외면하며 재경은 빠른 걸음으로 욕실로 향했다.

외출 준비를 모두 끝낸 시훈과 재경은 먼저 유명한 식당에 가서 든든하게 돼지국밥을 먹었다. 자갈치 시장에 가서 구경을 하고, 감천 문화마을에서 추억이 될 만한 사진도 찍었다.

마지막으로 태종대 유람선을 타고 시원한 바람을 만끽했다. 그곳에서 재경은 시훈의 팔짱을 낀 채 그의 어깨에 살포시 머리를 기대어 경치를 구경했다. 모든 스트레스가 훌훌 날아가는 기분이었다.

"하루 더 있다 갈까?"

유람선에서 내려서며 아쉬운 듯 시훈이 말했다.

"어떻게 그래요. 내일 출근해야 되는데."

"같이 월차 내자."

"저는 이미 저번에 내서 안 돼요."

"내가 부장님한테 한번 말해 볼게."

"뭐라고 말할 건데요?"

"나랑 김재경 씨 월차 좀 쓰겠다고."

아무렇지도 않게 말하는 시훈의 모습에 재경이 펄쩍 뛰었다.

"절대 그러면 안 된다는 거 알고 있죠? 그랬다가는 눈치 백

단인 조 부장님이 단박에 눈치채실 거라고요. 우리 관계.”

“상관없어.”

“뭐가 상관없어요? 난 아주 상관 많아요. 들리는 소문에 의하면 미애 씨가 사직서를 작성했대요. 다음 달이 입사 2년 차라서 퇴직금도 받을 겸 그때까지만 버틸 거라고 하더라고요. 전, 절대 회사 못 그만둬요. 일도 재미있고, 재취업할 자신도 없고.”

재경은 자신의 너스레에 돌아오는 대답이 없자 의아한 마음에 그를 올려다봤다. 그의 얼굴은 눈에 띄게 굳어져 있었다. 무언가 고민하고 있는 것이 분명했기에 재경 또한 쉽게 말을 꺼낼 수 없었다.

재경의 손을 잡고 조용히 걸음을 옮기던 시훈이 갑자기 자리에 멈춰 섰다. 그리고는 그녀의 양어깨를 꼭 잡고 돌려 마주했다.

“당신이 사표를 쓸 일은 절대 없을 거야.”

“고마워요. 물론, 비밀로 하는 게 힘들 수도 있겠지만 그래도 우리…….”

“아니. 더 이상 비밀로 하고 싶지 않아. 자랑하고 싶어. 당신이 내 여자 친구고, 내가 당신의 남자 친구라는 것을. 당신을 숨기고 싶지 않다는 말이야. 어디서든 당당하게 이렇게 손을 잡고 거닐고 싶어.”

“시훈 씨…….”

“그래서 말인데, 나 당신한테 꼭 해야 할 말이 있어. 너무 놀라지는 않았으면 좋겠어…….”

시훈의 말은 재킷 주머니 안에서 울리는 핸드폰 진동 소리 탓에 끊기고 말았다. 재경의 어깨에 올려 두었던 손을 내린 그가 전화를 받았다.

"여보세요."

—너 대체 어디야?

시은의 목소리는 상당히 까칠해져 있었다.

"무슨 일인데."

—잊었어? 오늘 제현그룹 창립 기념일 파티 있는 거?

"아."

시훈의 옅은 탄식에 재경이 고개를 갸웃거렸다.

—아버지한테서 연락 왔어. 오늘 중요 인사들 많이 올 거라면서 평소보다 각별히 신경 쓰라고. 6시부터 시작하는 거 알지? 늦지 않게 오도록 해! 늦더라도 꼭 와. 참석하지 않으면 아버지가 많이 실망하실 거야.

이미 가겠다고 일전에 말을 했던 사항이기에 약속을 지키지 못해 아버지에게 신뢰를 잃고 싶지는 않았다.

"알았어."

전화를 끊자 앞에 있던 재경이 근심 어린 눈으로 시훈을 올려다보았다.

"왜 그래요? 무슨 일 있어요?"

"지금 바로 서울로 올라가야겠어."

아직 자신이 누군지 알지 못하는 재경에게 다짜고짜 제현그룹 창립 기념일 파티에 참석해야 한다는 말은 차마 할 수가 없었다.

시훈은 말하려고 했다. 자신이 강인그룹 회장의 아들이고 신분을 속이고 입사했던 이유에 대해서.

사랑하기 때문에, 앞으로도 계속 사랑할 것이기 때문에 그녀에게 더 이상의 비밀을 만들고 싶지 않았다. 어쩔 수 없이 만들어 낸 비밀이 상황에 따라 상대방에겐 거짓말을 했다는 참담한 결과를 몰고 올지도 모르기 때문이다.

"그래요? 그럼 얼른 가요."

더 이상 묻지 않고 급하게 몸을 돌리는 재경을 시훈이 잡아 세웠다.

"김재경 씨."

서둘러 말하고 싶었지만 이렇게 어수선한 분위기에 할 얘기는 아니라고 생각했다. 마음이 급해 얼굴을 제대로 마주하지 못하고 집중도 되지 않을 터였다.

"네?"

"서울로 올라가서 말이야. 내가 볼일을 보고 당신 집 앞으로 갈게. 꼭 나와 주길 바라. 중요하게 할 얘기가 있거든."

걱정 말라는 듯한 미소를 지으며 재경이 조용히 고개를 끄덕였다.

"많이 늦을 수도 있어. 그래도 꼭 나와 주길 바라."

시훈의 차가 집 앞 골목 어귀로 사라질 때까지 자리에 서 있던 재경은 어깨가 들썩일 만큼 거친 한숨을 몰아쉬었다.

대체 무슨 일이기에 오는 내내 심각해진 건지…….

은근히 몰려오는 걱정에 어두워진 얼굴색으로 현관문 앞에

선 그녀는 짐 가방을 내려놓고 열쇠를 찾았다.

"어?"

그런데 가방 안에 있어야 할 열쇠가 없었다. 선배의 일을 도와준다던 은지가 집에 있을 리도 없는데.

가방을 뒤로 뒤집어 보기까지 했는데도 나오지 않는 열쇠에 재경은 난감했다.

시훈이 오기 전까지 잠이나 한숨 푹 자고 있으려 했건만…….

하는 수 없이 재경은 은지에게 전화를 걸었다.

―어! 친구. 여행은 잘 갔다 왔어?

"응. 많이 바빠?"

―아니, 아직은. 이제 곧 스탠바이해야지.

"내 정신이 이래요. 열쇠를 안 가져온 거 있지?"

―진짜? 나 오늘 늦게 끝날 텐데……. 그럼 잠깐 호텔로 올래? 열쇠 줄게.

"그래 줄 수 있어?"

―어쩔 수 없잖아. 화장실 간다고 하고 잠깐 나가면 되니까.

"고마워."

전화를 끊은 재경은 은지가 있는 호텔로 가기 위해 버스 정류장으로 향했다.

서두른다고 서둘렀는데 이미 파티는 시작한 지 한 시간이 훌쩍 지나 있었다.

호텔 앞에 차를 세우자마자 시훈은 재킷 단추를 잠그며 빠르게 파티장으로 들어갔다.

낯익은 얼굴이 곳곳에 보였지만, 대부분이 생판 처음 보는 사람들이었다.

그는 급하게 어딘가에 있을 시은을 찾았다. 이렇게 많은 인파 사이에서도 그녀의 외모는 단연 독보적으로 빛났다. 그래서 어디서든 쉽게 눈에 띄었는데 시은이 보이지 않자 시훈은 의아해했다.

'아직 도착하지 않았을 리가 없는데…….'

한참을 찾아 헤매다 도저히 안 되겠다 싶어 바지에서 휴대폰을 꺼내던 순간이었다.

툭.

뒤에서 누군가가 어깨를 밀쳐 버리는 바람에 들고 있던 휴대폰을 바닥에 떨어뜨렸다.

"아이고. 죄송합니다. 제가 사람이 있는 줄……. 이게 누구야? 시훈이 아니야?"

바닥에 떨어진 휴대폰을 주워 건네는 남자는 지독히도 익숙한 얼굴이었다. 시은의 약혼자였던 남자.

이 남자가 왜 여기에…….

순간, 사납게 굳어지는 시훈의 얼굴에 남자가 걸음을 주춤 뒤로 물렀다.

"너무 무섭게 굴지 말라고. 그래도 우리 한때는 가족이 될 뻔한 사이였다는 거 잊었어?"

남자가 시훈의 어깨를 다독이며 능글맞게 말했다.

"그 더러운 손을 감히 어디다 올리는 거야."

낮게 으르렁거리는 시훈의 살벌함에 남자는 또 한 번 주춤했다.

"주제 파악 못 하는 건 여전하군."

"주제 파악이라……. 궁금하지 않아? 주제 파악도 못 하는 내가 여기에 왜 와 있는지. 아, 마침 저기 오네. 여보, 잠깐 이쪽으로 와 봐. 내가 꼭 소개해 주고 싶은 분이 오셨네."

멀리서 R그룹의 차녀가 상냥한 미소를 띠며 다가왔다. 그제야 시훈은 왜 시은의 모습이 보이지 않았는지 이해가 갔다. 이남자는 한때 자신을 죽도록 사랑했던 시은의 앞에서도 이렇게 행동했을 것이다. 아내의 허리에 다정하게 팔을 두르며 아무렇지도 않게.

시훈은 당장이라도 남자의 면상에 내리꽂고 싶은 주먹을 꽉 움켜쥐었다. 참지 못하고 단단해진 주먹을 들어 올리는 순간, 정호가 다가와 그의 팔을 꽉 잡았다.

"보는 눈이 많습니다. 도련님."

정호가 시훈의 귓가에 낮게 읊조렸다.

"섣불리 행동하셨다간 쥐뿔도 없는 저놈한테 부사장님이 차였다는 모진 소문과 함께 회장님 얼굴에 먹칠하는 일밖에 남는 게 없습니다."

침착한 그의 말에 시훈은 어금니를 꽉 깨물며 감정을 조절했다. 보는 눈이 많다는 이유로 사랑하는 가족의 자존심조차 지켜 줄 수 없다는 것이 통탄했지만, 어쨌든 받아들여야 할 현실이기도 했다. 중요한 자리에서 주먹질을 하는 개차반 아들을 두었다는 꼬리표를 아버지에게 달아 드릴 순 없으니까.

"시훈이 많이 컸네. 남의 말도 듣고. 그럼 좋은 시간 보내도록 해."

상황 파악이 안 되어 어리둥절해하는 자신의 아내를 데리고 사라지는 남자의 뒷모습에 시훈은 거친 숨을 토해 냈다.

"누나 지금 어디에 있습니까."

정호가 건넨 키를 받아 든 시훈이 호텔 룸으로 향했다. 안으로 들어서니 테이블 위로 빈 와인병이 나뒹굴고 있는 게 보였다.

시은은 축 처진 어깨를 하고서는 어둠 속에서 찬연하게 빛나고 있는 조명을 넋 놓고 바라보고 있었다.

알고 있다. 시은이 얼마나 그 남자를 사랑했는지. 자신이 가진 모든 것을 포기하면서 그 남자를 택하려 했다는 것까지.

하지만 남자의 끝없는 욕심에 동생이 위험해질지도 모른다는 판단을 하고 돌아서기까지 얼마나 힘들어했는지도.

자신 때문에 상처를 받은 누나에게 미안해 시훈은 고개조차 들 수 없었다.

"누나."

나지막한 부름에도 시은은 꼼짝하지 않았다.

"울고 싶으면 울어도 돼."

그 말이 위로가 되었는지 시은의 가녀린 어깨가 미세하게 떨리기 시작했다.

그는 더 이상 아무 말도 하지 않기로 했다. 그것이 누나를 위한 최선의 위로라고 생각하며 조용히 옆을 지켜 주었다.

호텔에 도착해서 문자를 넣은 지 얼마 되지 않아 은지가
허겁지겁 달려 나왔다.

"재경아!"

난간에 앉아 있던 재경이 자리에서 벌떡 일어나 은지에게
다가갔다.

"미안해. 괜히 번거롭게 해서."

"아니, 지금 그게 문제가 아니야!"

하얗게 질린 은지의 얼굴을 보자 재경은 알 수 없는 불길
한 예감이 들었다.

재경의 손을 잡은 은지가 거친 호흡을 가다듬었다.

"너. 놀라지 말고 들어."

"뭔데 그래."

"너희 회사 부사장하고! 시훈 씨하고!"

입술 밖으로 터져 나온 시훈의 이름에 재경은 심장이 얼어
붙는 것 같았다. 호텔에서 일하던 은지가 왜 갑작스럽게 시훈
의 이름을 꺼낸 것일까.

"같은 룸에 있어! 내가 똑똑히 봤어. 너희 부사장네 비서가
시훈 씨한테 룸 키 넘기는 거, 내가 봤다고!"

그럴 리 없었다. 자신과 함께하는 시간마저 내팽개치고 급
하게 올라와야 했던 이유가 다른 여자 때문일 리 없었다.

재경은 속으로 그리 부정하며 애써 침착하게 은지를 응시
했다.

"잘못 본 거 아니야? 닮은 사람일 수도 있잖아."

"야, 그런 아우라를 가진 외모가 흔하니? 분명히 시훈 씨였어!"

"남자 보기를 돌같이 한다는 부사장님도 시훈 씨를 참 좋아하는 것 같아. 부사장님하고 많이 친하지?"
"그래? 결재 받으러 갈 때마다 부사장님이 시훈 씨에 대해 많이 물어보던데. 어떻게 하면 부사장님한테 예쁨 받을 수 있는지 비결 좀 가르쳐 줘."

불현듯 회식 날 들었던 말들이 머릿속을 스쳐 지나갔다.
왜 그때는 의심하지 못했던 걸까. 평사원이 임원인 부사장의 총애와 관심을 받는다는 건, 그렇게 흔한 일이라고 할 수 없는데. 자신은 대화조차 제대로 나누어 본 적 없는 부사장이 그를 좋아한다는 얘기를 듣고도 왜 그때는 깨닫지 못했을까.
"어머! 저기. 저기 봐!"
은지가 혼이 나가 있는 재경의 어깨를 두드렸다. 덜덜 떨리는 그녀의 손가락을 따라가니, 잔뜩 취해서 비틀거리는 부사장을 부축하며 호텔에서 걸어 나오고 있는 시훈이 보였다.
"시훈 씨잖아! 맞지?"
그리고 그들의 앞에 미끄러지듯 멈춰 선 차. 그 차 안으로 두 사람이 올라탔다.
재경은 둔탁한 무언가가 자신의 머리를 내려친 것 같은 배신감에 숨조차 제대로 쉴 수 없었다.
"어머! 재경아!"

다리에 힘이 풀려 자리에 주저앉으려는 재경을 은지가 가까스로 부축했다.

놀라지 말고 들어 줬으면 좋겠다는 말이 저것이었나?

재경은 두 사람이 탄 차를 차마 바라볼 수가 없어 시선을 바닥으로 떨어트렸다.

"어떡해. 괜찮아, 재경아?"

은지의 눈물 섞인 물음이 위로가 되지는 않았지만 재경은 애써 덤덤하게 그녀를 바라보았다.

"괜찮아. 너 얼른 들어가 봐야지."

"같이 있어 줘야 되는데, 미안해. 정말."

"뭐가 미안해. 미안해할 거 하나 없어. 얼른 들어가 봐."

"그럼, 조심히 가고…… 집에 도착하면 꼭 연락해!"

은지를 보내고도 한참 동안 온몸을 짓누르는 배신감과 서글픔에 바닥에 주저앉아 있던 재경의 귓전으로 휴대폰 벨소리가 들렸다. 시훈이었다. 받고 싶지 않았지만 이 와중에도 그의 목소리가 듣고 싶다는 마음이 더 컸다.

"여보세요."

—쉬고 있었어?

"네."

재경은 힘없이 대답했다. 조금 전까지 그가 있었던 곳을 바라보며.

—정말 미안한데 나 오늘 못 갈 것 같아.

"……"

—기다릴까 봐 전화했어. 사정이 좀 생겨서…… 미안해.

'괜찮아요'라는 말이 차마 입 밖으로 나오지 않았다. 짤막하게 알겠다고 대답을 한 재경은 전화를 끊고 자리에서 천천히 일어났다.

이곳에 오기 전까지만 해도 보드랍다고 생각했던 바람이 이젠 온몸이 시리도록 차갑게 느껴졌다.

❖   ❖   ❖

눈을 뜬 재경은 평소처럼 집 앞에서 시훈을 기다렸다. 하지만 그에게서 사정이 생겨 출근하지 못할 것 같다는 연락이 왔다. 그녀는 마음속 한 귀퉁이에서 피어나는 그에 대한 의심과 서운함, 그리고 무너져 내리는 마음을 가까스로 추스르며 출근을 했다.

어젯밤, 부사장과 함께 있던 시훈을 보고 분명 그가 그럴 수밖에 없었던 어떠한 사정이 있었을 거라고 굳게 믿으면서도 신경이 쓰여 일이 손에 잡히지 않았다.

'아닐 거야. 그럴 리가 없어. 시훈 씨를 믿자.'

밤새도록 뒤척이며 하고 또 했던 말을 되새겨 보았지만 그럴수록 부사장을 부축하던 시훈의 모습은 선명해져만 갔다.

어수선한 마음과 아무리 내뱉어도 뚫리지 않는 응어리에 재경은 머리를 감싸 쥐며 깊은 한숨을 내리쉬었다.

"김 팀장, 이번 신상품 출시 관련 결재 서류 어떻게 됐어?"

조 부장의 말에 김 팀장이 칸막이로 고개를 빠끔히 내밀었다.

"아, 그거. 결재 받으려고 올라갔는데 부사장님께서 몸이 편찮으셔서 출근을 못 하셨더라고요. 그래서 내일 다시 올라가 봐야 할 것 같습니다."

머리를 감싸고 있던 재경의 심장이 다시 한 번 절벽으로 곤두박질쳐지는 순간이었다. 우연이라고 하기에는 너무 많은 정황들이 일치했다.

어젯밤 같이 있었던 두 사람. 오늘 같이 출근하지 않은 두 사람…….

어떻게 된 일인지, 왜 그랬는지 시훈에게 확인해 볼 용기조차 나지 않았다. 우려하는 일이 현실로 다가올까 봐 두려웠다.

점심시간이 오기 전까지 시훈에게선 아무런 연락이 없었다. 시간이 지나면 지날수록 짙어지는 초조함에 재경은 휴대폰을 수백 번 들여다보며 한숨을 내뱉었다.

"김 대리, 점심 안 먹어?"

꼼짝없이 앉아 있는 재경을 보며 최 과장이 넌지시 물었다.

"할 게 많아서 간단하게 샌드위치 사 먹으려고요. 식사 맛있게 드세요."

텅 빈 사무실을 허무하게 둘러보던 재경의 시선이 문득, 시훈의 빈자리에 멈춰졌다.

부사장과 함께 있던 시훈. 연락을 받지 않는 시훈.

주말까지만 해도 그에 대해 잘 알고 있다고 생각했는데 지금은 너무나도 낯설게 느껴졌다. 그럼에도 그가 눈물 나게 보고 싶었다.

〈점심은 먹었어요? 난 지금 점심 먹으러 가요.〉
〈무슨 일 있는 건 아니죠?〉
〈시간 되는 대로 연락 좀 줘요⋯⋯.〉

재경의 문자에 돌아오는 답장은 없었다.

재경에게 날아온 문자를 시은은 조용히 삭제했다.

그 순간, 굳게 닫혀 있던 방문이 벌컥 열리고 시훈이 들어왔다.

"나와서 밥 먹어."

"응."

시훈의 휴대폰을 베개 깊숙이 집어넣은 시은은 자리에서 일어나 그를 따라나섰다.

어제 저녁, 지나치게 과음을 한 탓에 아버지가 계시는 본가로 들어가지 않았다. 밤새 펑펑 울고 싶었고 더 취하고 싶었기 때문이다.

상처 속에서 몸부림치는 시은을 혼자 놔둘 수 없었던 시훈은 그녀를 집으로 데려와 함께 울어 주며 술잔을 기울였다.

"피는 물보다 진하다고. 누나를 위해 같이 술 마셔 주면서

울 줄도 알고."

"누가 울었다고 그래? 어디 가서 그런 소리 하지 마."

말은 퉁명스러웠지만 시은은 어제를 잊을 수가 없었다. 시은의 불행이 온통 자신 때문인 양 미안하다고 반복해서 말했던 시훈이었다.

"아침밥도 다 차려 주고. 대견하다. 내 동생."

그 말에 국을 퍼서 시은의 앞에 놓아 주던 시훈이 실없이 웃었다.

"마지막이야. 다음엔 기대도 하지 마."

"나도 마지막. 더 이상 그런 모습은 보이지 않을게. 네가 직접 끓인 거야?"

시은이 국을 한술 떠먹었다.

"음! 맛있다."

"그러게. 누가 끓인 건데 이렇게까지 맛있는 거야?"

맞은편에 앉은 시훈이 국을 떠먹으며 능청맞게 감탄했다. 그런 그를 바라보며 시은은 방금 전 확인했던 문자를 떠올렸다.

〈시간 되는 대로 연락 좀 줘요…….〉

단순히 직장 동료 사이끼리 주고받을 만한 내용의 문자는 아닌 듯싶었다.

"안녕하십니까. 마케팅팀 김재경 대리라고 합니다."

시은은 한정식집에서 마주했던 재경을 생각하며 살포시 입술을 떼어 냈다.

"그건 어떻게 됐어?"

"어떤 거?"

"좋아하는 사람이 있다고 했잖아. 그 사람의 마음 얻기 위해 고군분투하느라 바쁘니까 괜히 나서서 재 뿌리지 말라고 신신당부했던 일."

"아, 맞다. 안 그래도 누나한테 소개시켜 주려고 했는데."

순식간에 시훈의 얼굴이 환해졌다.

"소개? 그 말은 사귀기라도 한다는 얘기야?"

생각만으로도 좋은지 웃음을 참지 못하고 고개를 끄덕이는 시훈과 달리, 시은은 도통 구겨진 얼굴을 펼 수가 없었다.

"언제 시간 좀 비워 놔. 아버지랑 같이."

"아버지는 왜? 여자 친구 소개시켜 주는 자리에 아버지까지 굳이 나오실 필요가 있을까?"

"단순히 여자 친구 소개시켜 주는 자리가 아니니까 아버지도 나오셔야 돼."

다음에 무슨 말이 이어질지는 듣지 않아도 충분히 예상할 수 있었다.

시은의 눈동자가 커다래졌다.

"그 사람과 결혼하겠다고 아버지께 말씀드릴 거야."

"시훈아. 너무 섣부른 판단이야. 만난 지도 얼마 안 됐고……. 일단, 누나가 먼저 만나 본 다음에 아버지께 말씀드리는 게 어떨까?"

시훈이 나지막이 고개를 내저었다.

"아니."

"시훈아."

"허락받으려고 마련하는 자리 아니야. 그 사람이 재벌가 며느릿감의 자질이 되느냐, 안 되느냐 판단하려는 자리는 더더욱 아니고. 좋은 사람이다, 그래서 이 사람 놓치면 평생 후회하면서 살게 될지도 모른다. 아버지께 그렇게 말씀드릴 거야."

완고한 얼굴로 흔들림 하나 없이 말하는 시훈의 결심을 꺾을 수 없다는 생각에 시은은 아무런 대꾸도 할 수 없었다.

집으로 돌아온 시은은 정호를 시켜 조 부장을 통해 직접 재경의 이력서를 가져오게 했다.

"시은아! 몸이 아파서 출근 못 했다더니, 괜찮은 거야?"

요란을 떨며 들어오는 조 부장에게 어색한 미소를 건네며 시은은 이력서를 받아 들었다. 참으로 보잘것없는 이력 사항이라고 탄식하며 서류를 보고 있는데, 조 부장의 노골적인 한숨 소리가 들려왔다.

이력서를 보던 시은이 시선을 거두어 조 부장을 바라보았다.

"왜 그래?"

"사실 전부터 너한테 이 말을 해야 하나, 말아야 하나 조심스러웠는데."

"뭔데 그래?"

"우리 사무실에 몇 주 전부터 이상한 소문이 돌더라고."

"무슨…… 소문?"

그 소문에 제발 시훈이 얽혀 있지 않기를 시은은 바랐다.

"재경 씨랑 시훈 씨가 연애한다는 소문."

"좀 더 자세히 얘기해 봐."

"단둘이 있는 걸 목격한 사람이 한두 명이 아니더라고. 너도 알지? 우리 회사 창고가 어떤 의미인지. 거기서 단둘이 나오는 걸 본 사람도 있고, 점심도 매일 몰래 만나서 먹으러 가고……."

이미 시훈에게 '결혼'을 전제로 만나는 사랑하는 여자가 있다는 말을 들었지만, 타인에 의해 듣는 것은 또 다른 충격으로 다가왔다.

시은은 지그시 아파 오는 관자놀이를 매만지며 이맛살을 찌푸렸다.

"어떤 여자야?"

"응?"

"김재경 씨 말이야. 어떤 여자냐고. 계약직 때부터 6년 정도 같이 일했잖아. 그러고 보니 얼핏 기억나. 몇 년 전 공모전에서 김재경 씨가 대상 수상했던 거."

"김재경 씨야 뭐, 성실하지. 단지 마음에 걸리는 게 하나 있기는 하지만."

"마음에 걸리는 거?"

조 부장이 대답 대신 고개를 끄덕이더니 망설이는 기색을 보였다.

"언니, 내 성격 몰라? 궁금한 거 못 참는 거."

점점 높아져 가는 시은의 언성에 조 부장이 어렵게 입술을 떼어 냈다.

"남자 문제 말이야. 김재경 씨, 전에 다니던 회사가 우연치 않게 내 조카가 근무하는 곳이더라고. 마침 시훈 씨랑 재경 씨가 그런 사이일지도 모른다는 소문을 듣고 마음에 걸려서 조카한테 이것저것 물어봤지."

"그랬더니?"

"남자관계가 많이 복잡했던 모양이야. 회사 사람들이랑 양다리를 걸치다가 들켜서 헤어졌다는 소문이 돌았대."

"어머!"

경악에 일그러진 얼굴로 시은이 자리에서 벌떡 일어났다.

"어떻게 그런 여자가 우리 시훈이를!"

순간, 한정식집에서 웬 남자와 대화를 나누고 있던 게 떠올랐다. 다가가면 흔들릴 거냐는 물음에 그녀는 아무 대답도 하지 않았었다. 시훈을 진정으로 사랑하고 그에게 정착할 마음이 있었다면 펄쩍 뛰며 조치를 취했어야 할 상황이었다.

"세상에……."

시은이 스르르 몸에 힘을 풀고 의자에 주저앉았다.

"시은아, 괜찮아?"

콩깍지가 씌어도 단단히 씐 시훈은 어떤 말을 해도 통하지 않을 터였다.

절대 용납할 수 없었다. 별 시답지도 않은 게 자신의 귀한 동생을 유혹한 걸로도 부족해, 시훈의 뒤로 몰래 다른 남자들을 만나고 다니는 사실을 말이다.

"김재경 씨한테 연락 좀 해 줘. 당장 만나야겠어."

❖　　　❖　　　❖

부사장에게서 연락이 온 것은, 퇴근 시간에 맞춰 회사 앞으로 데리러 오겠다는 시훈의 문자를 확인한 직후였다.

부사장과의 만남은 단칼에 거절하고 싶을 만큼 꺼림칙했지만 어쨌든 한 번은 마주해야 할 문제였다. 게다가 무엇보다 그녀는 거절할 용기를 가질 수 없게 만드는 높은 직책의 상사였다.

재경은 부사장과의 만남을 약속하며 시훈에게 답장을 보냈다.

〈미안해요. 오늘은 은지가 회사 앞으로 온다고 하네요.〉

차마 부사장에게서 만나자는 연락이 왔다고는 할 수 없어 대충 둘러댔다.

퇴근 시간이 다가올수록 억눌러지는 긴장감에 숨이 막힐 지경이었다.

"다들 수고했어!"

퇴근을 알리는 팀장의 인사가 별로 달갑지 않다고 생각하며 재경은 서둘러 회사를 나왔다.

"안녕하십니까. 김재경 씨 되시죠? 전 부사장님 비서 이정호라고 합니다."

회사 앞에서 기다리던 정호의 차를 타고 도착한 레스토랑은 청담동 중앙에 위치한 곳이었다.

재경은 외관만으로도 여기가 쉽게 올 수 있을 만한 곳이 아니라고 판단했다. 고급스러움이 물씬 풍기는 특유의 압도적인 분위기 때문이었다.

재경은 호흡을 가다듬으며 천천히 걸음을 옮겼다.

"어서 오십시오."

손이 문에 닿기도 전에 앞에 있던 직원이 문을 열어 주며 상업적인 미소를 흘렸다.

"성함이 어떻게 되십니까?"

예약제 손님만 받는 듯 직원은 예약 리스트를 확인했다.

"어…… 김재경입니다. 안에 일행이 있을 거예요."

"아! 이쪽으로 안내해 드리겠습니다."

직원의 미소가 더욱 친절해진 것은 괜한 기분 탓일까.

적당한 걸음 속도를 유지하며 홀을 지나던 직원은 복도 모퉁이를 꺾자 보이는 룸 앞에 멈춰 섰다.

노크를 하고 얼마 지나지 않아, 안에서 짤막한 대답이 들려왔다.

문을 연 직원은 한 발자국 뒤로 물러서서 재경이 들어갈 수 있는 길을 만들어 주었다. 그 사이로 그녀는 무거운 발걸음을 옮겼다.

"회사에서 꽤 거리가 있는데 오느라 수고했어요. 앉아요."

쌀쌀한 부사장의 말에 재경은 나지막이 고개를 수그리며 맞은편에 앉았다. 긴장감에 목이 말라 왔지만 앞에 놓여 있는 물컵을 들어 올릴 힘이 없었다.

티끌 하나 없는 새하얀 피부와 굴곡 없는 매끈한 얼굴형, 그리고 붉은 입술. 레드 계열의 타이트한 원피스를 입은 부사장은 재경보다 나이가 많아 보였지만 풍기는 세련된 분위기 또한 훨씬 깊었다.

재경은 금세 주눅이 들어 버렸다.

시훈에게 어떤 여자가 더 잘 어울릴까. 적어도 돼지 껍데기 집에서 튀는 껍데기를 피해 가며 고기를 굽는 시훈보다, 이런 곳에서 질 좋은 스테이크를 썰어 먹는 그가 더 잘 어울렸다.

"돌려서 말하는 것에 취미도 없고, 잘하지도 못해요. 그래서 단도직입적으로 말씀드리죠."

잠시 시훈을 생각하느라 아무 곳에나 두었던 재경의 시선이 시은에게로 향했다.

"재경 씨는 우리 시훈이랑 어울리지 않아요. 뭐든지 끼리끼리, 라는 말이 있죠. 상어가 민물에서 살 수 없듯이."

조금의 망설임도 없이 '우리 시훈이' 라는 호칭을 쓰는 부사장의 입술을 재경은 멍하니 바라보았다. 따뜻한 그의 입술이 저 입술에도 닿았을 거라고 생각을 하니 마음이 쓰라렸다.

"김재경 씨는 우리 시훈이를 위해 해 줄 수 있는 게 하나도 없어요. 오히려 최고의 약점이 될 수 있죠."

용서할 수 없는 일이었다. 다른 여자를 두고 거짓 사랑을 속삭이며 감쪽같이 자신을 속여 왔다. 시훈은 커다란 상처의 구멍을 마음에 새겨 놓아 평생토록 쓰레기라고 부를 생각인 찬오와 별다를 바 없는 남자였다.

그런데 그때와는 다르게 왜 이렇게 마음이 아픈지. 억울하고 화가 나서 눈물이 나는 게 아니라 목이 멜 정도로 슬픈 감정이 가슴을 억누르는 것을 재경은 이해할 수가 없었다.

시훈의 또 다른 여자와 대면하고 있는 이 와중에도 그가 보고 싶었다. 따뜻한 그의 품에 안겨 저 여자가 아니라, 자신을 택해 달라고 애원하며 펑펑 울고 싶었다.

"시훈 씨를 많이 사랑하시나요?"

눈물을 머금은 목소리로 재경이 묻자 냉정한 시은의 얼굴에 의아함이 퍼져 나갔다.

"뭐라고요?"

"시훈 씨를…… 많이 아껴 주실 수 있으세요?"

"당연하죠. 나만큼 시훈이를 아껴 줄 수 있는 사람은 이 세상에 존재하지 않는다고 생각……."

쾅!

그때였다. 시은의 말이 채 끝나기도 전에 굳게 닫혀 있던 문이 거칠게 열렸다.

"손님! 이러시면 안 됩니다!"

허겁지겁 뒤쫓아 온 직원의 손을 거칠게 뿌리치고 안으로 성큼성큼 들어온 사람은 다름 아닌 시훈이었다.

"시훈아."

예기치 못한 그의 등장에 당황한 것은 시은이었다. 재경은 뒤를 돌아보지 않고 정자세를 유지하고 앉아 있었다. 등 뒤로 가까워지는 그의 발걸음이 느껴졌다.

"일어나요, 김재경 씨."

시훈이 재경의 손목을 잡고 일으켰지만 그녀는 꿈쩍도 하지 않았다.

"아직 얘기가 다 안 끝났어요."

"들을 필요도 없는 말이야."

"왜요? 왜 들을 필요도 없는 말이죠? 당신과 내 얘기인데."

자신을 바라보는 재경의 눈빛이 차갑게 식어 버렸다는 것을, 조금은 서글퍼졌다는 것을 시훈은 단박에 알아차릴 수 있었다.

"내가 다 설명할게."

시훈은 힘주어 잡은 재경의 손목을 놓지 않고 그대로 룸을 빠져나왔다.

"강시훈!"

뒤에서 자신을 부르는 시은의 말을 무시한 시훈은 재경을 데리고 레스토랑을 나섰다.

"이거 놓으라고요!"

시훈은 재경이 팔을 거세게 뿌리치자 결국 손을 놓쳐 버리고 말았다.

"대체 뭘 설명하겠다는 거죠? 저분을 나보다 더 사랑한다고 말할 건가요?"

꾸역꾸역 눌러 놓았던 감정이 폭발해 버리고 말았다. 재경은 이젠 참을 수도 없이 흐르는 뜨거운 눈물로 두 뺨을 적시며 시훈의 앞에서 울부짖었다.

"내게 오지 못했던 어젯밤에 저분과 함께 있었다고, 그럴 수밖에 없었다고 변명을 늘어놓을 셈인가요?"

"당신에게 가지 못했던 건 정말 미안해. 하지만 정말 그럴 수밖에 없었어. 함께 있어 줘야 했다고."

시훈의 눈빛에는 어떤 후회도 없어 보였다.

다만, 서러움에 몸부림치는 그녀의 모습만 비칠 뿐. 재경은 그의 눈 속에서 무너져 내리는 자신의 모습을 바라봐야 하는 현실이 너무 가혹하다고 생각했다.

"어떻게 끝까지……."

"당신이라면 충분히 이해해 줄 수 있을 거라고 생각했어. 당신은 그런 사람이니까."

"뭐, 뭐라고요? 내가 그런 사람이라뇨?"

재경은 자신을 고작 그렇게밖에 생각하지 않는 시훈의 말에 기가 막혀서 헛웃음이 다 나왔다. 그의 다음 말을 듣지 않았다면 그녀는 얼굴에 눈물을 묻힌 채 길거리에서 미친년처럼 웃어 재끼는 여자가 될 뻔했다.

"가족을 소중하게 생각하잖아."

"가족이라니요?"

뜬금없는 소리에 둔탁한 무언가로 뒤통수를 얻어맞은 표정을 지은 그녀가 시훈을 올려다보았다.

"말하려고 했어. 당신한테 가서 전부 말해 주려고 했어."

"가족이라니. 무슨 뜻이에요?"

물어보면서도 재경은 스스로가 참 멍청한 질문을 한다고 생각했다. 시훈은 그런 그녀를 암담하게 바라보았다. 적어도 이런 상황에 놓인 채 고백하게 될 줄은 몰랐던 것이다.

"내…… 친누나야."

부사장은 회장의 딸인데, 부사장과 시훈이 남매 사이라면…….

재경은 감출 수 없는 허망한 눈길로 시훈을 바라보며 또다시 뒷걸음질을 쳤다.

"그렇다면, 그러니까, 당신이……."

"김재경 씨."

점점 멀어지는 재경과의 거리에 왈칵 겁이 나 버린 시훈이 단박에 거리를 좁혔다.

"김재경 씨. 나는……."

"왜 나를 속였어요?"

그는 배신감에 물든 그녀의 눈동자를 마주하기가 버거워 힘겹게 시선을 돌렸다.

"김재경 씨를 속이려고 했던 게 아니야. 나도 마음이 편치 않았어. 전부 다 말해 주려고 했어."

"이제야 이해가 간다. 상어는 민물에서 살 수 없다는 그 말이……."

실없이 피식피식 웃으며 재경이 혼잣말을 중얼거렸다. 어디에도 정착할 수 없는 길 잃은 그녀의 눈동자가 시훈의 주위를 맴돌다 바닥으로 툭 떨어져 내렸다.

"당신은 결코 평범한 사람이 될 수 없다는 것도."

들릴 듯 말 듯 말을 내뱉은 재경이 시훈에게서 돌아섰다.

"재경 씨."

"따라오지 말아요. 붙잡지도 말고."

"……."

"혼자 있고 싶어요."

살이 아릴 정도로 냉정한 말에 그는 더 이상 그녀에게로 걸음을 옮길 수가 없었다. 그저 점점 멀어져 가는 그녀의 이름을 나지막이 부르며 바라만 볼 수밖에.

재경을 붙잡지 못하고 돌아온 시훈은 아무것도 할 수가 없었다.

씻을 힘조차 없어 소파에 앉아 있는 그에게로 시은이 냉수를 따른 물 컵을 들고 다가왔다.

"시훈아, 물 좀 마셔."

"필요 없어."

시은 또한 마음이 불편하기는 매한가지였다. 재경이 시훈의 존재를 몰랐다는 사실을 미처 깨닫지 못했기 때문이다. 솔직히 그녀가 시훈의 정체를 알고 일부러 접근했을 거라는 추측을 배제하지 않았던 시은은 지금의 상황이 조금 당황스럽기까지 했다.

하지만 곧, 생각이 바뀌었다.

재경이 시훈의 정체를 알게 된 순간 그녀의 행동이 변할 것이라는 사실은, 밤이 지나면 새로운 아침이 온다는 불변의 법칙과도 같았다.

재경은 이제 시훈에게 매달리게 될 것이다. 다른 여자들과 다를 바 없이.

"시훈아."

"쉬고 싶다. 혼자 있고 싶어."

"너무 힘들어하지 마. 이제 그 여자는 네가 회장의 아들이라는 걸 알게 됐어."

"무슨 뜻이야?"

"무슨 뜻이냐니? 불 보듯 뻔한 거 아니야? 너한테 그 여자가 달라붙을 거라고. 누가 놓치고 싶겠어? 잘빠진 외모에 입이 쩍 벌어질 만한 집안 배경."

실망스러운 기색이 역력한 얼굴로 자신을 바라보는 시훈을 마주하며 시은은 무언가가 잘못되었다는 것을 단박에 알아차렸다.

"고작 김재경 씨를 그렇게밖에 안 본 거야?"

"뭐?"

"예전에 이런 일이 한번 있었어. 편의점을 갔는데 할머니가 배가 고프셨는지 돈도 없이 들어오셔서 빵을 집어 들었어. 아르바이트생이 난감한 얼굴로 돈이 없으니 드릴 수 없다고 하기에 내가 사 드리려고 걸음을 옮기는 순간, 김재경 씨가 나타났어."

그날 일을 떠올리는 모양인지 따뜻한 미소를 짓고 있는 시훈을 시은은 소리 없이 바라보았다.

"그 빵을 대신 계산해 주더라고. 게다가 생각지도 못했던 일은 그다음에 일어났지. 아무렇지도 않게 5만 원을 내밀면서 할머니가 앞으로 이곳에서 식사를 하실 수 있게 해 달라고 부탁하더라고. 미안해서 어쩔 줄 몰라 하는 할머니에게 맛있게 드시라며 환한 미소를 지어 주더라. 사람을 배려할 줄 아는 사람이야. 난 아직도 그날 김재경 씨의 미소를 잊을 수 없어. 그 예쁜 미소를. 그러니까, 돈 많은 사람 좋다고 쫓아다니는 속물 같은 다른 여자들과 차원이 다르다는 뜻이야."

재경을 향해 확고한 믿음을 보이는 시훈의 말에도 시은은 흔들리지 않았다.

"아무리 그래도 너하고는 어울리지 않는 사람이야."

"누나."

"전에 다녔던 회사에서도 남자 문제로 시끄러웠던 모양이야. 그래서 퇴사하게 된 거고."

"그 사람 뒷조사까지 한 거야?"

질린다는 시훈의 얼굴에도 시은은 주저 없이 말을 이어 갔다.

"어떤 사람인지 궁금했을 뿐이야."

"내 말을 믿어. 김재경 씨 그럴 사람 절대 아니야. 다른 사람 말 듣지 말고, 내 말만 믿으라고! 누나가 세상에서 가장 사랑한다는, 내 말을 믿어 달라고."

"아버지 귀에 들어가기 전에 정리하도록 해. 이번 일만큼은 네 마음대로 하게 두지 않을 거야. 그럼 쉬어."

"누나가 나를 좀 도와줘."

"……."

"나 좀 도와 달라고. 누난 내가 세상에서 가장 행복하길 바라는 사람이잖아. 나는 김재경 씨가 있어야 행복해. 다른 건 아무 의미도 없어!"

"많이 피곤해 보인다. 쉬는 게 좋을 것 같아."

시은은 깊어지는 시훈의 한숨을 뒤로한 채 소파에 두었던 핸드백을 집어 들고 집을 빠져나왔다.

현관문을 닫고 나오자 서늘한 바람이 시은의 마음을 들쑤셨다.

"나 좀 도와 달라고. 누난 내가 세상에서 가장 행복하길 바라는 사람이잖아."

시훈이 행복해질 수만 있다면 무슨 짓이든 할 수 있는 시은이었다. 하지만 재경은 안 된다. 훗날 한 기업을 이끌어 가야 할 그에게 도움이 될 만한 힘이 그녀에게는 하나도 없었다.

시훈은 반드시 회사에 막강한 힘과 영향력을 줄 수 있는 사람과 결혼을 해야 한다. 염분이 없는 민물로 향하는 순간, 상어는 죽게 된다. 그를 그렇게 내버려 둘 수는 없었다.

그게 시훈이 타고난 어쩔 수 없는 운명이라는 것을, 스스로 알아 가기를 시은은 바랄 뿐이었다.

"혼자 청승맞게 뭐하는 거야."

식탁에 앉아 소주잔을 기울이고 있는 재경의 뒤로 은지가 다가왔다.

"왔어?"

"시훈 씨랑 얘기는 좀 해 본 거야?"

자신의 소주잔을 가지고 와 맞은편에 앉으며 은지가 안타까게 물었다. 그에 재경은 빈 잔에 술을 채우며 고개를 내저었다. 그녀의 침묵이 무엇을 의미하는지 은지는 어렴풋이 알 수 있을 것 같았다.

하지만 섣불리 물어볼 수는 없는 노릇이기에 재경이 괜찮아질 때까지, 그래서 스스로 이야기를 꺼낼 때까지 기다려 주기로 했다.

"너 이렇게 먹다가 속 버린다. 기다려. 안주 만들어 줄게."

부실한 안주를 탓하며 은지가 일어나 팔을 걷어붙였다. 그리고 얼마 지나지 않아 그녀는 순식간에 안줏거리를 몇 가지 만들어 내왔다.

"그 사람…… 가족이래."

시간이 얼마나 흘렀을까, 소주병이 바닥을 보일 때쯤 붉어진 얼굴로 재경이 탄식하듯 말을 흘렸다.

"무슨 말이야?"

"부사장님 말이야. 그 사람 누나래. 친누나."

"친누나? 너네 부사장, 강인그룹 회장 딸이라며. 그럼 시훈 씨가 회장 아들이라도 된다는 거야?"

"그렇게 되더라고. 관계가."

"어머…… 어쩐지. 입고 다니는 옷이며 차며……. 평사원은 아니다 싶었는데."

다소 충격을 받은 모양인지 잠시 벙쪄 있던 은지가 고개를 내저으며 정신을 가다듬었다.

"그런데 뭐가 문제라고 이렇게 술잔을 기울이며 세상 다 산 얼굴을 하고 있는 거야?"

"나한테 아무 말도 안 해 줬어."

"왜 그럴 수밖에 없었는지는 물어봤어? 그 사람한테도 사정이라는 게 있었을 거 아니야."

물어볼 경향이 없었다. 너무 놀랐고, 자신이 세상에서 제일 잘 알고 있다고 믿었던 사람의 비밀을 뒤늦게 알게 됐다는 배신감에 그를 마주하고 있을 수가 없었다.

하지만 제일 속상한 것은 자신이 시은의 말에 반박을 할 수 없었다는 사실이었다.

"누나를 만났어."

"부사장?"

"응. 그런데 그런 말씀을 하시더라. 상어는 절대 민물에서 살 수 없다고."

자신을 하찮다는 듯이 바라보던 시은의 얼굴이 그저 따뜻하게만 바라봐 주던 시훈의 얼굴과 오버랩되었다.

울컥, 시훈에 대한 생각에 재경은 코끝이 시큰해지고 목이 아릿하게 메여 왔다.

"그 말은, 넌 민물에서 사는 민물고기고 자기 동생은 바다의 왕인 상어라도 된다는 뜻이야?"

"그런 거겠지?"

"말도 참……. 싸가지 없게 했다."

"틀린 말은 아니야. 민물에서 사는 난 바다로 가는 순간 죽게 되고, 바다에서 사는 시훈 씨는 민물로 오는 순간 죽게 된다는 거."

의미 없이 술잔을 기울이다가도 문득문득 떠오르는 시훈의 얼굴에 재경은 가슴이 미어 왔다.

그에 대한 생각은 봇물처럼 터져 버리다 그녀의 가슴속에 단 한 가지 생각을 남겼다.

보고 싶다. 그렇게 밀쳐 내고 돌아선 것을 후회할 만큼.

하지만 겁이 나고 자존심도 상했다. 누군가에게는 소중한 딸이자 친구인 자신을 하찮게 바라보던 시은 때문에. 그래서 너무나 사랑하는 남자지만, 시은이 가장 소중하게 생각하는 시훈을 조금은 아프게 만들고 싶다는 이기적인 마음이 들었다.

"이 멍청아! 네가 진짜 민물에서 사는 민물고기도 아니고, 강시훈 씨가 바다에서 사는 상어도 아닌데, 뭘 죽고 살아? 그게 말이 돼?"

격분한 은지는 여전히 화가 안 풀리는 모양인지 거친 숨을 토해 냈다.

"뭐가 그렇게 어렵냐? 뭘 그렇게 생각해야 돼? 사랑이야말로 아무 생각 없이 몸 가는 대로, 마음 가는 대로 하면 안 되는 거야. 다른 건 몰라도 사랑만큼은 말이야. 지금 네가 머릿속으로 생각하는 모든 걸 버려 봐. 그럼 알게 될 거야. 네 걸음이 어느 방향으로 가고 있는지."

갑자기 은지가 왈칵 눈물을 쏟아 냈다.

"후회돼서 미치겠어. 그날 너한테 말하는 게 아니었어. 나도 놀라고 배신감도 들어서 말했지만 너무 후회가 돼. 너랑 시훈 씨가 이렇게 된 게 꼭 나 때문인 것만 같아서."

어깨까지 들썩이며 눈물을 쏟아 내는 은지를 달래는 재경의 낯빛이 더욱 어두워져 갔다.

❖   ❖   ❖

밤새 뒤척이다 한숨도 자지 못한 재경은 한층 무거워진 몸을 이끌고 출근을 하기 위해 현관문을 나섰다.

주룩주룩, 가느다란 빗줄기가 회색빛 하늘에서 쏟아져 내리고 있었다. 평소의 재경이라면 내리는 비에 짜증을 냈을 터였지만, 오늘은 그럴 기운도 없었다.

재경은 소리 없이 우산을 폈다. 삭신이 쑤시고 눈이 시려 침대에 멍하니 누워 있고 싶다는 생각만 절실하게 들 때였다. 눈앞에 익숙한 차 한 대가 보인 것은.

"……."

차 안에서 불편한 자세로 곤히 잠들어 있는 시훈의 모습이 햇살에 반사된 창문으로 흐릿하게 보였다.

재경의 걸음이 자신도 모르게 시훈 쪽으로 향했다. 몇 시간을 뒤척이면서도 머릿속에서 절대로 사라지지 않던 사람. 상체를 조금 낮추어 반사되는 햇살을 피하니 차 안에 있는 시훈이 더욱 선명하게 보였다.

갑자기 드리워진 그림자에 인기척을 느낀 모양인지 그가 눈을 떴다. 그리고 앞에서 자신을 바라보고 있는 재경과 두 눈을 마주했다.

"김재경 씨."

운전석에서 내린 시훈을 하늘에서 쏟아지는 비가 순식간에 적셨다.

"밤새 여기에 있었던 거예요?"

시훈은 굳은 얼굴로 나지막이 고개를 끄덕였다.

"사람 미안해지게……."

"미안하게 만들려고 있었던 거 아니야. 그냥 당신 근처에 라도 있으면 마음이 편해져서."

미세하게 웃는 그의 미소에서 피곤한 기운이 느껴졌다.

"어제 곰곰이 생각해 봤어요."

다소 냉소적인 그녀의 말투에 그의 눈동자가 잔뜩 겁에 질렸다. 그의 눈빛은 간절하게 그녀를 향해 '뭘?' 하며 묻고 있었다.

"아무리 생각해 봐도 당신과 난 어울리지 않아 감당해 낼 자신이 없어요. 당신을 사랑하게 되었을 때 따라오는 모든 것들 말이에요. 조 부장님이 무서워서 비밀 연애를 하자고 했던 난데, 부사장님의 미움을 받는 건 감당하기 힘들 것 같아요. 난, 이 회사가 좋고……."

"김재경 씨는 우리 시훈이를 위해 해 줄 수 있는 게 하나도 없어요. 오히려 최고의 약점이 될 수 있죠."

시은의 말이 메아리처럼 재경의 귀에 울려 퍼졌다. 무엇보다 당신의 약점이 되고 싶지 않다는 말이 목울대까지 차오르는 것을 겨우 삼켰다.

"누나 때문이라면 조금만 기다려 줘. 내가 설득할 수 있어. 충분히."

"평범하게 회사 다니면서 평범한 나이에 평범한 사람 만나 평범한 결혼을 하는 게 내 꿈이라고 말한 적 있나요?"

초점 잃은 시훈의 눈동자가 매가리 없이 바닥으로 툭 떨어졌다.

"서로의 자리로 돌아가는 게 좋을 것 같아요. 더 늦기 전에."

돌아서려는 재경의 손목을 시훈이 잡았다. 자신의 손목을 잡고 있는 차가운 그의 손이 미세하게 떨려 오는 것도 재경은 터져 나오려는 눈물을 꾸역꾸역 참으며 느꼈다.

"내 자리가 어디든 변하는 건 없어. 김재경을 사랑하는 강시훈의 마음속 자리는 변한 게 하나도 없다고."

시훈의 머리카락을 적시고 뺨 위로 떨어지는 빗방울들이 마치 그의 눈물처럼 보였다.

"그러니까 나한테 이러지 마."

"나, 참. 이기적이라는 생각은 안 들어요?"

"들어."

그녀는 망설임 하나 없이 대답하는 그를 눅눅한 눈길로 올려다보았다.

"그래서 화도 좀 나. 당신이 고작 나를 이 정도로밖에 생각하지 않았나 싶어서……. 나는 당신을 위해 뭐든 포기할 자신이 있는데, 당신은 다른 것들 때문에 나를 가장 먼저 포기한다는 게."

자신이 덜 아프기 위해 상대방을 더 아프게 만드는 선택이라는 것, 그래서 어쩌면 누구에게도 이해받지 못할 이기심이라는 것을 잘 안다.

하지만 버텨 낼 자신이 없었다. 자신을 대놓고 미워하며 자존심까지 뭉개 버릴 상황에 대면하는 것은.

"하지만 제일 화가 나는 건, 나 자신한테야. 당신이 내 손을 이렇게 금세 놓쳐 버릴 만큼, 내가 당신에게 믿음직스러운 사람이 아니었구나 싶어서. 여태, 당신의 옆에서 뭘 했나 싶어서……."

서늘하게 불어오는 바람에 실린 그의 목소리가 참으로 서글프게 재경의 귀에 박혔다.

그의 잘못은 없다. 스스로를 책망할 만큼, 스스로에게 화를 낼 만큼.

"진작 말하지 못했던 거 미안해. 우리 누나가 어떤 말을 해서 그게 당신에게 상처가 되었다면 전부 다 미안해. 시간을 좀 줄게."

"……."

"미안하다는 말 말고 다른 말, 기다리고 있을게. 내가 나를 원망하지 않게 만들 수 있는 건 김재경 씨, 당신 하나뿐이니까."

❖   ❖   ❖

시훈이 바라보고 있는 동선을 시은의 불편한 눈빛이 따라 갔다. 몇 시간째 재경만 바라보며 한숨을 쉬고 있는 그의 모습에 그녀는 억장이 무너져 내리는 것만 같았다.

꼿꼿한 자세로 시훈에게 눈길 한 번 주지 않고 업무에만 집중하고 있는 재경의 뒷모습은 시은이 보아도 지독히 매정했다. 그의 위치를 알게 되면 더 좋다고 달라붙을 줄 알았는데 그녀의 행동은 너무나 의외였다.

"너무 마음 아파하지 마. 저러다 곧 괜찮아질 거야."

어느새 다가온 조 부장이 시은의 어깨를 다독이며 말했다.

"그러겠지? 꼭 그래야 하는데."

"단지 조금 걸리는 게 있다면……."

"응?"

"몸이 멀어져야 마음도 멀어지는 법이잖아. 한 사무실에 있다 보면 아무래도 매일 마주치니까 서로에 대한 감정을 정리하는 데 방해가 되진 않을까 싶기도 하고."

조 부장의 말이 일리가 없는 건 아니었다. 재경을 잊으려 해도 잊을 수 없는 상황이 시훈에게 반복적으로 일어날 것이 뻔했다.

"어떻게 하면 좋을까?"

"사실 너 예전부터 고민했었잖아. 시훈 씨의 사내 입지에 대해서 말이야. 물론 실적 좋고 능력도 특출 나긴 하지만 그건 일반 사원들도 하는 업무일 뿐이잖아."

"무슨 말이 하고 싶은 거야?"

"나중에 강시훈 씨가 회사의 대표 경영자로서 일을 할 때,

지금의 업무는 그다지 많은 도움이 되지 않을 것 같다는 뜻이지. 그래서 그러는데, 해외 지사에 부장급 정도로 보내는 건 어때? 안 그래도 해외 지사에 직원이 부족해서 이번 하반기에 인사이동 신청을 받을 계획이라고 하던데. 시훈 씨를 그쪽에 보내는 것도 나쁘지 않을 것 같아. 해외 주주들하고 관계도 좀 쌓고, 다양한 경험도 할 수 있고."

솔깃한 말이었지만 시은은 내키지 않았다. 전문 CEO도 감당하기 어렵다는 험난한 해외 지사에 시훈을 보내 생고생을 시키고 싶지 않았기 때문이다.

"다른 방법은 없을까?"

고민에 빠진 시은의 안타까운 눈동자가 한참 동안 시훈에게 머물렀다.

부사장실로 올라온 시은은 오늘의 스케줄을 브리핑하기 위해 사무실로 들어온 정호를 멍하니 쳐다보았다.

"정말, 어떻게 하면 좋을까요?"

탄식하는 시은의 물음에 정호는 들고 있던 수첩을 조심스럽게 덮었다.

"조 부장은 시훈이를 해외 지사로 보내면서까지 두 사람을 떼어 놓는 것이 좋지 않겠냐고 하는데……. 정말 그런 방법밖에 없을까요? 비서실장, 뭐 좋은 생각 없어요?"

"이미 답은 나온 것 같습니다. 부사장님."

"네?"

"두 사람을 떼어 놓으면 결국 도련님께서 행복해질 수 없다는 사실을 부사장님은 누구보다 잘 알고 계시지 않습니까.”

고저 없는 그의 목소리가 복잡한 그녀의 마음을 위로해 주는 듯했다.

“도련님의 행복을 바라고 또 바라던 분이 부사장님이라고 생각합니다. 도련님께서 누구와 함께했을 때 가장 환하게 웃었는지를 부사장님께서 꼭 알아주셨으면 좋겠습니다.”

시은은 순간, 재경을 소개시켜 주겠다고 말했을 때 보였던 시훈의 미소가 떠올랐다. 재경이 너무 좋은 나머지 그 기분을 어떻게 감당해야 할지 모르던 모습. 그렇게 누군가를 생각하며 환하게 웃는 그의 얼굴은 낯설다고 느낄 정도로 처음 보는 것이었다.

하지만 여전히 마음에 걸리는 것이 하나 있었다. 조 부장에게 들었던 재경의 과거.

“김재경 씨요. 그 여자에 대해서 조금 더 자세히 알아봐 줘요.”

시은의 말에 정호는 대답 대신 목례를 취했다.

자신을 향한 시훈의 시선이 느껴졌지만 모질게 외면해야 했다. 자신이 그의 아킬레스건이 되는 건 절대 원하지 않았기 때문이다.

결재판을 든 시훈이 자리에서 일어나 사무실을 나가는 것을 먹먹하게 바라보던 재경은 가방을 챙겨 일어났다.

“수고하셨습니다.”

퇴근 시간인 6시를 5분 정도 남겨 놓고 먼저 일어나는 재경을 모두가 의아하게 바라보았다.

"와, 나. 김 대리 칼퇴근하는 거 처음 보네."

"좀 피곤해서요. 먼저 들어가 보겠습니다."

결재를 받은 시훈이 다시 사무실로 돌아오기 전에 사라지는 것이 좋겠다 싶어 재경은 서둘러 나왔다. 엘리베이터 탄 그녀는 문이 닫히기 직전의 틈새로 사무실로 들어가는 그의 뒷모습을 발견했다. 오늘 하루 종일 잘 버텼다고 생각했던 의지가 한꺼번에 와르르 무너져 내리는 순간이었다.

재경은 바닥에 털썩 주저앉았다.

"강시훈 씨……."

웃는 그의 얼굴을 한 번만 더 볼 수 있다면, 그의 따뜻한 품에 다시 안길 수 있다면.

이렇게 평범하게 태어난 것이, 그래서 시훈에게 아무런 도움도 될 수 없는 위치에 있다는 것이 재경은 너무나 원망스러웠다.

술을 마시지 않으면 견딜 수가 없었다. 조금이라도 편안하게 잠들기 위해 술을 마시면 마실수록 재경의 생각은 더욱 절실해져 왔다.

시훈은 하루 종일 자신을 외면한 그녀를 떠올리며 연거푸 터져 나오려는 눈물을 쓰디쓴 술과 함께 넘겼다.

"도련님."

정호의 부름에도 시훈은 아무 대답 없이 빈 잔에 양주를 채웠다. 하루가 멀다 하고 술을 마시거나, 새벽 늦게까지 재경의 집 앞에 머무르는 그가 걱정되었던 시은이 정호에게 시훈을 부탁한 것이었다.

"이러다 몸 버리십니다."

"상관없습니다."

만류하는 정호에게 힘겹게 대답하며 그가 술을 쭉 들이켰다.

"도련님! 부사장님께서도 걱정을 많이 하십니다. 이러면 이러실수록 도련님께서 사랑하시는 분들을 아프게 하는 것임을 왜 모르십니까."

"평범하지 않은 내 위치 때문에 그 사람을 아프게 할 수밖에 없다는 것이 너무나 원망스럽습니다."

차가운 술이 닿아 촉촉해진 입술을 손등으로 거칠게 닦아내며 시훈이 실없이 웃었다. 하지만 그 웃음이 눈에서 흘러내리는 눈물을 억지로 틀어막기 위한 방패라는 것을 정호는 알고 있었다.

"마음대로 울 수도 없습니다. 울어 버리면 그 사람과 내가 완전히 이별을 한 것만 같아서."

"……."

"보고 싶습니다. 보고 싶어서 미칠 것 같습니다."

고통스러워하는 시훈을 정호는 아무 말 없이 가만히 지켜봤다. 그것 외에 다른 방법은 없었다.

결국 술에 의존하여 간신히 잠든 시훈을 침대에 옮겨 주고 집에서 나온 정호는 시은에게 전화를 걸었다.

―……시훈이는요?

"잠드셨습니다."

―오늘도 많이 힘들어하던가요?

"……."

정호의 침묵이 시은의 한숨을 더 짙게 만들었다.

―수고하셨어요. 내일 봬요.

단 한 사람도 행복할 수 없는 밤이 점점 깊어졌다.

chapter

17

커튼 사이를 비집고 들어오는 한 줄기의 얇은 햇살이 시훈의 눈살을 찌푸리게 했다. 어서 일어나라고 자신의 뺨을 어루만지던 재경의 손길이 그리웠다.

하지만 그는 눈을 뜰 수가 없었다. 땀에 젖은 옷이 진득하게 몸에 달라붙었고 호흡이 가빠 왔기 때문이다. 삭신이 쑤셨고, 눈을 뜰 힘조차 남아 있지 않았다.

며칠 전부터 감기 기운이 도는 것 같더니만, 결국 지독한 몸살이 찾아온 모양이었다. 하지만 그는 으스러질 정도로 어금니를 꽉 깨물며 몸을 일으켰다. 자신을 짓누르는 몸살보다 더 견딜 수 없는 건, 재경을 볼 수 없다는 현실이었다.

"보고…… 싶다."

버석하게 메마른 시훈의 입술 사이로 신음에 가까운 혼잣말이 터져 나왔다.

재경에게 전화를 걸어 지금 당장 내게로 와 달라는 말을 할 수 있는 기적 같은 일이 일어났으면 좋겠다, 라는 생각을 하며 무겁게 늘어지는 몸을 움직였다.

점점 빠지는 기운과 함께 정신도 혼미해졌지만 그럴수록 환하게 웃는 재경의 얼굴은 더욱 선명해졌다.

시간을 주겠다고 했던 자신에게 돌아오는 그녀의 대답은 없었다.

얼마나 더 기다려야 그녀를 다시 품에 끌어안을 수 있게 될까…….

시훈은 버겁게 숨을 토해 내며 욕조에 물을 받았다. 뜨거운 물줄기가 욕조에 차오르면서 생긴 수증기에 머리가 더욱 어지러워졌다.

"하아……."

그때였다. 순식간에 눈앞이 컴컴해진 시훈이 그대로 쿵, 쓰러졌다.

❧　　　❧　　　❧

"다들 소식 들으셨어요?"

머리카락을 휘날리며 헐레벌떡 뛰어온 주희가 가방을 내려놓기도 전에 따발총같이 말을 이어 나갔다.

"강 대리님 응급실 갔대요!"

"어머, 왜?"

주위가 소란스러워도 꼼짝없이 앉아서 업무를 보던 재경의 마음이 덜컹 내려앉았다.

그녀는 반사적으로 자리에서 벌떡 일어났다.

"기억 안 나세요? 강 대리님 며칠 전에 비 쫄딱 맞고 왔었 잖아요! 고열이 나는데도 출근하겠다고 준비하다가 욕실에서 쓰러졌나 봐요!"

"김 대리, 어디 가?"

무조건 지갑만 챙겨 들고 사무실을 뛰쳐나가는 재경의 뒤로 직원들의 호기심 어린 눈빛이 따라붙었다.

하지만 재경은 그런 눈빛을 받았는데도 아무런 생각을 할 수 없었다. 굼뜨게 내려오는 엘리베이터를 눈물 섞인 눈으로 초조하게 바라보다 비상구로 향할 뿐.

"시훈 씨……!"

모든 것이 자신 때문이라는 죄책감이 재경의 목을 조여 왔다.

그때, 혼자 비를 맞게 두지만 않았어도 고열에 시달리게 되는 일은 없었을 것이다. 미안한 마음에 자꾸만 눈물이 눈앞을 가로막았다. 시야를 흐릿하게 하는 눈물을 참아 넘기며 바쁘게 택시에 몸을 실었다.

"청담동 병원으로 가 주세요!"

무슨 정신으로 도착했는지도 모르겠다. 멈춰 선 택시에서 재빨리 내린 재경은 응급실 안으로 들어가 시훈을 찾았다. 다행히도 멀리서 의사와 대화를 나누고 있는 그의 모습을 발견하고 그녀는 안도의 한숨을 내쉬었다.

더 이상 그에게 가까이 다가갈 수 없다고 느끼며 돌아서려던 찰나, 은지의 말이 떠올랐다.

"지금 네가 머릿속으로 생각하는 모든 걸 버려 봐. 그럼 알게
될 거야. 네 걸음이 어느 방향으로 가고 있는지."

무슨 정신으로 시훈이 있는 병원까지 한달음에 찾아온 걸까…….
돌아서려던 재경은 다시 한 번 시훈 쪽으로 시선을 돌렸
다. 그리곤 손을 조심스럽게 뻗어 지친 기색이 역력해 보이는
그의 머리를 허공에 대고 조심스럽게 쓰다듬었다. 손끝에 절
대 닿지 않는 그의 감촉이 미친 듯이 그리웠다.

"미안해요. 너무 못난 여자라서……. 당신을 이렇게 힘들
게 할 수밖에 없게 만들어서. 너무 미안해요."

눈물 젖은 그녀의 혼잣말이 퀴퀴한 응급실 공기 속으로 흐
트러졌다.

한참 동안 재경은 그 자리에 서 있었다. 그러다 그가 링거
의 바늘을 빼고 일어나려는 기미를 보일 때쯤 다급하게 돌아
섰다.

"!"

언제부터 서 있었는지 모를 반갑지 않은 그림자가 재경을 마
주하고 있었다. 꾸벅 인사를 한 재경은 시은을 그냥 지나치려
했다.

"김재경 씨. 나랑 잠깐 얘기 좀 하죠."

멀리는 갈 수 없어 병원 내에 위치한 카페로 자리를 옮긴
두 사람은 뜨거운 차를 앞에 두고 마주 앉았다.

"자세히 알아본 결과, 뭔가 오해의 소지가 있었던 걸로 파악됩니다. 당시 김재경 씨와 연애를 하고 있던 남자가 바람을 피우고 있었고, 회사 내에서 자신의 이미지가 타격을 입을까 바람을 피운 상대와 함께 김재경 씨에 대해 안 좋은 거짓 소문을 퍼트렸던 것 같습니다. 조금 의아한 건, 이 모든 사실을 조 부장님께서 알고 있었음에도 불구하고 그 남자와 김재경 씨를 한자리에서 만나게 했던 적이 있다는 것입니다. 또한 김재경 씨는 비록 전문대 출신이나 아르바이트를 병행하면서 단 한 번도 장학금을 놓쳐 본 적 없는 우수생이었습니다."

시은은 근심 어린 재경의 얼굴을 바라보며 정호에게서 전달받은 말을 떠올렸다.

그 와중에도 '조 부장이 왜 그랬을까' 하는 의뭉스러움이 머릿속에서 떠나질 않았다.

"근무 시간을 이탈해서 응급실까지 온 건, 시훈이를 만나기 위함이 아니었나요?"

"만나려던 건 아닙니다. 그냥, 보고 싶어서……. 괜찮은지 얼굴만 보고 가려고 했습니다."

보통의 여자였다면 시훈에게로 달려가 눈물을 쏟아 내며 그를 걱정하는 티를 팍팍 냈을 것이다. 하지만 재경은 그러지 않았다.

"곰곰이 생각해 봤어요. 시훈이가 저렇게 힘들어하니 연애 정도는 허락해 줄 생각이에요. 하지만 결혼은 안 돼요. 알다시피……."

"아니요."

비록 푹 잠긴 목소리였지만 자신의 말을 잘라 버릴 만큼 단호한 말투에 놀란 시은이 휘둥그레진 눈으로 재경을 응시했다.

"욕심을 부릴 것 같아요."

"……."

"연애만 하다가 헤어질 수 있을 만큼 가벼운 사랑이 되지 않을 것 같아서요."

"그럼 우리 시훈이랑 기어코 결혼까지 하겠다는 거예요?"

"아니요. 결혼까지 하겠다는 뜻이 아니에요. 시훈 씨와는 이제 어떤 것도 하지 않을 겁니다. 헤어질 거예요."

"!!"

"감정의 정리가 언제 끝날지 모르겠지만, 그래도 지금부터라도 천천히 하다 보면 언젠가는 정리가 될 거라고 생각합니다."

당당한 재경의 발언에 시은은 정호가 했던 제안을 떠올렸다.

"이러시는 건 어떻겠습니까, 부사장님. 김재경 씨가 도련님의 약점이 될 수 없게 부사장님께서 재경 씨를 명품으로 만드는 것 말입니다. 제가 볼 땐 난다 긴다 하는 직원들뿐만 아니라, 부장급인 분들도 접수했던 공모전에 1등으로 당선된 재경 씨의 능력을 조금만 키운다면 회사에 꽤 영향력 있는 인재가 될 거라고 생각합니다. 그런 식으로 입지가 굵어지면 도련님의 배우자로도 손색이 없을 것이고……. 무엇보다 그렇게 된다면 부사장님께서 사랑하시는 도련님이 가장 행복해질 수 있지 않을까 싶습니다."

"우리 시훈이를 많이 사랑하나요?"

바로 대답할 줄 알았던 재경이 입을 굳게 다물자 시은은 의아해했다.

"이봐요, 김재경 씨. 우리 시훈이를 많이 사랑하느냐고 물었어요."

"네. 사랑합니다."

"사랑한다면서 왜 헤어지죠?"

"그 사람의 아킬레스건이 되고 싶은 마음은, 저도 없으니까요."

재경의 대답에 시은은 앞에 놓인 찻잔을 들어 살짝 입술을 적셨다.

"그렇다면 우리 시훈이를 위해서 뭐든 다 해 줄 수 있어요?"

어느새 촉촉하게 젖어 든 재경의 눈동자가 불안하게 흔들렸다. 하지만 시은은 아랑곳하지 않고 굳건한 표정을 지은 채 말을 이어 갔다.

"대답해 봐요. 뭐든지 다 할 수 있어요?"

"그게 시훈 씨를 위해서라면요."

"험난하고 힘든 길이 될 수도 있어요. 하지만 시훈이를 사랑한다면 견딜 수 있을 거라고 생각해요. 시훈이의 아킬레스건이 아니라, 당당하게 옆에 설 배우자가 될 수 있는 과정 말이에요."

시은은 재경의 앞에 커다란 봉투 하나를 내밀었다.

"인사이동 신청서예요. 모든 사항은 제가 다 적었어요. 김
재경 씨는 거기에 사인만 하면 될 거예요."

시은과 헤어지고 다시 회사로 돌아가는 길, 재경은 손에
들린 서류를 꽉 쥐어 보았다.

인사이동 신청서에 쓰여 있던 '해외 지사:런던'이라는 글
자가 그녀를 망설이게 만들었다.

"인사이동 신청 기간은 앞으로 2주 남았어요. 그때까지 시간
을 줄게요."

5년이나 되는 긴 시간이었다. 그곳에 가면 엄마와 은지는
물론이고 멀리서라도 볼 수 있었던 시훈조차 볼 수 없게 된
다. 짧다면 짧은 시간이지만, 사랑하는 사람들을 볼 수 없는
외로움의 5년은 절대 짧지만은 않았다.

"해외 지사로 가면 더 많고 다양한 경험을 할 수 있을 거예요.
그리고 또 하나, 내가 김재경 씨한테 원하는 건 그곳에서 일뿐만
아니라 대학 생활도 함께 병행해 달라는 거예요. 학력이 좋아서
나쁠 건 없으니까. 모든 비용은 내가 낼 테니 부담스러워할 건 없
어요. 당신은 열심히만 해 주면 됩니다. 시훈이를 위해서."

시훈과 함께했던 시간들이 주마등처럼 스쳐 지나갔다.

담벼락에서 자신에게 키스했던 시훈, 엄마와 함께 노래방에서 신나게 노래를 부르던 시훈, 테라스에서 와인 잔을 기울이며 대화를 나누던 시훈, 팔이 부러진 채로 우는 자신을 걱정하며 달래 주던 시훈, 자신을 위해 기꺼이 망가져 주었던 시훈······.

그와의 추억이 잠시 그곳에 멈춰졌다.

잠자리 안경에 덥수룩한 가발, 과하게 우뚝 섰던 어깨에 뽕이 있는 양복. 그 꼬락서니를 하고 온 시훈을 보며 핀잔하는 재경에게 그는 당당하게 말했었다.

"남들이 보기에 얼마나 황당하고 우스꽝스럽겠어요."

"남들 눈에 어떻게 보이든 내 알 바 아니야."

"······."

"그런 것까지 신경 쓸 여유 없어. 어차피 난, 김재경 씨 눈에만 잘 보이면 되니까."

다른 사람의 시선 따위는 아무렇지도 않다는 식이었다.

자존심도 전부 버린 그가 택한 것은 오롯이 재경의 마음뿐이었다.

왜 그렇게까지 모질게 시훈에게서 돌아섰을까. 올라갈 수도 없는 나무 위에 올라탄 그가 손을 내밀고 있어 너무 멀게 느껴진 탓이었을까?

그가 나무 위에 올라타 있는 것이 아니라, 자신과 함께 나무 위로 올라가자고 손을 내밀었을 거라는 생각은 못 했던 걸까.

왜 기꺼이 나무 위로 올라가 볼 생각은 하지도 않고 돌아섰을까. 아니, 그 높은 나무에서 자신을 위해 아래로 내려온 시훈을, 그가 기꺼이 내려와 줬음을 몰랐던 걸까.

"지금 네가 머릿속으로 생각하는 모든 걸 버려 봐. 그럼 알게 될 거야. 네 걸음이 어느 방향으로 가고 있는지."

이제 더 이상 그 어떤 생각도 재경의 머릿속에 들어오지 않았다. 그를 위해, 그의 곁에 있기 위해, 그리고 더 멋진 사람이 되기 위해 자신이 할 수 있는 모든 것을 해 보겠다는 다짐만 있을 뿐이었다.

재경의 방향은 이제 오롯이 시훈에게로만 향해 있었다.

❖   ❖   ❖

"야. 여기 엄청 비싼 데 아니야?"

휘둥그레진 눈으로 고급스러운 레스토랑 내부를 살피며 은지가 속닥거렸다.

"그러게 말이다. 너무 무리하는 거 아니니?"

그런 그녀의 말에 맞장구치며 재경의 모친도 나지막하게 속삭였다.

"아니야. 이 정도는 괜찮아. 우리 맛있게 먹자."

두 사람에게 여유 있는 미소를 지어 보인 재경은 애피타이저로 나온 단호박 스프를 떠먹었다.

"음! 부드럽고 맛있다."

"뭐야? 보너스로 몇백이라도 받은 거야?"

여전히 흥분을 가라앉히지 못하는 은지의 독촉에도 재경은 시종일관 여유로운 미소를 잃지 않았다.

"그런 거 아니라니까. 엄마, 맛은 어때?"

"맛있기는 하다만……."

"야, 이은지! 네가 괜히 호들갑 떠니까 엄마까지 불편해하잖아. 얌전히 안 먹을래?"

그제야 조금 침착해진 은지가 머쓱한 얼굴로 스프를 떠먹었다.

"와, 진짜 부드럽다! 3분 안에 해 먹는 스프하고는 차원이 다르네."

재경은 과장된 감탄을 쏟아 내는 은지를 보며 흐뭇하게 웃었다.

메인 요리를 먹고, 곧이어 나온 디저트까지 다 먹어 갈 때쯤 재경은 속으로 정리해 두었던 말을 꺼내기 위해 입술을 떼어 냈다.

"나 이번에 인사이동 신청했어."

"뭐? 너 마케팅 일 좋아했잖아."

"좋아했지. 그런데 이번에 더 좋은 기회가 와서 신청하게 된 거야."

"어느 부서로 가는데?"

궁금해하는 은지와 달리, 엄마의 눈빛은 불안감에 차 있음을 재경은 알 수 있었다. 그래서 편치 않은 마음으로 조심스럽게 말을 꺼내 놓았다.

"해외 지사…… 런던으로 가기로 했어."

"뭐? 런던?"

믿을 수 없다는 은지의 되물음에 재경은 엄마의 눈치를 살피며 조용히 고개를 끄덕였다.

"아니, 왜…… 런던까지 가?"

"더 많은 기회와 다양한 경험을 해 볼 수 있어서. 지금은 말이 좋아 대리 직급이지, 나보다 훨씬 늦게 들어온 후배들도 학력 별로라고 은근히 무시하고, 상사들도 별로 인정 안 해 주고……."

은지와 엄마는 침묵한 채 재경을 안타깝게 바라보았다. 누구도 그녀의 결심을 반대할 자격이 없었기에 아무 말도 하지 못한 채.

"인정받고……. 나 자신이 누구에게도 주눅 들지 않을 만큼 멋진 사람이 되고 싶어."

그 사람이 그런 것처럼…….

더 이상 그 사람의 손을 잡고 도망 다니는 일은 만들고 싶지 않아.

반대를 할 줄 알았던 재경의 모친은 팔을 뻗어 딸의 손을 다정하게 어루만져 주며 따뜻하게 웃었다.

"그래. 잘 다녀와."

"자주 연락할게. 엄마."

밤은 점점 깊어지는데 재경은 집에 들어올 기미도 보이지 않고 있었다. 잠깐 얼굴만 보고 갈 생각이었는데, 그조차 허락해 주지 않는 이 상황이 시훈은 서글프기만 했다.

　하지만 그의 마음속에 더 많은 비중을 차지하는 감정은 바로 걱정이었다.

　이 늦은 시간에 위험하게 여자 혼자 어디에 있는 건지…….

　시훈은 몇 번을 망설인 끝에 재경에게 전화를 걸었다. 신호음은 얼마 가지 않아 그녀의 목소리로 바뀌었다.

　—네.

　재경의 목소리는 여전히 예뻤다. 그의 심장을 거침없이 뛰게 만들 만큼.

　"어디야?"

　—집이요.

　"집이라고?"

　시훈은 다시 한 번 재경의 집을 올려다보았다. 초저녁 때부터 집 앞에서 기다렸는데 집에 들어간 사람은 은지뿐이었다.

　—네. 강시훈 씨는 어디인데요?

　"난…… 김재경 씨 집 앞이야."

　—그래요? 그러니까 날 못 봤죠. 난 지금 강시훈 씨 집이거든요.

　"!!"

―얼른 와요. 국을 몇 번이나 데웠는지 모르겠네요.

전화를 끊고 재빨리 차에 올라탄 시훈의 입가에 웃음이 자리했다.

그녀와의 만남은 언제나 설레었지만 이 순간은 특히 더했다.

시훈은 힘차게 액셀러레이터를 밟았다.

현관문 틈새로 환한 빛이 번져 나왔다. 시훈은 떨리는 마음을 간신히 진정시키며 문을 열었다.

신발장 앞에 가지런히 놓여 있는 익숙한 여자 구두, 식욕을 자극하는 맛깔나는 김치찌개 냄새, 그리고.

"왔어요?"

기적처럼 앞치마를 맨 재경이 국자를 들고 환하게 웃고 있었다.

그녀가 너무 보고 싶은 나머지 꿈을 꾸는 건가 싶어 눈가를 쓱쓱 문지르고 다시 봐도 분명 재경이 맞았다.

시훈은 망설이지 않고 다가가 재경을 자신의 품에 꽉 끌어안았다.

"미안해요. 괜히 내 자존심 지킨다고 당신 힘들게 만들어서. 이제 알았어요. 자존심을 지키는 방법이 틀렸다는 것을."

눈물 젖은 목소리로 말하며 재경은 그의 품 안으로 더욱 깊숙이 안겼다.

나란히 마주 보고 서 있는 시훈과 재경의 사이로 선선한 바람이 스쳐 지나갔다. 그때, 오롯이 그에게서 나는 특유의 향긋한 향기가 그녀의 코끝을 간질였다.

"지금부터 내가 하는 말 잘 들어 줘요."

운을 띄운 재경은 모든 것을 빠짐없이 시훈에게 털어놓았다. 눈에 띄게 굳어진 그의 표정에도 그녀는 흔들리지 않고 해외 지사로 꼭 가고 싶다는 포부를 밝혔다.

놀란 시훈의 얼굴엔 여전히 아무런 미동도 없었다.

"몸이 멀어지면 마음도 멀어진다는 거. 그건 서로를 간절하게 생각하지 않는 사람들이나 하는 말이래요. 나도 그렇게 생각해요. 난 당신과 다시 만나게 될 시간을 기다릴 수 있어요. 당신도 나를 기다릴 수 있을 거라고 믿어요."

시훈은 아무 말 없이 재경을 두 눈에 담았다. 조심스럽게 그녀의 볼을 매만지는 그의 손길은 한없이 부드러우면서도 미세하게 떨리고 있었다.

"멋진 사람이 될게요. 당신을 혼자 두고 도망치지 않을 만큼. 당신을 사랑하는 것에 겁이 나서 숨지 않을 만큼. 나 그렇게 강한 사람이 될게요. 당신이 날 위해서 그래 줬던 것처럼, 나도 꼭 그런 사람이 될게요."

시훈의 입술이 재경의 입술을 포개었다.

"나도 믿을게. 당신이 돌아올 곳을 절대 잊지 않을 거라는 사실을. 그리고 알아줘. 지금도 충분히 당신은 멋있다는 거."

말을 마친 시훈의 입술이 또다시 재경의 입술에 닿았다 떨어졌다.

"고마워요. 그리고…… 사랑해요."

재경의 말이 떨어지기 무섭게 시훈의 끈적거리지만 보드라운 혀가 그녀의 입안을 파고들었다.

이번엔 쉽게 떨어지지 않고 스며든 그의 숨결에 그녀는 거짓말처럼 온몸에 꽉 쥐고 있던 힘이 풀리는 것을 느꼈다. 마치 입안에 넣으면 스르르 녹아 버리는 솜사탕처럼.

chapter

18

"본부장님, 오늘 뭐 좋은 일이라도 있으신 겁니까?"

평소와는 다르게 하루 종일 콧노래를 흥얼거리는 시훈의 모습에 결재 서류를 받아 들던 정 비서가 고개를 갸웃거리며 넌지시 물었다.

"내 기분이 많이 좋아 보입니까?"

"네. 상당히 좋아 보이십니다."

3년 동안 비서로 일하면서 이렇게 신이 나 있는 시훈의 모습은 처음 봤다.

재경이 런던으로 떠나자마자 시훈은 아버지를 찾아가 후계자가 되기 위한 본격적인 경영을 배우고 싶다는 포부를 밝혔다. 그녀를 지키려면 자신 또한 힘을 기르고 아버지에게 경영자로서 인정을 받아야 한다는 사실을 깨달은 것이다.

"다행이군요."

"네?"

"제가 눈치 없는 비서와 일을 하고 있지는 않은 것 같아서."

자리에서 일어난 시훈은 옷걸이에 걸어 놓은 재킷을 챙겨 들었다.

"그럼 전 이만 퇴근해 보도록 하겠습니다. 정 비서님도 대충 일 마무리 짓고 퇴근하시죠."

"네? 이제 겨우 3시인데……."

"오늘 다른 스케줄이라도 있는 겁니까?"

"그거야 당연히 없습니다. 본부장님께서 한 달 전부터 오늘은 절대로 스케줄을 잡지 말라고 신신당부를 하셨으니……."

"그렇다면 퇴근하는 데에 문제가 없는 거 아닙니까."

말을 하는 와중에도 그는 거울 앞으로 가 옷매무새와 머리를 매만졌다.

"그건 그렇지만……."

"전 지금 굉장히 중요한 스케줄을 소화하기 위해 가 봐야 합니다. 5년 전부터 목 빠지게 기다렸던 아주 중요한 일정이죠."

"그런 스케줄이 있으셨습니까?"

정 비서는 고개를 끄덕이는 시훈의 얼굴에 피어난 웃음꽃이 점점 더 짙어져 간다는 것을 눈치챌 수 있었다. 인위적이지 않은 붉은 입술 사이로 여전히 출처를 알 수 없는 흥얼거림을 흘려보내며 사무실을 나서는 그를 정 비서는 의아하게 바라봐야 했다.

굳게 닫혀 있던 게이트 문이 열리자 하늘에서 내리는 소나기처럼 사람들이 우수수 쏟아져 나왔다.

또각또각, 그 틈 사이로 캐리어를 끌고 나온 재경이 주위를 두리번거렸다.

얼마 만에 오는 한국인지…….

한참을 그 자리에 서서 감격에 젖어 있을 때였다. 그녀의 머리 위로 까만 그림자가 드리워졌다.

"시훈 씨!"

오고 가는 인사도 없이 그는 재경을 자신의 품 안으로 끌어안았다.

"보고 싶었어."

"으이구! 일주일 전에 봤으면서…….."

"일주일이나 됐다는 생각은 안 해 봤나?"

재경의 핀잔에도 시훈은 아랑곳하지 않고 투정을 부렸다. 일주일 전에 월차를 낸 그는 4일 동안 런던에 머물렀었다. 물론 그전에도 몇 번씩 재경을 보러 런던으로 넘어가곤 했었지만. 너무 자주 가는 바람에 현지에서 함께 일하는 재경의 직장 동료들은 그가 한국에 산다는 말을 듣고 믿을 수 없다는 반응을 보이기도 했다.

"많이 피곤해 보인다."

자신의 품에서 재경을 떨어트린 시훈이 뺨을 부드럽게 감싸며 말했다.

"당연하죠. 어디 일이랑 공부를 병행하기 쉬운 줄 알아요? 그것만으로도 힘든데, 나 없으면 회사가 안 돌아갈 정도로 일도 잘해. 학교는 장학금까지 타고 다녀."

한국으로 오는 비행기 안에서도 맘 편하게 잠을 이루지 못하고 한국 지사에서 맡게 될 업무를 살펴봤던 재경이었다.

"그러게. 내가 어딜 가서 이렇게 완벽한 여자를 또 만날 수 있을까?"

재경에게 있어서 지난 5년의 시간은 지옥과도 같았다. 시은은 완벽하진 않지만 그래도 어느 정도의 신분 세탁을 하길 원했다. 그래서 재경은 회사를 다니며 런던에 있는 대학을 다녔다.

그렇게 하루에 세 시간 겨우 자며 5년을 버텨 왔다. 악착같이 좋은 성적, 높은 실적을 남기며 한국에 있었다면 5년이라는 짧은 시간에는 절대 이루지 못했을 '부장'이라는 직급을 달고 귀국하게 되었다.

물론 그 모든 것을 견뎌 낼 수 있었던 것은 연인이라는 이름으로 뒤에서 힘이 되어 줬던 든든한 조력자, 시훈이 있었기 때문이었지만.

"잘 버텨 줘서 고마워."

시훈의 말에 재경이 싱긋 웃어 보였다.

"부사장님이 그러시더라고요……."

그에게 팔짱을 낀 재경이 공항을 빠져나오며 넌지시 말문을 열었다.

귀국하기 며칠 전, 런던을 찾아온 시은은 악으로 깡으로 5년을 버텨 온 재경에게 아끼지 않고 칭찬을 퍼부었다. 그리고 한마디의 말을 덧붙였다. 더도 말고 덜도 말고 딱 그 정신으로만 버텨서 시훈이를 지켜 달라고. 많은 사람들이 재경과 시훈의 사이를 방해하고 반대할 것이지만, 절대 그의 손을 놓지 말아 달라고.

"앞으로가 진정한 시작이 될 거라고……."

"……."

"지금까지 힘들었던 건, 정말 아무것도 아닐 거라고."

시훈은 아무 말 없이 재경을 응시했다. 씁쓸한 그의 눈빛이 걱정으로 물들었다.

"그래서 제가 말했어요. 그건 부사장님의 괜한 걱정이시라고. 이렇게 당신을 마주하고 있는 순간이 제일 행복하니까. 나는 내 행복을 꼭 지킬 거예요."

그녀의 눈빛은 또 다른 말을 덧붙이고 있었다.

당신의 행복도 꼭 내가 지켜 주겠노라고.

"그러니까 우리 서로 힘들어지더라도 절대로 이 손 놓지 말아요."

"응. 꼭."

시훈이 재경의 손을 더욱 꽉 잡으며 결의했다.

"그건 그렇고 밥 먹고 뭐하지?"

"뭐하긴요. 회사 들어가 봐야죠."

"뭐?"

무슨 문제라도 있냐는 듯한 재경의 표정에 시훈이 허탈한 웃음을 터트렸다.

"김재경 씨, 우리 이제 막 만났어."

"미안해요. 하지만 한국에 도착하자마자 회사로 가서 부사장님 찾아뵙고 팀원들한테 정식으로 인사하기로 했어요."

시훈이 고개를 절레절레 흔들었다.

"그건 좀 아니다."

"대신 저녁에 근사한 데 가서 와인 마셔요. 어때요?"

"겨우 그 정도 가지고는 못 보내겠는데."

"그래요? 그럼 어쩔 수 없네. 모두 다 취소!"

"뭐? 취소?"

"취소요. 취소! 회사에 가서 인사드리고 앞으로 해야 될 업무나 살펴보죠."

말을 끝낸 재경이 가 버리려고 하자, 시훈이 다급하게 그녀를 잡아 세웠다.

"무슨 말을 그렇게까지 극단적으로 하고 그래? 섭섭하게……."

"아니, 나랑 와인 마시기 싫어서 그러는가 싶어서요."

얼굴 가득 개구진 표정을 지은 재경의 뺨을 시훈이 두 손바닥에 넣고 꾹 문질렀다.

"어후! 화장 지워져요오!"

"아무튼 여전하네. 사람 애간장 태우는 건!"

"오늘 저녁에 꼭 근사한 곳에 가서 와인 마셔요."

재경은 날름 시훈의 팔짱을 꼈다.

열심히 해서 더욱 완벽하게 인정받고 싶었다. 그의 옆에 선 자신이 누가 보아도 초라해지지 않게. 그가 사랑하는 여자가 자신인 것이 창피하지 않게.

"반갑습니다. 앞으로 같이 일하게 될 김재경 부장입니다."

재경의 소개에 주희를 포함하여 많은 사람들이 노골적으로 놀라움을 드러냈다.

휘둥그레진 눈과 쩍 벌어져 다물어지지 않는 입을 하고 있는 직원들 앞으로 재경이 한 발자국 다가가 악수를 청했다.

"부족한 점이 많겠지만, 앞으로 잘 부탁드리겠습니다."

"아, 아니 이게 어떻…… 반, 반갑습니다. 대리, 아니, 부장님."

해외 지사에서 꽤 좋은 실적을 내고 있다는 소문은 간간이 들었지만 그녀가 이렇게나 빠르게 승진해 '부장'이 되어 돌아올 것이라고는 꿈에서도 생각해 보지 못했던 터라, 모두 어리둥절할 수밖에 없었다.

"잘 부탁드립니다, 조 부장님."

사무실 맨 끄트머리에 서 있던 조 부장이 넋이 나간 얼굴로 재경을 응시했다.

며칠 전, 시은에게 전달받은 말은 이런 것이었다. 해외 지사에서 일을 하던 팀장이 부장 직함을 달고 본사로 오게 될 것인데, 해외에서 해 온 업무를 토대로 새로운 팀을 만들어 보게 할 거라고.

그런데 그 사람이 재경이었다니…….

조 부장은 직면해야 하는 현실을 납득하기가 버거웠다.

"새로운 팀을 만들기 전까지 많이 배워 가도록 하겠습니다."

여유롭게 미소 짓는 재경의 눈동자 속에 조 부장의 일그러진 얼굴이 가득 찼다.

"저, 부장님. 부사장실에서 연락이 왔습니다. 인사 끝났으면 올라와 보시라고."

"저요?"

주희의 말에 조 부장이 자신을 가리켰다.

"아니요. 조 부장님 말고…… 김 부장님이요."

재경은 멋쩍어하는 조 부장을 뒤로하고 사무실을 빠져나갔다. 언제나 그녀를 없는 사람 취급하며 눈길 한 번 주지 않았던 사무실의 모든 직원들의 눈길을 한 몸에 받으며.

"어서 와요."

재경은 공손한 자세로 깊숙이 고개를 숙여 시은에게 인사를 했다.

"마셔요."

"네."

비서가 내려놓는 데이지 꽃이 그려진 찻잔을 보던 재경이 그것을 들어 입술을 축였다.

"해외에 있는 동안 많은 도움을 주신 거 너무나도 감사드립니다."

"감사는 내가 해야 될 것 같네요. 김재경 씨가 이번에 내놓은 기획 상품이 연 매출 20%를 올리는 대성과를 거두었으니까요. 김재경 씨가 흙 속에 숨겨져 있던 진주였던 모양이에요. 그동안 수고 많았어요. 하지만 그때 내가 말했듯이 앞으로가 더 험난한 길이 될 거예요."

"네."

"우리 아버지가, 또 많은 친척 어르신들이 결코 호락호락하게 김재경 씨를 가족으로 받아들이려고 하지 않으실 거라서요."

지금보다 더 험난한 길을 걸어가야 된다는 것은 생각하기도 싫을 만큼 끔찍했지만, 그 길 끝에 시훈이 기다리고 있다는 생각을 하면 한시라도 늦장을 부리고 싶지 않았다. 그래서 재경은 흔들림 없이 대답했다.

"네. 대신 부사장님이 많이 도와주셔야 돼요."

"당연하죠. 내가 세상에서 가장 사랑하는 동생의 일인데. 근데 김재경 씨가 결심한 그 생각은 아직도 변함이 없나요?"

입가에 쓸쓸한 미소를 지어 보이던 재경은 금세 표정을 감추곤 고개를 끄덕였다.

"네."

"우리 시훈이가 많이 섭섭해하겠는데요."

쓰게 들려오는 시은의 말에 재경은 더 이상 아무 말도 덧붙이지 않았다.

❀　　　❀　　　❀

블루 사파이어의 빛이 감돌아 적당히 어슴푸레한 바에는 'Sting' 의 음악이 흘러나오고 있었다.

나란히 앉은 재경과 시훈의 얼굴에서는 단 한 순간도 웃음이 사라지지 않았다.

"잊지 않았지? 한국에 돌아오면 나랑 함께하기로 했던 것들."

잔뜩 기대하는 표정을 지은 시훈이 제 얼굴을 재경에게 가까이 들이댔다.

취기가 살짝 감돌아 달아오른 그의 얼굴이 오늘따라 유난히 섹시해 보였다.

"그럼요. 캠핑카 빌려서 어디에도 머무르지 않고 주말 내내 돌아다니기. 새벽 낚시 가기."

"날씨 좋은 날엔 커플 자전거도 타고."

달아오른 얼굴만큼이나 붉고 도톰한 입술이 눈길을 사로잡았다. 재경은 시훈의 입술에 자신도 모르게 시선을 고정시킨 채 말을 이어 나갔다.

"한강에 가서 불꽃 축제 보기."

"엄청 큰 사이즈의 팝콘을 사 들고 하루 종일 집에서 뒹굴며 같이 영화도 보고."

"지하철 타고 무작정 내린 곳에서 데이트하기."

"놀이공원도 가고."

"가평으로 빛 축제도 보러 가요."

"우리 해야 할 게 너무 많다. 그거 다 하려면 200살까지 살아야 되겠는데?"

"그러게요. 200살도 부족할 것 같은데? 한 500살까지 살아야겠어요."

"좋아."

언더락 잔 위를 손끝으로 부드럽게 매만지던 시훈이 술을 한 모금 마셨다.

꿈틀거리는 그의 목울대가 참으로 관능적이라고 느낀 순간, 어느새 자리에서 일어난 재경은 그의 입술 위로 자신의 입술을 포개었다.

한참을 그렇게 시훈의 입술에 머물렀던 재경이 입술을 떼어 내며 아주 작은 목소리로 속삭였다.

"이번 주말에 회장님…… 아니, 아버님 찾아봬요."

"……."

재경이 하려는 말을 대충 짐작한 시훈의 눈동자가 불안하게 일렁였다.

"몇 번을 생각해도 내 마음은 변하지 않아. 아버지한테 허락받지 말고 그냥 우리끼리……."

"말했잖아요. 이제 더 이상 당신과 도망 다니지 않을 거라고. 난 정정당당하고 부족함 없는 당신의 배우자가 될 거예요."

"아버지가 반대하실 거야."

"각오하고 있어요."

"당신이 상처 받는 거 싫어."

"걱정 말아요. 내 상처는 당신이 이렇게 내 손을 꽉 잡고 있어 주는 것만으로도 충분히 치유되니까."

"……."

"나 때문에 가족한테 등 돌릴 필요 없어요. 그런 거 원하지 않아요. 그러게 하지 않으려고, 그런 결과를 만들지 않으려고 5년을 버텨 왔어요. 내가 내 가족을 사랑하는 것처럼, 시훈 씨도 그럴 테니까. 당신이 사랑하는 모든 걸 다 지켜 주고 싶어요."

"……."

"만약 아버님이 제게 상처를 주신다고 해도, 저는 그렇게 믿을 거예요. 내가 사랑하는 시훈 씨를 나보다 더 사랑하는 분이기 때문에 지키려고 그러시는 거라고……."

"김재경 씨."

"그때 시훈 씨가 그랬잖아요. 엉뚱하게 미술을 전공한다고 했을 때도 허락해 주셨고, 신입 사원으로 밑바닥부터 시작하는 것도 허락해 주셨다고요. 그게 다 시훈 씨를 사랑하기 때문에, 시훈 씨가 행복해지기를 바라셨기 때문 아닐까요? 알아요. 그때보단 쉽지 않다는 걸. 그래도 힘낼 거예요."

"……."

"그리고 참, 성격도 유전이래요. 이렇게 완벽한데 착하고 멋지기까지 한 시훈 씨는 분명 아버님을 닮았을 거예요."

다시 한 번 재경의 손을 꽉 잡은 시훈이 그녀를 잡아당겨 살며시 입을 맞췄다.

❖   ❖   ❖

"떨지 말고! 쫄지 말고!"

시훈은 집으로 들어가기 직전에 재경의 어깨를 붙잡고 신신당부를 했다.

여린 그녀가 큰 상처를 받을까 봐 두려웠다.

그 상처가 너무 크고 아파서 행여나 자신의 손을 놓아 버릴까 봐 무서웠다.

"내가 볼 땐 시훈 씨가 더 떨고 있는 것 같은데……. 떨지 말고! 쫄지 말고!"

재경이 여유롭게 미소 지으며 시훈의 손을 꽉 잡았다.

"런던에서 성격 교정 수업 같은 것도 받았나? 난 김재경 씨가 이렇게 용기 있는 사람인 줄 몰랐네."

런던에서의 생활 덕분에 자신감이 커진 게 사실이었기에 재경은 굳이 부정하지 않았다.

"용기 있는 자만이 미남을 얻는다! 이게 제 좌우명이잖아요."

"좋네. 그 좌우명."

긴장 서린 커다란 손으로 재경의 손을 있는 힘껏 잡은 그가 앞장서서 집 안으로 들어갔다.

"어서들 와."

미리 연락을 받은 시은은 잔뜩 심란한 얼굴을 하고 재경과 시훈을 맞이했다.

"안에서 기다리고 계셔."

시은의 안내를 받으며 두 사람은 주방 안으로 들어갔다.

"아버지."

거하게 차려 놓은 식탁에 외로이 앉아 신문을 보던 강 회장은 시은의 부름에 시선을 돌렸다. 은색빛이 감도는 안경을 벗고 자리에서 일어난 그가 인자한 얼굴로 재경의 앞으로 다가왔다.

"일전에 보고서를 받아서 압니다. 몇 년 동안 부진했던 해외 지사로 넘어가 연 매출 20%를 상승시키는 놀라운 기획안을 실행시킨 김재경 부장. 이렇게 만나게 돼서 굉장히 반갑군요."

재경은 두 손을 앞으로 모으고 공손하게 허리를 굽혀 인사를 했다.

아직 두 사람의 깊은 관계를 모르고 있는 강 회장은 상당히 호의적으로 그녀를 맞이해 주었다.

"말씀 낮추세요."

"그럼 그렇게 하도록 하지. 어서 앉게. 자, 본격적인 이야기는 식사를 하면서 차근차근 나누자고."

식사를 끝내고 가정부가 디저트를 내올 때쯤, 시훈은 자신의 무릎 위에 올려져 있는 재경의 손을 잡았다.

"아버지, 드릴 말씀이 있습니다."

지금까지 해외 지사에서 있었던 업무에 대한 일화들을 재미나게 듣고 있던 강 회장의 표정이 눈에 띄게 굳어졌다. 주름에 가려진 그의 눈동자가 마주 잡고 있는 재경과 시훈의 손으로 사납게 내리꽂혔기 때문이다.

"저희 서로 사랑하고 있습니다."

강 회장은 갑작스러운 이야기에 두 눈을 지그시 감고 입술을 고집스럽게 다물었다.

"아버지."

"당연히 내가 무슨 대답을 할 건지 둘 다 알고 있겠지?"

재경은 콕 하고 아파 오는 가슴에 한숨을 깊이 내쉬었다. 방금 전까지만 해도 자신에게 호의적이었던 강 회장의 눈빛이 시리도록 차갑게 바뀌는 것이 너무나 속상했다.

하지만 평생을 이렇게 속상해할 수는 없는 것.

금세 생각을 바꾼 그녀는 잠시 움츠리고 있던 몸을 꼿꼿하게 폈다.

"아버지도 그러셨잖아요. 재경 씨 정말 좋은 직원이라고. 놓쳤다면 땅을 치고 후회할 만큼 훌륭한 인재라고. 평생을 우리 회사에서 함께해 달라고, 방금 전까지만 해도 그러셨잖아요."

"그건 직원으로서 얘기한 거지! 내 식구가 될 사람이라고 생각해서 한 얘기가 아니야!"

"아버지!"

"막말로 네가 미술을 전공한다 했을 때도 허락했고, 밑바닥부터 시작한다고 신입 사원으로 입사해 철없는 짓을 할 때도 이해했다. 왜냐, 그래 봤자 돌아올 곳이 있는 걸 아는 놈이라고 생각했으니까! 결국 제자리로 돌아왔고!"

"제 자리는 김재경 씨 옆입니다. 그게 영원한 제 자리예요. 아버지."

시훈은 소파에서 일어나 바닥에 무릎을 꿇고 앉았다.

"시훈아!"

"시훈 씨!"

시은과 재경이 놀라 시훈을 불렀지만, 그는 조금의 흔들림도 없이 아버지를 간절한 눈빛으로 올려다보았다.

"더 열심히 하겠습니다. 회사 일도, 아버지가 시키시는 일도요. 그러니까 이 사람에게만큼은 상처 주는 일 하지 말아 주세요. 아버지."

애원하고 또 애원하는 시훈의 목소리가 서글퍼 재경은 왈칵 눈물이 쏟아져 내릴 것만 같았다.

"경영이라는 건 말이다, 시훈아. 절대로 너 혼자만의 의지로 이뤄 나갈 수 있는 게 아니야! 우리 기업이 어디 동네 구멍가게라도 되는 줄 아는 게냐? 기강이 조금만 흔들려도, 틈이 아주 조금만 보여도 여기저기에서 물어뜯으려고 안달인 세계가 바로 이곳이야! 너에게 어려움이 닥쳤을 때, 김재경 씨가 어떤 도움을 줄 수 있을 것 같니? 아무리 일을 잘해 봤자 고작 부장 직함이나 달고 있는 일개 직원이!"

"아버지!"

"적어도…… 살아갈 이유를 만들어 주긴 하겠죠."

그때, 작게 들려오는 시은의 목소리에 모두가 시선을 천천히 돌렸다.

시은은 무릎을 꿇고 앉아 있는 시훈을 안타깝게 바라보며 파르르 떨리는 입술을 다시 떼어 냈다.

"무너지고 또 무너져도 솟아날 구멍이 되지 않을까요? 지키고 싶은, 사랑하는 사람이 곁에 있어만 준다면……. 아무것도 재미가 없더라고요. 배신을 당하고 나니 회사 일도, 누군가를 사랑하는 것도……."

"……."

"그런데 그때 제 눈에 시훈이가 들어왔어요. 시훈이가 저의 솟아날 구멍이 되어 주었어요. 내가 없으면 저 자식 사고 쳤을 때 학교는 누가 가 주나. 내가 없으면 저 자식 주말에 라면은 누가 끓여 주나……."

"……시은아."

"사랑하는 동생이 제게 살아갈 이유를 만들어 준 거죠. 근데 시훈이는 그 구멍이 재경 씨예요. 사방이 어두운 곳에서 유일하게 빛을 뿜어내는 구멍이."

시은의 말에 강 회장의 눈빛이 살짝 흔들렸다.

그때, 소파에 앉아 있던 재경이 시훈의 옆에 무릎을 꿇고 함께 앉았다.

"아버님."

"……."

"지금 당장 시훈 씨와 결혼하겠다는 얘기가 아닙니다. 아버님께 신뢰와 능력, 그리고 시훈 씨를 사랑하는 마음을 인정받고 싶습니다. 몇 년이 걸려도 상관없습니다. 부족한 점이 많겠지만 적어도 시훈 씨 인생의 쉼터가 될 수 있는 구멍 정도는 만들어 줄 수 있는 배우자가 되도록 노력하겠습니다."

강하게 의지를 밝히는 재경의 모습에도 강 회장은 굳어진 얼굴을 풀 기미도 보이지 않은 채 고개를 내저었다.

"내 집에서 나가 주게."

자리에서 벌떡 일어난 시훈이 재경을 끌어당겼다.

"가요, 우리. 일어나. 김재경 씨."

"아니요……."

이렇게 쉽게 포기하려고 5년이라는 시간 동안, 그렇게 악착같이 버텨 낸 것이 아니었다.

겨우 이 정도에 무너지려고 그 시간을 견뎌 내며 이 집에 들어온 것은 더더욱 아니었다.

"기회라도 주세요, 제발. 제가 뭐라도 잡을 수 있게."

재경은 자신을 끌어당기는 시훈을 외면하고 무릎을 꿇은 채 앉아 있었다.

그런 그녀를 말없이 응시하던 강 회장은 이내 뜨거운 한숨을 토해 냈다.

"좋다. 무조건 반대한다고 안 만날 관계가 아닌 것 같은데, 이거 하나만 묻자. 우리 시훈이를 위해 뭐든 할 수 있다는 말이 사실인가?"

"네. 시훈 씨를 위한 것이라면요."

"그렇다면 그 가능성을 보여 주게. 남들이 김재경 씨를 무시하지 못할 정도의 힘을 기르란 말이야. 제안 하나를 하도록 하지. 이제 곧 새롭게 팀을 만든다고 들었는데, 그 팀에서 본사 연 매출을 40% 이상 올리는 기획안을 만들어 낸다면 김재경 씨와 우리 시훈이의 결혼을 허락하도록 하지."

"아버지, 연 매출 40% 상승이라니요? 그건 전문 CEO라도 실현 가능성이 희박합니다!"

반박하는 시훈의 말은 들은 척도 하지 않은 강 회장이 여전히 부동자세를 유지하고 있는 재경에게로 시선을 돌렸다.

"왜, 못 하겠나?"

"……."

"방금 전까지 우리 시훈이를 위해서라면 뭐든지 할 수 있다고 하지 않았나? 고작 그 정도도 못 할 거면서, 고작 그 정의 나무도 못 올라갈 거면서……."

"아니요. 하겠습니다."

제법 여유 있어 보이는 재경의 모습에 강 회장의 눈초리가
가느다랗게 변했다.

　"하겠습니다. 그것이 제가 사랑하는 사람을 지킬 수 있는
방법이 된다면."

epilogue

"38.7퍼센트? 너무 아깝다! 휴. 힘들다, 힘들어. 그래서 언제 결혼할래?"

"으아아앙!"

재경이 대답을 하기도 전에 베이비 체어에 앉아 있는 영기가 울음을 터트렸다. 그러자 은지가 다급하게 영기를 품에 끌어안으며 다독였다.

"얘는 또 어디 간 거야?"

품 안에 안긴 영기를 달래던 은지는 주변에서 놀고 있을 큰딸 영지를 바쁜 눈길로 찾아 헤맸다.

"아휴! 지긋지긋해. 아니, 이런 공공장소에서 그렇게 뛰어놀지 말라고 그렇게 신신당부하는데도 말을 안 들어. 아주 미운 네 살이라는 말이 딱 맞아! 제 아빠 닮아서 그러나? 난 안 그랬을 텐데! 그리고 이 인간은 왜 이렇게 전화를 안 받아? 퇴근 시간이 한참이나 지났구만! 내가 어제부터 얘기하고 또 얘기했어. 너희 커플이랑 같이 저녁 먹는 중요한 자리라고! 그런데 전화를 안 받아! 답답해! 다들 내 수명 줄이려고 이렇게들 말을 안 듣지!"

"결혼 생활 행복한 거 맞지? 그래서 자꾸만 나한테 결혼 빨리하라고 하는 것도 맞고?"

장난기 다분한 얼굴로 묻는 재경에게 은지가 정색하며 대답했다.

"당연하지! 내가 얼마나 행복한데. 근데 얘는 진짜 어디에 있는 거야?"

"내가 찾아올게."

재경은 영기를 안고 엉거주춤 일어나려는 은지를 막아 세우며 일어났다.

아이가 있어서 식당 구석에 자리를 잡고 있던 터라, 한참을 걸어 나온 재경이 어린이 놀이터 방으로 막 들어서려던 참이었다.

"요 녀석, 밖이 얼마나 위험한데."

익숙한 목소리에 재경이 걸음을 멈추고 주위를 살폈다. 출입문 쪽에서 시훈이 영지를 품에 안고 해사한 미소와 함께 안으로 들어오고 있었다. 영지의 코를 장난스럽게 비트는 그와 그런 시훈의 장난에 까르르거리며 숨넘어갈 듯 웃는 영지를 보니 재경은 못내 씁쓸한 마음을 감출 수가 없었다.

벌써 강 회장과 약속을 한 지 3년이 지났다. 재경이 이끄는 팀은 매해 좋은 성적을 보였지만 그와 약속한 연 매출 40% 인상은 아직 하지 못한 상태였다. 그에 강 회장은 아직까지도 두 사람의 결혼을 허락해 주지 않고 있었다.

그렇다고 강 회장을 탓할 마음은 없었다. 약속은 약속이니까. 다만, 자신의 부진한 성적 때문에 괜히 시훈만 고생시키는 것 같아 미안한 마음이 해가 지나갈 때마다 더 높이 쌓였다.

"시훈 씨."

재경은 시훈에게 한달음에 달려갔다.

"늦어서 미안해. 회의가 좀 길어져서."

"많이 피곤하죠?"

"피곤은 김재경 씨가 더 해 보이는데. 와, 이 다크서클 좀 봐."

재경의 눈 주위를 검지로 가리키며 말하던 그가 얼굴을 깊숙이 숙여 촉 하고 입을 맞췄다.

"어머, 뭐예요!"

부끄러움에 주위를 의식하며 그녀가 싫지 않게 핀잔을 주었다.

"그러게 왜 다크서클마저 예뻐 가지고."

시훈은 얼굴색 하나 바꾸지 않고 느끼한 멘트를 날린 시훈은 자신의 목을 끌어안는 영지의 등을 다독였다.

"들어가자. 기다리시겠다."

"안 무거워요? 내가 안을게요."

"괜찮아."

재경은 시훈과 함께 은지가 있는 곳으로 향했다. 자지러질 듯 울어 젖히던 영기는 어느새 세상에서 가장 귀여운 얼굴을 하고 새근새근 잠이 들어 있었다.

"어서 와요! 어머, 우리 영지는 어째 아빠보다 시훈 씨를 더 좋아하는 것 같아. 애들도 잘생긴 걸 알아본다더니……. 어쩜 동갑인데 애 아빠랑 이렇게 다르신지."

시훈과 떨어지지 않으려고 발버둥을 치는 영지를 억지로 떼어 내며 은지가 너스레를 떨었다.

"잘 지내셨어요?"

"아휴, 말도 말아요! 요즘은 애들 세 명을 키우는 것 같다니까요. 아! 그래도 결혼은 정말 행복한 것이랍니다."

어색하기 짝이 없게 은지가 양팔을 활짝 펼치며 말했다.

"그건 그렇고 시훈 씨는 대체 우리 재경이 언제 데리고 가실 거예요? 애 주름살 안 보여요? 이제 곧 마흔이라고요, 마흔."

"야! 서른일곱 살이 어떻게 곧 마흔이 되냐?"

재경의 핀잔에도 은지는 계속해서 시훈을 닦달했다.

"우린 지금도 충분히 좋거든? 아무것도 듣지 말아요. 시훈 씨."

보다 못한 재경이 시훈의 귀를 틀어막았다. 그때, 의자에 앉아 있던 영지가 자리에서 벌떡 일어나 후다닥 밖으로 달려 나갔다.

"어머! 영지야!"

얼른 자리에서 일어난 재경이 영지를 따라나섰다. 그러자 입가에 옅은 미소를 띤 시훈이 대답했다.

"조만간 좋은 소식 들려 드리겠습니다."

❖　　　❖　　　❖

　"어떡하지? 나 오늘 선약이 있는데."

　함께 저녁이나 먹자고 퇴근 시간에 맞춰 본부장실로 올라온 재경은 선약이 있다는 시훈의 말에 어리둥절할 수밖에 없었다.

　"약속이요?"

　"응. 중요한 약속이라 나중에 전화할게. 집에 조심히 들어가고."

　메마른 손으로 목을 쓱쓱 문지르며 서둘러 엘리베이터를 타는 시훈을 멀뚱히 바라보던 재경의 얼굴에 슬그머니 검은 그림자가 드리워졌다. 며칠 전 차를 수리 맡긴 터라 퇴근길에 지하철을 탈 생각을 하니 막막했기 때문이다.

　어느새 해가 짧아졌다. 태양 빛을 완전히 흡수해 버린 하늘은 멍이 든 것처럼 시퍼랬고 바람은 차가웠다.

　재경은 팔을 쓱쓱 문지르며 지하철역으로 향했다.

　퇴근 시간이라 그런지 사람들로 미어터지는 지하철 안으로 몸을 구겨 넣은 재경은 굼벵이처럼 기어가는 지하철 속도에 속으로 한바탕 불만을 토해 냈다. 그녀는 얼른 집에 도착하기만을 간절히 바랐다.

　차로는 금세 도착하는 거리가 지하철을 타니 한 시간이 넘게 걸렸다.

　익숙한 동네 어귀에 들어서자 축 늘어진 몸이 말을 듣질 않았다.

다리를 질질 끌다시피 도착한 집 앞에서 힘겨움에 찌든 한숨을 내쉬며 대문을 열었을 때였다.

"으응?"

순간, 얼떨떨한 기분이 온몸에 쫙 퍼져 나갔다. 재경은 눈을 끔뻑거리며 자신이 잡고 있던 대문의 번지수를 확인했다.

"104—52······. 우리 집 맞는데?"

혼잣말을 중얼거리며 그녀는 마당으로 눈길을 돌렸다. 대문에서부터 현관문까지의 짧은 거리에 촛불로 길이 만들어져 있었다. 그 위엔 장미 꽃잎까지 뿌려져 있었다.

고개를 갸웃하며 재경이 선뜻 발을 내딛지 못하고 있을 때, 반대쪽 길 끝에서 시훈이 나타났다.

몇 년 전, 자신이 상상했던 버진 로드 위에 서 있던 남자처럼.

"······."

너무 놀라 이름도 부르지 못하고 있을 때였다. 시훈이 한 손에는 장미 꽃다발을, 다른 한 손에는 반지 케이스를 들고 재경의 앞에 우뚝 섰다.

"유치해 보일까 싶어서 이런 건 안 하려고 했는데, 그냥 해 줄 수 있는 건 다 해 주려고."

재경과 마주하고 있던 시훈의 시선이 천천히 아래로 내려갔다.

자신의 앞에서 한쪽 무릎을 꿇고 앉아 장미꽃과 함께 반지 케이스를 열어 내미는 그를 보며 재경은 코끝이 시큰해짐을 느꼈다. 드라마나 영화에서 이런 장면을 볼 때마다 오글거린다며 손가락을 꿈틀거리고 비아냥거렸던 자신의 모습이 주마등처럼 스쳐 지나갔다.

"오늘 약속 있다면서요."

"있지. 이만큼 중요한 약속이 어디 있어?"

"……"

"나랑 결혼하자. 김재경."

"……"

"아버지께서도 허락해 주셨어. 40%는 아니지만 아무래도 이번 성과에, 당신의 가상한 노력에 감동을 하신 것 같아. 게다가 우리가 변하지 않고 여전히 뜨겁게 사랑한다는 것도 이제 인정해 주시는 것 같고."

프러포즈를 받은 영화 속 주인공들이 입을 틀어막으며 눈물을 글썽거리는 게 오버가 아니라는 것을 재경은 깨달았다. 자신은 입을 틀어막고 글썽거리는 것을 넘어 눈물로 두 빰을 적시고 있으니 말이다.

그녀는 벅차오르는 기분을 주체할 수 없어 턱을 달달 떨며 딸꾹질까지 하기 시작했다.

"딸꾹!"

시훈은 대답도 하지 못한 채 연거푸 딸꾹질만 해 대는 재경의 손가락에 반지를 끼워 주고 자리에서 일어났다.

차갑지만 부드러운 그의 손이 재경의 빰을 감싸 안고 촉촉하고 보드라운 입술을 살포시 그녀의 입술 위로 포개었다. 그러자 거짓말처럼 딸꾹질이 멈췄다.

입술을 떼어 낸 시훈이 두 눈 가득 재경을 담아 넣곤 말했
다.

"이제 대답해 줄 수 있어?"

재경이 나지막이 고개를 끄덕였다.

"네. 결혼해요. 우리."

—*fin*

안녕하세요! 이은교입니다.

종이책 출판은 정말 오랜만이라 감회가 매우 새롭습니다.

천성이 게을러서 늦은 연재에도 잘 따라와 주신 독자분들, 언제나 진심으로 너무나도 감사드립니다.

이전에도 그랬듯 아직도 제게 붙여진 '작가' 라는 호칭이 매우 쑥스럽고 과분하다는 생각이 듭니다.

앞으로 언제, 어디서, 누구 앞에서든 '내가 작가다!' 라고 큰 목소리로 과시할 수 있을 정도로 피 터지게 노력하는 사람이 되도록 하겠습니다.

그때까지 꼭 함께해 주시길 바랍니다!

이제 곧 2015년이 지나갑니다. 한 해의 마무리 잘하시길 바라면서 2016년에는 더 좋은 일, 그 이후 역시 늘 행복한 일들만 가득하시길 바랍니다.

그리고!

언제나 제 편이 되어 주는 저희 가족!

엄마, 우리 꼭 행복하자. 아프지 말고.

내 동생! 언제나 언니가 응원할게. 넌 소중하니까.

할머니, 건강하게 오래오래 저희 곁에 함께해 주세요. 다들 사랑해.

다음으로 0순위 15년 지기 Best of best, PKH0626 너무 고맙고 사랑해. 너하고는 무슨 말이 필요하겠니? 나의 중독. 호주로 다시 가지 마. 나랑 한국에서 오순도순 살자.

또 0순위 15년 지기 친구, 진이야. 우리는 반드시 잘될 수 있을 거야. 언제나 희망을 버리지 말고 하루하루 최선을 다해서 살자. ^^

그리고 한연주 팀장님!

바쁜 와중에도 저 글 쓰라고 스케줄 조절 잘해 주신 거 너무나도 고맙게 생각합니다. 종종 글에 대한 소스 제공해 주신 거 잘 써먹었습니다. 그럼 앞으로도 종종(스케줄 조절) 부탁드릴게요~♡

나의 대학 친구들도 너무 보고 싶고 영란아, 아기 무사히 잘 낳도록 해!

너무 좋은 출판사를 만난 것 같아서 글을 쓰는 내내 마음이 편안했습니다.

글을 쓰는 동안 친절하게 대해 주신 편집자님 너무나 감사드려요. 다음에 기회가 된다면, 또 한 번 봄미디어 편집자님과 일해 보고 싶습니다……♡(거부권과 묵비권은 제가 거부하겠습니다^^*)

그럼, 저 이은교는 앞으로 더 위로가 되고 재미있고 공감할 수 있는 글을 가지고 오도록 하겠습니다.

여러분, 모두 그때 또 봐요!
시훈아, 재경아.
진짜, 안녕!

—2015년 11월
가을의 끝자락에 선
이은교 드림.